光文社古典新訳文庫

同調者

モラヴィア

関口英子訳

光文社

IL CONFORMISTA
by
Alberto Moravia

First published under the imprint Bompiani in 1951
Bompiani, an imprint of Giunti Editore S.p.A.
www. giunti. it
Japanese translation rights arranged with GIUNTI EDITORE S.P.A.
through Japan UNI Agency., Inc., Tokyo

目次

同調者 5

解説 土肥秀行 563

年譜 592

訳者あとがき 600

同調者

プロローグ

I

子供の頃のマルチェッロは、ごうつくばりの鵲のように物に魅せられていた。おそらく家では父親も母親も、厳格な躾というよりもむしろ無関心から、息子の所有欲を満たしてやろうなどとは考えなかったせいだろう。あるいは、それよりもはるかに根深く鬱屈した欲求が、彼のなかで物欲という仮面をかぶっていたのかもしれない。彼はしょっちゅう、さまざまな物に対して猛り狂うような所有欲を覚えていた。先端に消しゴムのついた鉛筆、絵本、ゴムのパチンコ、定規、エボナイトの携帯用インク壺……。そんな些細な品物が、理屈では説明できないほど烈しい欲望で彼の心を掻きたてる。そして望む物をようやく手に入れると、我を忘れるほどの幻惑的な悦びが抑えようもなく湧きあがるのだった。マルチェッロには専用の子供部屋が与えられていて、寝るのも勉強するのもそこでだった。物はどれもテーブルの上に無造作に置かれているか抽斗の奥にしまいこまれていて、手に入れた時期が最近であれば神聖に思えるが、古くなると神聖さが失われたように見えてくる。要するに、家にある他の物とは似ても似つかない、この先に待ち受ける体験、あるいはすでに過去となった体験の欠片であり、そこにあらゆる情熱や秘密がこめられているのだった。彼は子供なりに、自分のそんな所有欲が特異なものだと気づいており、えも言われぬ快楽を覚える一方で、罪悪感を抱く暇もなく次から次へと罪を重ねているかのような苦悩を味わっていた。

そんな種々の物のなかでも、ことさらに魅力を感じていたのは——おそらく禁じられていたせいだろう——、武器だった。とはいえ、子供たちがよく遊んでいるようなブリキの鉄砲や、音ばかり立派なピストル、木製の短剣といった偽物ではなく、本物の武器だ。脅迫や危険や死という概念が、単に形を模倣することによって表現されているのではなく、唯一絶対の存在意義となっている正真正銘の武器。玩具のピストルでは現実に死に至る可能性はなく、死んだふりをして遊ぶのが常だが、大人用の拳銃において、死は実際に起こり得るばかりか差し迫ったものであり、分別によってのみ踏みとどまることのできる誘惑なのだ。マルチェッロは、そうした本物の武器を幾度か手にとってみたことがある。野や山で使う猟銃や、ある日、抽斗にしまってあるのを父親が見せてくれた古いリボルバーだ。そのたびに、自分の手が、グリップという生来備わっているべき延長部分をようやく見出したかのような、共振の戦慄を覚えるのだった。

マルチェッロは近所の子供たちのあいだに大勢の友達がいたものの、武器に対する自分の執着が、仲間の無邪気な軍隊への憧れとは異なり、より深く鬱屈した根を持っていることに、かなり早い段階から気づいていた。他の子たちは冷酷で残忍なふりをして兵隊ごっこをしていたものの、実のところ、純粋に遊びが好きだからルールに従って猿真似をしているだけで、真の感情移入などいっさいなかった。ところが、マルチェッロの心の内では逆の現象が起こっていた。彼の冷酷で残忍な一面が兵隊ごっこに捌け口を求めており、兵隊ごっこでないときには、破壊や死といった影の漂う別の気晴らしを求めるのだった。当時のマルチェッロは、罪悪感や羞恥心を抱くこともなく、あるがままに残酷だった。残酷さによってのみ本物の快楽が得られるし、その残酷さがまだかなり幼稚であったために、彼自身も、あるいは周囲の者たちも、それに対して疑念を抱かなかったからだ。

たとえば彼は、初夏の日の暑い時間帯に庭へ出ることがあった。庭はさして広くないものの、何年も手入れされないまま、無数の木々や草花が好き放題に繁茂していた。

マルチェッロは、屋根裏部屋にあった古いカーペットたたきから抜いた、細くてしなやかな藺草を一本握りしめて庭へ下りていく。そして、戯れるように揺れる枝の影や灼けつく陽光の下をくぐり、草木を眺めながら、砂利の敷きつめられた小道をしばらく歩いた。自分の瞳がきらきらと輝いているのを感じ、緑が茂り光の満ちる庭に横溢する生命力と溶け合い、全身が解きほぐされていく心地よさに幸せを感じていたのだ。ただしそれは、別のなにかの不幸と対比せずにはいられない、攻撃的で残忍な幸福感でもあった。花壇の真ん中に咲きほこる白や黄色のマーガレット、すっと伸びた緑の茎の先端に咲くチューリップの赤い花びら、あるいは肉厚で丈の高いカラーの白い花を見ると、マルチェッロは刀のようにびゅんと音をたてて藺草を振りおろし、一撃を喰らわす。すると、藺草の鞭によってすっぱりと切り落とされた花や葉が各々の根もとにきれいに並び、あとには首を斬られた茎だけがまっすぐに伸びているのだった。そうした行為によって彼は生命力が倍増するのを感じ、あまりに長いあいだ抑圧してきたエネルギーの発散に伴う、恍惚ともいえる快感を覚えた。同時にそれは、己の支配力や正当性を誇示する以外のなにものでもなかった。あたかも植物たちに罪があり、彼はその罪を罰しただけで、そうすることが彼の権限であるかのように。一方で、それが禁じられた罪深い遊戯であると察していないわけではなかった。ときおり無意識のうちに屋敷のほうをちらりと見やっては、リビングの窓から母親が、あるいはキッチンの窓から調理婦が、自分を見張ってはいまいかとおそるおそる確かめる。とはいえ、叱責されることが怖かったのではなく、自分でも異常だと感じ、不可解にも罪の意識にどっぷりと浸かったその行為を、他人に目撃されることが怖かったのだ。そんな己の心の内を彼は十分に自覚していた。

あたかも自然の成り行きのように、気づいたときには対象が草や花から動物へと移っていた。いつしかマルチェッロは、草木を折り、花を捥ぐときに全身を駆けめぐるのとおなじ快感を、いや、それよりもさらに深くて鮮烈な快感を、おなじような暴力で動物を虐めたときにも感じるようになっていた。ただし、そんな自分に気づいたのがいつのことだったか、マルチェッロも正確には記憶していない。そのような道に足を踏み入れたのは単なる偶然だったのかもしれない。藺草の鞭で灌木を打つつもりだったのが、たまたま枝で居眠りをしていたトカゲの背に命中してしまったとも、あるいは、倦怠や退屈が兆すのを見越して、それまで感じたことのない残忍さを発揮できる新たな対象を求めたのだとも考えられる。いずれにしても、誰もが家でまどろむ森閑とした昼下がり、マルチェッロは惨殺されたトカゲの死骸を前にして、まるで稲妻に打たれたかのように、いきなり罪悪感と羞恥心に見舞われた。木の枝や石垣にいるところを見つけられた五、六匹のトカゲはいずれも、じっと身構える少年に身の危険を感じ、どこか安全な場所に隠れようとした瞬間、藺草の一撃を喰らったのだ。眼前の光景がなぜ生じたのか理解できない――というより、思い出したくない――が、すでにいっさいが終わったあとで、血にまみれ土で汚れたトカゲの死骸を、じりじりと燃える猥雑(わいざつ)な陽光が照らすばかりだった。トカゲが横たわるアスファルトの歩道の前で、藺草を握りしめて立ちつくすマルチェッロ。その体にも顔にも、惨殺のあいだ彼を支配していた昂奮の名残りがいまだにあったものの、もはや行為の瞬間のように心地よい熱を帯びてはおらず、早くも罪悪や羞恥の色に変わりつつあった。それだけでなく、残虐性や力の誇示といったお定まりの感情に、このとき、一種独特な衝動が加わったことにマルチェッロは気づいた。彼がいまだかつて感じたことのない、言葉では言いあらわせない肉体的な衝動だった。それが罪悪感や羞恥心と綯(な)いまぜになり、恐怖に近い動揺を引き起こした。自分自身の内側に、救いがたく特異な性向を見出したかのように。それは間違いなく恥ずべきものであり、万が一隠しとおせなければ、自分だけでなく他人の目まで気にしなくてはならず、その結果、同年代の子供たちの社会から永遠に隔絶されるのだと彼は直感した。マルチェッロがおない年の子供たちと違っているのは疑いようのない事実だった。何人かで一緒にいるときも、一人でいるときも、他の子たちはそんな遊びをしない。おまけに、その違いは決定的なものだった。なぜならトカゲが死んだのは紛れもない事実で、その死も、死をもたらすに至った残虐で倒錯した行為も、他に因(もと)をたどりようがなかった。要するに、その行為はマルチェッロ自身を具現していたのだ。かつては、より無邪気で普通の行為がマルチェッロという少年を具現していたのとおなじように。

その日、自分は異常であるという、あまりにも辛くて新しい発見を再確認するため、マルチェッロは隣に住む幼馴染(おさななじ)みのロベルトに打ち明けてみたくなった。夕暮れどきになると、勉強を終えたロベルトが庭へ下りてくる。そして夕食の時間まで、互いの庭を行き来しながら一緒に遊ぶというのが二人の家での習慣だった。マルチェッロはその日、静まりかえった長い午後を、一人自室のベッドに寝転がり、日が暮れはじめるのをもどかしい思いで待っていた。両親は出掛けていて家には調理婦しかいない。一階のキッチンから、ときおり控えめな鼻歌が聞こえていた。ふだんマルチェッロは、午後は自分の部屋で一人、勉強するか遊ぶかして過ごしていた。ところが、その日は勉強にも遊びにも集中できなかった。自分はなにもする気になれないと感じる一方で、ただなにもしないでいることに猛烈な不満を覚えた。それまで知らなかった自分の本性を発見したという動揺と、ロベルトと会って話せばそんな動揺もたちまち消えてなくなるだろうという期待が、彼を麻痺させると同時に、焦燥もさせるのだった。ロベルトが、僕もトカゲを殺すよと言ってくれたなら、さらには、殺すのは少しも悪いことではないし楽しいことだよと言ってくれたなら、自分のなかのあらゆる異常な感覚が消え去り、トカゲの惨殺を、なんの意味も影響もない出来事として冷静に捉えられただろう。マルチェッロは、なぜそれほど重要な判断をロベルトに委ねるのか、自分でも説明できずにいた。もしロベルトもそうした行為をおなじようにしていて、おなじような感情を抱いているとしたら、誰もがする行為だと見做せる。漠然とそう考えたのだろう。そして、誰もがしていることならば、正常な、善い行いであるはずだと。とはいえ、そうした考えがマルチェッロの頭のなかに明確にあったわけではない。くっきりと輪郭の定まった思考というよりも、むしろ心の底に淀んでいる感情や衝動に近いものだった。それでも、ひとつだけ確実だと思えることがあった。彼の心の平穏はロベルトの返事にかかっている。

そんな期待と不安が入り混じった心持ちで、マルチェッロは夕暮れの時間を待ちわびていた。うとうとしかけた頃、庭のほうから長いメロディの口笛が聞こえてきた。ロベルトが庭に出たことを知らせる合図だった。マルチェッロはベッドから起き出し、明かりもつけずに、日の暮れかかった薄暗がりのなか、部屋から出て階段を下りると、庭にやってきた。

夏の黄昏時の斜めから射し込む光を受けて、木々が陰鬱にたたずんでいる。葉叢の陰は早くも夜を思わせる暗さだった。むせかえる花の芳香や土埃のにおい、熱せられた地面から発散される太陽のエネルギーといったものが、無風状態の大気中にどんよりと漂っていた。マルチェッロの家の庭とロベルトの家の庭を隔てる柵は、びっしりと生い茂る太い木蔦に深く覆われて完全に姿を消し、まるで葉を積み重ねて作った塀のようになっていた。マルチェッロは迷わず、庭の奥の、木蔦がいちだんと深い陰をつくり、薄暗くなった隅に向かい、大きな岩によじ登った。そして、絡まり合った蔓を勢いよく一気に払いのけた。マルチェッロは、冒険心にあふれ、秘密めいた遊び心から、生い茂った蔦の葉のあいだに裏木戸のような抜け道を作っていた。蔦の葉をどかすと鉄の柵が現われ、そのあいだから、ロベルトの金髪と、蒼白くて細面の顔がのぞいていた。マルチェッロは庭石のうえで爪先立ちになって訊いた。

「誰にも見られなかった？」

それは、いつも二人の遊びの最初に交わされる合い言葉だった。ロベルトは祈りを唱えるかのように、「大丈夫、誰にも」と答えた。そして、やや間をおいてから、「宿題は終わった？」と尋ねた。

ロベルトはささやき声で話した。これも二人のあいだの決めごとだった。マルチェッロも同様のささやき声で応じる。「ううん、今日はしなかった。する気分になれなかったんだ。明日、先生には具合が悪かったたって言うよ」

「僕はイタリア語の作文を書いたよ」ロベルトはぼそぼそと言った。「それに、算術の問題もひとつ解いた。あと一問残ってるけど……。君はどうして宿題をしなかったの？」

それこそマルチェッロの待っていた質問だった。「宿題をしなかったのは……」と彼は答えた。「トカゲを捕まえてたからさ」

「へえ、そうなんだ。僕もときどきトカゲを捕まえるよ」といった類の答えが返ってくることを、マルチェッロは期待していた。ところがロベルトの表情からは、秘密を共有する様子も、好奇心もまったく感じられなかった。マルチェッロは戸惑いを隠すように、勇気をふりしぼって言い足した。「ぜんぶ殺してやったよ」

ロベルトは身構えた。「何匹？」

「ぜんぶで七匹」そう答えると、マルチェッロはそのテクニックを自慢し、伝授するような口調で言った。「トカゲは木の枝とか石の上にいるから、動きだす瞬間を狙って、すかさず仕留めるんだ。この藺草の一撃でね。どのトカゲも一発で仕留めたんだよ」そして得意そうな笑みを浮かべて、ロベルトに繭草を見せた。

ロベルトは驚愕と好奇心の入り混じった目で繭草を見つめた。「どうして殺したりしたの？」

「だって……」マルチェッロはためらった。「楽しいからだ」と言いかけたものの、なぜかはわからないが、口から出かかった言葉を呑みこみ、こう答えた。「害になるからだ。トカゲが害になるってことも知らないの？」

「うん、知らなかった。害ってどんな？」と、ロベルトが訊いた。

「葡萄の実を喰い荒らすんだ。去年なんか、田舎の別荘の緑廊に実った葡萄がぜんぶ食べられた」

「でも、この辺には葡萄なんてないよ」

「それだけじゃない」マルチェッロは、ロベルトの反論を無視して続けた。「トカゲは恐ろしい生き物なんだ。僕の姿を見て、逃げ出すどころか、口をかっと開いて向かってきたのもいたよ。やっつけるのがあと一歩遅れてたら、咬みつかれるところだった」そこでしばらく口をつぐむと、さらに親密な口調で問いかけた。「ロベルトは、トカゲを殺したことがないの？」

ロベルトは頭を振った。「ないよ。一度もない」それから目を伏せて、苦しげに顔をゆがめた。「生き物を虐めてはいけないって言われたもの」

「誰に言われたの?」

「ママ」

「大人はあれこれ言うものさ……」マルチェッロはしだいに自信がなくなってきた。

「馬鹿だなあ。やったこともないくせに。絶対に楽しいから、やってみな」

「嫌だ。やらない」

「なんでだよ」

「悪いことだもん」

これではちっとも埒(らち)が明かないと、マルチェッロは腹立たしく思った。悪気がないとはいえ、自分に異常というレッテルを貼った友達に対し、怒りがふつふつとこみあげた。それでもなんとか感情を抑え、もう一度誘ってみた。「あのね、僕、明日またトカゲ狩りをしようと思ってるんだ。ロベルトも一緒に捕まえてくれるなら、市場(メルカンテ・イン・フィエラ)[1]の商人を束ごとあげるよ」

マルチェッロは、ロベルトにとってそれがいかに魅力的な交換条件であるか、十二分にわかっていた。前々から、そのカードが欲しいと一度ならず言われていたのだ。案の定、ロベルトは天の啓示でも受けたかのように答えた。

「じゃあ捕まえに行くけど、ひとつ条件がある。トカゲは生け捕りにして箱に入れておき、あとで逃がしてあげること。それでもカードはくれるだろ？」

「そんなのなしだ」マルチェッロは答えた。「この藺草で一撃を喰らわせる瞬間が楽しいんじゃないか。まあ、ロベルトには無理だろうけどね」

ロベルトが黙りこくっているので、マルチェッロは続けた。「じゃあ、一緒に来るね。約束だぞ。ちゃんとロベルトも藺草を持って来いよ」

「嫌だ。行かない」ロベルトは頑として譲らなかった。

「どうしてだよ。あのカード、まだ新品なんだぞ」

「そんなこと言っても無駄だよ。僕はトカゲを殺したりはしない。たとえ……」一瞬、相応の価値があるものはなにかと考えあぐねた。「たとえピストルをもらってもだ」

それ以上言っても無駄なことがわかると、しばらく前からマルチェッロの胸の内でくすぶっていた鬱憤が不意に爆発した。「殺したくないのはロベルトが臆病だからだ。殺すのが怖いんだろう」

「怖くなんてない。でたらめを言うな」

1　カードゲームの一種。

「怖いんだ」マルチェッロは怒りを露わに繰り返した。「やあい、弱虫。お前はほんとの弱虫だ」

そう言うと、いきなり柵のあいだから腕を伸ばし、友達の耳たぶをつかんだ。ロベルトの耳たぶは赤くて外側に飛び出していたので、マルチェッロはそれまでにも何度かつかんだことがあった。しかし、それほどの烈しい怒りと、痛い思いをさせてやるんだという明白な意図でつかんだことは、かつてなかった。

「僕は弱虫ですって白状しろ」

「嫌だ。離せ」ロベルトは体をよじらせて、「いたた……痛いよ」と呻いた。

「僕は弱虫ですと白状しろ」

「嫌だ。離せ」

「僕は弱虫ですと白状しろ」

マルチェッロの手のなかでロベルトの耳たぶがじっとりと汗ばみ、燃えるように熱くなった。責め苛まれた彼の青い目に、涙が盛りあがった。

とうとうロベルトが口のなかでもごもご言った。「わかったよ。僕は弱虫……」

マルチェッロは、すぐに手を離してやった。するとロベルトはすかさず柵から飛びおり、走って逃げながら、大声でわめいた。「僕は弱虫じゃないぞ。さっきだって、

『僕は弱虫』のあとに、じゃないって心のなかで言ったんだ。やあい、ひっかかった」

ロベルトの姿は見えなくなり、半べそをかきながら囃(はや)したてる声が、隣家の庭の灌木の向こうへとしだいに遠ざかっていった。

この会話は、マルチェッロの胸に底知れぬ不安を刻みつけた。ロベルトは、マルチェッロに対する連帯を拒絶しただけでなく、連帯によってもたらされるはずだった、彼が求めていた無罪判決までをも否定したのだ。こうしてマルチェッロは、やはり自分は異常なのだという思いのなかに押し戻された。けれども、自分がどれほどそこから脱け出したがっているかをロベルトに示してしまったし、嘘や暴力に身を任せた自分の言動も十分すぎるほど自覚していた。いまやマルチェッロは、トカゲ殺しに対する羞恥心と罪悪感だけでなく、ロベルトに連帯を求めた理由を偽ったことと、怒りに駆られて心ならずも彼の耳をつかんだことに対する羞恥心と罪悪感にも苛まれていた。要するに、最初の罪に二つめの罪が加わったのだ。そして、いずれの罪からも逃れる方法を知らなかった。

ときおりマルチェッロは、このような苦い内省の合間に、記憶のなかでトカゲの惨殺現場に立ち帰った。あらゆる罪悪感が払拭され、ごく普通の出来事になっていると期待してのことだ。ところがすぐさま、トカゲが死ななければよかったのにと思っている自分に気づくのだった。同時に、トカゲを狩っているときに覚えた昂奮や肉体的な衝動がまざまざとよみがえるのだが、それは必ずしも不快ではなく、だからこそかえって嫌悪を催した。そしてまた、その感覚があまりにも鮮烈だったため、これから先、惨殺をふたたび繰り返したいという誘惑に打ち克てるのか、はなはだ疑問になるのだった。そこに考えが至ったとき、マルチェッロは慄いた。つまり自分は異常なだけでなく、異常な性向を押し殺すことも、制御することもできないわけだ。そのとき彼は、夕食を待ちながら自室で机に向かい、本を開いていたのだが、やにわに立ちあがり、ベッドの脇へ行った。そしてお祈りをするときのようにラグにひざまずき、両手を組んでから、いかにも誠実そうな声で唱えた。

「これからは、花にも、植木にも、トカゲにも、絶対に手を出さないことを神の前に誓います」

先ほどまでは無罪判決が欲しくてロベルトに共犯意識を求めていたマルチェッロだったが、今度は逆に、いっそのこと罪をはっきりと宣告してほしいと強く思いはじめていた。とはいえ、マルチェッロに味方することによって罪悪感から解放してくれるはずだったロベルトも、その罪悪感は当然だと断言し、覆すことのできない判決を下して彼の頭のなかの混乱をすっきりさせるほどの権限は持っていなかった。ロベルトもまた、マルチェッロとおなじ子供にすぎず、共犯者にはなり得たとしても、裁判官には不適格だったのだ。誘いを断る際、ロベルトは自分の嫌悪感を正当化するものとして、母親という権限を拠り所にした。そこでマルチェッロは、自分も母親に頼ろうと考えた。母親だけが自分を有罪にも無罪にもでき、自分の行為を然るべき秩序の下に組み込んでくれるだろう。母親のことを熟知していたマルチェッロは、そう決心するにあたって、理想の母親像を思い浮かべ、抽象的に考えていた。それは母親というものはこうあるべきだという姿であり、実際の自分の母親の姿とは異なったものだった。率直なところ、母親にすがっても、しょせんよい結果はもたらされないだろうという疑心が皆無だったわけではない。だが、たとえそうだとしても、彼には他に母親もいなかったし、母親にすがりたいという衝動は、どんな疑心にも勝っていた。マルチェッロはベッドに入り、母親がおやすみのキスをしに部屋へ入ってくるのを待ち構えていた。母親と二人きりになれる数少ないチャンスだったからだ。食事のときも、稀に両親と散歩に出掛けるようなときも、決まって父親が一緒だった。マルチェッロは本能的にあまり母親を信頼していなかったにもかかわらず、母親のことを愛していた。いや、愛しているというよりも、むしろ戸惑いや感嘆といった感情とともに、母親に魅せられていたのだ。ちょうど、弟がひどく気まぐれで特異な習癖の姉に魅せられるように。マルチェッロの母親はたいそう若くして結婚したため、精神的にも肉体的にもいまだに少女のようなところがあった。そればかりか、社交の雑事にかまけて息子の面倒をほとんどみず、母と子のしっかりとした絆を築けていなかったにもかかわらず、自分の生活と息子の生活を分けて考えようとしなかった。そのためマルチェッロは、急な来客や外出、一度袖を通しただけで放り出される服、いつ終わるとも知れぬとりとめのない長電話、小売商や仕立て屋相手の無理難題、調理婦への小言、些細なことでころころと変わる機嫌といったもののあいだで育った。いつでも母親の寝室に入れたので、母親が誰かと親密にしているのを好奇の目で眺めることもあったが、彼の存在は完全に無視され、そこに居場所すらなかった。ときおり母親は、にわかに反省し、怠惰な習慣を振り払うかのように、息子の世話に専念しようと心に誓うことがあった。そうなると今度は、仕立て屋や帽子屋へ行くにも息子を同伴する。そして結局、母親が帽子や服をいくつも試すあいだ、マルチェッロはスツールに座って何時間も待たされる羽目になり、平素からの徹底した無関心が懐かしくなるのだった。

その晩、母親がふだんより急いている様子なのを、マルチェッロは敏感に感じとった。現に、引っ込み思案のマルチェッロが勇気を振りしぼって話しだすよりも早く、母親は踵を返し、暗い部屋のなかを、かすかに開いていたドアのほうへと歩きはじめた。それでもマルチェッロは待ち望んだ判決を翌日まで先延ばしにするつもりはなかったので、ベッドに身を起こし、「ママ」と大きな声で呼んだ。

母親は、うるさいわね、とでも言いたげな素振りをしながら、ドアのところで振り返り、「どうしたの、マルチェッロ」と訊ねた。そして枕元に戻ってきた。

廊下の明かりを背に、ベッドの傍らに立つ母親の姿が浮かびあがった。ほっそりとした色白の肌に、襟ぐりの大きく開いた黒のドレス。黒髪に縁どられた蒼白く上品な顔は陰になっていたものの、そこに浮かんだ、不満げで忙しなく、じれったそうな表情を、マルチェッロは見逃さなかった。それでも衝動に突き動かされるままに言った。

「ママ、話したいことがあるの」

「なあに？　言ってちょうだい。だけど急いでね。ママはお出掛けしなければならないの。パパが待ってるのよ」そう言いながら、母親はうなじのあたりに両手をまわし、ネックレスの金具をいじくっていた。

マルチェッロは、何匹ものトカゲを殺したことを打ち明け、それは悪いことだろうかと尋ねるつもりでいたのだが、母親の態度があまりに性急だったため、考えを改めた。というよりも、頭のなかで準備していた台詞を変えることにした。不意に、心ここにあらずの母親の関心を自分に向けるには、トカゲがあまりにも矮小な、価値のない生き物に思えたのだ。だが、当座は彼自身にもそんな理屈はわからないまま、罪を大きく見せるような嘘が口をついて出ていた。子供なりに漠然と、あまりに怠惰で鈍くなっていると感じていた母親の感受性を、自分の罪の大きさによって刺激できるのではあるまいかと胸の内で期待してのことかもしれない。マルチェッロは、自分でも驚くほどきっぱりとした口調で、「ママ、僕、猫を殺したんだ」と言ってのけた。

それはちょうど、母親がやっとの思いでネックレスの両端の留め金を合わせかけた瞬間だった。両手をうなじにまわし、顎を胸に押し当て、足もとの一点をじっと見つめたまま、彼女は腹立たしそうにヒールを床に打ちつけた。そして、「あら、そうなの」と、聞きとれないほど小さな声でつぶやいた。まるで、いまは自分のことに精一杯で、他にはなにも興味がないとでも言うように。マルチェッロは確信を失いつつも、繰り返した。「パチンコで殺したんだよ」

そのとき母親は、口惜しそうに首を横に振り、うなじにまわしていた両手を元に戻した。片方の手には、留めそこねたネックレスが握られている。「この留め金、どうにかならないのかしら」母親は怒りをこめて言った。「マルチェッロ、いい子だから、ネックレスをはめるのを手伝ってくれない?」そして息子に背を向け、ベッドに斜めに腰を掛けると、もどかしげな口調で言い添えた。「いいこと？　留め金をしっかりはめてちょうだいね。でないと、すぐにまた外れてしまうから」

言い終わらないうちに、母親は華奢な背中を彼に向けた。ドアから洩れる明かりのなかで、紙のように白い肌が腰まで露わになっている。先端が尖り、紅色に塗られた爪ばかりが目立つ細い手で、やわらかにカールした産毛に包まれた繊細な首すじにネックレスをあてていた。マルチェッロは、ネックレスさえはめてあげれば、母親は忍耐強く自分の話に耳を傾けてくれるにちがいないと考えた。そこで体を乗り出すようにしてネックレスの両端を持ち、いっぺんで留め金をはめた。ところが、母親はすぐさま立ちあがり、身をかがめてマルチェッロの頰に軽くキスをすると、「どうもありがとう。さあ、もう寝ましょうね。おやすみなさい」と言ったのだ。そして、身振りや声で母親を引きとめる隙もマルチェッロには与えず、姿を消してしまった。

翌日は暑く、空は曇っていた。黙りこくっている両親に挟まれて、やはり無言で食事をすませたマルチェッロは、椅子から静かに滑りおりると、フランス窓から庭に出た。いつものごとく、消化すべきものが胃を満たしているせいでどんよりとした気怠さを感じ、心の内で湧き起こった官能と綯いまぜになっていた。マルチェッロは、ゆっくりと、ほとんど爪先立ちになって、きしる砂利の上を歩いていた。昆虫が盛んに蠢(うごめ)く木陰を門のところまで進み、外をのぞいた。そこにはふだんと変わらない、軽く傾斜した通りがあった。両側に立ちならぶ胡椒木(こしょうぼく)の葉の、乳白色を帯びたふんわりとした緑に包まれた通りには、その時間、人の気配はまったくなく、空に低く垂れこめた黒い雲のせいで不気味に暗かった。向こう側には、彼の家に似通った、よその家の門扉や庭や家屋が垣間見える。通りをじっくりと観察したのち、マルチェッロは門から離れた。そしてポケットからパチンコを取り出すと、地べたに屈(かが)み込んだ。粒の細かな砂利のあいだに、比較的大きめの白い小石がいくつかまざっている。マルチェッロは胡桃(くるみ)大の小石をひとつ拾いあげ、パチンコの革製の弾あてに挟むと、自宅の庭とロベルトの家の庭とを隔てている塀沿いをうろうろしはじめた。彼の考えは――いや、感覚といったほうがいいかもしれない――、目下ロベルトと戦闘状態にあるのだから、外塀を這っている木蔦を細心の注意で見張り、かすかにでも動きがあれば発射しなければならないというものだった。要するに、パチンコの革のあいだに挟んだ小石を飛ばすのだ。それは、トカゲ惨殺の共犯になってくれなかったロベルトに対する恨みと、そもそもの惨殺へとマルチェッロを駆りたてた残酷で獣のような衝動とを一時(いちどき)に発散できる遊びだった。その時間、ロベルトはたいてい眠っていて、木蔦の葉叢の向こう側でこっそり様子をうかがってなどいないことは、むろんマルチェッロも承知の上だった。それを知りながらもなお、まるでロベルトがそこにいるという確信でもあるかのごとく、真剣な面持ちで、もっともらしく行動していた。巨大化したその木蔦の老木は、鉄柵のスペード形をした先端まで這っていた。一枚また一枚と重なり合う土埃をかぶった黒い大きな葉は、ご婦人方の落ち着いた胸もとを飾るレースの襞飾りにも似て、無風状態のどんよりとした空気のなか、だらりと垂れ下がったまま動く気配がなかった。それでもマルチェッロは、二度ほど、ごくかすかな振動が葉を揺らしたような気がして――というよりも、揺れたのが見えたと自分を偽って――、強烈な悦びを覚えながら、すかさず木蔦の茂みに小石を飛ばした。

攻撃を終えると、マルチェッロは大急ぎで地べたに屈み、小石をもうひとつ拾いあげるなり、ふたたび戦いの体勢をとった。股を開きかげんにして両腕を前方に伸ばし、いつでもパチンコを弾けるように構えたのだ。油断は禁物だ。ロベルトが葉っぱの陰に隠れていて、こっちから見えないのをいいことに、いまこの瞬間、僕に狙いを定めているかもしれないぞ。なのに僕は、完全に体をさらけ出している……。そんなふうにして遊びながら、マルチェッロは庭の突き当たりの、木蔦の茂みに隠された秘密の通路のある場所までやってきた。そして立ち止まると、塀を入念に調べはじめた。彼の空想の世界では、家が城となり、蔓植物に覆われた鉄柵は城壁となり、そこにある通路は、容易に越えられてしまう危険な突破口となっていた。そのとき突然、しかも今度こそ紛れもなく、蔦の葉が小刻みに震えながら右から左へと動いたのだった。そうだ、間違いない。蔦の葉が動いている。ということは、それを動かしている者が誰かしらいるに決まっている。次の瞬間、マルチェッロは頭のなかで、ロベルトはそこにいない、これはただの遊びなんだ、遊びだから石を飛ばしても構わないと考えた。と同時に、ロベルトはそこにいるかもしれないから、彼を殺したくなければ石を飛ばしては駄目だとも考えた。そのくせ、たいして深く考えることなく場当たり的な決断を下し、ゴムを思いっきり引くと、葉の密生する木蔦めがけて小石を弾き飛ばした。それでもまだ物足りなかったマルチェッロは、またしても地面にしゃがみ、熱に浮かされたように新しい小石をパチンコにあてがうと、勢いよく弾いた。すぐさま三つめの小石を拾いあげ、それも弾き飛ばした。こうなるともう、後ろめたさも怖れも脇に追いやられ、ロベルトがそこにいようがいまいがどうでもよくなり、ひたすら陽気で好戦的な高揚感があるだけだった。葉叢にいくつもの穴をあけた挙げ句、マルチェッロはようやく荒い息を吐きながらパチンコを地面に放り出し、塀の上までよじ登った。彼が予想し、期待していたとおり、そこにはロベルトはいなかった。塀の鉄柵の間隔がかなり広かったので、マルチェッロは隣家の庭へ容易に頭を出すことができた。得体の知れない好奇心に駆られたマルチェッロは、柵のあいだから顔をのぞかせて下を見た。

ロベルトの家の庭側には木蔦は生えておらず、砂利を敷いた小道と塀のあいだに、アイリスの花壇が配されていた。すると、まさしくマルチェッロが目をやった白や紫のアイリスの列と塀の隙間に、大きな灰色の猫が腹を横にして寝そべっているのが見えた。その猫の姿勢がどこか不自然なことに気づいた彼は、ただならぬ恐怖で息が止まりかけた。脇腹を下にして横たわったその猫は、四本の足をだらんと伸ばし、腐葉土の上に鼻づらを投げ出している。青みがかった灰色のふさふさとした毛はかすかに乱れて逆立っているものの、動きはいっさい感じられず、以前にキッチンの大理石のテーブルの上で見かけた、死んだ鳥の羽毛を連想させた。すると、にわかに恐怖がふくれあがった。マルチェッロは地面に飛びおり、バラの花壇から支柱を抜きとると、ふたたび塀をよじ登り、柵と柵のあいだから腕を伸ばして、土の付いた支柱の先で猫の脇腹をむきになってつついた。それでも猫はぴくりとも動かない。不意に、微動だにしない灰色の猫の体のまわりで心持ち首を傾げている、長い緑の茎の先端に白や紫の花びらをつけたアイリスが、遺体の周囲に哀悼とともに手向けられた無数の供花のごとく、弔いのためにそこにあるように思われた。マルチェッロは慌てて支柱を放り出すと、木蔦の葉を元通りにすることさえ忘れて、地面に飛びおりた。

いくつもの恐怖に追われているような気がして、洋服箪笥か、あるいは物置き——要するに暗くて隔絶された場所だったらどこでも構わなかった——までとにかく走っていき、閉じ籠もりたいという衝動に駆られた。自分自身から逃れたかったのだ。なにより猫を殺したことに恐怖を覚えたし、前の晩、猫殺しを母親に予告していた自分に対して、おそらくそれよりも強い恐怖を感じていた。それは、不可思議かつ不可避な形で、自分は残酷な死の行為をしでかす宿命にあるのだという、疑いようのない徴だった。とはいえ、猫の死と、その死を明確に予告したことによって彼のなかで芽生えた恐怖よりも、殺したのは猫だったが、本当ならば自分はロベルトを殺すつもりだったのだという思いから生じる恐怖のほうがはるかに大きかった。友の身代わりとして猫が死んだのは偶然のなせる業にすぎない。ただし、その偶然に意味がないわけではない。花からトカゲへ、トカゲから猫へ、そして猫からロベルト殺しへと段階的に進んでいることは否定できなかった。未遂だったとはいえ、彼がそのように考え、望んだのは事実だし、いまからでも実行可能なだけでなく、もしかすると避けようがないのかもしれない。ということはすなわち、マルチェッロは正常ではないのだ。彼は、自分が、孤独で恐ろしい宿命を背負った異常者だと思わずにはいられず、いや、感じずにはいられず、その異常さに対して、生々しく肉体的な自覚があった。しかも、もはや何人たりとも引き留めることのできない、血塗られた道へと一歩踏み出してしまったのだ。そうした雑多な考えが交錯するなか、マルチェッロは家と門のあいだの狭いスペースを半狂乱で行きつ戻りつしていた。そして、ときおり自宅の窓へと視線を上げては、いつだって上の空で頼りなげな母親の姿が現われはしまいかと期待するともなく期待していた。とはいえ、もはやマルチェッロのためにしてやれることなど母親にはなかった(それ以前の段階で果たしてなにができたかも定かではなかったが)。そのとき、不意に胸の内で希望が湧き起こり、ふたたび庭の突き当たりに駆け戻ったマルチェッロは、塀をよじ登り、鉄柵のあいだから隣家の庭をのぞいた。先ほどの場所から猫がいなくなっているのではないかという幻想を抱いてのことだ。けれども猫は消えてはいなかった。相変わらず白や紫のアイリスの花輪に囲まれた灰色の猫が、微動だにせずそこにいた。死は、小道から出発し、花壇を上って猫の鼻づらまで、いや、眼球まで黒々とつながる蟻の行列によって顕示され、腐敗しつつある骸というおぞましい意味合いを与えられていた。それを眺めていたマルチェッロは、不意に猫とオーバーラップする形で、やはりアイリスの花のあいだに息絶えた状態で横たわるロベルトの、淀んだ眼球や半開きの口もとを、忙しなく蟻が行き交う光景を見たような気がした。戦慄を覚えた彼は、そのおぞましい光景から目を逸らし、塀から飛びおりた。ただし、このときには木蔦を元の位置に戻すことを忘れなかった。というのも、いまや呵責の念や自分に対する恐怖心だけでなく、他人に見つかり罰せられるのではあるまいかという恐れがふつふつと湧いていたからだ。

恐れてはいたものの、マルチェッロは見つかって罰せられることを望んでもいた。それは、つるつると滑る下り坂で、避けようのない殺人が彼を待ち受けているどん詰まりまで落ちる前に、引きとめてもらいたいという一心からだった。だが、記憶にあるかぎり、彼は両親に罰せられたことが一度もなかった。しかもそれは、子供をむやみに罰するべきでないという確たる教育方針があってのことではなく、無関心によるものだということを、マルチェッロはぼんやりと理解していた。その結果、自分は犯罪に手を染めた人間であり、なにより、より重大な罪を犯し得るという懸念から生じる苦悩に加えて、だからといって、誰に頼めば罰を受けられるのかも、果たしてどのような罰がふさわしいのかもわからないという苦悩をも抱え込むことになった。自分の行為をロベルトに告白したのは、それは罪悪などではなく誰もがすることなのだという答えを期待してのことだったが、同様のメカニズムが働いて、いまは両親にそれを告白しようとしているのだとマルチェッロはおぼろげに感じていた。ただし、両親に期待しているのは正反対の反応であり、おぞましい罪を犯した以上、相当の罰を受けて償うべきだと叱り飛ばされることだった。前者の場合、ロベルトが無罪だと言えば今後もおなじ行為が繰り返されるわけだが、後者の場合には厳しい罰が与えられる。彼にとっては、そんな矛盾もたいした問題ではなかった。どちらにしても、いかなる犠牲を払ってでも、いかなる手段を用いてでも、とにかく自分は異常だという身の毛がよだつ孤立から脱け出したいのだということを、うすうすわかっていたのだ。

その日の晩、食卓で、もはや両親にすべて知られているのかもしれないという疑念さえ頭をよぎらなければ、マルチェッロは猫を殺めたことを二人に打ち明けようと決心していただろう。ところがテーブルに着くなり、父親と母親が諍いの最中で、機嫌が悪いことを見てとったマルチェッロは、戸惑いと、漠然とした安堵とが綯いまぜになった感情を覚えた。母親は、まだあどけない面差しにこれ見よがしの気品を湛え、明らかに憤慨しているのだろう、背筋をぴんと伸ばし、目は伏せたままの姿勢で押し黙っていた。そんな母親の前で父親が、おなじように不機嫌な感情を、負けず劣らず雄弁に表わしていたのだが、その表現の仕方は異なっていた。母親よりもはるかに年が上の父親といると、マルチェッロは、自分も母親もまだ幼く、言いなりにできる存在として一括りに扱われている気がして、しばしば困惑することがあった。あたかも隣にいるのが母親ではなく、姉であるかのように。父は痩せていて、こけた頬には皺が刻まれていた。ごく稀に、楽しくもなさそうに短い笑い声をたてることがある。するとその顔には間違いなく関連のある二つの特徴が際立つのだった。飛び出し気味の瞳から発せられる、ほとんど鉱物に近い無感情なきらめきと、頬の張りつめた皮膚の下で、ぴくぴくと病的に震える得体の知れない神経。おそらく長い歳月を軍隊で過ごしたせいだろう、父親は厳密な動作や、抑制の効いた態度が好きだった。ところが、ひとたび立腹すると、そうした厳密で抑制の効いた性癖が度を過ごし、その正反対に作用することをマルチェッロは知っていた。それは内に籠もって限定的な、奇怪な暴力として表われ、ごく単純な仕草にも意味を込めずにはいられなくなるのだ。実際、その晩の食卓で、例のごとく父親がなんら重要性を持たない動作に力を込め、その動作に注意を促すよう強調していることに、マルチェッロは気づいた。たとえば、グラスを手にとってワインをひと口飲み、元の位置に戻すとき、テーブルに勢いよく叩きつける。塩入れを要求し、少量振り出すと、またどんと叩きつける。パンに手を伸ばし、ひと切れちぎると、これまた叩きつける。あるいは、突如としてすべてが対称であるべきだという強迫観念に駆られるのか、スープ皿の円周をナイフとフォークとスプーンが直角に囲むように皿とカトラリーを並べなおすのだが、その際にも、やはり勢いよく叩きつけて置くのだった。もしもマルチェッロが罪悪感を抱えて不安になってさえいなければ、意味深長で悲壮なエネルギーに満ちた父親の一連の動作が、自分にではなく母親に向けられていることに容易に気づいただろう。現に母親は、そうやってテーブルに物が叩きつけられるたびに、見下すような吐息を洩らしたり、我慢ならないというふうに柳眉(りゅうび)を逆立てたりしながら、お高く首をすくめていた。けれども、彼の目は不安に曇っていたため、両親は自分の行動をすべてお見通しなのだと信じて疑わなかった。あの臆病者のロベルトが告げ口をしたに決まっている。罰を受けることを望んでいたマルチェッロだったが、あまりに不機嫌な両親を目の当たりにして、急に震えが止まらなくなった。そのような状況において父がすさまじい暴力を振るいかねないことを思い出し、怖気(おじけ)づいたのだ。母親の、息子に対する愛情表現が、ひどく場当たり的で気まぐれな、母親としての愛情というよりもむしろ自責の念から生じるものだったのとおなじように、父親の厳しさもまた、突発的で不当な、度を越したものであり、教育的な思惑というよりも、いわば長いあいだ放任してきたツケを帳消しにしたいという欲求に駆られたものだった。母親や調理婦の愚痴を耳にすると、父親は自分にも息子がいたことをふと思い出し、マルチェッロを怒鳴りつけ、苛立ちをぶつけ、平手打ちを喰らわせた。とりわけその平手打ちはマルチェッロを恐怖に陥れた。というのも、父親はいかつい宝石台のついた指輪を小指にはめていたのだが、そうしたときにかぎって、なぜか決まってそれが掌の側に向いていた。そのため、平手打ち自体の屈辱的な苦しみに、めり込むような激痛が加わる。マルチェッロは、父親が故意に宝石台を内側にまわしているのではあるまいかと疑っていたものの、確信はなかった。

怖気(おぞけ)を震い、縮みあがったマルチェッロは、まことしやかな嘘をでっちあげた。僕は猫を殺していない。殺したのはロベルトだ。だって猫は隣の家の庭にいたじゃないか。木蔦に覆われた塀越しに殺すなんて、僕にできるわけがない……。ところが、そこでふと、前の晩、母親に猫を殺すと宣言したことを思い出し、実際にその翌日に猫が死んでいたのだから、どんな嘘もつけないと思い知らされるのだった。いかに母親が上の空でも、息子のそんな重大な告白を父親の耳に入れないわけはなく、父親は間違いなく、その告白とロベルトの告げ口とを関連づけて考えたはずだ。ということは、嘘でごまかす余地などまったくない……。両極端な考えのあいだを行きつ戻りつしながら、ひとたびそのことに思い至ると、マルチェッロは改めて罰を受けたいという衝動に駆られた。ただし、その罰はいますぐ、断固たる方法で科されなければならない。だが、どのような？　マルチェッロは、以前、寄宿学校というのは、手に負えない息子たちを両親が罰として送り込む場所だとロベルトから聞いたのを思い出した。そして、自分がまさにそういった類の罰を渇望しているのだと気づいた。混沌として愛情のない家庭生活に対する嫌悪が、そんな願望となって表われたのだろう。そのため、両親によって与えられるお仕置きというものに彼は憧れを抱いたばかりか、そうすることによって自責の念を和らげると同時に、自身のおかれた状況を改善できるのではあるまいかという狡猾な計算をして、自分自身を、ひいてはお仕置きを望む自分の気持ちをごまかしていた。そんなことを考えながら湧いてくるさまざまなイメージは、いずれも通常ならば気が滅入るものであるはずなのに、マルチェッロはかえってうきうきした。大きな窓に鉄格子のはまった厳めしく寒々とした灰色の建物、凍てつく殺風景な大部屋の高く白い壁に沿って何列にも並んだベッド、平机が並んだ生彩を欠いた教室と、その奥に設えられた教壇、むきだしの廊下、薄暗い階段、どっしりとした扉、越えることのできない鉄柵……。要するに牢獄を思わせるものばかりだが、父親の家の、虚ろで不安がつきまとう不条理な自由よりは格段に好ましかった。ときおり見かける、きちんと並んで道を歩く寄宿学校の生徒とおなじように、縞柄の制服を着て、髪は刈りあげにしなければならないという屈辱的で不愉快なイメージでさえ、いかなるものだろうと秩序と正常さをやみくもに追い求めている彼の目下の状況においては、喜ばしいこととして映るのだった。

そんな空想に耽りながら、マルチェッロの視線はもはや父親には向けられておらず、白い光を浴びてまぶしいテーブルクロスに注がれていた。夜行性の昆虫がときおり、開け放たれた窓から飛び込んできてランプシェードにぶつかって落ち、その上でもがいていた。ふと視線をあげると、父親のすぐ後ろにある出窓の向こうを横切る猫のシルエットがちらりと見えた。けれども、マルチェッロが毛色を見分けるよりも早く、猫は出窓から飛びおり、食堂を通り抜け、キッチンのほうへと姿を消してしまった。確信があったわけではないが、それでも、マルチェッロの胸は明るい期待でふくらんだ。何時間か前に、ロベルトの庭のアイリスのあいだで身動きもせずに横たわっていた猫かもしれないと思ったからだ。そして彼は、自分がそんな期待を抱いたことにも満足を感じていた。とどのつまり、自分の運命よりも猫の命を大切に考えている証拠だったからだ。「猫だ」とマルチェッロは大きな声で言った。それからナプキンをテーブルに放り出し、片方の足を椅子の外へ踏み出しながら、「パパ、僕は食べおわったよ。もう行ってもいい？」と許可を求めた。

「まだ自分の席に座っていなさい」父親の威嚇的な口調に怯えたマルチェッロは、敢えて口にしてみた。「だって、猫が生きてるんだ……」

「自分の席に座っていなさいと言っただろう」父親は重ねて言った。次いで、マルチェッロの言葉に長い沈黙を破られたかのごとく、妻のほうに向きなおって言った。「いいかげん、なにか言ったらどうなんだ。さあ、話しなさい」

「お話しすることなんてありません」伏せた目に不満げな口もとの母親は、見せつけるかのような気位で応じた。襟ぐりが深い黒のイブニングドレスに身を包んでいる。華奢な指に握りしめた小さなハンカチで、母親がしばしば鼻のあたりを拭っているのにマルチェッロは気づいた。もう一方の手は、テーブルの上のパンの切れ端をつまんでは放し、つまんでは放ししている。ただし、指でつまんでいるのではなく、鳥がついばむように爪で挟んでいた。

「言いたいことがあるのなら、さっさと言わないか。まったく……」

「あなたには、なにもお話しすることはありません」

マルチェッロはようやく、両親が不機嫌なのは自分の猫殺しのせいではないのだと理解しはじめ、不意にすべてが崩れ去るかのように感じた。父親はまたおなじことを言った。「いいから話すんだ」

母親は返事の代わりに肩をすくめた。すると父親は、「どうしても話さないと言うのだな！」と大声で怒鳴りながら、皿の手前にあったワイングラスをつかみ、テーブルに荒々しく叩きつけた。グラスが割れ、父親は悪態をつきながら、破片で切った指を口もとへやった。怖くなった母親は席を立ち、急ぎ足でドアのほうへ歩いていく。眉を吊りあげ、目には悦びの色さえ浮かべて指から滴る血を啜っていた父親は、妻が部屋から出て行こうとするのを見咎め、啜るのを中断して怒鳴りつけた。「部屋から出てはならん。わかったな」

返事の代わりに、荒々しく閉まるドアの音がした。すかさず立ちあがり、ドアのほうへ突進していく父親。その暴力的な光景に昂奮し、マルチェッロもあとを追った。すでに階段にいた父親は、取り乱した様子も、一見したところ急ぐ様子もなく、片手で手摺(てす)りをつかんで上っていた。それでも、後ろから追いかけているマルチェッロには、一段抜かしで階段を上る父親が、踊り場から踊り場へと音もなく飛んでいくように見えた。御伽噺(おとぎばなし)に出てくる、一歩で七リーグ[2]を走る長靴を履いた鬼みたいだとマルチェッロは思った。そして、計算高くて威嚇的な父親の上り方のほうが、母親の慌てふためいた急ぎ方よりも有利なことを、一瞬たりとも疑わなかった。母親はその少し上のほうを、タイトスカートに足をとられながら一段ずつ上っていく。「きっとママを殺すつもりなんだ」父親のあとを追いながらマルチェッロは思った。二階に着くと、母親は小走りで自分の寝室に向かったが、それほど素早くはなかったので、彼女のすぐ後ろに迫っていた父親がドアの隙間から部屋にするりと入り込むのを阻止できなかった。そうした顛末を、マルチェッロは階段を上りながら目撃していた。子供の短い足のことだから、父親のように一段抜かしで上ることも、母親のように小走りで上ることもできない。そのため、マルチェッロが二階に到着したときには騒々しい追跡劇はすでに終わり、その代わり、ふいに訪れた奇妙な静寂がその場を支配していた。母親の寝室のドアは開け放たれていた。マルチェッロはいくぶんためらいながらも、戸口から中をのぞいた。

最初は、薄暗い部屋の奥にある低くて幅の広いベッドの両脇で、ふんわりと揺れる二枚の大きなカーテンしか見えなかった。カーテンは部屋を吹き抜ける風で天井のほうに舞いあがり、中央のランプシェードにいまにも触れそうになっている。薄暗い部屋で、物音も立てずに白いカーテンが宙に浮いている光景には、人の気配がいっさい感じられなかった。まるで追いかけっこをしていた両親が、開け放たれた窓から夏の夜空へと飛び立ってしまったかのようだった。そのうちに、ドアの隙間越しに廊下からベッドへと延びる筋状の明かりのなかに、ようやく両親の姿が認められた。いや、

2 一リーグは、人や馬が一時間で進むことのできる距離。およそ四～七キロメートル。

正確に言うと、父親の背中が見えるばかりで、母親はその下にほぼ完全に隠れていた。枕にこぼれた乱れ髪と、ベッドの上方に伸びた片方の腕がかろうじて見えるだけだ。ヘッドボードにしがみつこうともがいているのだが、うまくつかめずにいた。そのあいだにも父親は、その体の下で母親の体を押しつぶし、肩と手の動きは、いかにも首を絞めようとしているかのようだった。「ママを殺してるんだ」寝室の入り口で立ちすくんだマルチェッロは、そう確信した。その瞬間、残忍で好戦的な昂奮からなる異様な感覚と同時に、二人の格闘に割って入りたいという願望がふつふつと沸きあがった。ただし、それが父親に加勢するためなのか、あるいは母親を護るためなのか、自分でもよくわからなかった。一方で、はるかに重大なこの犯罪のお蔭で、自分の罪が帳消しになるのではないかという期待が、彼の口もとを緩ませた。一人の女性を殺めることに比べたら、猫殺しなど小さなことではないか。ところが、マルチェッロが最後のためらいを振りほどき、暴力的な衝動に魅せられて入り口から踏み込もうとしたその瞬間、「離してちょうだい」と母親が小さくささやいた。その声には首を絞められている気配などまったく感じられないばかりか、むしろ撫でるような響きがあった。そのうえ言葉とは裏腹に、それまでヘッドボードの縁をつかもうと上に持ちあげていた腕が下ろされ、父親の首に巻きつけられたのだった。驚き失望したマルチェッロは、後退りして廊下へ出た。

階段で音を立てないように気を遣いながら、マルチェッロはそっと階下へ戻り、キッチンに向かった。先ほど食堂の窓辺から飛びおりた猫が、自分の殺したと思っている猫かどうか知りたいという好奇心に、ふたたび彼は駆りたてられていた。キッチンのドアを押し開けると、家庭的で穏やかな空気に包まれた。白いキッチンで、熟年の調理婦と若い家政婦が電気コンロと冷蔵庫のあいだにある大理石のテーブルに着いて、なにか食べていた。窓ぎわの床では、猫がピンク色の舌で器のミルクをぺちょぺちょと舐めている。けれどもそれは、昨日見た灰色の猫ではなく、虎柄の猫であることにひと目で気づき、マルチェッロはがっかりした。

キッチンにやってきた適当な口実が見つからなかったので、マルチェッロは猫のそばに行き、しゃがんで背中を撫でてやった。猫はミルクを舐めつづけながら、ごろごろと喉を鳴らしている。調理婦が立ちあがり、ドアを閉めた。次いで冷蔵庫を開けると、ひと切れのケーキが載った皿を取り出してテーブルに置いた。そして椅子を寄せ、マルチェッロに言った。「昨夜のケーキを召しあがりませんか？　坊ちゃまのためにとっておいたのですよ」

マルチェッロはなにも言わずに猫から離れ、椅子に座ってケーキを食べはじめた。

すると家政婦が言った。「それにしても、あたしにはさっぱりわかりません。旦那様も奥様も、昼間好きなだけ時間があるし、お屋敷にはいくらでもスペースがあるというのに、よりによって食卓で、しかも坊ちゃまのいる前で喧嘩をなさるなんて……」

調理婦がもっともらしい顔で言った。「子供の面倒をみたくないなら、産まなけりゃいいのに」

短い沈黙のあと、家政婦が言った。「年齢から言うと、旦那様は奥様の父親でもおかしくないくらいですもの。反りが合わないのは当然なのかも」

「それだけならいいんだけど……」調理婦は、重苦しい視線をマルチェッロのほうに向けて、口をつぐんだ。

「それに……」代わりに家政婦が言葉を継いだ。「旦那様は普通じゃありませんよ」

マルチェッロはのろのろとケーキを口に運びながらも、その言葉に耳をそばだてた。

「奥様もあたしとおなじ意見なんです」家政婦はなおも続けた。「このあいだなんて、ご就寝の前にお洋服を脱がしてさしあげていたら、なんておっしゃったと思います？ジャコミーナ、いつか私はあの人に殺されるわ、そうおっしゃったんですよ。だからあたし、言ってやりました。でしたら奥様、すぐにでも別れたらいいじゃありませんかってね。そうしたら、奥様が……」

「しーっ！」調理婦がマルチェッロを指差して話をさえぎった。調理婦の意図を汲んだ家政婦は、マルチェッロに尋ねた。「パパとママはどこにいるの？」

「二階のお部屋だよ」マルチェッロはそう答えると、抗いがたい衝動に駆られたように、ひと息に言った。「パパが普通じゃないって本当だよ。このあいだなんて、なにをしたか知ってる？」

「知らないわ。なにをなさったの？」

「猫を殺したんだ」マルチェッロは言った。

「まあ、猫を？　どうやって？」

「僕のパチンコで……。僕、お庭でパパを見たんだ。塀の上を歩いている猫を追いかけていったと思ったら、小石を拾って、猫を撃ったのさ。そしたら目に命中して、猫はロベルトのうちの庭で倒れたの。それで僕、あとから見に行ったら、猫は死んでたよ」話しているうちに気持ちが昂ってきたものの、偶然目撃した重罪について、いかにも混じりけのない純真さで語っているだけというあどけない口調は終始保ったままだった。

「まあ、なんということでしょう」家政婦は両手を合わせて言った。「猫をですって……。いい歳をした男の方が……れっきとした紳士が、子供のパチンコを使って猫を殺すだなんて……。これが異常と言わずにいられますか」

「動物を虐める人は、人間も虐めるんだわ」調理婦が言った。「猫に始まって、いつか人間も殺すのよ」

「どうして？」マルチェッロは皿から視線を上げて尋ねた。

「そういうものなんですよ」調理婦はマルチェッロの頭を撫でながら答えると、続きは家政婦に向かって言った。「もちろん、いつもそうとは限らないけれど……。たとえばピストイアで何人もの人を殺した男がいたでしょ？　新聞に書いてあったんだけど、刑務所でいまなにをしてると思う？　カナリアを飼ってるんですって」

ケーキを食べおわったマルチェッロは、立ちあがるとキッチンをあとにした。

Ⅱ

ひと夏を海で過ごすうちに、調理婦のなにげなく言った「猫に始まって、いつか人間も殺すのよ」という宿命に対する恐怖心は、マルチェッロのなかから少しずつ消えていった。彼は、自分の人生が呑み込まれたように感じていたあの数日の、不可解で無慈悲なメカニズムのようなものについて、頻繁に考えはしたものの、それに対する不安は日増しに薄れ、しばらくのあいだ恐れていたような有罪の確定判決というよりは、単なる警告の徴（しるし）として捉えられるようになっていた。太陽に灼かれ、潮風に酔い、遊びや発見の連続のなか、日々が陽気に過ぎていった。そうして一日が終わるたびに、マルチェッロは漠然と勝利を収めたような気がするのだった。といっても、己自身に対する勝利ではない。彼は自らの意思で直接罪を犯したという意識はまったくなかった。どちらかというと、悪辣で、狡猾で、未知の、曖昧模糊とした力、宿命や災難といった、暗褐色にべったりと塗られた力に対する勝利だった。その力こそが、意思とは無関係に、草花の打ち首からトカゲの惨殺、さらにはロベルト殺しを試みるまでに彼を駆り立てたのだ。マルチェッロは相変わらずその力の存在と脅威を感じていたが、もはや以前のように差し迫ったものではなくなっていた。それでも、その力の脅威を完全に払拭できないのならば、せめて、言わば心穏やかな忘却——実際にその域に達するにはほど遠かったものの——を装って、それを眠らせるのが得策のように思われた。ときおり悪夢のなかで怪物に怯え、眠っているふりをしてごまかそうとするのだけれど、実際には、すべてが眠っているあいだに見た夢にすぎないと気づくことがあるのとおなじように。マルチェッロにとってその夏は、格別に幸せだったとは言わないまでも、ひときわ気ままに過ごした夏であり、幼年時代に対する反発も、そこから脱け出したいという願望も持たない子供としての、間違いなく最後の夏だった。そうした自由奔放さは、ある意味、その年齢に特有の自然な性質ではあったものの、一方で、予言や宿命でがんじがらめにされた忌まわしい円環からなにがなんでも脱け出すのだという彼自身の意思によるものでもあった。自覚こそしていなかったものの、マルチェッロが朝のうちに十回も海に飛び込んだり、ひときわ腕白な遊び仲間とわいわい競い合ったり、陽射しがじりじり照りつける海の上で何時間もオールを漕いだり、要するに、浜辺で子供がするようなあらゆることに対して過剰なほど熱心に取り組んだのは、トカゲを惨殺したあとでロベルトに共犯関係を求め、猫が死んだときに両親からの仕置きを求めるよう彼を突き動かしていたのとおなじ衝動によるものだった。すなわち、正常さに対する渇望。世間一般に認められた決まりごとに適応しようという意思。はたまた、他人と異なることは罪なのだから、みんなとおなじでいたいという欲求。ところが、彼のこうした振る舞いは、ロベルトの家の庭で白や紫のアイリスのあいだに横たわって死んでいた猫の姿が、ときおり不意に苦痛とともに記憶によみがえることによって、わざとらしくとってつけたものであることが露呈するのだった。借金の証文の末尾にある署名の記憶が負債者を脅かすのと同様、その記憶はマルチェッロを脅かしていた。あの死によって、得体の知れない恐ろしい借りを抱えてしまい、たとえ地中に隠れようとも、あるいは足跡を消すために大海を渡ろうとも、決してその借りから逃れられないように思えたのだ。そんなとき彼は、もう一か月経ったではないか、二か月、三か月と経ったではないか、この調子でいけば、一年や二年や三年、何ごともなく過ぎていくに決まってると言い聞かせて、自分で自分を慰めていた。なにより大切なのは眠っている怪物を起こさぬよう、時をやり過ごすことだった。いずれにせよ、そうした恐怖や落胆が不意に襲ってくることはさほど頻繁でなく、夏が終わる頃には完全になくなっていた。マルチェッロがローマに戻ったときには、猫の一件も、そこに至るまでの出来事も、もはやおぼろげな、薄れかけた追憶として残るだけとなった。確かに体験はしたのだろうが、まるで別の人生での出来事であり、いっさいの責任も、なんらの影響も及ばない、単なる記憶があるだけのようだった。

ひとたび都会での暮らしに戻ると、学校に入学するという昂奮が待ち受けていたことも、マルチェッロの忘却をうながす要因となった。それまで家庭でしか勉強をしたことのなかった彼にとっては、初めて公立の学校に通う年だった。クラスメートも先生も教室も時間割もすべてが新鮮で、その新鮮さのなかに、形こそまちまちだったものの、秩序や規律、共同作業といった概念が光り輝いて見えた。それまでは自宅で、規則もなく、無秩序で孤独な環境におかれていたマルチェッロにとっては、たいそう居心地のいいものだった。彼があの日、食卓で夢見ていた寄宿学校にどことなく似ていたものの、強制も隷属もなく、監獄を連想させる好ましくない側面はとりのぞき、好ましい側面だけを残した場所のように思われたのだ。ほどなくマルチェッロは、自分が心の底から喜んで学校生活を送っていることに気づいた。朝、時計の刻む時間にしたがって起き、てきぱきと顔を洗い、服を着、教科書とノートの束をきれいにそろえて蠟引きの布にくるみ、ゴム紐でぎゅっと縛ると、通学路を急ぐのが好きだった。古い初等中学校へと集まってくる学友の集団に飛び込み、汚れた階段を駆けあがり、みしみしと音を立てるみすぼらしい廊下を走り抜けて教室に入るなり、誰もいない教壇の前に整然と並ぶ平机の列のあいだでスピードを緩めるその瞬間が好きだった。なによりも、授業という儀式が好きだった。先生が教室に入ってきて出欠をとる。先生の質問、それに答えようとする級友どうしの競い合い、競争における勝ち負け。没個性的で物静かな先生の声色。教室内の、それ自体にきわめて説得力のある物の配置。学びという共通の必要性によってひと括りにされて並ぶ生徒たちと、その前で教える教師……。とはいえ、マルチェッロはそれほど出来のいい生徒ではないどころか、教科によっては最下位のグループに入るものもあった。学校で彼が好きだったのは学問ではなく、それまでの生活よりも彼の好みに合った、まったく新しい生活様式だったのだ。ここでもまた、彼を惹きつけたのは正常さだった。それは偶発的なものでも、各々の精神の性向や好みに委ねられたものでもなく、あらかじめ定められ、公正で、個々人の好みとは無関係な、目的を一にする反駁の余地のない規律に則って制限されていると思えたからこそ、余計に魅力を感じるのだった。

ところが、マルチェッロは経験が未熟で初心だったために、学校の規律とは別のところで、暗黙ながらも歴然と存在する生徒どうしの関係に作用する決まりごとに対してどのように振る舞ってよいかわからず、ぎこちなくなってしまうのだった。それもまた新たな正常さのひとつの側面ではあるのだが、彼はなかなか馴染めずにいた。初めてそれを実感したのは、作文の宿題を見せるために教壇まで呼ばれたときだった。先生が彼の手からノートを受けとり、自分の前にある教卓の上にひろげて読みはじめたものだから、家で勉強をみてもらっていた女性の教師たちとの、愛情たっぷりの親密な関係に慣れていたマルチェッロは、先生がノートを返してくれるのを待つあいだ、教壇の下の少し離れたところでただ立っているのではなく、ごく自然に先生の背中に腕をまわし、先生と顔をくっつけるように一緒になってのぞき込みながら、宿題の文章を目で追いはじめたのだ。先生は驚いた素振りなど微塵も見せずに、背中におかれた彼の手をどかし、腕をほどいただけだったが、生徒たちはみんなどっと笑った。その笑いに、多少なりとも優しさと寛大さがうかがえる先生の態度とは別の次元の、冷酷な非難がこめられているのをマルチェッロは感じた。しばらくして、あまりの恥ずかしさにいたたまれない気持ちがようやく鎮まってくると、その無邪気な振る舞いによって、自分は異なる二つの規律から同時に逸脱してしまったのだと思わずにはいられなかった。教師に対して敬いの気持ちを忘れず礼儀正しく振る舞うことが求められる学校の規律と、愛情を素直に表現せず狡猾に振る舞うことが求められる生徒たちの規律。さらに奇妙なことに、これら二つの規律は相矛盾するものではなく、なにやら謎めいた形で補完し合っているらしかった。

いずれにしても、短期間で優秀な生徒になるのはさほど難しくなかったものの、誰とでも気後れせずに付き合える抜け目ない生徒になるのは至難の業だと、マルチェッロは間もなく思い知った。後者になるためには、彼の経験の未熟さやこれまでの家庭での習慣だけでなく、その身体的特徴までが障壁として立ちはだかっていた。マルチェッロは、気品が感じられるほどに端整で優美な、非の打ちどころのない面立ちを母親から受け継いでいた。丸顔に繊細な小麦色の頬、ちょこんとした鼻に、いかにも我儘ですねたような、ふっくらした唇、くっきりした顎、そしてほぼ完全に額を覆っている栗色の前髪の下からは、無垢で愛くるしいにもかかわらず、どこか憂いを湛えた碧(あお)とグレーの中間色の瞳がのぞいている。それは少女に近い面立ちだったが、もしも性格が、ひょっとすると男の子の服装をした女の子なのではあるまいかと疑わせるほどに女の子っぽいものでなかったならば、あまりにがさつな級友たちは、彼の優美で甘い顔立ちなどおそらく気にも留めなかっただろう。マルチェッロには、異常なほどにすぐ頬を赤く染めるとか、心の優しさを愛くるしい仕草で表現せずにはいられないとか、喜びを求めるあまり卑屈に媚びるといった、女の子のようなところがあったが、いずれも生まれ持った性質で、本人は自覚していなかった。そのせいで自分が級友たちから滑稽に見られていると気づいたときには、もはや手遅れだった。あらかじめわかっていれば、完全になくせなくとも、ある程度まで抑えられたはずだが、ズボンを穿いた女の子という噂は、すでに完全にひろまっていた。

マルチェッロはことあるごとにからかわれ、いまや彼が女の子っぽい性格であることは議論の余地のないものとされた。クラスの男子は、いかにも真面目くさった口調で、どうして女子の列に座らないのかとか、スカートではなくズボンを穿いているのにはどんな理由があるのかとか、家にいるときには刺繍をしているのか、それともお人形遊びをしているのかとか、耳たぶにピアス用の孔(あな)がないのはなぜなのかといった質問をした。ときには、机の下に布地と針と糸玉がこっそり置かれていることもあった。お前はそんな手芸をしていればいいだろうという、あからさまな当てこすりだった。白粉(おしろい)の入ったコンパクトが置かれていることもあれば、ある朝などは、なんとピンクのブラジャーが置かれていた。男子生徒の一人が姉の部屋からくすねてきたものだ。それだけでなく、級友たちは学校が始まってすぐの頃から彼のことを、「マルチェッロ」という名前の末尾を変えて女の子風にし、「マルチェッラちゃん」と呼んでいたのだった。そんなふうにからかわれると、彼は腹立ちと同時に、わけもなくくすぐったい快感のようなものを覚えた。まるで心の奥底には、それほど不服に思っていない部分があるかのように。だが、その快感がからかいの質から生じるものなのか、あるいはたとえ囃したてるためだったとしても級友たちに相手にしてもらえているからなのか、自分ではわからずにいた。ある日の午前中、例のごとく「マルチェッラちゃん、マルチェッラちゃん、女物のパンティーを穿いてるって本当?」とささやく声が背後から聞こえたので、彼は立ちあがり、手を挙げて発言の許可を求めた。そして教室が水を打ったように静まりかえるなか、声を張りあげて、みんなが自分を女の子の綽名(あだな)で呼ぶと抗議したのだった。先生は、顎鬚(あごひげ)を蓄えた大柄の男性だったが、グレーの鬚の下でにやつきながらマルチェッロの話にじっと耳を傾けてから、訊き返した。

「なるほど、君はみんなに女の子の綽名で呼ばれているのだね? どんな名前かな?」

「『マルチェッラちゃん』です」と彼は答えた。

「嫌なのかい?」

「はい、だって僕は男だもの」

「こっちへ来なさい」と先生は言った。マルチェッロは言われるがままに、教卓の脇に立った。すると先生は愉快そうに続けた。「さあ、教室のみんなに筋肉を見せてあげなさい」

マルチェッロは指示通り、筋肉をふくらませながら腕を曲げてみせた。すると先生は、教卓から上半身を乗り出してその腕に触ったうえで、皮肉まじりに、さも感心だというようにうなずいてみせた。それから生徒たちに向かってこう言った。「みんなも見たとおり、クレリチ君はたくましい男子だ。女子ではなく男子であることを力で示す覚悟ができている。誰か彼に挑戦したい者はいるかな？」しばらくの沈黙があった。先生は教室を見まわすと、話を結んだ。「誰もいないようだね。みんなクレリチ君のことを恐れているらしい。では、『マルチェッラちゃん』と呼ぶのはやめるように」

教室じゅうが笑いの渦に包まれた。マルチェッロは顔を真っ赤にして自分の席に戻った。その日からというもの、彼に対する虐めは収まるどころか、ますますひどくなった。おそらくそれは、級友たちが言うところの「告げ口」を彼が先生にしたことで、生徒どうしを結びつけている暗黙の掟を破ったからだろう。

マルチェッロは、そうした虐めをやめさせるためには、見かけほど自分は女っぽくないのだと級友たちに示す必要があるとわかっていた。一方で、それを証明するには、先生がやらせたように腕の筋肉を誇示するだけでは十分でないことも直感的に察していた。なにかもっと月並みではない、誰もが称賛し、強く印象に残ることでなければならなかった。だが、なにがいいのだろうか。具体的になにかはわからないが、広い意味で腕力やたくましさ、場合によっては残虐性といった概念までをも連想させる行為か、あるいは物だろう。そこで、アヴァンツィーニという生徒が、ボクシング用の革のグローブを持っているために級友から一目置かれていることに着目した。マルチェッロよりも背が低くて弱々しい、金髪で痩せっぽちのアヴァンツィーニは、グローブの使い方すらまともに知らないというのに、持っているだけで特別視されるのだ。プリエーゼとかいう生徒も、日本の格闘技を知っている――いや、知っていると吹聴しているといったほうがいいかもしれない――という理由で、おなじように一目置かれていた。相手を必ずノックアウトできる、負け知らずの技なのだと彼は自慢していた。プリエーゼがその技を実際に見せてくれたことは一度もなかったが、それでも級友たちは、アヴァンツィーニと同様に尊敬の眼差しでプリエーゼを見ることをやめなかった。つまり、できるだけ早く、ボクシンググローブのような物をみんなに見せびらかすか、あるいは日本の格闘技に匹敵する勇ましい強みを見つけ出さなければならないとマルチェッロは考えた。一方で、自分は級友たちのように浅はかでも物好きでもなく、好むと好まざるとにかかわらず、人生や、己のなすべきことに対して真剣に向き合うタイプの人間に属していることも承知していた。そして、もし自分がアヴァンツィーニの立場だったら相手の鼻をへし折るし、プリエーゼだったら首をひねってやるのにと思っていた。大言壮語も苦手ならば、表面だけとりつくろうこともできないせいで、マルチェッロは自分自身に対して漠然とした不信感を抱くようになっていた。そして、一目置かれたかったら自分の力を証明してみせろと言っているように感じる級友たちに対して、証明したいと思いながらも、同時に得体の知れない恐怖を覚えていた。

そんなある日、ふだんマルチェッロのことをとりわけ執拗にからかっている級友の何人かが、なにやらこそこそと話をしていた。その視線の動きから、彼は、自分に対してなにか新しい意地悪をたくらんでいるのだと察知した。目配せやひそひそ話から、その疑念は十中八九当たっているという確信があったが、授業の時間はなにごともなく過ぎていった。やがて下校のチャイムが鳴ったので、マルチェッロは周囲に目もくれず、一目散に家に向かった。それは十一月の初旬のことで、嵐を予感させる生暖かい日だった。あたりの空気には、もはや去ったはずの夏の暑さや香りの名残りと、秋のまだためらいがちな厳しさとが入り混じっていた。自然界の惨殺ともいえる、いっせいに葉が落ちる気配に、彼は人知れず昂奮していた。そこには、数か月前、彼が花々の頭を叩き切り、トカゲを殺したときに突き動かされていたのと相通じる、破壊と死への渇望が感じられたのだ。夏というのは、澄み切った空の下、木々の枝には葉が茂り、梢では小鳥がひしめき合う、完璧で豊かで揺るぎない季節だった。そしていま、その完璧さや豊かさ、揺るぎのなさを秋の風が引き裂き、破壊するのを、彼は歓喜の眼差しで見つめていた。ちぎれた黒雲を空に飛ばし、木々の枝から葉をもぎとり、くるくる舞わせながら地面に落とし、梢から小鳥を追いはらう。現に、わずかばかり残った葉や雲のあいだから、整然とした黒い列をなして渡っていく鳥の群れが見えた。曲がり角まで来たところで、マルチェッロは、級友五人のグループにあとをつけられていることに気づいた。そのうちの二人の家は正反対の方角だから、間違いなく自分のあとをつけているのだ。それでも、秋の感慨に浸っていた彼は、気に留めなかった。いまはとにかく、急いでプラタナスの並木がある大通りまでたどり着きたかった。そこまで行けば、あとは横道を抜けるだけで家だ。並木道の歩道には枯れ葉が幾千枚と黄色く積み重なり、かさかさと音を立てていた。マルチェッロは、落ち葉の山に足を踏み入れ、蹴散らし、ひきずる感触を想像して楽しんでいた。そのあいだもほぼゲーム感覚で、追跡者たちから身を隠すために、よその家の門をくぐったり、人混みに紛れたりしながら歩いていた。それでも五人の級友は、いくらか面喰らいこそすれ、必ずまた彼を見つけ出すのだった。もう少しで並木道に出るというところまで来た。マルチェッロは落ち葉で遊んでいる姿を見られるのが気恥ずかしかった。そこで立ち向かおうと心に決めると、いきなり振り向いて、尋ねた。「どうしてついてくるの?」五人グループのなかの、尖った顔で金髪を五分刈りにした少年が、待ってましたといわんばかりに答えた。「別にお前をつけているわけじゃない。道路はみんなのものだろう?」マルチェッロはなにも言い返さず、ふたたび歩きだした。ほどなく、葉が落ちたプラタナスの巨木が二列に並ぶあいだを抜ける大通りが見えてきた。プラタナスの背後には家々の窓がいくつも並んでいる。下のほうに目をやると、黄金色(こがね)の落ち葉が黒いアスファルトを埋めつくし、溝にたまっていた。五人の姿はもう見当たらなかった。きっと途中で追いかけるのを諦めたのだろう。歩道を行き交う人もなく、マルチェッロは大通りにたった一人だった。こうして、誰に急かされるでもなく、敷石の上に積もった落ち葉の山に足を踏み入れ、かさかさと音を立てて軽やかに動きまわる木の葉の渦に膝まで埋もれる感覚を存分に味わいながら、ゆっくりと歩きはじめた。ところが、ふと葉っぱを宙に撒いてみたくなり、両手いっぱいにすくいあげようと屈んだ瞬間、またしても級友たちの囃す声が聞こえてきた。「マルチェッラちゃん、マルチェッラちゃん、パンティーを見せて」するとマルチェッロの胸の内に、戦ってやろうという気持ちがむしゃらに湧き起こり、ほとんど快楽にも近い、好戦的な高揚感が顔に表われた。屈んでいた身を起こすと、毅然とした足どりで級友たちのほうに向かっていき、こう言った。「いいかげん、あっちへ行ってくれよ」

五人は返事もせず、いきなりマルチェッロに飛び掛かってきた。彼は頭のなかで、歴史の教科書に書かれていたホラティウス兄弟とクリアトゥス兄弟の戦い[3]のような場面を思い描いていた。右へ左へと果敢に走りまわりながら、一人ずつ順に相手をし、各々に決定的な打撃を喰らわせて、彼らの企てを断念させようと思ったのだ。しかし、たちまちその計画は実行不可能なことを思い知った。級友五人組は、隙なく一丸となって襲い掛かってきて、一人は彼の両腕を、もう一人は両脚を、二人は腰のあたりを押さえつけた。気づいたときには、五人めが、用意していた包みを手早く開け、ト

3　王政ローマの勇者ホラティウス三兄弟と、ローマと対立関係にあったアルバ・ロンガのクリアトゥス三兄弟とのあいだで演じられた死闘。

ルコブルーの綿地のスカートを両手でひらひらさせながら、用心しいしい近づいてきた。四人は彼を押さえつけている手を緩めずに、げらげら笑っている。スカートを手にした五人めが言った。「ほうら、マルチェッラちゃん、おとなしくするんだよ。スカートを穿かせてあげる。そしたらママのところへ帰してあげるからね」要するにそれは、例によって、あまり男らしいとは言えない見た目からマルチェッロ自身がほのめかし、また予期もしていた虐めだった。彼は顔を真っ赤にして憤り、力の限りもがいたが、五人合わせた力に敵（かな）うわけもない。かろうじて一人の顔を引っかき、もう一人のみぞおちに拳骨をお見舞いしたものの、徐々に押さえ込まれて体の自由が利かなくなるのを感じた。とうとう、「放して……馬鹿野郎……放してくれ」と呻くマルチェッロを尻目に、虐めっ子たちの口から勝ち鬨（どき）の声があがった。マルチェッロは頭にスカートをかぶせられ、抗議の声もその袋状の布のなかで掻き消された。最後にもう一度もがいてみたが、無駄だった。級友たちは手際よく彼の腰のあたりまでスカートを下ろすと、背中に結び目を作り、スカートが脱げないようにした。「しっかり結ぶんだ。ほら、もっとぎゅっと」などと子供たちが騒いでいるところへ、穏やかな声がして、咎めるというよりも、むしろ好奇心が感じられる口調で尋ねた。「君たち、なにをしてるんだい？」

五人組は蜘蛛の子を散らすように逃げていった。あとには、腰にスカートを結びつけられ、ぼさぼさの頭で荒い息をついているマルチェッロだけが残された。視線を上げると、すぐ目の前に声の主である男が立っていた。襟が喉元でかっちりと締まった濃鼠(こいねず)色の制服に身を包んだ痩せぎすの男で、青白い顔に落ち窪んだ目、大きくて陰気な鼻、高慢な口もとに、五分刈りの髪といったその風貌から、最初はひどく厳格な印象を受けた。ところが、もう一度よく見なおすと、厳格そうなところなどまったくなく、むしろその逆の特徴がいくつか見てとれることにマルチェッロは気づいた。不安そうにぎらついた目つき、どこかだらしなく弛緩(しかん)したように見える口もと、そしてその態度からは全体的に自信のなさが感じられた。男は屈み込み、先ほどマルチェッロが抵抗した拍子に道路に落とした教科書を拾い集めて差し出すと、「あの子たちは君になにをしようとしてたの?」と尋ねた。

その声も、顔とおなじく厳格だったが、同時に喉から絞り出されるような優しさも感じられないわけではなかった。マルチェッロは腹立たしげに答えた。「いつもみんなで僕をからかうんです。本当に馬鹿な奴らだ」そう言いながら、腰に結ばれたスカートのリボンをほどこうとした。すると男が、「やってあげるよ」と言って屈み込み、結び目をほどいてくれた。マルチェッロは、地面にはらりと落ちたスカートを踏みつけると、足で蹴りあげて、落ち葉の山に捨てた。それを見ていた男は、おずおずと尋ねた。「家に帰るところだったんじゃないのかい？」

「そうです」マルチェッロは男の顔を見あげて答えた。

「だったら、僕が車で送ってあげよう」男はそう言うと、さほど離れていない歩道の脇に停められた車を指差した。マルチェッロは車に目をやった。見たことのない車種で、どうやら外車らしく、黒塗りで車体が長い、古い型のようだった。妙なことに子供たちのいたあたりに車が停まっていたことから、マルチェッロは、偶然のように近づいてきた男の行動の裏に、周到な意図がうかがわれるような気がした。返事をためらっていると、男が畳みかけてきた。「さあ、遠慮せずに乗りなさい。家まで送る前に、ドライブに連れていってあげる。いいだろ？」

マルチェッロは誘いを断りたかった。いや、断らなければと思った。だが間に合わなかった。男が教科書の包みを彼の手から奪い、「僕が持ってあげるよ」と言ったかと思うと、さっさと車のほうへ歩きだしたのだ。マルチェッロは自分の従順さに驚き呆れながらも、不満に思うでもなく男のあとについていった。男は車のドアを開け、助手席にマルチェッロを座らせてから、後部座席に教科書を放り投げた。それから運転席に座り、ドアを閉めると、手袋をはめてエンジンをかけた。車は急ぐこともなく、静かなエンジン音とともに長い並木道を威風堂々と走りはじめた。それはマルチェッロが思ったとおり、古い型の車だった。ただし、完璧に手入れされていて、入念に磨きあげられ、真鍮（しんちゅう）やニッケルの部分に至っては、どれも輝いていた。男は片手でハンドルを握り、もう一方の手でつばのついた帽子を取ると、頭にかぶった。帽子は彼の厳格そうな外見を強調したばかりでなく、軍人のような雰囲気を新たに加えた。マルチェッロは困惑して尋ねた。「この車はおじさんのですか？」

「敬語なんて使わなくていいよ」男はマルチェッロの顔を見ずに言い、右手で、車体と同様に荘厳で古めかしい音のするクラクションを鳴らした。「いいや、僕のじゃない。雇い主の車なんだ。僕は運転手さ」

マルチェッロは押し黙った。男は相変わらずマルチェッロには横顔しか見せず、冷静で優雅な正確さで運転をしながら言い添えた。「僕が車の持ち主でなくてがっかりかい？　恥ずかしい？」

マルチェッロは朗らかに否定した。「そんなことないよ。どうして？」

男はかすかに満足の笑みを浮かべ、加速した。「これから少し丘のほうへ行こう。モンテ・マリオの丘だよ。行きたいかい？」

「僕、一度も行ったことがない」マルチェッロが答えた。

男は言った。「とても素敵なところだよ。街全体が見渡せるんだ」そして、しばらく間をおいてから、優しく尋ねた。「君の名前はなんていうの？」

「マルチェッロ」

「ああ、そうか」男は独り言のようにつぶやいた。「そういえば、さっき友達に『マルチェッラちゃん』って呼ばれてたな。僕はパスクアーレだ」

マルチェッロが頭のなかでパスクアーレなんておかしな名前だと考えるよりも早く、まるで思考を見抜いたかのように男が言った。「だけど、おかしな名前だろ。だからリーノと呼んでくれ」

そのとき車は、下町のさびれた共同住宅のあいだを延びる、広くて薄汚れた通りを走っていた。道路の真ん中で遊んでいた腕白どもが慌てて両脇によけ、歩道では、髪の乱れた女たちやぼろを着た男たちが、滅多に見かけない車を物珍しげに眺めていた。マルチェッロはそんな好奇の目を向けられたのが恥ずかしくて、うつむいた。「ここはトリオンファーレ地区だよ」と男は言った。「ほら、モンテ・マリオの丘が見えてきた」車は貧しい地区を抜けると、つづら折りの広い道に入り、路面電車のあとを追いかけながら、両側に軒を連ねる家々のあいだの坂を上っていった。「何時までに家に帰らないといけない？」

「時間ならまだ大丈夫だよ」マルチェッロは答えた。「うちのお昼ご飯は、いつも二時過ぎなんだ」

「家では誰が待ってるの？　パパとママ？」

「うん」

「きょうだいもいる？」

「いない」

「パパのお仕事は？」

「なにもしてない」マルチェッロはあまり自信がなさそうに答えた。

車は曲がり角で路面電車を追い抜き、男は内角ぎりぎりにカーブを切るために腕でハンドルに体重をかけたものの、上半身は動かさず、じつに優雅で巧みなハンドルさばきだった。車はそのあと、相変わらず上りの坂道を、草に覆われた高い石垣や屋敷の門、接骨木（にわとこ）の生垣に沿って走っていった。ときおり目に入るヴェネツィアガラスのランタンで飾られた入り口や、牛の血色（オックスブラッド）の看板を掲げたアーチ門が、レストランや田舎風の居酒屋（オステリア）の存在を物語っていた。そのとき、リーノが出し抜けに尋ねた。「君のパパやママはプレゼントをくれるかい？」

「うん、ときどきね」マルチェッロはいくらか曖昧に答えた。

「たくさん？　それとも少し？」

マルチェッロは、プレゼントなんて滅多にもらえず、お祝いごとの日でもプレゼントがもらえないこともあると正直に打ち明けるのには抵抗があった。そこで、「まあまあ」とだけ答えておいた。

「プレゼントをもらうと嬉しい？」リーノが、グローブボックスの蓋を開けて黄色い布を取り出し、フロントガラスを拭きながら尋ねた。

マルチェッロは彼の顔をまじまじと見た。男は相変わらず横顔を向け、背筋をまっすぐに伸ばし、つばのある帽子を目深にかぶっている。マルチェッロは適当に答えた。

「うん、嬉しい」

「たとえば、どんなプレゼントが欲しい？」

今度の質問は明快だったため、マルチェッロは、この謎めいたリーノという男が、彼なりの理由で、本当に自分にプレゼントをくれるつもりなのだと思わずにはいられなかった。そのとき、不意に自分が武器に言い知れぬ魅力を感じていたことを思い出し、同時に、まるで発見でもしたかのように、本物の武器を手に入れたならば間違いなく級友たちから一目置かれ、尊敬されるだろうと思った。法外な望みであると思いながらも、いくぶん自嘲気味に口にしてみた。「たとえば、ピストルとか……」

「ピストルねえ」男は少しも驚いたふうではなしに言った。「どんなピストル？　カートリッジ式の弾が入ったやつ？　それともエアガン？」

「違うよ」マルチェッロは大胆にも言ってのけた。「本物のピストル」

「本物のピストルでなにをするつもりなんだい？」

マルチェッロは本当の理由は言いたくなかった。「的を狙って撃つんだ。百発百中の腕前になるまでね」

「どうして百発百中の腕前になりたいの？」

男は、本当に答えを知りたいからというよりも、子供のお喋りがおもしろくて質問を続けているようにマルチェッロには感じられたが、それでも真剣に答えた。「確実に命中するようになれば、誰からでも自分の身が護れるでしょ」

男はしばらく口をつぐんでいたが、やがて言った。

「そのポケットに手を入れてごらん。そこだよ、君のすぐ横の、ドアについてる」

好奇心をそそられたマルチェッロは、言われたとおりに手を入れてみた。すると、金属でできた冷たい物に指の先が触れた。男は続けて言った。「引っ張り出してごらん」

その瞬間、道を横切ろうとした犬をよけるために、車が急に横に逸れた。マルチェッロは、その金属製の物体を取り出した。紛れもない自動式拳銃だった。黒々として平たく、破壊と死のずっしりとした重みを有し、いまにも銃弾を吐き出しそうなほどに銃身が前に突き出している。マルチェッロは無意識のうちに、喜びに打ち震える指でグリップを握りしめた。

「そんなピストルのことかい？」リーノが尋ねた。

「そう」

「わかった。どうしても欲しいと言うのなら、あげよう。ただしそれは駄目だ。この車の備品だからね。別の、おなじようなのをあげる」

マルチェッロは押し黙った。まるで御伽噺の魔法の領域に足を踏み入れたような気がした。見ず知らずの運転手が車に乗らないかと声を掛け、ピストルをプレゼントしてくれる、いつもとは違う世界に入り込んでしまったのだ。なにもかもが驚くほど容易に運んでいるように思える一方で、抗いがたい魅力を持つその容易さが、次の瞬間、不快な後味をもたらすのがなぜなのか、彼自身にもわからなかった。あたかも、それと結びついた、いまのところは得体の知れない、それでいて差し迫った厄介事が隠されていて、ほどなく正体を現わそうとしているかのように。ひょっとすると、車にはそれぞれ別の目的を持った二人が乗り合わせているのではあるまいかと、マルチェッロは冷静な頭で考えていた。自分の目的はピストルを手に入れること。そしてリーノの目的は、ピストルと引き換えに、目下の時点ではまだ謎に包まれた、おそらくマルチェッロにとって受け容れがたいなにかを手に入れること。問題は、二人のうちのどちらが、より大きな利益をこの物々交換から手にするかだ。マルチェッロは尋ねた。

「だけど、どこへ行くの？」

「僕が住んでいる家だよ。ピストルを探しにね」

「家はどこ？」

「ここさ。ちょうど着いたところだ」リーノはピストルをマルチェッロの手から取りあげ、自分のポケットにしまった。

マルチェッロは周囲を見まわした。車が停まったのは、もはやありふれた田舎道としか思えない、木立や接骨木（にわとこ）の生垣が連なり、生垣の向こうには畑と空がひろがるばかりの場所だった。けれども、その少し先にアーチ形の門があり、二本の円柱と、緑に塗られた扉が見えた。「ここで待っててくれ」リーノはそう言うと、車を降りて門のほうへ歩いていった。マルチェッロは、リーノが両開きの扉を開け放ち、また戻ってくるのを目で追った。運転席に座っているときに感じられたほど背が高いわけではなく、胴に比べて脚が短く、腰まわりは太かった。リーノはふたたび車に乗り込み、門のなかへ入っていった。すると、砂利の敷きつめられた小道が現われた。両側に並んで植えられた小ぶりの糸杉は、嵐を思わせる風に揺さぶられ、いたぶられて、ところどころ葉が落ちていた。荒れた空を背に、弱々しい陽光を受けて、小道の奥でなにか目障りに光るものがあった。二階建ての家屋に設えられたベランダのガラス窓だ。

「お屋敷なんだ」リーノが説明した。「だけど、誰もいない」

「ここのご主人は誰なの？」マルチェッロが尋ねた。

「女の人だ」リーノが言った。「アメリカ人の奥様でね。でも、いまは留守だ。フィレンツェにいる」

車は家の前の車寄せに停まった。建物は細長くて屋根が低く、正面の壁には白いコンクリートと赤煉瓦で四角い模様が描かれ、ところどころ筋状に鏡のような窓ガラスが入っている。玄関先には、未加工の石でできた角柱の並ぶ柱廊があった。リーノは車のドアを開け、「さあ、降りるぞ」と言いながら、地面に飛び降りた。

マルチェッロは、リーノが自分になにを求めているのかわからなかったし、それを見抜くこともできず、だまされるのではあるまいかという警戒心ばかりが募った。そこで、降りようとせずに尋ねた。「だけど、ピストルは？」

「家のなかだよ」リーノはじれったそうに屋敷の窓を指差して言った。「いまから取りに行くんだ」

「くれるの？」

「もちろんさ。新しくて素晴らしいピストルだ」

マルチェッロは無言で車を降りた。たちまち生ぬるくて埃っぽい、頭を朦朧とさせる不吉な秋の風が吹きつけた。マルチェッロはその風に、妙な胸騒ぎを覚え、リーノについて歩きながらも、最後にもう一度だけ振り返り、砂利の敷かれた車寄せと、そのまわりの灌木やいじけた夾竹桃に目をやった。先を歩くリーノに視線を戻したとき、丈の長い上着の脇のポケットがなにやらふくらんでいるのに気づいた。それは、先ほど家の前に着いたとき、車のなかで取りあげられたピストルだった。マルチェッロはその瞬間、リーノがそれ以外にはピストルを持っていないのだと確信し、彼はどうして嘘をついてまで自分を家に連れ込もうとしているのだろうと疑問に思った。胸の内で、だまされているのだという疑念が大きくなり、同時に、目をしっかりと見開き、絶対にだまされるものかという思いを強くした。そうこうしているあいだに広い居間に通された。ソファーや肘掛け椅子のセットが随所に配され、奥の壁面には赤煉瓦のフードのついた暖炉が設えられている。リーノは、常にマルチェッロの一歩前を歩きながら、居間を通り抜け、角にあるターコイズブルーに塗られたドアのほうへと進んでいった。マルチェッロは不安になって尋ねた。「どこへ行くの？」

「僕の部屋さ」リーノは振り返らず、事もなげに言った。

マルチェッロは、いずれにしてもここでいったん抵抗して、自分が彼の企(たくら)みを見破っていることをわからせてやろうと決めた。そこで、リーノが青いドアを開けた瞬間、少し離れたところから、「いますぐピストルをくれないなら、僕は帰る」と言った。

「だけど、ここにはないんだ」リーノは中途半端に振り向いた。「部屋に入ればある」

「持ってるくせに。上着のポケットに入ってるじゃないか」マルチェッロは言い放った。

「これは、車の備品だ」

「それしかピストルは持ってないんだろう」

リーノは癇癪を起こしかけたものの、すぐに押しとどめた。その気難しくて無愛想な顔と、どこかだらしのない口もとや、悲嘆に暮れ哀願するような不安げな眼差しとの不調和が、マルチェッロはまたしても気になった。「これを君にやる」仕舞いにリーノはそう約束した。「だから一緒に部屋に入ろう。なにもしやしないさ。ここだと窓がたくさんあるから、近所の農夫に見られてしまう……」

〈見られたらなにかまずいことでもあるの？〉マルチェッロは、そう言い返したくなるのを堪えた。言葉では表現できなかったが、まずいことがあるのだと漠然と感じたからだ。そこでわざと子供らしく言った。「わかった。でも、あとで本当にくれる？」

「心配するな」

二人は白い廊下のようなところに入った。リーノがドアを閉める。廊下の突き当たりにもうひとつ別の青いドアがあった。すると、リーノは先に立って歩くのをやめ、横に並んでマルチェッロの腰に軽く腕をまわしながら、こう言った。「そんなにピストルが欲しいのかい？」

「うん」マルチェッロはその腕の感触に強烈な戸惑いを覚え、まともに口が利けなかった。

リーノは腕を離すと、ドアを開けてマルチェッロを部屋に招き入れた。白くて細長い小部屋で、奥に窓がひとつある。家具といえば、ベッドとテーブルと洋服簞笥、そして椅子が二脚あるばかりで、どれも明るい緑に塗られていた。ベッドのヘッドボードの上に、ありふれたブロンズの磔刑像が飾られているのにマルチェッロは気づいた。サイドテーブルには分厚い本が一冊。黒い装幀で小口が赤いことから、たぶん祈禱書だろうとマルチェッロは思った。部屋には小物や衣類がいっさいなく、ひどく清潔に見えた。ただし、空気中には強烈なにおいが漂っていた。オーデコロン入りの石鹸を思わせるにおいだ。マルチェッロはそのにおいをどこかで嗅いだことがあった。おそらく、朝、母親がシャワーを浴びた直後のバスルームだ。リーノが気怠そうに言った。「ベッドに座って。そのほうが楽だろう」マルチェッロは黙って従った。リーノは室内を行ったり来たりしていた。帽子を脱いで出窓に置くと、襟元のボタンを外して首の汗をハンカチで拭った。次いで洋服簞笥を開けてオーデコロンの瓶を取り出し、ハンカチに垂らすと、ほっとしたように額や頬を拭いた。それから、マルチェッロに向かって言った。「君にもつけてあげようか？　さっぱりするよ」マルチェッロは香水の瓶にもハンカチにも得体の知れない嫌悪感を覚え、断りたかった。それなのに、リーノのひんやりとした掌で顔を撫でられるがままになっていた。リーノはオーデコロンを洋服簞笥にしまい、マルチェッロと向かい合ってベッドに腰掛けた。

二人はしばらく互いの様子をうかがっていた。リーノの痩せぎすで厳格な顔には、それまでには見られなかった、苦しく切なげな、哀願するような表情が浮かんでいた。そして黙りこくったままマルチェッロの顔を凝視していた。終に耐えきれなくなったマルチェッロは、気まずいその視線から逃れるためにも尋ねた。「それで、ピストルは？」

リーノが溜め息をついてポケットからしぶしぶピストルを取り出すのを、マルチェッロは見ていた。マルチェッロが手を伸ばすと、リーノはたちまち表情を強張らせてピストルを引っ込め、早口で言った。「あげるけど……僕の言うことを聞いてくれたらね」

マルチェッロはその言葉を聞いてむしろ安堵した。思ったとおり、リーノはピストルと引き換えになにかが欲しいんだ。そこで、学校の友達とペン先やビー玉を交換するときのように、挑むような、敢えて無邪気なふりをして言った。「代わりになにが欲しいか言ってくれたら、考えるよ」

するとリーノは目を伏せて躊躇していたが、やがてゆっくりと尋ねた。「このピストルを手に入れるために君はなにをする？」

リーノの質問が微妙に変化したのをマルチェッロは感じとった。つまり、なにか物とピストルを交換するのではなく、手に入れるためにはなにかをしなければいけないらしい。それがどんなことなのか見当もつかなかったが、またしても無邪気を装って言った。「わからない。なにをすればいいのか言ってみて」

リーノはしばらく押し黙っていたかと思うと、いきなりマルチェッロの手を握り、

「なんでもするかい?」と、声をうわずらせて尋ねた。

その口調と態度にマルチェッロは身構えた。ひょっとするとリーノは強盗で、自分を共犯者に仕立てあげようとしているのではあるまいかと考えたのだ。しばらく考えをめぐらした挙げ句、その仮説はあり得ない気がしたが、用心しいしい答えた。「僕になにをしろというの? 言ってくれないとわからないよ」

すると、リーノは握ったマルチェッロの手をもてあそびはじめた。その手を眺めまわしたり、裏返したり、ぎゅっと握りしめては緩めてみたり。それから荒々しく押し戻し、マルチェッロを見つめながら、ゆっくりと言った。「言っても、君はきっとしてくれない」

「言ってみてよ」マルチェッロは戸惑いと親切心が綯いまぜになった心持ちで食い下がった。

「いや、やめておこう」リーノは意固地になった。蒼白いリーノの顔の両頬のあたりに、むらのある特異な赤みが差したのをマルチェッロは見逃さなかった。リーノはなにか言おうとしているようだったが、その前にマルチェッロが聞きたがっているという確信を得たいらしかった。そこでマルチェッロは、わざと無邪気に媚びてみることにした。身を乗り出すと、自分からリーノの手を握ったのだ。「お願いだから言ってよ。どうして言ってくれないの？」

ふたたび長い沈黙があった。リーノはマルチェッロの手と表情をかわるがわる見つめ、決めかねているようだった。仕舞いにマルチェッロの手を、今度は優しく押し戻し、立ちあがって部屋の中を歩きまわった。それからまたベッドの縁に戻って座り、マルチェッロの手を愛おしそうに握った。ちょうど父親か母親が息子の手をとるように。「マルチェッロ、君は僕が何者か知ってるかい？」

「知らない」

「僕は以前、司祭だったんだ」不意にリーノは、哀れみを誘う悲痛な声色になって告白を始めた。「猥褻(わいせつ)行為を働いて、教えていた寄宿学校から追放された元司祭なんだ……。なのに君はあまりに純真なものだから、ものすごく欲しがっているピストルと引き換えに、僕がなにを求めようとしているのか想像すらつかない。僕は、そんな君の無知と純真さ、そして子供らしい物欲につけこもうとしていたんだ！　これが僕の本性だよ、マルチェッロ」リーノは心の底から正直に話していた。それからベッドの枕元のほうに向きなおり、いきなり磔刑像を詰(なじ)りだした。声を荒らげることなく、まるで嘆くかのように。「あれほど祈りを捧げたのに、あなたは僕を見放したのですね。だから、僕はいつだっておなじ罠に落ちるのです。なぜ僕を見放したのですか?」いつしかその言葉は、リーノが自分自身に語りかけるようなつぶやきとなっていった。しばらくするとベッドから立ちあがり、出窓に置いた帽子を取ると、マルチェッロに向かって言った。「さあ、帰ろう。家まで送ってあげるから、おいで」マルチェッロは無言だった。頭が混乱し、いま起こった出来事をどのように解釈したらいいのかわからなかった。リーノのあとについて廊下を歩き、居間を通り抜けた。外の車寄せに出ると、黒塗りの大きな車のまわりに相変わらず風が吹きつけていた。空は雲で覆われ、太陽は見えない。まずリーノが運転席に乗り込み、マルチェッロはその隣に座った。車が動き出し、糸杉のあいだを通り抜けて静かに門をくぐると、表の通りに出た。二人は長いこと押し黙っていた。リーノは来たときとおなじように背筋を伸ばし、つばのついた帽子を目深にかぶり、手袋をはめた手をハンドルに添えて運転していた。しばらく通りを走ったところで、リーノが前を向いたまま、出し抜けに尋ねた。「ピストルが手に入らなくて残念だった?」

その言葉を聞くなり、マルチェッロの胸の内で、ものすごく欲しいと思っていたピストルをどうしても手に入れたいという欲求がふたたび頭をもたげた。結局のところ、まだなにも失ってはいないのかもしれないと思った。そこで、マルチェッロは正直に口にした。「そりゃあ残念だったよ」

「だったら、明日また、今日とおなじ時間に会う約束をしたら、来てくれるかい?」

「明日は日曜だ」マルチェッロはいかにも賢そうに答えた。「だけど月曜ならいいよ。並木道の、今日とおなじところで会うことにしよう」

リーノはしばらく口をつぐんでいたが、急に悲壮な声をあげた。「もう僕に話しかけるな! 顔も見るんじゃない。たとえ月曜の昼に僕を並木道で見かけたとしても、僕の言うことに耳を貸してはいけないし、挨拶もしては駄目だ。わかったな」

〈この人は頭がどうかしてるのだろうか……〉マルチェッロは少しむかついて、心の内で自問した。そして答えた。「僕は別に会いたくなんかないよ。今日、そっちから話しかけてきて、僕を家に連れてったんじゃないか」

「ああ、そうだ。だけど、もう繰り返してはならないんだ。二度とね」リーノが力を込めて言った。「僕は自分のことをよくわかっている。今晩はきっと君のことばかり考えてしまうんだ。そして月曜になったら、またあの並木道で待ち伏せするに決まっている。たとえ今日のところは、もう行くまいと決心したとしてもね。所詮、僕はそういう奴なんだ……。だから、君は僕のことなんて相手にしちゃいけない」

マルチェッロは黙っていた。リーノが相変わらず烈しい口調で続けた。「僕は、ひと晩じゅう君のことを考えつづけるんだよ、マルチェッロ。そして、月曜になったらまた並木道に現われる……ピストルを持ってね。でも、君は僕のことなんて相手にしちゃいけない」リーノがおなじ言葉を何度も繰り返し口にしたので、マルチェッロは冷静で純真な洞察力で、本当のところリーノは僕にまた会いたくてたまらず、注意を促すようなふりをして、会う約束をしているのだと理解したのだった。リーノはしばらく押し黙っていたが、改めて尋ねた。「ちゃんと聞いてたかい?」

「うん」

「僕はなんと言った?」

「月曜に並木道で待ってるって」

「それだけじゃないだろう」リーノが悲痛な声で言った。

「それと、相手をしちゃいけないって」マルチェッロが付け加えた。

「そうだ」リーノはうなずいた。「なにを言われてもだぞ。いいか、僕はきっと君の名前を呼ぶだろうし、来てほしいと懇願するだろうし、車であとをつけるだろう。君が欲しいものはなんでもあげると約束もする。それでも君は振り向かずに歩き、僕の言うことを聞いてはいけないよ」

マルチェッロは、いいかげんうんざりした。「もういい。わかったよ」

「だけど、君はまだ子供だから……」リーノは、それまでの烈しい口調から、いきなり猫なで声になった。「僕に抵抗できなくなって、間違いなく僕についてくることになる。君はまだほんの子供だからね、マルチェッロ」

マルチェッロはむっとした。「僕は子供なんかじゃない……。もう中学生だよ。僕のことをよく知らないくせに」

リーノはいきなり車を停めた。まだ丘の途中で、高い石塀の脇だった。少し先にはヴェネツィアガラスのランタンが飾られたレストランのアーチ門が見える。リーノはマルチェッロのほうに向きなおると、苦しそうに喘ぎながら言った。「君は本当に……本当に僕と一緒に来ることを拒絶するつもりなんだね？」

「そうしてくれって言ったのは、そっちじゃなかったっけ？」もはやリーノの言うことは戯（たわむ）れにすぎないのだと理解していたマルチェッロが訊き返した。

「ああ、そうだったな」リーノはふたたび車を走らせながら、打ちひしがれて言った。「そうだった。君の言うとおりだ。頭のおかしなこの僕が、そうお願いしたんだった……。他でもなくこの僕が……」

吐き出すように認めたあと、リーノが口をつぐんだため、沈黙が訪れた。車は坂を下り、来るときに通った貧しい地区の薄汚れた通りに差しかかった。そこを抜けると、葉を落とした白いプラタナスの高木が両側に枝を張り、窓のたくさんある建物が軒を連ねる大通りが見えてきた。人影のない歩道には黄色い落ち葉が溜まっている。その向こうがマルチェッロの家のある界隈だ。リーノは前方を見据えたまま尋ねた。「君のうちはどこ？」

「ここで車を停めたほうがいいと思う」自分のそうした共犯者めいた口ぶりに相手が悦びを見出すことを、マルチェッロは十二分に自覚していた。「車から降りるところを見られたらまずいもの」

車は停止した。降りたマルチェッロに窓から教科書の包みを渡すなり、リーノはきっぱりと言った。「それじゃあ月曜に、あの通りの、今日とおなじ場所で待ってるよ」

「それでも僕は……」本を受け取りながらマルチェッロが念を押した。「気づかないふりをすればいいんだね？」

リーノが答えあぐねているのを見たマルチェッロは、残忍な満足感すら覚えた。落ち窪んだ眼窩の奥でぎらりと光るリーノの眼が、不安を湛えた、すがるような眼差しでマルチェッロのことを包み込んでいた。ややあって、リーノは悲しげに言った。

「好きにすればいいさ……。僕のことは、君の好きにしてくれて構わないから」終わりのほうの言葉は、物欲しげな哀歌となっていた。

「だったら、僕は顔も見ないことにする」マルチェッロは最後にそう告げた。

するとリーノがなにやらジェスチャーをしてみせた。マルチェッロにはその意味がわからなかったものの、失意に満ちた同意のようにも思われた。車はすぐに走り出し、大通りの方角へゆっくりと走り去った。

Ⅲ

毎朝マルチェッロは、決まった時間に調理婦に起こしてもらっていた。彼女はマルチェッロのことを格別に可愛がっていた。朝食の盆を持って真っ暗な子供部屋に入ると、整理箪笥の大理石の上に置く。それから両方の手で窓の鎧戸（よろいど）の紐にぶらさがるようにして、二、三度、いかにも逞（たくま）しそうに引っ張るのを、マルチェッロはベッドから眺めていた。次いで彼女はマルチェッロの膝の上に盆を載せ、彼が朝食を食べるのを脇に立って見守る。そうやって待ち構えていて、彼が食べ終えるなり、掛け布団を引きはがし、着替えを促した。むろん服を差し出したり、場合によってはしゃがんで靴を履かせたりと、かいがいしく手を貸した。陽気で快活な、良識のある女で、生まれ故郷の訛りと、愛情あふれる振る舞いが身に染みついていた。月曜の朝、目を覚ましたマルチェッロは、前の晩、眠りかけていたときに、腹立ちまぎれに怒鳴りちらす声を聞いたような気がしたが、それが一階から聞こえたのか両親の寝室からだったのかよく憶えておらず、頭が混乱していた。朝食のあいだは黙っていたものの、食べ終えると、いつものように脇に立って待っていた調理婦に、「昨日の夜、なにがあったの？」となにげなく尋ねてみた。

調理婦は、大袈裟に驚いたふりをして、彼を見返した。「私が知っているかぎり、なにもありませんでしたよ」

マルチェッロはすぐに、彼女がなにか知っているのだと見てとった。その大仰な驚きようといい、隠しごとのありそうな瞳の輝きといい、彼女の態度すべてがそれを物語っていた。そこで言った。「怒鳴り声が聞こえたけど……」

「ああ、怒鳴り声ですね。それはまあ、いつものことですよ。旦那様と奥様は、しょっちゅう怒鳴っておいでなことを、坊ちゃまもご存じでしょう」

「うん。だけど、いつもより大きな怒鳴り声だった」

調理婦は笑みを浮かべ、ベッドのヘッドボードに両手をついて言った。「せめて怒鳴り合いでもすれば、少しはお互いのことがわかるようになると思いませんか？」

答えを必要としない問いを投げかけることによって自分の考えを押し通すというのが、彼女の悪い癖だった。マルチェッロはなおも尋ねた。「どうして怒鳴り合ってたの？」

彼女はまたしてもほほ笑んだ。「なぜ人は怒鳴り合うのか、ですか？　それは意見が合わないからでしょう」

「じゃあ、どうして意見が合わないの？」

「旦那様と奥様がですか？」彼女は、その質問を待ってましたとばかりに、声をうわずらせた。「まあ、理由でしたら数えきれないほどありますよ。あるときには、奥様が窓を開けたままおやすみになりたいのに、旦那様はそれを望まれなかったり、またあるときには、旦那様が早くにご就寝なさりたいのに、奥様が夜更かしをされたがったり……。理由でしたらいくらだってあると思いませんか？」

マルチェッロは藪から棒に、「僕はもう、この家にいたくない」と、確信に満ちた重々しい口調で言った。まるで昔からの感情を吐露するかのように。

「それで、どうなさるおつもりですか？」調理婦は、ますます陽気な口調で尋ね返した。「坊ちゃまはまだお小さいですし、このお屋敷から出ていくことはできません。大人になるまで辛抱なさらないと」

「寄宿学校へ入れられたほうがよっぽどいいや」

彼女は不憫（ふびん）そうにマルチェッロを見つめた。「坊ちゃまのおっしゃるとおりかもしれませんね。寄宿学校でしたら、少なくとも坊ちゃまの面倒をみてくださる方がいますもの……。昨夜、旦那様と奥様がなぜあんなに怒鳴り合っていたかご存じですか？」

「ううん。どうして？」

「お待ちください。いまお見せしますから」

調理婦はすっとドアのほうへ行くと、どこかに消えてしまった。マルチェッロは階段を駆け下りる足音を聞きながら、昨夜いったいなにがあったんだろうと改めて疑問に思った。ほどなく階段を上ってくる調理婦の足音が聞こえたかと思うと、密やかな楽しみがあるという面持ちで子供部屋に戻ってきた。その手に携えられた品物がなにか、マルチェッロはひと目でわかった。マルチェッロが二歳と少しのときに撮った写真を大きく引き伸ばしたものだ。そこには白い服を着た母親が写っていた。おなじく白のベビー服を着て、伸ばした髪を白いリボンで束ねた息子を腕に抱いている。「このお写真を見てくださいな」調理婦は陽気に声を張りあげた。「昨夜、劇場からお戻りになられた奥様が、居間に入られて真っ先にご覧になられたのが、ピアノの上に飾ってあったこのお写真なのです。おかわいそうに、奥様は危うく卒倒するところでした。旦那様がこの写真になにをしでかしたか、見てくださいよ」

マルチェッロは写真を見て息を呑んだ。何者かがペンナイフか千枚通しの先端で母親と息子の両眼に孔をあけ、おまけに母子の四つの眼球から血の涙が流れているように見せるために、赤鉛筆でいくつもの点線を描き入れていたのだ。それがあまりに奇怪で予想外であると同時に、得体の知れぬ不吉さが感じられたため、マルチェッロはどのように捉えたらいいのかわからなかった。「旦那様がこんなことをなされたのです」調理婦は甲高い声で言った。「奥様がお怒りになられたのも無理ありません」

「だけど、どうしてこんなことをしたの？」

「呪いですよ。呪いってなんのことだか、わかりますか？」

「わからない」

「誰かを憎んでいるときに、旦那様がなさったようなことをするのです。場合によっては目ではなく、胸の……心臓のあたりに孔をあけることもあります。すると、なにかが起こるのです」

「なにが起こるの？」

「その人が死んだり、別の不幸なことが起こったり……。時と場合によります」

「でも僕……」マルチェッロは口ごもった。「パパに憎まれるようなことなんて、なにもしてないよ」

「それを言うなら、奥様だってなにもなさってません」調理婦が憤慨して声を荒らげた。「旦那様がどんなお方かご存じですか？　頭がおかしいのです。あのお方の行くべき場所は、聖オノフリオ病院……精神を病んだ人の療養所ですよ。さあ、坊ちゃま、そろそろお着替えをしてくださいな。学校へ行く時間です。私は、この写真を居間に戻してきますから」調理婦が陽気な足どりで部屋から出ていったので、マルチェッロは一人とり残された。

写真に起こったことの説明がどうしてもつかず、マルチェッロは考えに耽りながら服を着替えはじめた。彼自身は、父親に対してなんら特別な感情を抱いたことがなかったため、真偽のほどはともかく、父親から敵意を抱かれていたとしても別に胸が痛みはしなかった。それでも調理婦が話してくれた悪意に満ちた呪いの力については、考えずにはいられなかった。とりたてて迷信的な子供ではなく、写真に写っている人の目に孔をあけるだけで、その人を痛い目に遭わせられるなどと本気で信じているわけではなかった。それでも、父親のその狂気じみた行為が、完全に抑え込めたと思っていた彼の不安を呼び覚ましたのだった。そして、夏のあいだじゅう彼にとり憑いていた不吉な宿命の環(わ)に、ふたたび入り込んでしまったという無力感と恐怖を覚えずにはいられなかった。それは、いま血の涙が描き込まれた写真を前にして、あたかも邪悪な共感に招かれたかのように、かつてないほど力強く彼の心の底で目覚めた宿命の環なのだった。

不幸とはいったいなんだろう。マルチェッロは自問した。澄みきった空の青にぽつんと浮かぶ黒い点が突如として膨張を始めたかと思うと、残忍な鳥の姿となり、骸にたかる禿鷹のように不運な人に襲い掛かってくる――そんな現象でないとしたら、いったいなんなのか。あるいは、あらかじめ薄々と感じていながらも、いや、はっきりと見えていながらも、なお踏まずにはいられない罠のようなものなのだろうか。それとも、仕草や感覚や血液のなかになにげなく潜んでいる不器用さや無分別、思慮のなさといったものによって招かれる祟りだとでもいうのだろうか。マルチェッロには、この最後の定義こそもっともふさわしいように思われた。なぜならば、不幸を、まさに神の恵みの欠如から生じるものと捉え、神の恵みの欠如を、内に秘められ、曖昧模糊とした、生まれ持った不可解な宿命から生じるものと捉えていたからだ。そのような定義に立ったとき、父親の行為は、あたかも不吉な道への入り口を示す標識であるかのように、マルチェッロの関心をふたたび惹きつけたのだ。彼は、その宿命によって自分は殺しをするように仕向けられているのだとわかっていた。だが、なによりも彼が恐れたのは、殺人そのものではなく、たとえなにをしようと、自分にはあらかじめそれが宿命づけられているという事実だった。要するに、宿命の自覚そのものが、所詮は無知から来るものだったのだという思いが彼を震撼させた。ただしそれは特殊な種類の無知で、それを見抜くことは誰にも――むろん彼にも――できないのだ。

ところが、その日学校へ行くと、マルチェッロは子供に特有の移り気のせいで、たちまちそうした不吉な予感を忘れてしまった。教室で彼の隣の席に座っていたのは、トゥルキという名の虐めっ子で、クラスでもっとも年長であると同時に、いちばんの無学だった。ただし、以前、ボクシングのジムに通っていたことがあり、非の打ちどころのないパンチを繰り出せるのはクラスで彼一人だった。五分刈りの髪に、低くつぶれた鼻、薄い唇。骨張った険しい顔をトレーニングウエアになかば埋めたその風貌は、すでにプロのボクサーのようだった。ラテン語はからきし苦手なトゥルキだったが、校門を出て、下校途中の仲間とつるみ、口にくわえたちびた吸い差しを節くれだった手で取りながら、狭い額に何本もの皺を寄せて、いかにも情報通といった顔つきで「俺は、今度のチャンピオンシップで優勝するのはコルッチだと思う」などと言うと、男子生徒は全員、彼に尊敬の眼差しを向けて、黙り込むのだ。トゥルキは、ことあるごとに二本の指で鼻をつまんでは一方にずらしてみせ、本物のボクサーのように鼻中隔が折れていることをひけらかした。ボクシングのみならず、球技も得意だったし、人気のある烈しいスポーツならなんでもやってのけた。トゥルキは、マルチェッロを小馬鹿にした態度をとり、手加減しているようなところがあった。二日前、他の四人がスカートをかぶせようとしているあいだ、マルチェッロの腕を押さえていたのが、このトゥルキだった。それを憶えていたマルチェッロは、その朝、尊大で近づきがたい彼から一目置かれるための方法をようやく見つけたという確信を得た。

地理の先生が、長い棒でヨーロッパの地図を指し示そうと前を向いたのをいいことに、マルチェッロはノートに走り書きをした。「今日、本物のピストルが手に入る」そして、そのノートをトゥルキのほうへとずらして見せた。トゥルキはといえば、たいしてできもしないくせに、授業態度だけは模範的だった。いつだって身じろぎもせずに、注意深く授業を聴いている。その無表情で愚鈍な生真面目さは、陰鬱に見えるほどだった。そのくせ、先生に指名されるたびに、ごく簡単な質問にさえ答えられない彼に、マルチェッロは心の底から驚き、いったい授業中になにを考えているのだろう、勉強をする気がないのなら、なぜそれほど勤勉なふりをするのだろうなどと不思議に思っていた。果たして、ノートを見せられたトゥルキは、〈俺の邪魔をしないでくれ。授業を聴いているのがわからないのか?〉とでも言いたげな、いらついた態度をとった。それでもマルチェッロは、しぶとく肘でつついた。するとトゥルキは、頭の位置は動かさずに視線だけを下に向けて、その走り書きを読んだ。見ていると、鉛筆を手にとり、返事を書いてよこした。「嘘に決まってる」痛いところを突かれたマルチェッロは、大急ぎで「誓って本当だ」と書いて、請け合った。それでもトゥルキは信じようとせずに、尋ねてきた。「じゃあ、どこのメーカーだ？」マルチェッロは一瞬たじろいだが、とっさに考えて「ウイルソン製」と答えた。しばらく前に他でもなくトゥルキが話していた「ウェッソン」と勘違いしてのことだ。するとトゥルキは即座に返事を書いた。「そんなメーカー、聞いたことがない」マルチェッロは、「明日、学校に持ってくるよ」と書いた。二人の会話は突然そこで途切れた。振り向いた先生が、いきなりトゥルキを名指しして、ドイツでいちばん長い川はなんという川かと尋ねたのだ。例に洩れず、トゥルキは立ちあがってしばらく考えあぐねていたものの、正々堂々というスポーツ精神に則るかのように、恥じる様子もなく、わかりませんと答えた。ちょうどそのとき教室のドアが開き、顔をのぞかせた用務員が、授業は終わりだと告げた。

こうなったからには、なんとしてでもリーノに約束を守らせ、ピストルをもらわなければならない。放課後、マルチェッロは逸る心でプラタナスの並木道へと向かいながら考えた。自分が本気で望まなければ、リーノはピストルを渡してくれないだろうことを彼は理解していた。そこで、どのような態度をとれば自分の目的をもっとも確実に遂げることができるのか、道々考えをめぐらした。リーノがなぜあれほど固執しているのか、その真の理由はうかがい知れなかったものの、マルチェッロはまさしく女のような直感で、ピストルを手に入れるためのいちばん手っ取り早い方法は、このあいだの土曜にリーノ自身の口から聞いたやり方なのだと見抜いていた。リーノの相手をせず、誘いにも乗らず、懇願を無視する。要するに、自分にはそうやすやすと近づけないと思わせることだった。ピストルが自分のものになるという確信を得るまで、車に乗ることを拒みつづける。とはいえ、そんな脅迫じみた行為を許すほどリーノが自分に執着する理由がどこにあるのか、マルチェッロには見当がつかなかった。リーノを脅迫しようと決めたときに働いたのと同種の直感で、彼は、この運転手と自分の関係の裏に、謎めいていると同時にひどく気まずい、常識から外れた愛情の影がちらついていることを薄々感じていた。それでもなお、ピストルが欲しいという気持ちが種々の考えのなかでなによりも勝った。一方で、そんな愛情と、自分が演じることを強いられた女の子のような役回りが心の底から嫌だとも言い切れなかった。ただし、初めて会った日に、あの屋敷の廊下でリーノがしてきたように腰に手をまわされることだけは、なんとしてでも避けたかった。懸命に走ったせいで、汗だくになってプラタナスの並木道に着いたマルチェッロは、そう思っていた。

土曜とおなじように、その日も嵐を思わせる雲が空を覆っていた。生ぬるい風が、あちらこちらで吹き荒れながら掻き集めた戦利品を山のように運んでくる。枯れ葉、紙屑、鳥の羽根、綿毛、土埃……。その瞬間、並木道では落ち葉の山に風が吹きつけ、数えきれないほどの葉を、元々ついていたプラタナスの枝よりもさらに高くまで吹きあげた。マルチェッロは、どんよりとした空を背景に宙を舞う、指をしっかりひろげた掌(てのひら)のような無数の黄色い枯れ葉に気をとられ、しばらくぼうっと上を眺めていた。そしてふと視線を戻したとき、風に煽られてくるくる回転しているいくつもの黄金色の掌のあいだから、歩道の脇に停まっている黒光りした細長い車のシルエットが目に飛び込んできたのだった。マルチェッロの胸の鼓動が、なぜかしら速くなった。それでも、あらかじめ計画したとおり、歩みを速めることなくまっすぐ車に向かって歩きつづけた。敢えてゆっくりと窓の脇を通りかかった瞬間、あたかも合図のようにドアが開き、帽子をかぶっていないリーノが顔を出して言った。「マルチェッロ、車に乗らないか?」

先日の別れ際、あれほど誓ったにもかかわらず、その誘いがあまりに真剣だったことに、マルチェッロは驚かずにはいられなかった。ということは、リーノは自分自身がよくわかっているにちがいない。してはならないという強い意思がありながらも、きっとせずにはいられないだろうと自ら予言したことを、実際にしている姿を見るのは、滑稽でさえあった。マルチェッロは聞こえなかったふりをしてそのまま通りすぎた。すると車がゆっくりと動きだし、あとをつけてくるのに気づき、得体の知れない満足感を覚えた。整然と立ちならぶ窓のたくさんある建物と、少々傾いたプラタナスの幹のあいだに延びる幅の広い歩道には、見える範囲内に人の気配はなかった。車は、耳をくすぐるような低いエンジン音を立てながら、歩くスピードに合わせてあとをつけてくる。二十メートルほど行ったところでマルチェッロを抜かしたかと思うと、少し距離をおいて停車し、ドアがふたたび開いた。マルチェッロが振り返らずにその脇を通りすぎると、またしても悲痛な声色で懇願するのが聞こえた。「マルチェッロ、乗ってくれ。頼む……。僕が一昨日言ったことは忘れてくれ。なあ、マルチェッロ。聞こえてるのか？」マルチェッロは、その声に少なからず嫌悪感を催した。リーノは、なにをそんなに嘆くことがあるのか。幸い誰もその並木道を通りかからなかった。さもなければ、マルチェッロのほうが恥ずかしくなっただろう。それでも、リーノを完全に落胆させたくはなかったので、車を通り越したものの、半分だけ振り返って後ろを見た。あたかも、しつこく声を掛け続けてくれと誘うように。マルチェッロは、自分が媚びを売るような眼差しを投げていることに気づいた。そして二日前、級友たちに無理やりスカートを腰に結ばれたときに一瞬感じたのと同種の、不快とは言い切れない屈辱の感情や、不自然ではない演技の感覚を、にわかに覚えたのだった。あたかも、心の奥底では男に色目を使う高慢な女の役を演じることが嫌でないというか、むしろ生来の性向であるかのようにさえ思えたのだ。そうこうしているあいだにも、マルチェッロのあとをついて車がふたたび動きだした。マルチェッロはそろそろ潮時かと自問したが、しばし考えてから、まだ早すぎると思いなおした。車はその脇を、スピードを緩めはしたものの停まらずに通りすぎた。彼の名を呼ぶ男の声が聞こえた。「マルチェッロ……」その直後、いきなり遠ざかっていく車のエンジン音が響いた。マルチェッロは、しびれを切らしたリーノが帰ってしまったのではないかという不安に突然襲われた。だとしたら、明日は手ぶらで学校へ行かなければならないという恐怖が募り、大声で叫びながら走った。「リーノ……リーノ。待ってよ、リーノ」だが、その声は風に飛ばされ、びゅうびゅうと不安を煽る渦を巻きながら、枯れ葉と一緒に空気中に舞い散るばかりだった。明らかにリーノにはその声が届かず、行ってしまったのだ。つまり、マルチェッロはピストルを手に入れられず、これまでにも増してトゥルキにからかわれるだろう。ところが、次の瞬間マルチェッロはほっと安堵の溜め息をつき、ふだんとほとんど変わらぬ足取りで歩きはじめた。車は行ってしまうためにに前に進んだのではなく、交差点で彼を待つために走っていったのだ。現にいま、その横幅をいっぱいに使い、歩道を塞ぐようにして停まっている。

　マルチェッロは、そんな屈辱的な胸の動悸を引き起こしたリーノに対し、恨みがましい気持ちになった。そして、いきなり残忍な衝動に突き動かされ、計算ずくの冷酷な態度で思い知らせてやろうと心に決めたのだった。そのあいだに、ゆっくりとした足取りで交差点に差しかかっていた。すぐ目の前で、古い真鍮のついた旧型の車が黒光りした長い車体をさらけだしている。マルチェッロがぐるりと大回りして車をよけようとした途端、ドアが開いてリーノが顔を出した。

「マルチェッロ」なかば自棄になり、断固とした口調でリーノは言った。「土曜日に僕が言ったことは忘れてくれ。君はもう、十分すぎるほど義務を果たした。だから、ほら、一緒においで。ねえ、マルチェッロ」

　マルチェッロはボンネットの脇で立ち止まり、一歩後ろにさがると、リーノの顔は見ずに冷ややかな口調で言った。「嫌だ、行かない。だけど、土曜日に来るなと言われたからじゃない。行くのが嫌だから行かないんだ」

「なぜ嫌なんだい？」

「嫌だからだよ。どうして車に乗らなきゃならないの？」

「僕を悦ばせるためだよ」

「悦ばせるつもりなんかないや」

「どうしてかな？　僕のことが嫌い？」

「うん」マルチェッロはドアの取っ手をいじくりまわしながら、うつむいて言った。

自分がいじいじと悩ましげな、反抗的な表情をしていることに気づいたものの、それが芝居なのか、あるいは本心からなのかはわからなかった。リーノとのやりとりが芝居であることは間違いなかった。しかし、それが芝居ならなぜ、虚栄やら、嫌悪やら、屈辱やら、非情やら、悪意やらの入り混じった、これほどまでに強烈で複雑な感情が湧き起こるのだろう。そのとき、リーノの愛情たっぷりの低い笑い声が聞こえ、こう尋ねられた。「どうしてそんなに僕が嫌いなの？」

その言葉にマルチェッロは視線を上げ、リーノの顔をじっと見据えた。確かにリーノに対して好感を持てずにいたが、それがなぜなのか考えたこともなかった。しかし、痩せぎすで厳格な、修道僧を思わせるその顔を見ているうちに、リーノに対してなぜ好感が持てないのか思い至った。原因は二面性のあるその顔にあった。身体的な特徴にまで下心が表われているのだ。じっくり見ているうちに、その下心はとりわけ口もとに認められるように思われた。一見したところ、薄く乾燥し、高慢で、純潔なように見えるが、ひとたび笑いによって開いた唇がめくれると、赤く厚ぼったい粘膜が、いったいなにを求めてかはわからないが、貪欲な涎で光るのだ。笑みを浮かべながら答えをじっと待つリーノを見て一瞬ためらったものの、マルチェッロは正直に答えた。「唇が濡れているから嫌いなんだよ」

リーノの顔から笑みが消え、沈鬱な表情になった。「なんてくだらないことを言い出すんだ……」それからすぐに気をとりなおし、なにげないふりで軽口を叩いた。

「ではマルチェッロお坊ちゃま、どうかお車にお乗りくださいませんか？」

「乗ってやってもいいよ」マルチェッロはようやく心を固めた。「でも、ひとつ条件がある」

「どんな条件？」

「ピストルを本当にくれること」

「約束するとも。さあ、乗って」

「そうじゃない。いますぐくれないと駄目だ」マルチェッロは頑なに言い張った。

「でも、マルチェッロ、いまは持ってないんだ」リーノはありのままを言った。「土曜日に持って入ったまま、部屋に置いてきた。これから家まで取りに行こう」

「だったら僕は行かない」マルチェッロは、自分でも思いがけずきっぱりと断った。「さよなら」

そのまま立ち去ろうと足を一歩踏みだした。すると業を煮やしたリーノが怒鳴りだした。「さあ、来るんだ。赤ん坊みたいに駄々をこねるんじゃない」車から体を乗り出してマルチェッロの腕をつかむと、助手席に無理やり引きずり込んだ。「いまからすぐに家へ行こう」そしてこう言い添えた。「ピストルをあげると約束するから」マルチェッロは、心の奥底では力ずくで車に乗せられたことを悦んでいたので、逆らわずに、子供っぽいふくれっ面をしてみせただけだった。リーノは手早くドアを閉めると、エンジンをかけた。車が走りだす。

二人は長いあいだ黙りこくっていた。リーノは話したい気分ではないらしかった。きっと嬉しすぎて言葉が出てこないのだろうとマルチェッロは思った。マルチェッロはと言えば、話すことなどなにもなかった。もうすぐリーノからピストルをもらえる。そしたら自分は家に帰るんだ。明日にはピストルを持って学校へ行き、トゥルキに見せびらかしてやる……。そんな単純で楽観的な予測のさらに先にまでマルチェッロの考えが及ぶことはなかった。唯一の懸念は、リーノにだまされるのではあるまいかということだった。そうなったら、なにか意地悪を考え出してリーノを困らせ、約束を守らせればいいとマルチェッロは思った。

教科書の包みを膝にのせたまま身じろぎもせず、大きなプラタナスの木々や住宅が窓の外を飛び去っていくのを眺めているうちに、並木道の外れまで来た。車が坂道を上りはじめると、リーノは、それまで長らく考えていたことの結論かなにかのように尋ねた。「マルチェッロ、君はいったい誰から、そんな女狐のような真似を教わったんだい?」

マルチェッロは言葉の意味がよくわからず、答えに詰まった。リーノは、そんな彼の子供らしい無知に気づいたらしく、「要するに、ずる賢いってことさ」と説明を加えた。

「どうして?」

「だってそうだろう」

「ずる賢いのはそっちだよ」マルチェッロは反論した。「ピストルをくれるって約束したくせに、ちっともくれやしないじゃないか」

リーノは笑うと、片方の手を伸ばしてマルチェッロのむき出しの膝小僧を叩き、浮かれた声で言った。「マルチェッロ、君が今日こうして来てくれて、僕はたまらなく嬉しいんだ。このあいだ、僕の言うことは聞くんじゃない、ついてきては駄目だって言ったことを考えると、人間っていうのは、ときにつくづく愚かなことをするものだと思い知らされるよ。本当に愚かだった……。だが、ありがたいことに君は僕よりもずっと賢いみたいだね、マルチェッロ」

マルチェッロは押し黙っていた。リーノの言っていることがよくわからなかったのと、膝の上にのせられた手が不快だったからだ。一度ならず膝を動かしてみたが、手はそこにおかれたままだった。幸いなことに交差点の角から車が飛び出してきたので、マルチェッロはびっくりしたふりをして、叫んだ。「危ないっ！　ぶつかるよ」するとリーノはようやく手を戻し、ハンドルを切った。マルチェッロはほっと溜め息をついた。

そのうちに、石塀や生垣のあいだの田舎道に出て、やがて緑に塗られた扉のある門が見えてきた。それをくぐると、ところどころ葉の落ちた小ぶりの糸杉に挟まれた小道が続き、突き当たりではベランダの窓ガラスが光っていた。マルチェッロは、このあいだとおなじように、嵐を思わせる暗い空の下、強風が糸杉の枝を烈しく揺らしているのに気づいた。車を駐めるとまずリーノが飛び降り、マルチェッロに手を差し伸べて降ろしてやった。それから二人連れ立って柱廊のほうに歩いていく。この日、リーノは先を歩くのではなく、マルチェッロの腕をつかんでいた。それも、逃げ出されるのを恐れるかのように、ぎゅっと。マルチェッロはその手を緩めてほしいと言いたかったが、その隙を見つけられないまま、足が床から浮きそうなほどリーノに腕を高く持ちあげられ、飛ぶように居間を横切ったかと思うと、廊下に押し込まれた。そして、予期していなかった荒々しい力で首根っこを鷲づかみにされ、こう言われたのだ。「愚かな奴め。君は本当に愚かだ。なんで来たくないなんて言ったんだ？」

その声からは冗談めかした調子が消え、機械的な優しさこそ感じられたものの、嗄れてつぶれていた。意表を衝かれたマルチェッロが視線を上げてリーノの顔を見ようとした瞬間、乱暴に小突かれた。そして、猫や犬の首すじをつかんで投げるのと同様にして、部屋に放り込まれたのだった。マルチェッロが見ている前でリーノは部屋の鍵を閉め、ポケットにしまった。それから、怒りと悦びが透けて見える勝ち誇った表情でマルチェッロのほうに向きなおると、大声で怒鳴った。「もう好き勝手は許さない。僕の言うとおりにするんだ。この暴君め。小悪魔め。いいかげんおとなしくしろ。口答えなどしないで、言うことを聞きなさい」そうした命令や侮蔑や支配の言葉には、快感を味わっているかのような、野蛮な悦びが表われていた。マルチェッロはたいそう混乱したものの、それらがまったく意味を成さない言葉であり、自覚を伴う意思や思考の表出というよりも、どちらかというと凱旋の歌の詞に近いものだと感じずにはいられなかった。マルチェッロは恐怖に怯え、呆然としながらも、リーノが室内を大股で忙しなく動きまわるのを眺めていた。まず帽子を脱いで出窓に放り投げた。次いで椅子に掛けてあったワイシャツを丸めて抽斗にしまった。それから皺くちゃになっていたベッドカバーをきれいに整えた……。そういった類の雑事を、得体の知れない含みのある性急さで次から次へと片づけていった。それから、相変わらず脈絡のない、高圧的な命令の文句をわめきちらしながら、ベッドの枕元の壁に歩み寄ると、磔刑像をもぎとり、洋服簞笥へ行き、これ見よがしの荒々しさで抽斗の奥に投げ入れた。その行為によってリーノは、最後まで残っていた良心をもかなぐり捨てたことを示したかったのだと、マルチェッロは理解した。そうした懸念を裏づけるように、リーノはサイドテーブルの抽斗からマルチェッロの望んでやまないピストルを取り出し、それを見せびらかしながらわめいた。「ほら、ここだよ。だけど君には絶対に渡さない。プレゼントもやらないし、ピストルもやらない。それでも、僕の望みどおりのことをしてもらう。なにがなんでもな」

恐れていたとおり、リーノは最初から僕をだますつもりだったんだとマルチェッロは思った。憤りのために顔面が蒼白になるのを感じた。「ピストルを渡してくれないなら、僕は帰るよ」

「いや、なにもやらない。なにがなんでも言うとおりにしてもらう」リーノは相変わらず片手でピストルを振りまわし、もう片方の手でマルチェッロをつかまえると、ベッドに押し倒した。マルチェッロはベッドに勢いよく尻もちをついた弾みで、壁に頭をぶつけた。すると、それまで暴力的だったリーノが掌を返したように優しくなり、命令口調が哀願に代わった。マルチェッロの前にひざまずいたかと思うと、片方の腕をマルチェッロの両脚に巻きつけ、ピストルを握りしめたままのもう一方の手をベッドの上に投げ出した。呻き声をあげ、すがるようにマルチェッロの名を呼び、次いでやはり呻きながら、両方の腕をマルチェッロの脚にからみつけてきた。いまやピストルはベッドの上に放り出され、白いベッドカバーの上で黒々とした姿をさらしていた。

マルチェッロは、自分の足もとにひざまずいているリーノが、涙に濡れ、欲望に火照(ほて)った顔で、懇願するように自分のことを見上げてから、まるで忠実な犬が鼻づらをこすりつけるように、顔を脚にすり寄せてくるのを見ていたが、次の瞬間、ピストルをつかむなり、勢いよく立ちあがった。リーノは、おそらくマルチェッロが自分の抱擁に応えてくれると思ったのだろう、引き留めようとはせずに両腕をひろげた。マルチェッロは部屋の中心のほうへ一歩進み、くるりと振り返った。

しばらくのちに一連の出来事を改めて考えたとき、マルチェッロはピストルのグリップのひんやりとした感触によって、心の内に冷酷で残忍な誘惑が芽生えたのを思い出したが、当座に感じたのは頭の強烈な痛みだけだった。壁にぶつけた場所が痛んだのだろう。同時に、リーノに対する苛立ちとすさまじい嫌悪を覚えた。リーノはまだベッドの傍らにひざまずいていたが、マルチェッロが一歩あとずさってピストルを突きつけるのを見ると、立ちあがりこそしないものの、体をできるだけ後ろに反らせて両腕をひろげた。そして芝居がかった身振りで、おどけたように叫んでみせた。「撃ってくれ、マルチェッロ。僕を殺してくれ。そうだ。僕を野良犬のように殺してくれ」マルチェッロは、猥雑さと厳格さ、改悛と淫乱がおぞましく混じり合った姿を見て、そのときほど彼が憎いと感じたことはなかった。恐怖に怯えながらも、十分な自覚とともに、まるで男の要求を叶えてやるのが自分の義務だと思っているかのように、引き金を引いた。耳をつんざく大音響が小さな部屋に轟いた。リーノが横向きにくずおれたかと思うと、自分のほうに背を向け、両手でベッドの縁にしがみつき、ふたたび体を起こすのをマルチェッロは見た。よろよろと立ちあがったリーノは、脇腹を下にしてベッドに倒れ込むなり、そのままぴくりとも動かなかった。マルチェッロは近くまで行き、枕元にピストルを置いてから、小声で「リーノ」と呼んでみた。だが、反応を待たずにドアのところへ行った。鍵がかかっている。リーノが鍵穴から鍵死人を抜き、ポケットにしまったのを思い出したマルチェッロは、一瞬たじろいだ。死人のポケットを探るのには抵抗があった。そのとき、ふと窓の外を見やって、自分が一階にいることに気づいた。そこで窓から身を乗り出し、柱廊の前の車寄せと、駐まっている車を素早く見やり、そのまま用心深く様子をうかがった。もし誰かが通りかかったら、出窓をまたぐ姿を見られてしまう。それでも他に術はなかった。幸い誰も通りかからず、車寄せを囲むように植えられた木々の向こうにも、起伏に富んだ侘しい野山にも、見渡すかぎり人気はなかった。マルチェッロは窓から飛びおりると、車の座席においてあった教科書を取り、急がずに門のほうへ歩いていった。歩いているあいだじゅう、頭のなかには、まるで鏡のように自分自身の姿が映っていた。糸杉の木立ちのあいだの道を、半ズボンを穿き、教科書を小脇に抱えて歩く少年。それは不気味な予兆に満ちた不可解な姿だった。

第一部

I

片方の手に帽子を抱え、もう一方の手で黒いサングラスを外して上着のポケットにしまうと、マルチェッロは図書館のロビーに入っていき、過去の新聞はどこにあるのかと案内係に尋ねた。そして、とりたてて急ぐでもなく、幅の広い階段をのぼりはじめた。階段をのぼりつめたところにある大きな窓が、五月の強い陽射しに輝いている。マルチェッロは身も心も軽やかで、コンディションも絶好、若者らしい活力に満ちていると感じていた。シンプルな仕立ての真新しいグレーの背広を着ているお蔭で、そんな心地よい感覚に、生真面目で清潔感の漂う優雅さという、彼の好みにぴったりと合致するもうひとつの心地よさが加わっていた。三階の入り口で利用者カードに必要事項を記入してから閲覧室へと向かうと、カウンターの向こうで年輩の男性と若い女性の司書が利用者の対応をしていた。自分の順番がまわってきたので、マルチェッロはカードを渡し、主要地方紙の一九二〇年の発行分を見たいのだがと頼んだ。そのまま彼はカウンターにもたれ、目の前にある閲覧室の様子を眺めながら忍耐強く待った。緑のシェードのライトが各席に設(しつら)えられた机が、閲覧室の奥のほうまで幾列も並んでいる。ちらほらと学生が利用している程度で、大半が空席の机の列をマルチェッロは慎重に見定め、頭のなかで自分の机を選んだ。いちばん奥の列の右端。受付の女性は、請求された新聞が綴じられた分厚い束を両腕に抱えて戻ってきた。マルチェッロはその束を受けとり、閲覧机に向かった。

傾斜のある机に新聞の束を置くと、膝が抜けないようズボンを軽く持ちあげながら椅子に腰を掛けた。それから束を開き、ページをめくりはじめる。見出しの文字は本来の光沢を失って緑に近い黒となり、紙は黄ばんでいる。写真も色褪せてぼやけ、奥行きが感じられなかった。見出しの文字がでかでかと躍っていれば躍っているほど、空虚でくだらない印象が強くなると彼は思った。掲載されたその日の夜にはもう、重要性も意味も失っていた出来事の報道は、いまとなってはセンセーショナルなばかりで理解しがたく、記憶はもとより、想像とも異なっていた。とりわけ馬鹿げた見出しの記事には、たいてい末尾に偏った見解が記されていることに彼は気づいた。大仰に騒ぎたてるわりに、まったく共感を呼ばないその手の記事は、耳にうるさいばかりで心に響くことのない、錯乱者の奇抜な叫びのように感じられた。マルチェッロは、そうした見出しを目にしている自分の感情と、自分にかかわる事件の見出しを目にしたときに抱くであろう感情とを比較し、自分が探しているニュースも、同様に空虚でくだらなく思えるのだろうかと自問した。要するに、これは過去なのだ、とページをめくりながら考えた。もはや声を発していない大騒ぎや、すでに消沈した憤りは、いつしかぼろぼろになり塵と化すだろう新聞そのものの素材である黄ばんだ紙のせいで、なにやら下劣な、蔑むべきもののように感じられる。過去とはすなわち、暴力、過誤、欺瞞(ぎまん)、虚言、浮薄といったものから成っているのだ。紙面に掲載された記事を次から次へと読みながら、マルチェッロはなおも考えた。人は日々、こうしたことだけが報道によって次世代の記憶に託すに値すると見做している。紙面からは、奥深い普通の暮らしはうかがえない。とはいえ、一連の考察をしながら彼自身が紙面から探し求めているものも、犯罪の証拠に他ならないではないか。

マルチェッロは、自分にかかわる記事を急いで探し当てようとしているわけではなかった。正確な日付を知っているのだから、その気になれば一発で見つけることもできるはずだ。ようやく一九二〇年の十月二十二日まで来た。二十三日、二十四日……。しだいに日付が近くなっていく。ページを一枚めくるごとに、これまでの自分の人生でなににも増して重要な意味を持つと考えている出来事へと近づいていく。ところが、新聞はそれについて、前もってなにか準備するでもなければ、予告するでもなかった。どう考えても彼には関係のない数多の記事のなかで、一本だけ彼にかかわるものが、なんの前触れもなく、いきなり現われるのだ。獲物を追って海の底から海面に飛び出す獰猛な魚のように。マルチェッロは冗談めかして考えた。〈政治的な出来事を報じる大見出しの代わりに、こんなふうに印刷するべきだったんだ。「マルチェッロ、初めてリーノと会う。マルチェッロ、リーノにピストルをねだる。マルチェッロ、リーノの車に乗り込む……」〉ところが、不意にそんな冗談は頭から消え去り、マルチェッロは烈しい動揺に見舞われて息ができなくなった。探していた日付にたどり着いたのだ。逸る心でページをめくると、案の定、社会面に「死亡事故」という見出しの、小さな記事があった。

マルチェッロはその記事を読みはじめる前に、誰かに見られてはいまいかと危惧するように周囲を見まわした。それからふたたび新聞に目を落とした。記事には次のように書かれていた。「昨日、カミッルッチャ通り三十三番地に住むお抱え運転手、パスクアーレ・セミナーラさんが拳銃の手入れをしていた際、暴発し、被弾した。間もなく駆けつけた救急隊によって、ただちにサント・スピリト病院に運ばれ、医師の手当てを受けたものの、銃弾が心臓付近まで達しており、快復の見込みはないと診断された。その後、懸命の処置の甲斐なく、夜のうちに死亡した」

まことに要領を得た、型通りの記事だ。マルチェッロはもう一度読み返しながらそう思った。匿名記事に特有の使いまわされた定型文ではあるものの、その記事は二つの重要な事実を明らかにしていた。第一にリーノが本当に死んだということ。マルチェッロはこれまでずっと、そうにちがいないという確信を抱いてはいたものの、受け容れる勇気が持てずにいたのだ。第二に、その死が偶発的な事故によるものとされていること。リーノ自身が息絶える前にそう説明したのだろう。つまり、マルチェッロに影響を及ぼすことはいっさいない。リーノは死んだが、その死によってマルチェッロが罪に問われることはないのだ。

ただし、彼が何年も前に起こった事件の記事を図書館で調べようと決心したのは、安心を得るためではなかった。あの頃、一時（いっとき）たりとも完全に静まることはなかった不安が、事件の実質的な結果だと考えたことは一度だってなかった。そうではなく、リーノが死んだという確証を得ることによって、心の内にどのような感情が湧き起こるかを見極めるために、その日、マルチェッロは図書館を訪れたのだった。そのときに湧き起こる感情しだいで、自分があの頃となんら変わらず、宿命として生まれついた己の異常さに苛(さいな)まれる少年のままなのか、あるいは、その後なりたいと望み、なったと信じて疑わずに生きてきた正常な大人なのかを見極めようと考えたのだ。

マルチェッロは、黄ばんだ新聞紙に印刷された十七年前のニュースを読んでも、自分の心に特筆すべき感慨がなんら湧かないことを知って、奇妙な安堵を覚えた。安堵というより、むしろ驚きに近い感覚かもしれない。深い傷にたいそう長いこと巻いていた包帯をようやくほどこうと決心したところ、少なくとも傷痕があると思っていた場所に、傷口が完全にふさがって、いっさいなんの痕もない、つるんとした肌が現われたのを見て驚くのと同様の現象が起こったのだとマルチェッロは思った。事件の記事を新聞で探すことには、包帯をほどくのとおなじ意味合いがある。それに対して感情が動かないのならば、傷が完治したということだ。なぜ完治したのかは、彼自身にも説明がつかなかった。それでも、そのような結果をもたらしたのが時の経過だけでないことは疑いない。明らかに、長い歳月のあいだ続けてきた、己の異常性から脱して他の人たちとおなじになろうと自ら心がけたところが大きいにちがいなかった。

マルチェッロは周囲の目を気にしながらも、新聞から目を逸らし、宙を見つめた。それでもやはり、リーノの死についてしっかり考えておきたかったのだ。彼はいままでずっと、本能からそれを避けてきた。なんの関心も感情も湧かないのは、新聞記事が社会面に特有の型どおりの言葉遣いで書かれていたからかもしれなかった。それでも、彼の記憶は鮮烈かつ敏感に喚起されるはずで、そうだとしたら、彼の心にかつての恐怖を——それが未だあるのだとしたら——呼び覚ますはずだった。そこで、情け容赦のない公正なガイドのように彼を導いて時をさかのぼる記憶の後におとなしく付き従いながら、マルチェッロは自らの幼少期の歩みをたどってみた。並木道での最初のリーノとの出会い、ピストルを手に入れたいという欲求、リーノが口にした約束、屋敷への訪問、二度目にリーノと会ったこと、リーノの少年愛の欲求、ピストルを構えるマルチェッロ、両手をひろげてベッドの脇でひざまずき「僕を殺してくれ。僕を野良犬のように殺してくれ」と芝居がかった叫び声をあげるリーノ。服従するかのようにに撃つマルチェッロ。横向きにくずおれ、いったん体を起こし、ふたたび脇腹を下にしてベッドに倒れ込むと、そのまま動かなくなったリーノ……。そうした細部を一つひとつ吟味していくうちに、新聞記事を前にしたときの無感覚が改めて確認されただけでなく、ひろがっていくことに彼は気づいた。現に、一ミリたりとも良心の呵責を感じないだけでなく、何年ものあいだ、その記憶とは切っても切れない関係にあると思ってきた、リーノに対する哀れみや恨みや嫌悪といった感情が意識の表面に浮きあがることすらなかった。要するに、いっさいなにも感じなかったのだ。愛欲に燃えた全裸の女の傍らででんと横たわる不能者でさえも、人生のはるか昔に起こったその出来事を前にした彼よりは、心がざわつくはずだった。マルチェッロは、そんな己の無関心に満足していた。かつて少年だった自分と大人になった自分のあいだには、もはやいかなる関係もない――隠れた関係も、間接的な関係も、密かな関係も――という紛れもない証拠だったからだ。僕は本当に別の人間になったのだ。新聞の束をゆっくりと閉じ、机から離れながら、マルチェッロは思った。あの遠い十月に起こった出来事を彼の記憶が機械的に思い出すことはあったとしても、一人の人間としての彼は、奥に潜む神経の一本いっぽんに至るまで、いまやきれいさっぱり忘れているのだ。

マルチェッロは急ぐことなくカウンターに戻ると、新聞の束を司書に返却した。それから、先ほどとおなじ思慮深さと活力のみなぎる落ち着きでもって――それこそ彼がもっとも好む態度だった――閲覧室をあとにすると、階段を下りてロビーに向かった。本当だったのだ。図書館の玄関口から陽射しのあふれる表通りを見やりながら、マルチェッロはそう思わずにはいられなかった。確かに事件の記事も、リーノの死が記憶によみがえったことも、彼の心になんら影響を及ばさなかった。それなのに、先ほどのような安堵は消えていた。古い新聞のページをめくりながら、傷を覆っていた包帯をほどいたところ、思いがけず完治しているのを発見して驚くようなものだという感触を覚えた。だがひょっとすると、傷ひとつないように見える皮膚の下に、傷口がふさがり、見た目にはわからない膿瘍となって、かつての病巣がいまだに隠れていたのかもしれないと思いなおした。そんな疑念が胸の内で頭をもたげたのは、リーノの死に対して無関心でいられる自分に気づいたときに抱いた安堵感が束の間で消えたからだけではなかった。彼の眼差しと現実のあいだに、喪装に用いる薄いベールにも似た、かすかで陰鬱な哀感が差し挟まれていたからだった。あたかも、リーノとの一件の記憶自体は時間の経過という強力な酸によって溶けたにもかかわらず、彼のあらゆる思考と感情に、いわく言いがたい影を落としているかのように。

明るい陽射しにあふれ、大勢の人が行き交う通りをゆっくりと歩みながら、マルチェッロは頭のなかで、十七年前の自分と現在の自分との対比を試みた。十三歳の頃のマルチェッロは内向的な少年で、いくらか女の子っぽいところがあり、感受性が強く、整理整頓が苦手で、空想癖があり、衝動的で、情熱的だった。一方、三十歳になった現在の彼は、内向的なところなど皆無などころか、揺るぎない自信があり、好みも態度もじつに男らしく、終始穏やかで、度が過ぎるほどきれい好きで、空想に耽ることなどなく、自制心があり、冷静だった。とはいえ、当時のマルチェッロには、混沌として得体の知れない、あふれ出るような豊かさがあったように思えた。それがいまでは、頭のなかにあるものすべてが明瞭で――もしかするとやや生彩を欠いているかもしれないが――、決まりきった思想や信念からなる意固地さや発想の貧困が、あの頃のおおらかで混沌とした豊かさに取って代わっていた。かつての彼は人を信じやすく、ざっくばらんで、意気盛んなところもあった。それがいまでは、他人と打ち解けることなく、気分のむらもまったくなく、悲しげとまでは言わないまでも快活さに欠けていて、物静かだった。しかしながら、この十七年間に生じた根本的な変化のなかでもっとも際立った特徴は、普通とは異なる、おそらく異常といえる渦のような衝動からなる、過剰なまでの生命力のようなものが失われたことだった。その空隙にいま、ある種抑制的な灰色の正常さが入り込んでいるように思われた。あのときリーノの欲望に支配されずに済んだのは、単なる偶然に他ならなかったのだ、と彼はなおも考えた。むろん、リーノに対して女性的な気まぐれと媚びに満ちた態度をとったのには、子供じみた欲得だけではなく、無意識のレベルにおける猥雑な官能の昂りもあったのだろう。だが、いまや彼は、他の大勢の人たちと変わらない一人の男だった。マルチェッロは一軒の店先にあった鏡の前で立ち止まり、自己愛など微塵も挟まず、距離をおいて客観的に観察しながら、己の姿を長いこと見つめていた。灰色の背広に身を包み、地味なネクタイ、背が高く均整のとれた体軀、日に焼けた丸顔、丁寧に梳かしつけられた髪、そして黒縁の眼鏡……まさしく、どこにでもいるような一人の男だった。そういえば大学生だったとき、自分とおなじような服装をし、おなじように話し、考え、行動する、おなじ年頃の若者が周囲に少なくとも千人はいることにふと思い至って、嬉しくなったことを思い出した。いまではおそらく、その数は百万人ぐらいにまで増えていることだろう。自分はごく普通の男なのだと、マルチェッロは腹立たしいほどに強烈な満足感に浸りながら考えていた。どのようにしてそうなったのか説明がつかなかったが、疑いの余地はなかった。

不意に煙草を切らしていたことを思い出し、マルチェッロはコロンナ広場のアーケード街にある煙草屋に入った。カウンターに行くと、お気に入りの銘柄を頼んだ。ちょうどそのとき、他にも三人の客がおなじ銘柄の煙草を頼んだので、煙草屋の主人は、大理石のカウンターの上で小銭を差し出す四本の手の前に、まったくおなじ四箱の煙草を手早く配り、それを四本の手がまったくおなじ仕草で受け取ったのだった。マルチェッロは、他の三人とまったくおなじ手つきで煙草の小箱を受け取り、手で触って軟らかさを確かめてから、封を開けている自分に気づいた。さらに三人のうちの二人までが、自分とおなじように煙草の箱を上着の内ポケットにしまうのも見た。

その後、三人のうちの一人が、店の外に出た途端、立ち止まって煙草に火を点けたのだが、そのシルバーのライターはマルチェッロのものとまったくおなじだった。こうした観察は、彼の心に官能的な悦びを呼び覚ました。ああ、自分は他の人たちとおなじだ。みんなと変わらないのだ。おなじ銘柄の煙草を、彼とおなじ仕草で買った人たちともまったくおなじだし、真紅の服を着た女性が通りかかると、振り返って薄い服地の下で揺れるむっちりした尻を舐めるような目で見ている、彼も含めた他の男たちともまったくおなじなのだ。ただし、後者の行為のように、ときにその類似性は、完全な性向の一致というよりも、むしろ模倣から生じる場合もあった。

そのとき、新聞の束を小脇に抱えた、背が低くて不恰好な新聞売りがマルチェッロのほうに向かってきた。一部を振りまわしながら、顔が真っ赤になるほどの大声を張りあげて、なにやら意味不明の文句を叫んでいる。「勝利」と「スペイン」という言葉だけがかろうじて聞きとれた。マルチェッロは新聞を買って、一面の上半分を占める見出しを注意深く読んだ。スペインの内戦で、またしてもフランコ軍が勝利を収めたらしい。その記事を読みながら、彼は紛れもない悦びを覚えていることに気づいた。その悦びは、自分が非の打ちどころなく絶対的に正常であることのさらなる証拠だと思った。彼は、最初に「スペインでなにが起こっているのか?」という見え透いた見出しが掲げられたときから、戦争が起こりつつあるのを見てとっていた。戦争はしだいにひろがり、規模も拡大し、いつしか武力だけでなく、理念の対立となっていった。そして彼は、あらゆる政治的、倫理的考察からかけ離れた（とはいえ、そうした考察がしばしば脳裏に浮かばないわけではなかったが）特異な感情でもって、戦いにのめりこんでいく自分に気づいたのだった。それは特定のサッカーチームを応援する熱狂的なファンの心情に非常によく似ていた。当初からマルチェッロは、熱狂的というほどではなかったものの、深くて執拗な感情でもってフランコ軍の勝利を望んでいた。あたかもその勝利によって、政治の分野のみならず、他のあらゆる事柄において、自分の性癖や思想が清く正しいものだとの確証がもたらされるとでもいうかのように。おそらく左右の対称性にこだわるのとおなじ感覚でフランコ軍の勝利を望んでいたし、いまも望んでいるのだろう。喩（たと）えるならば、自宅の内装を決める際に、すべての調度品のスタイルを統一することにこだわるのとおなじ感覚だった。彼は、しだいに明らかになるにつれて重要性が増していくここ数年の出来事に、そうした対称性が読みとれる気がしていた。すなわち最初はイタリアにファシズムが台頭し、次にドイツ、その後、エチオピアで戦争が起こり、続いてスペインの内戦。そのように漸進していくことが彼は好きだった。なぜかはわからない。ひょっとすると、そこにあまりに人間的な論理が見出せ、それが見出せることによって、必ずや成功するという安心感を得られるからかもしれなかった。マルチェッロは新聞を畳んでポケットにしまいながら考えた。とはいえ、フランコの大義が正しいと確信するようになったのは、政治的な理由やプロパガンダの影響によるものではない。そのような確信は、無知で凡庸な者たちがなにかを妄信するときと同様に、なにもないところから生じたのだ。要するに「思想は空気のなかにある」というのと同義で、空気から生じたのだった。スペインについてほとんど、もしくはまったく知らず、新聞さえ見出しを読むか読まないかで、教養もない無数の凡庸な者たちがフランコを支持しているのとおなじように、彼もまたフランコを支持していたのだ。要するにそれは共感によるものだが、この言葉の持つ、まったくもって思慮のない、没論理的で非合理的な意味合いにおける共感なのだ。空気中に漂う共感といえるかもしれないが、それも単なる比喩でしかなく、空気中には、花粉やら、家々の煙突から排出される煙やら、埃やら、光やらが漂っているだけで、思想は漂っていない。だとしたら、この共感はより深いところから生じるものであり、ここでもまた、彼の正常さが、打算的な理由や動機にもとづいた上辺だけのものでも、理性的かつ意志的にお座なりなものでもなく、本能的な、ほぼ生理的な状況、要するに彼が他の数多の人々と共有している信条と結びついたものであることを証明していた。彼は、いま自分が身をおいている社会や人民と完全に一体化しており、孤立した人間でも異常者でも錯乱者でもなく、人民のうちの一人であり、一きょうだいであり、一市民であり、一党員（カメラータ）だった。このことは、リーノ殺しによって、自分は人類の他のすべての者たちから隔絶されるのではあるまいかとひどく恐れていたマルチェッロの心をたいそう慰めた。

そもそも、フランコだろうが別のものだろうがたいして重要ではなく、結びつきや橋渡し、あるいは連帯や共通性の徴（しるし）といったものさえあれば、それでよかったのだ。とはいえ、それがフランコであり別のものでないという事実は、彼にとって他者との連帯や共通性の証左となっているだけでなく、スペイン内戦に対する感情的な参加が真理であり正当なものであることを物語っていた。現に真理とは、万人にとって明らかで、万人がそれを信じ、反駁（はんばく）できないと見做していること以外のなにものでもないではないか……。このように思考の連鎖は、すべての連環がしっかりとつなぎ合わされ、途切れることなく続いていくのだった。あらゆる考察に先立つ彼の共感から、その共感は他の数多（あまた）の人々とおなじような形で共有されているという自覚へ、その自覚から、故に自分は正しいのだという確信へ、そして自分は正しいのだという確信から、行動へ。なぜならば――彼の思考はとどまるところを知らなかった――真理の側にある者は、行動が認められるだけでなく、行動を強いられる。それこそが、自分自身や他人に対して己の正常性を示すための証拠であり、そのことを絶えず深め、主張し、証明しないかぎり、正常とはいえない。

マルチェッロはすでに目的地に到着していた。車やバスが二列になって往来している通りの向こう側に、庁舎の開け放たれた門扉が見えた。彼はしばらく立ち止まっていたが、折しもその門のほうへと進んでいく黒塗りの大きな車の轍をたどるようにして歩きはじめた。車の後ろから門をくぐると、面会を希望する役人の名前を案内係に告げたうえで、待合室で待った。他の人たちに交じり、他の人たちとおなじく待つことに悦びさえ感じていたのだ。官庁という場所につきものの秩序や作法を、じれったいとも、いらいらするとも、我慢ならないとも感じなかった。むしろ、そうした秩序や作法を、さらに広範囲で一般的な秩序や作法の存在をほのめかすものとして好ましいとさえ思い、進んでそれに適応していた。自分は完全に落ち着いていて、冷静だと感じていた。強いて言うならばいささか物悲しい気分ではあったものの、それとてさして目新しいことではなかった。その正体不明の物悲しさですら、もはや自分の性分と切り離せないものと見做していたのだ。彼はいつだってそんなふうに物悲しかった。むしろ、快活さに欠けていたといったほうがいいのかもしれない。喩えるならば、湖面に映り込む高い山により日が陰り、暗く陰鬱に見える湖のように。もしもその山を取り除けば湖面は陽射しを受けて微笑むのだろうが、山はそこから動きようがないから湖はいつだって物悲しいままだ。マルチェッロは、そんな湖のように悲しげだった。とはいえ、その山の正体がなんなのか彼には説明できなかった。

庁舎の守衛室に隣接した狭い待合室は、雑多な人間であふれていた。役人が優雅で社交的なことで知られるこの手のお役所の待合室にいそうなタイプとは正反対の人たちばかりだ。いかにも貪欲で陰湿そうな三人の男たちは、おそらくたれこみ屋と私服警官なのだろう、煙草を吹かしながら小声で喋っていた。その隣の若い女は、黒髪に蒼白い顔に赤い唇、けばけばしい化粧といい服装といい、どこから見ても最下層の娼婦といった風貌だ。貧しそうではあるものの小ざっぱりした黒の背広を着て、白い口髭と顎鬚をたくわえた老爺は、教授かなにかにちがいない。さらに痩せぎすで小柄な、白髪交じりの女が一人。家族を抱えた母親らしく、荒い息遣いに不安げな表情をしている。そして、マルチェッロ。

マルチェッロはそうした人たち全員をうつむきかげんで観察しながら、烈しい嫌悪を覚えた。いつもそうだった。共通の感情、共通の思想、共通の目的で結ばれた好ましい大集団として、自分もその一員であることに安堵を覚えるような抽象的な群衆のなかに己を見出すときには、自分はごく普通で、他のみんなとよく似ていると感じる。だが、そんな群衆のなかから個々人の姿が立ち現われた途端、あまりの相違によって、普通であるという幻想が打ち砕かれ、目の前の人々と己を同一視できなくなり、嫌悪感と隔絶感とに襲われるのだった。自分とあの目つきの悪い下品な三人組のあいだにどんな共通点があるというのか。自分とあの街娼とのあいだにも、自分とあの白髪の老爺とのあいだにも、自分とあの貧相で息遣いの荒い母親とのあいだにも、いっさいかかわりがないではないか。いま胸の内に抱いている忌まわしい嫌悪と憐憫の情以外にはなにも。「クレリチさん」案内係の声が響いた。マルチェッロはびくりとして立ちあがった。「右の手前の階段をあがってください」彼は振り返らずに、指示された場所に向かった。

中央に赤い絨毯が這うように敷かれている幅の広い大階段を二階分のぼったところで、両開きの大きな扉が三つある広い空間に出た。中央の扉の前まで進み、開けて中に入ると、そこは薄暗くて広いホールだった。長くて重厚なテーブルが鎮座し、テーブルの中央には地球儀が置かれていた。マルチェッロはホールを少し歩きまわった。窓の鎧戸が閉まっていて、壁際に並ぶソファーにはカバーがかぶせられていることから、長らく使われていないことがうかがえた。それから、いくつもあるドアのうちのひとつを開けて、暗くて狭い廊下をのぞいた。両側にガラスの戸棚が並び、突き当たりの半開きのドアから光が洩れている。マルチェッロはそのドアの前まで歩いていき、しばらくためらっていたが、少しだけ押してみた。好奇心に駆られてのことではなく、自分が探している部屋はどこなのか教えてもらいたくて、案内係を見つけだしたかったのだ。隙間から中をのぞいた彼は、やはり場所を間違えたらしいと気づいた。彼の目の前には、黄色のカーテンで覆われた窓から柔らかな光が注ぐ細長い部屋が延び、窓辺に設えられたテーブルには、若い男が窓を背にして座っている。こちらに向けられた横顔は四角くていかつく、でっぷりと肥(ふと)っていた。テーブルの脇には、マルチェッロのほうに背を向けて一人の女が立っているのが見えた。白地に大きな黒い花をあしらった薄手のワンピースをまとい、ベールのついた黒いレース地の幅広の帽子をかぶっている。たいそう背が高く、ウエストはくびれているものの、肩や腰のあたりは豊満で、すらりと長い脚は足首がひきしまっていた。女はテーブルのほうに身を屈(かが)め、ひそひそ声でなにやら話しかけていて、横顔をこちらに向けた男が、じっと座ったまま聞いている。その視線は彼女へと向けられているわけではなく、テーブルの上で鉛筆をもてあそんでいる自分の手に注がれていた。やがて彼女は肘掛け椅子の傍らへ移動し、馴れ馴れしく男に身を寄せてテーブルに背をもたせかけると、窓のほうに顔を向けた。だが、片目を覆うように斜めにかぶった帽子のせいで、マルチェッロの位置からでは顔は見えなかった。彼女は一瞬ためらったものの、ほとばしる水を口で受け止めようと水飲み場の下で屈むときのように、片足を引き、ぎこちない仕草で身をよじったかと思うと、自分から男の唇を求めた。男のほうはといえば、身じろぎもせずに口づけされるままになっていたが、それを悦んでいる様子も見せなかった。彼女が後ろにのけぞったものだから、女の顔も男の顔も、広い帽子のつばに隠れて見えなくなった。その後、彼女は大きくよろめいた。男が腰に腕をまわして支えなかったら、バランスを崩して倒れていただろう。いまや彼女は立っていて、座っている男をその体で隠していたが、どうやら男の頭を愛撫しているらしかった。女の腰にからめられたままだった男の腕からしだいに力が抜け、厚ぼったくてずんぐりとした手が、重力に引っ張られるかのように滑り落ちたかと思うと、太い五本の指をひろげた恰好で彼女の臀(しり)にとどまった。その手は、つるつるの球体の表面をつかめずにいる蟹か蜘蛛を連想させた。マルチェッロはそっとドアを閉めた。

廊下を引き返すと、地球儀の置かれていたホールに戻った。いましがた彼の見た光景は、大臣は女癖が悪いという悪評を裏付けるものだった。というのも、先ほどの部屋で座っていた男はまさしく噂の張本人であり、マルチェッロにもひと目で大臣だとわかったのだ。ただ奇妙なことに、マルチェッロは非常にモラルを重んじる人間だったにもかかわらず、それを見ても彼の信念の根幹が傷つくことはなかった。マルチェッロはその俗物で女好きな大臣に対して少しも好感が持てなかったばかりか、反感すら抱いていた。おまけに、官庁での業務に淫らな営みが入り込むなど、彼に言わせれば不適切極まりないことだった。しかしながら、そうした出来事を目の当たりにしても、彼の政治的な信条はいささかも揺らがなかったのだ。それは全幅の信頼をおく人物から、他の重要人物は盗みも働くし、無能だし、政治的な影響力を個人的な目的のために濫用していると聞かされたときに似ていた。ひとたび自分の道を選択したからには、それを変えるつもりは毛頭なく、自分には所詮かかわりのないこととして、そうした情報にも陰鬱なまでの無関心でもって接することができた。彼はそうしたことに対して驚きすら感じなかった。というのも、記憶にないくらい昔に、人間の愛すべきでない性質を早熟にも知ってしまったため、ある意味想定内だったのだ。なんといっても、体制への忠誠心と、自らの行動規範を形成する非常に厳格な倫理観とのあいだには、なんら関係がないと考えていた。彼の忠誠心は、いかなる道徳的規範よりも深いところに根差していて、国の庁舎の一室で女の臀をまさぐる手だとか、横領だとか、その他のいかなる犯罪や過失によっても揺らぎはしない。だからといって、その根がどこにあるのかは、彼自身も正確には説明できなかった。その根と彼の思考のあいだは、拭いがたい憂鬱という、色褪せて濁った仕切り板で隔てられていた。

マルチェッロは動じることなく、落ち着きはらったまま、しかし先を急いで、ホールの別のドアを開けてみた。また別の廊下が見えたので、後戻りし、三番目のドアを開けた。すると、そこはようやく彼が探していた控室だった。四方の壁に沿ってぐるりと置かれたソファーに人々が腰掛け、入り口には袖章をつけた案内係たちが立っていた。彼は、面会を希望する役人の名前を小声で案内係の一人に告げてから、空いているソファーに腰を下ろした。待ち時間をつぶすべく、ふたたび新聞をひろげた。スペイン内戦における勝利のニュースが紙面の全段にわたって報じられており、それが行き過ぎた悪趣味のように思えて苛立っている自分に気づいた。黒々としたボールド体で書かれた勝利を知らせる速報を読み返してから、イタリック体で書かれた長い特派員の記事に移ったものの、記者の、軍人を気取った仰々しい文体が鼻についたため、すぐに読むのをやめた。マルチェッロは、自分だったらその記事をどのように書いただろうとしばし考えをめぐらしたが、もしも自分に任されたならば、スペインからの記事だけでなく、体制に関するあらゆる情勢が――ごく些細なものから、ひときわ目につくものまで――完全に異なるだろうと考えている自分に我ながら驚いた。実のところ、この体制には、彼が心の底から不快に思わないことはほとんどなかった。にもかかわらず、それこそが彼の進むべき道であり、それに忠実でいなければならないのだ。マルチェッロは新聞を開きなおし、愛国心を煽る記事や、プロパガンダ的な記事を慎重に避けながら、他の記事をいくつか拾い読みした。その後ようやく新聞から目をあげて、周囲を見わたした。

そのとき控室に残っていたのは、老人一人だけだった。白髪で血色のよい丸顔には、厚かましさと欲深さと狡猾さの入り混じった表情が刻まれていた。背中にスリットの入った、若者が着るようなスポーティな白っぽい上着を着て、ゴム底の厚ぼったい靴を履き、派手な色のネクタイを締めていた。そこは官庁だというのに、その老人はさも自分の家であるかのように振る舞い、控室を行ったり来たり自由に歩きまわっていた。それぞれのドアの前で恭しく立つ案内係たちに、馴れ馴れしい、これ以上待ちきれないというような冗談めかした口調で説明を求めていた。やがてひとつのドアが開き、禿げた中年の男が現われた。細身ながらも下腹だけ出ていて、顔は頬がこけて黄色く、目は黒ずんだ大きな隈の奥に埋もれ、尖った輪郭に、機敏で、疑い深く、機知に富んだ表情が浮かんでいる。老人はその男の姿を認めるなり、冗談半分の抗議の言葉を大声で口にしながら近づいていった。中年の男は慇懃(いんぎん)な挨拶を返した。すると老人は打ち解けた態度で、黄色い顔をした男の、腕にではなく、女性にでもするように腰に手をまわし、並んで歩きながら控室を横切っていった。そのあいだにも、たいそう小さな声でなにやら忙しなげにささやいている。その光景を見るともなしに目で追っていたマルチェッロは、不意にその老人に対して、なぜかしら強烈な憎しみを覚えていることに気づき、愕然とした。マルチェッロは、時を問わず、さまざまな理由で、平素の無感情という押し殺した意識の表層に、凪いだ海面から現われる怪物のごとくいきなり過度の憎しみが頭をもたげることのある自分に気づいていないわけではなかった。そのくせ、そのたびに自分の性格の未知の部分を見せつけられ、それによって、よく知っていたし、確かだったはずの他の性格がことごとく打ち消されるような気がして、愕然とするのだった。たとえば、その老人の場合ならば、殺すことも殺させることもわけない。というより、マルチェッロはその老人を殺したいと願っていた。なぜなのか。彼が考えるに、人間の欠点としてなにより憎んでいる猜疑心が、その赤らんだ顔にまざまざと浮かんでいたからではないだろうか。あるいは上着の後ろ身頃にスリットが入っているせいで、老人がポケットに手を突っ込むと片方の裾が持ちあがり、ズボンの尻の部分が見えるからかもしれなかった。たるんで横にひろがったその尻は、仕立屋のショーウィンドウのマネキンを思わせ、嫌悪感を催さずにはいられなかった。いずれにせよ、その老人に対してあまりに抑えがたく烈しい憎しみを覚えたため、マルチェッロはまたしても新聞に目をやることにした。そうしてかなり長い時間をやり過ごしてから、ふたたび視線をあげたとき、老人もその相手も姿を消していて、控室には誰もいなかった。

それからほどなくして、案内係の一人が歩み寄り、どうぞお入りくださいと小声で告げたので、マルチェッロは立ちあがり、あとに従った。案内係はドアのひとつを開けて、中へ入るように促した。そこは天井と壁にフレスコ画が施された広い部屋で、奥に置かれたテーブルの上には書類が散乱していた。そのテーブルの向こう側に、先ほど控室で見かけた黄色い顔の男が座っていた。その傍らにもう一人、マルチェッロのよく知っている男がいた。秘密情報部の直属の上司だ。マルチェッロの姿を見ると、黄色い顔の男――大臣の秘書官の一人――は立ちあがった。もう一人は座ったままで軽くうなずいただけだった。こちらは、いかにも軍人らしい容貌の痩せた老人で、ごつごつとした赤ら顔といい、仮面の付け髭のように黒々とした剛い口髭といい、秘書官とはとことん対照的だった。現にその老人は、マルチェッロも知っているとおり、律儀で、厳格で、実直で、余計な議論などせずに任務を遂行する人物だった。己の義務だと見做したことは、なにを措いても、場合によっては自らの良心を措いてでも、必ず果たす。片や秘書官のほうは、マルチェッロの記憶にあるかぎりでは、より当世風の、まったく異なるタイプの人間だった。野心家で、猜疑心が強くて俗っぽく、あらゆる職業上の義務や良心の限界というものを無視して、残酷なまでに陰謀を好む。いうまでもなくマルチェッロは老人のほうに好感を覚えた。そのやつれた赤ら顔に、しばしば彼を抑圧する得体の知れない憂鬱と同種のものを感じとった気がしたからでもあった。もしかすると、このバウディーノ大佐も、マルチェッロと同様に、合理的なところは微塵もない、まるで魔法にでもかけられたかのような揺るぎない忠誠心と、日常生活においてあまりに頻繁に目にとまる嘆かわしい現実との矛盾に気づいていたのかもしれない。いや、もしかすると……とマルチェッロは相変わらず大佐のほうを見ながら考えた。そんなものは単なる幻想かもしれない。そして彼は、よくあるように、単なる共感から、上司に自分の感情を投影しているだけなのだろう。そうした感情を抱くのは自分だけでないことを期待して。

大佐は、マルチェッロのほうも秘書官のほうも見ず、ぶっきらぼうに言った。「こちらが先ほど話したクレリチ君だ」すると秘書官は、儀礼的な、皮肉ともとれるほどの素早さでテーブルに身を乗り出すと、握手を求め、椅子に腰掛けるように促した。マルチェッロが座るのを待ったうえで、自分も座った秘書官は、煙草の小箱を手に取ると、まず大佐に一本勧めたものの断られ、次いでマルチェッロに差し出した。マルチェッロは勧められるままに一本受け取った。秘書官は自分の煙草にも火をつけてから、喋りはじめた。「クレリチ君、君に会えてじつに光栄だ。大佐殿が、君を褒めてばかりいるものでね……。どうやら君は、いわゆるエースらしいね」秘書官は、「いわゆる」という部分を笑顔で強調してから続けた。「大臣と共に君の計画を吟味したところ、確かに非の打ちどころがないと判断した次第だ。君はクアードリをよく知っているのかね？」

「はい」マルチェッロは答えた。「大学時代の指導教授でしたので」

「君の役職を、クアードリが知らないというのは間違いないね？」

「そのはずです」

「政治的な転向を装って相手の信用を得たうえで、彼らの組織に入り込み、イタリアでの任務を任せられるように仕向けたらどうかという君の提案だが……」秘書官は目を伏せ、テーブルの奥の一点に視線を落としながら、話を続けた。「よい考えだと思う。大臣も、そういった類のことは躊躇せずに試みるべきだとおっしゃっている。いつなら出発できるかね？　クレリチ君」

「必要となり次第」

「じつに結構だ」秘書官はそう答えたものの、別の答えを予期していたのか、少々驚いた顔をした。「たいへん結構だ……だが、ひとつ明確にしておかねばならない。君は、言ってみれば極めてデリケートで危険な任務を遂行しようとしている。そこでだ、いまも大佐と話していたのだが、人目につかぬよう、君がパリに滞在するもっともらしい口実を見つけるなり、かこつけるなり、ひねり出すなりする必要があると思うのだ。彼らが君の正体を知っているとも、それを突き止めるだけの能力があるとも思わないが、用心に越したことはないからな。君の報告書によると、クアードリは、学生時代に君が体制に対して忠誠心を抱いていたことを知らなかったわけではないようだからね」

「ですが、そもそもそのような感情を抱いていなければ、転向も不可能です」マルチェッロは素っ気ない口調で言った。

「そうだ、確かに君の言うとおりだ。とはいえ、なんの用もないのにわざわざパリまで行ってクアードリを訪ね、『あなたに会いに来ました』と言うのもおかしな話じゃないか。そうではなく、なにかプライベートな用事で……要するに政治的なこととは関係なく、たまたまパリに来たものだから、その機会を利用して、君が精神的な危機に陥っていることをクアードリに打ち明けているのだという印象を与えねばなるまい。

つまりは……」そこで秘書官はいきなり視線をあげると、マルチェッロを見据えて結論を言った。「この任務を、仕事とは別の、なにか個人的な用事と結びつけなければならない」秘書官は大佐のほうに向きなおると、言い添えた。「そう思いませんかな、大佐」

「私も同意見だ」大佐は目を伏せたままで言った。そして、やや間をおいてから言い足した。「だが、適切な口実を見つけられるのはクレリチ君以外にはいないだろう」

マルチェッロはなにも答えずに下を向いた。その時点では、答えられることなどなにもないように思われたからだ。適切な口実を見つけるためにはじっくり考えなければならない。〈それらしい口実を考えますので、二、三日時間をください〉とでも答えるつもりだった。ところが意思とは裏腹に、舌が勝手に動きはじめた。「私は一週間後に結婚する予定です。ですから、ハネムーンにかこつけて任務を遂行することが可能かと存じます」

秘書官も、今度ばかりは明らかにたいそう驚いたものの、すぐさま取って付けたような熱心さでもってそれを覆い隠した。一方で大佐は、まるでマルチェッロがなにも言わなかったかのように、顔色ひとつ変えない。「それは素晴らしい……たいへん結構だ」秘書官は当惑した様子で声を裏返した。「君は結婚するのか。いやあ、それ以上の口実はあるまい。定番のパリのハネムーンなんて……」

「ええ」マルチェッロは笑みも浮かべずにいった。「定番のパリのハネムーンです」

秘書官はマルチェッロの気分を害したのではあるまいかと不安になった。「いや、パリはまさにハネムーンにふさわしい場所だと言いたかったのだ。あいにく私は独身だが、もし結婚することがあったら、きっと私もパリに行くだろうよ」

マルチェッロはこれに対してはなにも言わなかった。気に入らない相手に対して、こんなふうに完全なる沈黙で応じるのは彼の常套手段だった。秘書官は、気をとりなおそうと大佐のほうに向きなおった。「大佐殿のおっしゃるとおりですね。このような口実を見つけられるのはクレリチ君の他にはおりません。たとえ我々がそんな口実を思いついたとしても、こちらから提案するわけには参りませんからね」

なかばからかうような、曖昧な口調で発せられたこの言葉は、二つの意味に解釈できるとマルチェッロは考えた。多少皮肉がこもってはいるものの、〈こいつは驚いた、なんと職務熱心なこと！〉という心からの賛辞ともとれるし、それとは逆に、〈なんという隷属、自分の結婚まで利用するつもりなのか〉という、驚きと軽蔑がこめられた表現ともとれる。おそらくその両方の意味があるのだろうとマルチェッロは考えた。というのも、秘書官自身にしてみても、職務熱心と隷属のあいだには明確な境界線が引かれておらず、ことあるごとに、おなじ目的に到達するために、その両方の資質が必要とされるのだ。秘書官は二つの意味をあわせ持つ言葉で大佐の笑いを誘うつもりだったのだろうが、大佐が秘書官に対して笑みを見せようとしないのを見てとり、マルチェッロは嬉しくなった。束の間の沈黙があった。マルチェッロは身じろぎもせずに秘書官を凝視したが、その視線には敬意がこもっていなかった。そんな視線を向ければ相手が当惑することは重々承知のうえだったし、それを望んでもいた。はたして、秘書官はその眼差しを堪えきれなくなり、いきなりテーブルに両手をつくと、立ちあがった。

「よろしい。では、大佐、任務の詳細についてはお任せしますので、クレリチ君とお決めになってください。それと君……」マルチェッロのほうに向きなおり、続けた。「君の行動は、大臣と私が全面的に支援していることを忘れないように。そういえば……」秘書官はいかにもなにげないふりをして言い添えた。「大臣が君に個人的に会いたいとおっしゃっている」

このときも、マルチェッロはなにも答えずに、立ちあがって慇懃な会釈をしただけだった。秘書官はおそらく感謝の言葉を期待していたのだろう、またしても驚いたふうだったが、すぐに気を取りなおして言った。「残りたまえ、クレリチ君。君を大臣室まで連れてくるようにと言われているのだ」

大佐が立ちあがって言った。「クレリチ君、私の連絡先はわかっているね」それから秘書官に手を差し伸べたが、秘書官はなんとしてでもドアまで送りたがり、ひどく気を遣い、丁重な挨拶をした。マルチェッロの見ている前で二人は握手を交わし、ほどなく大佐は出ていき、秘書官が戻ってきた。「さあ、クレリチ君……こちらへ来たまえ。大臣は大変ご多忙にもかかわらず、どうしても君に会って、ご自身の賛意を表わしたいとおっしゃっているのだ。大臣と面会するのは、これが初めてではないかね?」秘書官室の隣にある小さな控えの間を通り抜けながら、秘書官はそうした言葉を口にした。そして、その先にあるドアに歩み寄り、扉を開けると、待つようにとマルチェッロに合図をして、いったん内側へ消えたものの、すぐにまた顔をのぞかせ、ついてくるよう促した。

中に入りながらマルチェッロは、先ほどドアの隙間からのぞいた細長い部屋とおなじ部屋ではないかと思った。ただし、その位置からだと幅広の部屋に見え、すぐ目の前にテーブルがあった。テーブルの向こう側には、四角くていかつい顔の、でっぷりと肥った男が座っていた。マルチェッロが、大きな黒い帽子をかぶった女性にキスをされているところを目撃した人物だ。テーブルの上はがらんとしていて、姿が映るほどに艶光りしていた。書類は一枚もなく、青銅の大きなインク壺と、黒っぽい革の書類挟みが閉じて置かれているだけだ。「閣下、こちらがクレリチ君です」秘書官が言った。

大臣は立ちあがると、マルチェッロのほうに右手を差し出した。その振る舞いは秘書官に輪をかけて慇懃だったが、気持ちは少しもこもっておらず、むしろ間違いなく居丈高だった。「クレリチ君、調子はどうだね？」まるで特別な意味がこめられているかのように、一語ずつ、ゆっくり丁寧に発音しながら、尊大な口調で言った。「君は優秀な人間だと聞いたものでね。体制には君のような人材が必要だ」それだけ言うと、大臣はふたたび椅子に座り、ポケットからハンカチを出して洟をかみながら、秘書官から差し出された書類に目を通した。マルチェッロは身の程をわきまえ、部屋の隅に下がった。秘書官がなにやら小声で耳打ちするのを聞きながら、大臣は書類を見ていたが、次いでハンカチに目をやった。マルチェッロはその白い麻のハンカチに赤い染みがあるのを見逃さなかった。そして、部屋に入ったとき、大臣の唇が不自然に赤かったのを思い出した。黒い帽子の女の口紅だったのだ。大臣は、秘書官の示す書類に目を通しながら、マルチェッロの視線に戸惑うでも怯むでもなく、ときおり口紅が落ちたかどうか確認しながら、ハンカチで口もとをごしごしとこすりはじめた。やがて書類の確認とハンカチの確認が同時に終了すると、大臣は立ちあがり、ふたたびマルチェッロに手を差し伸べた。「クレリチ君、活躍を期待しているよ。秘書官からも聞いていると思うが、君が遂行しようとしている任務を、私は無条件に、全面的に支援する」

マルチェッロはお辞儀をして、厚ぼったくて指の短い手を握り返すと、秘書官について大臣室をあとにした。

二人は秘書官室に戻った。秘書官は大臣の確認が済んだ書類をテーブルに置いてから、マルチェッロをドアまで見送った。「では、クレリチ君。しっかりとやりたまえ」次いで口もとに笑みを浮かべて言い添えた。「それと、結婚おめでとう」マルチェッロはうなずいてお辞儀をしながら、礼らしき言葉をぼそぼそと口にした。秘書官は最後にもう一度微笑み、マルチェッロの手を握った。そしてドアが閉められた。

Ⅱ

思ったよりも時間を喰ったので、マルチェッロは庁舎から出るとすぐに歩みを速めた。バスの停留所で列の最後尾に並んだ。昼どきとあって空腹を抱えていらいらしている群衆に交じって忍耐強く順番を待ち、すでにぎゅうぎゅう詰めのバスに乗り込もうとした。しかし中には入れずに、最初のうちはステップに足をかけて車体の外にぶらさがっていたが、たいそう苦労しながら、ようやく昇降口に体をねじ込むことができた。八方から乗客に押されながらも、バスが車体を揺らし、うなり声をあげて街の中心部から郊外へとのぼり坂を走っていくあいだ、そのままじっと耐えていた。だが、そんな窮屈な思いも彼は少しも嫌でなかった。むしろ他の大勢の人々と窮屈さを分かち合い、自分を多少なりとも皆とおなじように思わせてくれるのだから、有用にすら思えるのだった。また、群衆と体を触れ合うのは、確かに不快だし居心地も悪いが、決して嫌いではなく、個人対個人での接触よりは好ましかった。バスの昇降口で少しでも息が楽にできるよう必死に背伸びをしながら、マルチェッロは考えた。群衆を相手にしていると、多様な集団――バスのなかでひしめき合っている状態から、政治集会における愛国心に満ちた熱狂まで――における共感を得られて気持ちも安まるが、個人を相手にすると、自分自身や他人に対する猜疑心しか湧かない。いましがた本庁を訪れていたときのように。

たとえば、ハネムーンにかこつけて任務を遂行すると自分から申し出た直後に、求められてもいない媚び諂(へつら)いや、愚かな狂信的行為に走ったのではあるまいかという気まずい感情を覚えたのはなぜだろうか。マルチェッロは自問自答した。それは、申し出た相手が、猜疑心が強く、策ばかり弄している、腐敗しきったあの男だったからだ。憎たらしく軽蔑すべきあの秘書官だったからだ。これほどまでに自発的で私利私欲とは無縁の行為に対して羞恥心を覚えざるを得なかったのは、ひとえにあの男があの場にいたからだ。マルチェッロはいま、停留所から停留所へと転がるように走っていくバスのなかで、あのような男を前にしてさえいなければ、そうした羞恥心を覚えることもなかったはずだと自身を慰めていた。あの男にとっては、忠誠心も献身も自己犠牲も存在せず、あるのは打算と保身と帳尻合わせだけなのだ。じつのところ、マルチェッロの申し出は、頭で思索をおこなったうえでの結論ではなく、心の深部から自然に湧き出たものであり、それこそ、彼が社会的にも政治的にも「普通」の仲間入りを果たしたのは偽りでないという、揺るがぬ証拠だった。別の者だったら――たとえば秘書官もそうだが――同様の申し出をするにしても、計算高い考察を散々めぐらした末に行き着くのだろうが、彼は即興で言ってのけた。ハネムーンと政治的な任務を結び付けることによって生じる不都合については、いちいち時間を割いて吟味する必要もなかった。彼は、あるがままの彼であり、あるがままの姿から外れない限り、彼のしていることはすべて正しいのだ。

そのようなことを考えながら、マルチェッロはバスを降り、歩道に白と赤の夾竹桃が植えられたベッドタウンの通りを歩いていた。国家公務員専用の住宅は漆喰が剝がれかかった重厚な建物群で、歩道に面していくつもの大きな門が開け放たれ、それぞれの奥に、広くて侘しい庭が見えた。門と門のあいだには、マルチェッロが知りつくしている地味な商店が軒を連ねている。煙草屋、パン屋、八百屋、肉屋、食料雑貨店……。昼どきのことであり、そうした没個性的な建物にまで、仕事をいったん中断し、家族の団欒を楽しむ人々に特有の、束の間の幸せを感じさせるさまざまな気配が漂っていた。一階の少し開いた窓から流れてくる料理の匂い、なかば駆け足で門をくぐる質素な服装の男たち、ラジオの声、蓄音機の音……。一棟、奥に少し引っ込んだ建物があり、その前のスペースが庭になっていた。フェンスを伝う蔓バラが、通りかかったマルチェッロを、鼻につく、埃っぽい香りで出迎えた。マルチェッロは歩みを速めると、十九番地の門のところで、他の二、三人の勤め人たちに紛れて中へ入っていき、彼らの急ぎ足を真似ている自分に満足しながら、階段に向かった。

彼は幅の広い階段をゆっくりとのぼりはじめた。薄暗くて陰鬱な階段が、踊り場に出るたびに、大きな窓から注ぐまぶしい光に満たされた。だが、三階まで行ったところで忘れ物に気づいた。昼食に招待されて婚約者の家を訪れるときには毎回欠かしたことのない花束を、その日は持っていなかったのだ。それでも、呼び鈴を押す前に思い出した自分に満足したマルチェッロは、大急ぎで階段を下り、表通りに戻ると、迷わず建物の角に向かった。スツールに座った女が、そこで季節の花を瓶に入れて陳列していた。彼は、並べられた花のなかから、とりわけ美しく、茎が長くてまっすぐな、くすんだ赤のバラを半ダースほど手早く選んだ。そして鼻に近づけて香りを吸い込むと、ふたたび建物に入っていき、今度は最上階まで一気にのぼった。最上階にはドアがひとつしかなかった。別の小さな階段が上の素朴な木戸まで続いていて、その下にはバルコニーから燦々と陽光が射していた。マルチェッロは、〈ドアを開けるのが母親でなければいいのだが〉と思いながら、呼び鈴を押した。というのも、この未来の姑が異常なほどの愛情を彼に注いでくるため、ほとほと弱り果てていたのだ。ややあってドアが開き、玄関口の薄暗がりに、少女ともいえそうな家政婦の姿を認めたマルチェッロは、安堵の息をついた。彼女には大きすぎる白いエプロンに身を包み、二本の三つ編みにした黒髪を、蒼白い顔の上に冠のように巻いている。彼女は、好奇心を露わにして一瞬廊下をのぞいてから、彼を中に入れ、ドアを閉めた。マルチェッロは空気中に漂う料理の強い香りを思い切り吸い込み、客間に入っていった。

　客間の窓は少しだけ開いていた。そうすれば暑気とまぶしい陽光が室内に入り込むのをふせぎつつ、部屋いっぱいのルネサンス様式を模した濃い色の調度品が見えないほど暗くならずに済む。どの調度品も重厚でいかめしく、びっしりと彫刻が施されていて、家具の上の置物類と一種独特なコントラストを成していた。テーブルや棚板のそこここに飾られた置物はどれも時代遅れで、野暮ったい趣味のものばかりだった。灰皿の縁にはひざまずいた裸婦像、青いマヨリカ焼きのアコーディオンを弾く水夫、白と黒の犬が何匹か、花や蕾を象（かたど）ったランプが二、三個……。金属や陶磁器の灰皿らしきものがいくつもあったが、いずれも婚約者の女友達や親族の結婚式で配られた糖衣菓子（コンフェッティ）が入っていた容器だった。壁にはダマスク織を模した赤い布が張られ、黒い額に入った、鮮やかな色調の風景画や静物画が掛かっていた。マルチェッロは、早くも夏用のカバーに掛け替えられたソファーに座り、満足げに周囲を見まわした。これぞまさしく中産階級の家だ、と改めて思った。いかにもありきたりで倹しい中産階級の家で、あらゆる点において、そのおなじ界隈の、おなじ建物にある他の家々と似通っていた。それこそが、彼にとってなにより悦ばしいことだった。あまりに平凡でつまらないほどだが、そのくせ心の底から安心できるなにかを目の前にした感覚なのだ。そう考えながら、その家が醜いことに対して悦びを見出しているような、そんな卑屈な感情を覚えた。彼自身は、洗練された趣味の、美しい家で育ったため、いま自分のまわりにあるものが、どれも手の施しようのないくらい醜いとわかっていた。だが、彼が必要としていたのは、他でもなく、自分の隣人たちとのさらなる共通点ともいえる没個性的な醜さだったのだ。金銭的な余裕がないため、結婚したら少なくとも最初の数年間、ジュリアとその家で暮らすことを思い、そんな貧しさを祝福したくさえなった。マルチェッロが一人で自分の趣味に従っていたならば、これほど醜くてこれほど凡庸な家をつくりあげることは不可能だったろう。間もなくそこは彼の家の客間となるのだ。未来の姑とその亡夫とが三十年間使っていたアール・ヌーヴォー様式の寝室が、彼の寝室になるのと同様に。そして、ジュリアと両親がこれまでずっと日に二度の食事をしてきたマホガニー材の食堂も、間もなく彼の食堂になるのだった。ジュリアの父親はある省の重要なポストにあった役人で、若かりし頃の趣味で内装を施したその家は、恭順と正常という双子の神に悲壮なまでの敬意を表して建立された神殿のようなものだった。もうすぐ——マルチェッロは強欲で、みだらで、それでいて哀しい悦楽に浸りながら、なおも考えた——自分は、正当なかたちでその恭順と正常に組み込まれることになる。

そのときドアが開いて、ジュリアが廊下で誰か——おそらく家政婦だろう——と話しながら、勢い込んで入ってきた。そして話が終わると、ドアを閉めて、急いで恋人の許(もと)へ走り寄った。ジュリアはまだ二十代になったばかりだが、三十路(みそじ)の女のように豊満だった。決して上品とはいえない庶民的な豊満さではあるものの、瑞々(みずみず)しくて張りがあるために、まだ年若いことだけでなく、名状しがたい官能的な幻想や悦びをも感じさせた。抜けるように白い肌に、はかなく物憂げな透明感のある大きな瞳、ウェーブのかかった栗色の豊かな髪、咲いた花のような赤い唇。男性的な裁ち方の薄手のワンピースを着ているため、ふくよかな体のラインがはみ出しそうになった彼女が自分のほうに来るのを見ながら、マルチェッロは、いましがた心の底からの安堵を覚えた客間とよく似た、ごくごく平凡な、普通の娘と結婚するのだと思い、悦びを新たにしたのだった。そして、いかにも気立てがよさそうに間延びした、方言まじりの彼女の声を聞いたとき、またしてもおなじような安堵感——というよりも、むしろ爽快感に近いもの——を覚えたのだった。「まあ、なんてきれいなバラなのかしら。でもどうして？　気を遣わないでちょうだいって言ったでしょ。うちへ初めて食事にきたわけでもないのに……」そう言いながらも彼女は、部屋の隅の、黄色い大理石の円柱の上に置かれた青い花瓶のところへ行き、バラを活けた。

「君に花をプレゼントするのが好きなのさ」と、マルチェッロは言った。

ジュリアは嬉しそうな溜め息をひとつつくと、ソファーの彼の隣に、身を預けるように座った。彼女を見ていたマルチェッロは、つい先ほどまでの威勢のいい天真爛漫さが、突然、当惑に取って代わられたのに気づいた。心が乱れはじめた明らかな証拠だ。案の定、不意に彼のほうに向きなおり、肩に両手をおくと、ささやいた。「キスして」

マルチェッロは彼女の腰を抱いて、唇にキスをした。ジュリアには情欲的なところがあり、この手のキスは、気が進まずにいるマルチェッロに対して、たいてい彼女のほうから求めてくるのだが、その最中に決まって彼女のそうした情欲が攻撃的なまでにむきだしになり、婚約者という前提にもとづいた純潔な関係をゆがめてしまう瞬間が訪れるのだった。そのときも、二人の唇が離れかけるなり、ジュリアは不意に狂おしい欲情に囚われ、マルチェッロの首に腕を絡みつけると、彼の唇に自分の唇を無理やり押しつけた。彼は、唇のあいだから彼女の舌が入り込んできて、素早く巻いたりくねったりしながら、口のなかでのたうちまわるのを感じた。ジュリアはそのあいだにも彼の手をつかんで自分の胸に持っていき、左の乳房を揉むよう導いた。同時に、鼻からは荒い息を洩らし、動物のように無邪気な、飽くことのない喘ぎ声をあげるのだった。

マルチェッロは婚約者に恋をしていたわけではなかったが、ジュリアのことは好きだったので、そのような情欲的な抱擁をされるたびに決まって心を掻き乱された。しかしながら、その手の感情の昂りに流される気にはなれなかった。婚約者であるうちは、彼女との関係も伝統的に許容される範囲にとどめておきたかった。その一線を越えてしまうと、これまで四六時中、どうしたら追い払えるのか考え続けてきたあの無秩序や異常が自分の生活のなかにふたたび入り込むような気がしたからだ。そのため、ほどなく彼女の胸から手を離して、その体をやんわりと押し返した。

「まあ、あなたったら、なんて冷たいの」ジュリアは上体を引き、笑みを浮かべて彼を見つめた。「ときどき、あたしは嫌われてるんじゃないかしらって思うほどよ」

マルチェッロは言った。「僕が君を好きなことくらい知っているくせに」

彼女はころころと機嫌を変えながら言った。「あたし、とっても嬉しいの。こんなにも幸せだったことはないわ。そうそう、ママがね、今朝も、あたしたちが主寝室で寝たらいいって言ってくれたの。ママは廊下の突き当たりの小さな部屋で十分だからって……。ねえ、どう思う？　ママの言うとおりにしたほうがいいかしら？」

「断ったら、お義母(かあ)さんが気を悪くするんじゃないのかい」

「あたしもそう思うの。考えてもみて。あたし、子供の頃、いつかあんな寝室で眠れたらいいなって夢見てたのよ。だけど、いまはあの寝室がそれほど好きかわからない。あなたは好き？」ジュリアは、自分の趣味に対する他人の評価が気になり、認めてもらいたくてたまらないというように、半信半疑なかに期待をにじませて尋ねた。

「すごく好きだ。素晴らしい寝室だと思うよ」その言葉を聞いたジュリアの顔が悦びの色に染まるのがわかった。

彼女は満面の笑みでマルチェッロの頬にキスをすると、続けた。「今朝、ペルシコ夫人に会ったから、披露宴にご招待したの。あたしが結婚すること、ご存じなかったんですって。それで質問攻めに遭って……。相手が誰だかお話ししたら、あなたのお母様をご存じだっておっしゃってたわ。何年か前に海で一緒になったらしいの」

マルチェッロはなにも言わなかった。もう何年も前から一緒に住んでおらず、滅多に会わない母親の話をするのは、いつだって気が進まなかった。幸い、ジュリアは彼の当惑に気づかず、単なる気まぐれから、またしても話題を変えた。「披露宴といえば、ママと一緒に招待客をリストアップしてみたの。見てくれる?」

「ああ、見せてくれ」

彼女はポケットから一枚の紙を取り出すと、マルチェッロに差し出した。彼はそれを受け取って、じっと眺めた。人の名前がずらずらと書かれたリストで、父親、母親、娘、息子というふうに家族ごとにまとめられていた。男性の場合には、名字と名前だけでなく、医師、弁護士、技師、教授という具合に肩書も記され、さらに功労勲章受勲者の場合には、コンメンダトーレ、グランデ・ウッフィチャーレ、カヴァリエーレなど、その等級まで添えられていた。ジュリアは念のため、各々の家族ごとに、三人、五人、二人、四人などと、人数も書き込んでいた。大方がマルチェッロにとっては初めて聞く名前だったにもかかわらず、昔から知っているような気がした。いずれも中産階級、プチブル、専門職、国家公務員といった人たちで、ここと似通った客間に似通った調度品が設えられた、似通った家に住んでいるにちがいなかった。そして、ジュリアによく似た結婚適齢期の娘たちがいて、大卒の若い勤め人に嫁がせるのだろう。そうした結婚相手が自分によく似ていることをマルチェッロは期待した。彼は、ことさら特徴のある名前や、逆にありふれた名前に目を留めながら、その長いリストを吟味し、表面にはお定まりの冷ややかさと動かしがたい憂鬱を浮かべながらも、心の底から満足していた。「たとえば、このアルカンジェリというのはどんな人たちなのかい?」たまたま目についた名前について、そう尋ねずにはいられなかった。

「『ジュゼッペ・アルカンジェリ、コンメンダトーレ、奥様イオレ、お嬢様シルヴァーナとベアトリーチェ、ご子息ジーノ』と書いてあるが……」

「気にしないで。あなたの知らない人たちよ。アルカンジェリさんは、亡くなったパパのお友達。省で一緒だった人なの」

「どこに住んでるんだい?」

「ここから歩いてすぐの、ポルポラ通り」

「その家の客間はどんな感じ?」

「あなたって、おかしなことを訊くのね」ジュリアは笑いながら声をあげた。「いったいどんな客間だっていうわけ? ここと大して変わらない、どこにでもあるような客間よ。どうして、アルカンジェリさんのお宅の客間がそんなに気になるの?」

「娘さんたちは婚約してる?」

「ええ、ベアトリーチェは……。だけど、それがどうかして？」

「婚約者はどんな人？」

「まあ、婚約者のことまで知りたいの？　婚約者は風変わりな名前で、スキリンツィって言うの。公証人の事務所にお勤めよ」

いくらジュリアの返事を聞いても、招待客たちがどのような人たちなのか、まったく見当がつかないことにマルチェッロは気づいた。おそらく彼女の頭のなかにも、紙に書かれていること以上の特徴は刻まれていないのかもしれない。どれもこれも、そこそこの肩書を持つ、他の人たちと代わり映えのしない、普通の人たちの名前。彼はもう一度リストに目を通すと、たまたま目についた別の名前について尋ねた。「じゃあ、医師のチェーザレ・スパドーニ、妻のリヴィア、そして弟で弁護士のトゥリオというのは、どんな人たちなんだい？」

「小児科のお医者様で、奥様はあたしの学生時代のお友達なの。あなたもお会いになったことがあるんじゃないかしら。ほら、髪は茶褐色で、背が小さくて色白の、とても可愛らしい人よ。ご主人も若くて素敵な方……弟さんとは双子なの」

「それじゃあ、カヴァリエーレ勲章を受勲したルイジ・パーチェに、妻のテレザ、そして、四人の息子のマウリツィオ、ジョヴァンニ、ヴィットリオ、リッカルドというのは？」

「その方も、亡きパパのお友達だわ。息子さんたちはみんな学生なの。いちばん下のリッカルドなんて、まだ高校生よ」

マルチェッロは、リストに書かれた名前に関してそれ以上の詳細を尋ねても意味がないことを悟った。どのみちジュリアは、リストからわかる以上のことはほとんど説明できないのだから。それに、たとえ彼女がそういった人たちの性格や生活ぶりを事細かく説明したとしても、当然ながらその情報は、彼女の偏狭な判断能力や知識の枠内にとどまるものでしかなかった。それでもマルチェッロは、彼女との結婚によって、そんなに凡庸な社会の一員となれることに快感を覚えるほど——悦びを伴わない快感ではあったが——満足していた。それにもかかわらず、ひとつの質問が喉もとまで出かかり、しばらく逡巡したのち、思い切って口にした。「ところで、僕は君の招待客たちに似ているかい？」

「どういう意味？　背恰好が似ているかということ？」

「いいや、僕が知りたいのは、君から見て、僕と彼らのあいだには共通点があるかということなんだ。たとえば物腰だとか、顔つきだとか、服装だとか……そういったものが僕は彼らに似ているかどうか……」

「あたしからしてみると、あなたは誰よりも素敵」ジュリアは威勢よく言った。「だけど、そういう感情を抜きにすれば、そうね、あなたは彼らとおなじような人だと思う。教養があって、真面目で、洗練されていて……とにかく、彼らとおなじように、あなたはきちんとした人だわ。でも、なぜそんなことを訊くの？」

「べつに」

「本当におかしな人」ジュリアは好奇に満ちた眼差しを彼に向けた。「誰もが他人とは違う人間になりたいと思っているのに、あなたはみんなとおなじでいることを望んでるのね」

マルチェッロはそれに対してはなにも答えず、リストを彼女に返しながら、つぶやいた。「とにかく、僕の知っている人は一人もいない」

「でも、あたしだって全員を知ってるわけじゃないの。誰なのかママにしかわからない人も大勢いるわ。どのみち披露宴なんてすぐに終わる。せいぜい一時間ぐらいでしょ。それきり、もう会うこともないのだから」ジュリアは快活に言った。

「べつに僕は会いたくないわけじゃない」

「ちょっと言ってみただけ。それより、ホテルの宴会のメニューを読みあげるから、あなたの意見を聞かせてちょうだい」ジュリアはポケットから別の紙を取り出すと、声をあげて読みはじめた。

「冷製コンソメスープ
舌平目のムニエル
若鶏のポシェ、シュプレームソース添え
季節のサラダ
チーズの盛り合わせ
クレーム・シャンティイのジェラート
フルーツ
コーヒー&リキュール」

「あなたはどう思う？」先ほど母親の寝室について話したときとおなじ、半信半疑ななかにも悦びをにじませた口調でたずねた。「おいしそうだと思う？　みんなこれで満足してくれるかしら」

「とてもおいしそうだし、量だって十分だと思うよ」とマルチェッロが答えた。

ジュリアはなおも続けた。「シャンパンの代わりに、イタリアの発泡酒（スプマンテ）を選んだの。フランスのシャンパンのほうがおいしいけれど、乾杯にはそれでもいいでしょ？」

ジュリアはしばらく口をつぐんでいたが、すぐにまたいつもの移り気で話題を変えた。

「ラッタンツィ司祭様ったら、なんておっしゃったと思う？　結婚したければ、あなたは聖体拝領を受けなければならないし、聖体拝領を受けたければ、告解しなければならないって。そうじゃなければ、結婚式を挙げて下さらないっておっしゃってたわ」

意表を衝かれたマルチェッロは、一瞬なんと答えればよいかわからなかった。彼には信仰心はなく、おそらくここ十年近く教会に足を踏み入れていなかった。それどころか、キリスト教会とかかわるものにはことごとく反感を抱いていたはずだった。それがいま、告解したうえで聖体拝領を受けるという行為に対して、意外にも嫌悪感を覚えないばかりか、むしろ好感を覚え、魅力さえ感じていた。それは、結婚式の披露宴や見ず知らずの招待客、ジュリアとの結婚、さらには、あまりに普通で他の大勢の娘たちと代わり映えのしないジュリア自身に好感を覚え、魅力を感じるのとどこか似ていた。要するに、環のひとつのようなものだとマルチェッロは考えた。彼が人生という流砂に足をとられないために、必死にしがみつこうとしている正常さの鎖につながる環なのだ。おまけにこの環は、宗教という名の、他の環よりもより高貴で強度のある金属でできていた。もっと早くそのことに思いが至らなかった自分にマルチェッロは驚きを禁じ得なかった。そして、それを忘れていたのは、彼が生まれたときから存在し、たとえ熱心に実践してはいなくとも、自分も属しているとつねに思ってきた、宗教というものが持つごく当たり前で穏便な性格のせいだと考えた。それでもジュリアの反応が知りたくて、マルチェッロはこう言ってみた。

「だが、僕は信者ではないよ」

「心から信じている人なんていないわ。教会に通っている人の九十パーセントが、信じてなんかいないでしょ。司祭様たち自身だってそう」彼女は平然と言ってのけた。

「君は信じてるのかい？」

　ジュリアは空中で手を揺らすジェスチャーをした。「半分半分というところかしら。そこまで信じてるわけじゃない。ラッタンツィ司祭には、ときどき言うのよ。あなたたち司祭はいろいろと説教をしてくださるけれど、あたしを惑わすのはやめてくださいってね。あたしは、信じているとも信じてないとも言えないわ。どちらかというと……」ジュリアは後ろめたそうに付け加えた。「自分だけの信仰があるって言ったらいいのかしら……。司祭様たちのとは異なる信仰がね」

〈自分だけの信仰というのは、どういうものなのだろう〉マルチェッロは心のなかで考えた。だが、これまでの経験から、ジュリアはたまに自分がなにを口にしているのかよくわからないままに話すことがあるのを承知していたので、問い質すのはやめにした。その代わり、こう言った。「僕の場合は、もっとラディカルなんだ。僕はキリスト教をまったく信じていないし、いっさいの信仰を持っていない」

ジュリアは陽気に、そんなことはどうでもいいという仕草をしてみせた。「なにをもったいぶってるのよ。とりあえず行ってみたらいいじゃない。あの人たちにしてみればすごく大事なことだけど、あなたにとってはなんでもないことでしょう」

「まあ、そうだが、行けば嘘をつかなければならない」

「どうせ言葉だけよ。それにたとえそうだとしても、よかれと思ってつく嘘でしょ。ラッタンツィ司祭がなんておっしゃってるか知ってる？『物事によっては、信じていなくとも、信じているふりをすべき場合がある。信仰はそのあとに自ずとついてくるものだ』ですって」

マルチェッロはしばらく黙り込んでから言った。「わかった。だったら告解をして、聖体拝領も受ける」そう口にしながら、さきほど招待客のリストを見ながら覚えた、どことなく陰鬱な悦びの戦慄がふたたびこみあげてくるのを感じた。「ラッタンツィ司祭のところへ行って、告解をしてくるよ」

「必ずしも彼のところでなくてもいいんじゃないかしら。どこの教会の、どんな聴罪司祭でも構わないと思う」

「でも聖体拝領は？」

「結婚式の当日に、ラッタンツィ司祭が授けてくださるわ。二人で一緒に受けましょうよ。最後に告解をしたのはいつ？」

「たぶん八歳のときの初聖体拝領で告解しただけだと思う。以来、一度もしていない」マルチェッロは少々ばつが悪そうに言った。

「それはびっくりね。いったい、いくつの罪を懺悔することになるのかしら……」ジュリアは愉快そうに叫んだ。

「もしも赦されなかったら？」

「大丈夫、赦されるに決まってるわ」ジュリアは、マルチェッロの頰を手で撫でながら優しく言った。「それに、どんな罪があるっていうの？　あなたはいい人だし、心根だって優しいし、誰にもなにも悪いことをしてない。すぐに赦してもらえるわよ」

「結婚するって、意外に面倒なものなんだな」マルチェッロはふと洩らした。

「あたしは、こうした面倒な手続きや準備がすごく好きよ。だってあたしたち、結婚したら一生結ばれるわけでしょ？　それはそうと、新婚旅行はどこにする？」

そのとき初めてマルチェッロは、ジュリアに対して、いつもの甘く濁りのない愛情と同時に、憐憫に近い情を覚えた。いまならまだ後戻りもできるとわかっていた。任務を遂行しなければならないパリではなく、別のところでハネムーンを満喫することもできるはずだ。役所には任務を辞退すると伝えればいいのだから。同時に、そんなことは不可能だとも思った。この任務はおそらく、最終的に正常な人間になるための、もっとも確実でもっとも危険をはらんだ、そしてもっとも決定的な一歩なのだ。ジュリアとの結婚や披露宴、告解や聖体拝領といった宗教的な儀式も、同様の方向に進むための歩みではあるが、マルチェッロに言わせれば重要性に劣るものだった。

彼は、一連の思考の奥底に、陰鬱で不吉なものがあるのを見逃しはしなかったが、くだくだと分析を続けることはせず、答えを急いだ。「いろいろ考えたんだけど、パリに行くというのはどうかな」

ジュリアは有頂天になり、手を叩いて悦んだ。「まあ！　素敵。パリなんて夢みたい」両腕をマルチェッロの首に巻きつけて、熱烈なキスをした。「あたしがどれだけ嬉しいか、あなたにわかるかしら。パリにすごく行きたかったんだけれど、ずっと言い出せなかったの。お金がかかりすぎるんじゃないかって心配でね」

「どこへいくのも大差ないさ。どのみち君はお金の心配なんてしなくていい。ハネムーンの費用ぐらい工面できる」マルチェッロは言った。

ジュリアは夢見心地で、「なんて嬉しいんでしょう」と何度も繰り返した。マルチェッロに思い切り抱きつき、ささやいた。「私のこと愛してる？　なぜキスしてくれないの？」またしてもマルチェッロの首にジュリアの腕が絡みつき、唇には彼女の唇が重ねられた。おまけに今回は、感謝の気持ちからキスの烈しさが倍増したように思われた。ジュリアは深い息を吐きながら身悶えし、マルチェッロの手を自分の乳房に押し当てた。そして彼の口のなかに素早く舌を滑り込ませると、震わせるようにしてからませた。マルチェッロは乱れる心で考えた。「僕がその気にさえなれば、いまこのソファーで彼女を自分のものにできるんだ」そして改めて、自分が正常と呼んでいるものがいかに脆いかを思い知らされた。ようやく二人の体が離れたとき、マルチェッロは笑って言った。「結婚式までもうすぐでよかったよ。でないと、そのうち愛人関係になりかねない」

キスで頰を紅潮させたままのジュリアは、肩をすくめると、例のごとく無邪気な欲望も露わに熱っぽく言った。「あたしはあなたをたまらなく愛してるの。それこそ最高の望みだわ」

「本気かい？」マルチェッロが尋ねた。

「いますぐにでも」彼女は大胆きわまりなかった。「ここでも構わない。いまこの場で……」マルチェッロの手をとると、感激にうるんだ瞳で彼の顔をちらちら見ながら、ゆっくりと口づけをした。その瞬間いきなりドアが開いたものだから、彼女は慌てて体を引っ込めた。ジュリアの母親が部屋に入ってきたのだった。

この女もまた——近づいてくる母親を見ながら、マルチェッロは考えた——自分を解放してくれる正常さを追い求める過程において、生活に入り込むようになった数多くの人物の一人だった。感傷的で、いつだって苛むような優しさにあふれたこの女と自分をつなぐものなどないはずだった。堅固で安定した人間社会とのあいだに、深く永続的な結びつきを手に入れたいという願望の他は、なにひとつ。ジュリアの母親、デリア・ジナーミ夫人は、でっぷりとした女性で、熟年に達したことによる衰えが、肉体のみならず精神の崩壊にも表われているようだった。肉体的には、まるで骨が溶けたかのようなぶよぶよとした肥満に苦しめられ、精神的には、生来の甘ったるい人の善さから、ますます媚びた態度をとるようになっていた。一歩足を動かすたびに、形の崩れた服の下で彼女のふくれあがった体の各部がばらばらになり、好き勝手に動きまわるかのように見えた。また、ごく些細なことでも感激のあまり胸が震えて自制心を失うらしく、生彩を欠いた青い目に涙を浮かべて恍惚状態になり、両手を組むのだった。とりわけこの数日というもの、一人娘の挙式が間近に迫っていることもあり、ジナーミ夫人はことあるごとに感極まって泣いていた。彼女自身は、それを安堵の涙なのだと説明していた。そして、そのたびに娘のジュリアや、すでに本当の息子のような愛情を抱いていると常々口にしていた未来の婿を抱きしめる。こうした感情の吐露にマルチェッロはほとほと弱り果てていたものの、それも彼が加わりたいと願っている現実の一側面に他ならないのだと捉えていた。そのため、家にある悪趣味な調度品や、ジュリアのお喋り、結婚の祝宴、ラッタンツィ司祭の宗教的儀式の押し付けと同様、母親の感情の吐露にもどこか陰鬱な悦びとともに耐え、それなりの敬意を払っていた。

ところが、そのときのジナーミ夫人は、感極まっていたのではなく憤慨していた。手にした一枚の紙をひらひらさせながら、立ちあがったマルチェッロに挨拶するなり、こう言ったのだ。「匿名の手紙が届きましたの。とにかくあちらに参りましょう。食事の支度ができていますから」

「匿名の手紙ですって?」ジュリアが慌てて母親の後を追いかけながら、甲高い声をあげた。

「ええ、そう。匿名の手紙よ。それにしても、人様ってなんてひどいことをするのかしらね」

マルチェッロも食堂に行ったものの、できるだけハンカチで表情を隠そうとしていた。匿名の手紙という報せに狼狽していることを、二人に気取られたくなかったからだ。ジュリアの母親が素っ頓狂な声で「匿名の手紙」と言うのを聞いた途端、彼は「何者かがリーノのことを書いて寄越したのだ」と思った。彼にしてみれば、それ以外あり得なかった。そう考えると顔から血の気が失せ、息苦しくなり、当惑と羞恥と恐怖の感情に襲われた。それは、リーノの記憶がまだ新しかった思春期の初めの頃に感じて以来、一度も味わったことのなかった、予想外の、言葉にできない、雷に打たれたような感覚だった。彼の意思をはるかに凌ぐ強烈な感覚で、自制心などたちまち打ちのめされた。喩えるならば、パニックに陥った群衆を抑え込むべき警官たちの軟弱な非常線が打ち破られるようなものだ。食卓のほうに歩み寄りながら、マルチェッロは血がにじむほど唇をきつく噛んだ。ということはつまり、先だって図書館で件の犯罪の記事を読んだときに抱いた、古傷が完全に癒えたという確信は、早とちりだったのだ。傷は癒えていないどころか、危惧していたよりもはるかに深かったわけだ。ありがたいことに、食卓での彼の席は窓を背にしていて、逆光だった。体を強張らせ、押し黙ったままマルチェッロがテーブルの上座につき、ジュリアは右の席に、ジナーミ夫人は左の席に座った。

匿名の手紙はテーブルクロスの上の、ジュリアの母親の皿の脇に置かれていた。そこへ少女のような家政婦が、スパゲッティの山と盛られた大皿を両手で抱えて入ってきた。マルチェッロが油でぎとぎとした赤く絡み合う山のなかにフォークを突っ込み、少量のスパゲッティを持ちあげると、自分の皿に盛った。とたんに二人の女たちから抗議の声があがった。「それじゃあ、少なすぎるわよ。断食でもするつもり？　もっとたくさん食べてちょうだい」ジナーミ夫人はさらに言った。「あなたはお仕事してらっしゃるんだから、しっかり召しあがってくださいな」ジュリアは考えるよりも早く大皿からスパゲッティを取ると、マルチェッロの皿によそった。「あまり食欲がないんだ」マルチェッロの声は、生気がなく不安げだった。それに対してジュリアは、「食欲なんて、食べているうちに湧いてくるものよ」と、自分の皿にスパゲッティを取り分けながら、語気を強めた。そうしてほとんど空になった大皿を持って、家政婦が出ていった。それを待っていたかのように、母親が切り出した。「お見せするのをやめておこうかとも思いましたの。わざわざお見せするほどの手紙でもないと思ったものですから。それにしても、なんてひどい世の中なのでしょうね」マルチェッロは顔を皿の上に覆いかぶせるようにして、黙々と口にスパゲッティを詰め込んでいた。頭のなかではそんなことあり得ないという確信があったにもかかわらず、手紙にはリーノの一件が書かれているにちがいないと怯えていた。それは、いかなる理性をも払いのけてしまう、抑えようのない恐怖だった。

ジュリアが母親に尋ねた。「それより、いったいなにが書いてあるのか話してくれない？」

母親は答えた。「その前にマルチェッロさんに言っておきたいのですけれど、たとえこの手紙に千倍ひどいことが書かれていたとしても、私の愛情は少しも変わりません。マルチェッロさん、私にとってあなたは実の息子も同然です。そしてあなたもご存じのとおり、息子に対する母の愛は、いかなる中傷にも怯まないものなのです」母親の目にみるみるうちに涙がこみあげた。母親はもう一度おなじことを言った。「本当に実の息子も同然なのです」それから、マルチェッロの手をつかむと、自分の胸にあてて言った。「親愛なるマルチェッロさん……」

マルチェッロはどのように振る舞うべきかも、なんと言うべきかもわからなくて、身じろぎもせずに押し黙り、母親の感情の吐露がやむのを待った。ジナーミ夫人は、いかにも愛おしそうな眼差しでマルチェッロを見つめると、言い添えた。「老婆の言うことだと思って赦してくださいね、マルチェッロさん」

「ママったら、なんて馬鹿なことを言うの。ママは老婆なんかじゃないわよ」母親のそうした類（たぐい）の感情表現に慣れっこになっているジュリアは、気に掛けるふうもなければ、驚くでもなかった。

「いいえ、もうお婆さんですよ。あと何年も生きられないのだから」ジナーミ夫人は言った。死期が迫っているというのは、彼女のお気に入りの話題のひとつだった。おそらく自分自身も感情が昂るし、相手の感情を揺さぶることができると思い込んでいるのだろう。「私はもう長くないのだから、マルチェッロさん、あなたのような善い方に娘を託すことができて、とても嬉しいのです」

ジナーミ夫人の胸もとに手を引き寄せられたマルチェッロは、スパゲッティの皿の上で不自然な体勢を強いられたため、軽い苛立ちを隠すことができず、老母はそれを見逃さなかった。ただし、自分の大仰な褒め言葉に対する抗議だと勘違いしたらしく、「そうですとも」と請け合った。「あなたは善良な、本当に善良な方ですわ。ジュリアともしょっちゅう話しているのですよ。こんなに善良な若者と出会えたなんて、なんて幸運なのかしらってね。私だってよくわかっているつもりです、近頃では善良なんていう言葉は古いってことをね。それでも、あなたよりはるかに年上のこの私の言葉に耳を傾けてほしいのです。この世には善良さほど大切なことはないってね。ありがたいことに、あなたは本当にとても善良な方ですわ」

マルチェッロは眉根を寄せたまま押し黙っていた。「ママ、かわいそうに、それじゃあ、食事もできやしないわ」ジュリアが声をあげた。「袖がソースで汚れちゃったのがわからないの?」

ジナーミ夫人はマルチェッロの手を離すと、手紙をつかんで言った。「タイプで打った手紙で、ローマの消印があります。マルチェッロさん、もしかすると、あなたのお役所の同僚が書いたものではありませんか?」

「いいからママ、いったいなにが書いてあるのか、いいかげん教えてよ」

「ほら、読んでみてちょうだい」母親は娘に手紙を差し出して言った。「だけど、声には出さないでね。ひどい話だから聞きたくないの。あなたが読み終わったら、マルチェッロさんにも読んでいただいて」

ジュリアがその手紙を読むのを待つあいだ、マルチェッロは気掛かりでならなかった。ほどなくジュリアは侮蔑を露わにして口をゆがめると、「なんてひどいのかしら」とつぶやいてマルチェッロに渡した。手紙といっても、薄手のタイプ用紙に色の褪せたインクリボンで印字された文章が数行あっただけだった。「奥様、お宅のお嬢様とクレリチ氏との結婚を許すことによって、あなたは過ちでは済まされない罪を犯すことになるのです。クレリチ氏の父親はもう何年も前から梅毒を原因とする精神障害を患い、精神科病院に収容されています。ご存じとは思いますが、この病気は遺伝します。いまならまだ間に合います。どうかご結婚を阻止なさってください。友より」

〈なんだ、これだけか〉マルチェッロは内心、期待が外れたような気がした。安堵の気持ちよりも落胆のほうが大きいように思えたのだ。あたかも、子供時代に経験した悲劇を何者かが理解してくれ、そのことに対する精神的な負担から部分的にでも自分を解放してくれることを願っていたかのように。一方で、手紙のなかにあった、「ご存じとは思いますが、この病気は遺伝します」という一文に衝撃を受けた。マルチェッロは、父親の精神疾患の原因が梅毒ではないことも、自分がいつか父親と同様の病を発症する危険はまったくないことも頭ではきちんと理解していた。しかしながら、その文章は、そこに込められた脅迫めいた悪意によって、別の特異な性向をほのめかしているような気がしてならなかった。そして、それはまさしく父から譲り受けたものかもしれなかった。ただし、マルチェッロはその考えを即座に払いのけたため、頭の片隅をちらりとよぎっただけだった。そしてジュリアの母親に手紙を返し、毅然として言った。「ここに書かれていることは、まったくのでたらめです」

「まったくのでたらめだということは存じています」お人好しの母親は、多少むっとした口調で言った。それから、ひと呼吸おいて言い添えた。「私が知っているのは、娘が結婚するお相手は、善良で、頭がよくて、正直で、真面目で、おまけにハンサムだということだけですわ」最後はあだっぽささえ感じさせる声音になっていた。

「なによりハンサムよ。そこは声を大にして言うべきだと思うの」ジュリアも断言した。「だからこそ、この手紙の差出人は、マルチェッロに欠点があるだなんてほのめかすのよ。あんまりハンサムなものだから、なかに虫でもいると思いたいのね。愚かな人たちだこと」

〈僕は十三歳のとき、見知らぬ男に肉体関係を強要されそうになり、相手を殺したのだと打ち明けたら、この人たちはなんと言うだろう〉マルチェッロはそう考えずにはいられなかった。手紙によって引き起こされた恐怖心が消えたいま、いつもの陰鬱で思索的な無気力が戻ってきたことに彼は気づいた。そして、ジュリアとジナーミ夫人の顔を交互に見ながら、彼は考えた。〈おそらくこの二人には痛くも痒くもないのかもしれない。普通の人は図太いからな〉そして、そんな二人の女たちが持っている図太さを、またしても妬んでいることを自覚した。

マルチェッロは出し抜けに言った。「今日、これから父の見舞いに行くことになっています」

「お母様とご一緒に?」

「ええ」

三人がスパゲッテイを食べ終えると、家政婦が戻ってきて銘々の皿を替え、肉と野菜がたっぷり盛られた大皿を食卓に置いた。家政婦が食堂から出ていくなり、母親はふたたび手にした手紙を調べながら言った。「いったい誰がこんな手紙を寄越したのか、知りたいものですわ」

「ママ、ちょっとその手紙を見せて」ジュリアが不意に真面目くさった面持ちで言った。そして封筒を受け取ると、矯めつ眇めつ眺めた。それから薄い便箋を引っ張り出し、眉をつりあげて注意深く吟味していたが、しまいに憤慨してわめきだした。「この手紙の主が誰だかわかったわ。間違いない。なんて恥知らずな人なのかしら」

「誰なの？」

「碌でもない人よ」ジュリアはうつむいて食卓に目をやった。

マルチェッロは黙っていた。ジュリアは弁護士事務所で秘書として働いているので、その手紙はひょっとすると、そこに勤務する大勢のアシスタントの一人が書いたものなのかもしれないと考えた。すると母親が言った。「どこかの嫉妬深い人が書いたに決まってますよ。マルチェッロさんは三十歳の若さで、多くの成人男性が羨むような社会的地位に就いているのですもの」

たいして興味があるわけではなかったが、成り行き上、マルチェッロはジュリアに尋ねた。「手紙を書いた人の名前がわかっているなら、言ってくれないか?」

「名前は言えないけれど……」いまやジュリアの憤りも収まり、深く考え込んでいるようだった。「言ったでしょ。碌でもない人なの」手紙を母親に返すと、家政婦が置いていった大皿から料理を取り分けた。三人はしばらく黙りこくっていた。やがて、母親がどうしても信じられないというように言った。「それにしても、マルチェッロさんのような方を貶めるためにこんな手紙を書くひどい人間がいるなんて、私には理解できません」

「誰もがあたしたちみたいにマルチェッロのことを好きとは限らないでしょ、ママ」ジュリアが言った。

「でも、いったいどんな人が、私たちのマルチェッロを好きにならずにいられるというの?」母親は出し抜けに大きな声をあげた。

「ママったら、いつもあなたのことをどんなふうに言ってるか知ってる?」ふだんの快活で移り気な調子に戻ったジュリアが言った。「あなたは人間じゃなくて、天使だって言うのよ。そのうちに、この家に入ってくるときにも、ドアからじゃなくて空を飛んで窓から入ってくるようになるかもね」ジュリアはくすくすと笑いながら続けた。「告解に行くとき、あなたが天使だってわかったら、司祭様がお悦びになるわ。

天使の告解を聴くなんて滅多にないことですものね」

「そうやって、また私のことをからかうのね。でも、私は心にもないことを大袈裟に言ってるわけじゃありませんよ。私にとってマルチェッロさんは、本当に天使なのですから」母親は甘ったるい愛情に満ちた眼差しで未来の婿を見つめた。その両の目に、みるみるうちに涙があふれだした。やがて言った。「私はこれまで長く生きてきたけれど、マルチェッロさんのように善良な人には一人しか出会いませんでした。あなたのお父様よ、ジュリア」

ジュリアはその話題に引き込まれたように真剣な面持ちになり、皿の上に視線を落とした。そうしているあいだにも、母親の表情がしだいに変化していった。悲しみに暮れて顔をゆがめ、目からは涙がぽたぽたとこぼれ落ち、乱れた髪のあいだの腫れぼったい面相が崩れて色も輪郭もすべて一緒くたに混じり合い、まるで水浸しになったガラス越しに見ているようにぼやけてしまったのだ。母親は慌ててハンカチを出すと目もとを押さえ、口ごもりながら言った。「あの人は本当にいい人だった。本物の天使だったわ。家族三人、とても仲良く暮らしていたのに、逝ってしまって、もういないだなんて……。善良なマルチェッロさんを見ていると、あなたのお父様を思い出すの。それもあって、私はマルチェッロさんが大好きなのよ。あんなにいい人だったのに逝ってしまうなんて、胸が張り裂けそうだわ」最後の言葉は、口を覆ったハンカチのなかに消えた。ジュリアが優しく言った。「ママ、少し食べたら」

「いいえ、結構よ。お腹が減ってないの」母親は嗚咽（おえつ）を洩らしながら言った。「ごめんなさいね。あなたたち二人は幸せの絶頂にあるというのに。そんな幸せを老婆の繰り言で台無しにしてはいけないわよね」そして、やにわに立ちあがると、ドアのほうへと歩きだし、出ていった。

「考えてもみてよ。パパが亡くなってからもう六年になるのよ。なのにママったら、いまだに昨日の出来事みたいなんだもの……」ジュリアがドアを見つめてつぶやいた。

マルチェッロはなにも言わずに煙草に火をつけ、うつむきかげんに煙をくゆらせた。

ジュリアは手を伸ばしてマルチェッロの手を握ると、「なにを考えているの？」と哀願するような口調で尋ねた。

ジュリアはよく、彼になにを考えているのかと尋ねることがあった。むろん好奇心もあったが、それだけではなく、他人を拒絶するような彼の深刻な面持ちにときおり不安を覚えるからだった。マルチェッロは答えた。「君のお母さんのことを考えていたんだ。あんまり僕を褒めるものだから、決まりが悪くてね。僕のことをそれほど知らないのに、なぜ善良だなんて言えるんだろうね」

ジュリアは彼の手を握って言った。「べつに心にもないお世辞を口にしてるわけじゃないのよ。あなたがいないときだって、しょっちゅう言ってるんだから。マルチェッロさんって本当にいい人ねって」

「しかし、そんなことお義母(かあ)さんにわかりっこないじゃないか」

「なんとなく伝わってくるものよ」ジュリアは席を立つと、座っているマルチェッロに寄り添い、丸みを帯びた腰を彼の肩に押しつけながら、彼の髪のあいだに手をうずめた。「なぜそんなことを言うの？　善良な人と思われるのがそんなに嫌なの？」

「いや、そうは言ってないさ。ただ、おそらく事実とは異なると言いたいんだ」

ジュリアは頭(かぶり)を振った。「あなたに欠点があるとしたら、それは謙虚すぎるということね。いい？　あたしはママとは違って、みんながみんな善人であるべきだなんて思ってないわ。世の中には善人と悪人がいるものよ。でもって、あなたはあたしが生まれてこのかた出会った人のなかで、いちばんいい人の部類に入ると思うの。だけどそれは、あたしがあなたと婚約していて、あなたのことを好きだからじゃない。あなたが本当にいい人だからなの」

「でも、なにをもって善良だと言うんだい？」

「だから、自ずと伝わってくるものだって言ったでしょ。あなたは、なにをもって女の人がきれいかどうか判断する？　見ればわかるでしょ。それとおなじで、あなたを見ていれば、いい人だって伝わってくるものよ」

「そうかなあ」マルチェッロはうつむいた。彼が善良だという母娘の確信はいまに始まったことではないが、それを聞かされるたびに、彼は心の底から戸惑いを覚えるのだった。自分のどこがそんなに善良だというのか。なにより、自分は本当に善良なのか。ひょっとすると、ジュリアと母親が善良と称しているのは、自分の異常な部分なのではあるまいか。要するに、普通の生活から乖離し、常識に欠けた部分が自分にあるからこそ、二人の目にはそのように映るのではないか。そもそも正常な人間は、善良ではいられないものだとマルチェッロは考えた。正常でいるためには、意識しようとするまいと、つねに高い代償が求められる。犯罪とまではいかなくとも、感受性の欠如、愚かさ、卑劣さなど、多様ではあるが、どれもネガティブな側面を分かち合う必要があるのだ。

そのときマルチェッロは、ジュリアの声によって、一連の思索から引きずり出された。「そういえば、ドレスが届いてるのよ。あなたに見せたいから、ここで待っててちょうだいね」

ジュリアがばたばたと出ていくと、マルチェッロは食卓から離れて窓辺へ行き、窓を開け放った。窓は通りに面していたものの、建物の最上階のアパートメントは張り出した軒蛇腹の上にあり、下にはなにも見えなかった。その代わり、なにもない空間を挟んで、向かいの建物の最上階が見通せた。一列に並んだ窓はどれも鎧戸が開け放たれていたので、窓越しにそれぞれの部屋の内部がよく見えた。そこはジュリアの家にきわめてよく似たアパートメントだった。ベッドが乱れたままらしき寝室。様式を模しただけの、ありきたりの黒っぽい調度品が設えられた「そこそこの」客間、食堂では三人——男が二人と女が一人——の人たちが食卓を囲んでいるのが見える。表の通りはそれほど広くなかったので、向かいの部屋はすぐ近くにあり、マルチェッロは、食堂で食事をしている三人の様子が手にとるようにわかった。一人はふさふさの白髪でずんぐりとした体格の老人、それよりも若くて黒茶の髪をした細身の男、そしてブロンドの髪の、どちらかというと豊満な熟年の女。三人は和やかに食事をしていた。

その食卓は、いましがたマルチェッロ自身が食事をしていた食卓とよく似ていた。食卓を照らすシャンデリアも、マルチェッロがいまいる部屋のそれと似たり寄ったりのものだった。しかし、三人の会話が聞きとれるのではあるまいかと錯覚するほど近くに見えるにもかかわらず、おそらく張り出した軒蛇腹から受ける深淵のような印象のせいだろう、途轍もなく遠くに感じられ、まるで別世界を見ているようだった。マルチェッロは、あの部屋こそが正常なのだと思わずにはいられなかった。声を少し張りあげさえすれば、三人に話しかけられるほど近くに見えるにもかかわらず、実質的な意味からも精神的な意味からも、彼はそこから疎外されていた。一方、ジュリアにとってはそのような距離感も疎外感も存在せず、純粋に物理的な問題でしかないのだ。彼女はそうした部屋のなかにいるし、これまでもずっとそのなかで暮らしてきた。もしも彼が話題を向けたら、そこに住んでいる人たちに関するあらゆる情報を、こともなげに話してくれただろう。先ほど結婚式の披露宴に招待する客たちについて説明してみせたように。そうした彼女の屈託のなさは、親しみの表われというよりも、むしろ散漫な注意力から来ているようだった。じつのところ彼女は、ふだんから頭までどっぷりと浸かっている正常さに対して、名称などまったく必要としていなかった。それは喩えるならば、動物たちが言葉を話せたとしても、自分たちも完全にその一構成要素である自然に対して、なんら名称を必要としていないのとおなじことだ。だが、マルチェッロはその外にいた。彼にとっての正常は、そこから疎外されているがゆえに「正常」という名称を持ち、己の異常と相対するものとして強く意識されるのだった。ジュリアとおなじになるためには、そこに生まれつくか、さもなくば……。

そのとき背後でドアが開いたので、マルチェッロは振り返った。純白のシルクのウエディングドレスに身を包んだジュリアが目の前に立っていた。彼を感激させようと、頭にかぶったたっぷりとしたベールを両手で持ちあげている。ジュリアは大はしゃぎだった。「きれいだと思わない？　ほら、見て」ベールを持ちあげたまま、マルチェッロがウエディングドレスを三百六十度から眺められるように、窓とテーブルのあいだのスペースでゆっくりと一回転してみせた。花嫁であれば誰もがまとうようなウエディングドレスで、まったく月並みなドレスだなと彼は思った。それでも、ジュリアがそんなごく普通のドレスを、これまでにも無数の女たちが幸せを感じてきたのとおなじように幸せそうに着ていることに、彼は満足だった。ぴちぴちとして丸みを帯びた彼女の体のラインが、輝く白のシルク地で不恰好なほどに強調されていた。彼女はいきなりマルチェッロのそばに歩み寄ったかと思うと、ベールを下ろして顔を近づけてきた。「ねえ、キスしてちょうだい。でも、あたしには触らないでね。さもないとドレスが皺になってしまうから」そのときジュリアは窓に背を向けていて、マルチェッロは窓を正面に捉えていた。彼が身を屈めてジュリアの唇に唇を重ねようとした瞬間、向かいの最上階の食堂では、白髪の老人が立ちあがって部屋から出ていくのが見え、その直後に、残された二人——黒茶の髪をした細身の男とブロンドの女——が、ほとんど自動的に食卓からおなじタイミングで立ちあがり、立ったままでキスをした。マルチェッロには、その光景が妙に嬉しかった。結局のところ自分は、つい先ほどまで決して埋められない距離で隔てられていると感じていたあの二人とおなじように振る舞っているのだ。そのとき、ジュリアが気持ちを抑えきれなくなったのか、うわずった声で言った。「ドレスなんてどうなっても構わない」そして、マルチェッロに体をぴったり押しつけたまま、片手で窓の二枚の鎧戸を合わせた。それから全身を勢いよくマルチェッロに預けたかと思うと、彼の首に腕を巻きつけた。二人はベールに阻まれながらも、薄暗がりでキスをした。ぴったりと体を寄せて身悶えし、吐息を洩らしながらキスをするジュリアを見て、マルチェッロはまたしても思った。この女(ひと)は、抱擁とウエディングドレスのあいだに存在する矛盾などいっさい知覚することなく、無邪気に行動できるのだなと。それもまた、正常な人にはその正常さゆえに、自由奔放な振る舞いが許されている証拠だった。ようやく互いの体を離したとき、二人は息も絶え絶えだった。ジュリアはささやいた。「いまは気持ちを抑えないといけないわね。あと何日かすれば、街角でだってキスができるようになるのだから」

「僕はそろそろ行かないと」マルチェッロはハンカチで口もとを拭いながら言った。

「お見送りするわ」

二人は手探りで食堂から出ると、玄関まで来た。「今晩、食事のあとでまた会いましょう」ジュリアが言った。玄関のドア枠にもたれ、愛情に満ちた恍惚の眼差しを彼に注いでいた。先ほどのキスでベールが頭からずり落ち、見苦しく片方に傾いていた。マルチェッロは彼女に身を寄せて、ベールをなおしてやってから、「これでよし」と言った。そのとき、階下の踊り場から話し声が聞こえてきたので、ジュリアは恥ずかしがって家のなかに引っ込んでしまった。そして指先で投げキスをすると、急いでドアを閉めた。

Ⅲ

告解をするのだと思うと、マルチェッロは不安に駆られた。彼は形式通りに一連の儀式をおこなうかという点において信仰的ではなかったし、また、もともと宗教というものを信じやすい傾向にあるかという点においても、自分がそうだとは思えなかった。それでも、ラッタンツィ司祭から求められた告解を、正常な生活にしっかりと根をおろすために受け容れるべきいくつもの型通りの行為のひとつとして前向きに捉えていた。ただし、この告解によって、彼がいくつかの理由から絶対に誰にも打ち明けられないと考えていた二つの事柄が暴かれてはならなかった。すなわち、少年期に見舞われた悲劇と、パリでの任務だ。漠然とではあるものの、彼はこの二つの事柄が細い糸で結ばれていることを見抜いていた。とはいえ、その結びつきが具体的にどのようなものなのか、言葉で正確に説明するのは難しかった。一方で、数ある教えのなかで、自分は殺すことを禁じるキリスト教を選ばずに、それとはまったく異なる、政治的で新しい、流血さえ厭わない教えを選んできたこともわかっていた。つまり、数百人の教皇、無数の教会や聖人、殉教者などを擁する教会によって代表されるキリスト教には、リーノとの一件によって閉ざされた普通の人々の社会へと戻してくれる力はないと思っていたわけだ。それよりも、唇に紅をつけた肥った大臣や、皮肉屋の秘書官、あるいは秘密情報部の上官たちに、そうした力を密かに期待していた。マルチェッロはこれらのことを言葉で考えるというよりも、漠然と知覚していた。そして、無性に憂鬱な気持ちになるのだった。あたかも、すべての出口がふさがれ、もはやひとつしか残されていないのに、その出口にはどうしても納得がいかないかのように。

それでも心を決めなければなるまい。サンタ・マリア・マッジョーレ大聖堂へ向かう路面電車に乗りながら、マルチェッロは考えていた。キリスト教の教えに従って完全な告解をおこなうか、あるいはジュリアを喜ばすための部分的な告解にとどめておくか。彼は信者ではなく、ましてや日曜ごとにミサに参加するような敬虔さは持ち合わせていなかったが、気持ちとしては前者に傾いていた。告解によって、自らの運命を変えるとまではいかないにせよ、せめて、その運命に改めて身を任せることができるのではあるまいかと期待したのだ。路面電車が走っているあいだ、マルチェッロは彼ならではの、いくぶん生彩を欠いた杓子定規な生真面目さで、その問題についてあれこれ考えをめぐらしていた。リーノの件に関しては、多少なりとも冷静でいられた。出来事を起こったとおりに話しても問題ないはずだった。司祭は型通りに告解に耳を傾け、型通りの訓戒を垂れたあと、罪を赦さざるを得ないだろう。だが任務の件に関しては、マルチェッロ自身が自覚しているとおり、不正行為や裏切り、最終的にはおそらく一人の男の死にまで至る可能性があり、まったく話が別だった。任務に関しては、赦罪を得られるか否か以前に、その件について話せるか否かが問題となるのだ。マルチェッロには話せる自信がなかった。なぜなら、口外するということは、他でもなくひとつの教えのために別の教えを放棄すること、今日まで彼がまったく無関係だと考えていたものをキリスト教の審判に委ねること、さらには、他言せず秘密を守るという暗黙の約束を破ることを意味していた。要するに、正常な暮らしの仲間入りを果たすために彼がこれまで骨身を削って築きあげてきた枠組みを危険にさらすことなのだ。それでも試してみるだけの価値はある、と彼は思った。最終的なテストによって、その組織がいかに堅固なものか改めて得心するためにも。

その一方でマルチェッロは、この二つの選択肢について、感情的になることなく、傍観者のような冷静で泰然とした心境で吟味している自分に気づいた。あたかも、実際には二者択一の結論はすでに出ていて、未来に起こることはすべて、いつどうやってかはわからないが、あらかじめ定められているかのように。決めかねてはいたものの、それにほとんど心を砕いていなかったので、光と喧噪と暑気が充満する通りから、影と静寂と冷気に支配された、心から落ち着ける広い教会に入るなり、告解のことも忘れ、時間を持てあました観光客のように、側廊から側廊へ、誰もいない屋内を歩きまわった。浮遊する世界における定点として、彼は昔から教会が好きだった。それは、秩序や規律や規則といった彼が追い求めているものを、荘厳かつ華麗に具現化するために、過去の時代に意図的に建立されたものだった。好きなだけでなく、ローマに数多（あまた）ある教会にしょっちゅう立ち寄っては、椅子に腰掛け、祈るわけではなく、もしも状況が異なっていたら自分がおそらくしていただろうと思われることを黙想した。教会において彼が惹かれるのは、提案されるものの彼には受け容れがたい解決策ではなく、彼自身高く評価し、讃嘆せずにはいられないその結果のほうだった。マルチェッロはあらゆる教会が好きだったが、とりわけ荘厳で豪奢で、要するに世俗的であればあるほど強く惹かれた。宗教が本来の姿を失い、格式ばった威容を誇る通俗趣味へと形を変えた教会のなかで、宗教そのものを純粋に信仰していた時代から、信仰心こそ薄れはしたものの、それなしには存続しえない成熟しきった社会への変容の過程を目の当たりにしているように感じるのだった。

　その時間、教会には人の気配がなかった。マルチェッロは祭壇の下まで行き、右側の側廊を支える柱の一本に近づいた。そして自分の身長がなくなり、床すれすれの位置に目があるかのようにして全体に視線を走らせた。蟻になったつもりで透視図法的に眺めてみると、途方もなく床が広く感じられる。まるで平原のようにどこまでも続いていて、目がくらむほどだった。その後、視点を戻し、巨大な大理石の柱身のふくらみをぼんやりと照らす柔らかな明かりを目で追いながら、柱から柱へと視線を移動していき、入口の扉（ポルターユ）までたどりついた。ちょうどその瞬間、誰かが分厚い幕を持ちあげ、そこに生じた半円形の白く強烈な光のなかに入ってきた。教会の反対側で入り口にたたずむ信者の姿の、なんと小さなことか。マルチェッロは祭壇の裏にまわり込み、後陣（アプス）のモザイク画を眺めた。四人の聖人に囲まれたキリストの姿に、彼の注意が惹きつけられた。このような姿にキリストを描いた者は、なにが正常でなにが異常かなどといった疑念を抱いたことはなかったのだろうと彼は考えた。そしてうつむくと、右の側廊にある告解室へとおもむろに歩きだした。いまさら、異なる時代の異なる状況に生まれてきたらよかったなどと嘆いても意味がないと彼は思った。生まれた時代もその状況も、このような教会を建立できた時代とは異なっていたからこそ、自分は自分なのだ。そうした現実を自覚することこそ、己がなすべきすべてなのだとの結論に至った。

マルチェッロは、大聖堂にふさわしい大きな告解室に近づいていった。浮き彫りの施された黒ずんだ木でできた告解室のなかに座っていた司祭が、姿を隠すためにカーテンを閉めるのがちらりと見えたものの、顔は見えなかった。マルチェッロはふだんどおりの手つきで、ひざまずく前に、皺にならないようズボンの膝のあたりを持ちあげた。それから低い声で言った。「告解をしたいのですが……」

向こう側から、司祭の、低く抑えてはいるものの飾りけがなくぞんざいな声がして、すぐに始めなさいと促した。抑揚のある、底から響くような太い低音のその声は、熟年の男性のもので、強い南部の訛りがあった。マルチェッロはふと、黒い鬚で顔が覆われ、眉は濃く、鼻の大きな、耳の穴にも鼻の穴にも毛がびっしりと生えている、そんな修道士の姿を思い浮かべた。おそらく告解室と同様、どっしりと重たい材質でできた男で、疑念を抱いたことも、細かなこだわりもないのだろう。マルチェッロの予想どおり、司祭は、いつから告解をしていないのかと尋ねてきた。そこで彼は、子供のときにしたきり一度もしておらず、このたび結婚することになったので告解をしに来たのだと答えた。しばしの沈黙をはさんで、格子窓の向こうから、やや無関心な司祭の声が聞こえてきた。「我が子よ、それは決していいこととは言えぬな。歳は？」

「三十です」と、マルチェッロは答えた。

「三十年間も罪とともに生きてきたのだね」まるで、決算の赤字を報告する会計士のような口調で司祭が言った。それからしばらく間をおいて、ふたたび続けた。「三十年ものあいだ、人間ではなく獣として生きてきたわけだ」

マルチェッロは唇を噛んだ。詳細を知りもしないうちから、そんなふうに先を急か(せ)すようにくだけた口調で自分のことを批判する聴罪司祭の権威が耐えがたく、苛立ちを覚えた。自らの職務を忠実にこなしているだけであろう立派な司祭が嫌いなわけではなかったし、場所も、告解という儀式も嫌いではなかった。しかし、あらゆるものに対して嫌悪感を抱かずにいられなかった庁舎では、権威がむしろ歴然として抗(あらが)いがたいものに感じられるのとは反対に、ここではむしろ抗おうという衝動に駆られるのだった。それでも、自らを鼓舞するように言った。

「あらゆる罪を犯しました。もっとも重い罪もです」

「あらゆる罪？」

マルチェッロは考えた。人を殺したと言ってやろう。そう口にすることによって、どんな気持ちになるのか試してみたい。一瞬ためらったものの、軽く力をこめて、明瞭な声できっぱりと言った。「はい、あらゆる罪を。人も殺しました」

「人を殺(あや)めておいて、いままで懺悔をしようとは思わなかったのかね？」司祭はたちまち語気を強めたが、憤りも驚きも感じられなかった。

マルチェッロは、それこそ司祭の言うべき言葉だと思った。恐れ慄(おのの)くでもなく、驚愕するでもなく、それほどの重大な罪を犯しながらすぐに告解しなかったことに対する職務上の義憤を覚えるだけなのだ。そして、そんな司祭に感謝した。おなじ自白を聞いて、あれこれ御託を並べることなく、即座に逮捕するとだけ告げる警部がいたら、おそらく同様に感謝しただろう。人は誰しも自らの役割を演じなければならず、そうしてこそ初めて世の中が続いていくのだと彼は考えた。一方で、己の悲劇を他人に話しながらも、特別な感情がいっさい湧かないことに改めて気づいた。そして、ついさきほどジュリアの母親から匿名の手紙を受け取ったと告げられたときに感じた深い動揺とはまったく対照的な、その無関心に我ながら驚いた。マルチェッロは落ち着きはらった声で言った。「十三歳のときに人を殺しました。あくまで正当防衛で、殺すつもりはなかったのです」

「経緯(いきさつ)を話しなさい」

膝が痛くなってきたので、マルチェッロは姿勢を少し変えてから話しはじめた。

「ある日の朝、中学校の帰り道に、男が口実をつくって近寄ってきました。その当時、僕はピストルがどうしても欲しかったのです。玩具(おもちゃ)のではなく、本物のピストルです。その男は僕にピストルをくれると約束し、約束にかこつけて僕を車に乗せました。彼は外国のご婦人のお抱え運転手で、雇い主が海外に行っていたため、車を一日じゅう自由に乗りまわしていました。僕は、当時まだまったくの世間知らずでしたから、ある種の誘いを受けても、それがなにを意味するのかわかりませんでした」

「どんな誘いを受けたのかね？」

「性的な誘いです」マルチェッロは平然と言った。「当時の僕は性というものがなにかわかっていませんでした。なにが正常でなにが異常なのかも。それで車に乗り、彼の雇用主の屋敷に連れていかれたのです」

「そこでなにがあった？」

「なにも……ほとんどなにもありませんでした。最初のうち彼は、なにかをしようと試みたのですが、やがて反省したらしく、自分の言うことは二度と聞くなと僕に命じました。たとえまた車に乗るよう声を掛けられたとしても、絶対に誘いに乗っては駄目だと言われたのです」

「『ほとんどなにも』というのはどういう意味かね？　キスはされたのかな？」

「いいえ」マルチェッロはいくぶん驚いた。「廊下で、少し腰をつかまれたぐらいです」

「先を続けたまえ」

「ですが、その男は、自分は僕のことを忘れられないだろうと予告しました。その言葉どおり、数日後、ふたたび下校時刻に待ち伏せしていたのです。そのときもまたピストルをあげると言われ、喉から手がでるほど欲しかった僕は、少し懇願されると、また車に乗ってしまいました」

「それでどこへ行ったんだね？」

「一回目とおなじ、雇用主の屋敷内にある彼の部屋です」

「そのときの様子は？」

「完全に人が変わっていて、錯乱しているようでした。僕を脅したりなだめたりしながら、言うとおりにしないとピストルは渡さないと言いました。そう言いながら手にピストルを握っていて、僕の腕をつかむと、ベッドに押し倒したのです。弾みで僕は壁に頭をぶつけ、ピストルがベッドの上に落ちました。彼はそれには構わず、ひざまずいて僕の両脚を抱きかかえました。僕はすかさずピストルをつかむと、ベッドから起きあがり、何歩か後退り(あとずさ)したのです。それを見た彼は両手をひろげて、『僕を殺してくれ。僕を野良犬のように殺してくれ』とわめきました。そこで僕は、その命令に従うように引き金を引いたのです。すると彼がベッドに倒れ込んだので、慌てて逃げました。その後どうなったのか、僕は長いあいだまったく知りませんでした。もう何年も昔の出来事です。最近になって図書館へ行き、当時の新聞を調べたところ、男はその日の晩、病院で死亡したと書かれていました」

マルチェッロは慎重に言葉を選び、正確に発音しながら、先を急ぐことなく事件の顚末(てんまつ)を語った。話しながら、いつものごとく自分がなにも感じていないことに気づいた。なにをしていようと、なにを話していようと決まって感じる、寒々として距離をおいた物悲しさ以外には、なんの感情も湧かなかった。司祭はマルチェッロの話についていっさい意見を述べることなく、こう確認した。「間違いなくすべての事実を話したかね?」

「ええ、もちろんです」マルチェッロは意外だった。

「知ってのとおり……」司祭は急に高揚した口調で続けた。「事実、あるいはその一部を故意に言い落としたり、捻(ね)じ曲げたりすれば、告解が無効になるだけでなく、神を冒瀆したことになるのだぞ。二回目に会ったとき、その男とのあいだに本当はなにがあったのだね?」

「ですから、いまお話ししたとおりです」

「二人のあいだに肉体関係はなかったのか？　暴行を加えられたのでは？」

　ということは、男色に比べたら殺人は些細な罪なのかもしれないとマルチェッロは考えずにはいられなかった。「いまお話しした以外のことはありませんでした」彼はそう断言した。

「思うに、なにかをされた仕返しに、その男を殺したのではないのか？」司祭は引き下がらなかった。

「なにもされていません」

　短いながらも完全な沈黙があった。マルチェッロはそこに不信感がにじみ出ていると感じた。

「その後……」司祭は藪から棒に、まったく予想外の質問をした。「男性と関係を持ったことはないか？」

「ありません。僕の性生活は完全に正常なものでしたし、いまでも完全に正常です」

「正常な性生活というのは、そなたにとってなにを意味しているのかね？」

「僕は男ですから、その点においては他の男性と変わりないと思います。初めて女性を知ったのは娼家で、十七歳のときでした。以来、女性としか関係を持ったことがありません」

「それをそなたは正常な性生活と呼ぶのかね？」

「そうですが、なにか？」

「それもまた異常なのだよ」司祭は勝ち誇ったように言った。「それもまた罪深い行為なのだ。我が子よ。そなたは、結婚をし、この世に子孫を残すために自分の妻と交わることこそが正常なのだと教わらなかったのか？」

「まさに僕がこれからしようとしていることです」マルチェッロは言った。

「よろしい。だが、それだけでは十分ではない。そなたは血に穢（けが）れた手で祭壇に近づいてはならぬのだ」

〈ああ、ようやくだ〉司祭が自分の告解における主題を忘れたのではあるまいかと危惧していたマルチェッロは、思わず心のなかでつぶやいた。そして、できる限りへりくだった口調で言った。「僕はなにをすればよいのか、お教えください」

「悔い改めるのだ。心の底から率直に悔悛することによってしか、そなたの悪行を贖（あがな）うことはできない」

「僕は悔い改めました」マルチェッロは内省しながら言った。「悔い改めるというのが、特定の行為をするのではなかったと強く反省することを意味するのならば、僕は間違いなく悔い改めています」そのあとに、彼はこうも付け加えたかった。〈ですが、そのように悔い改めるだけでは十分ではありませんでした。それで事足りるわけがないのです〉だが、その言葉は呑み込んだ。

司祭が早口に言った。「そなたがいま話していることが事実に反するならば、私の赦しはなんの意味も持たなくなると忠告する義務が私にはある。もしもそなたが私をごまかすならば、なにが待ち受けているかわかっているかな?」

「なにが待ち受けているのですか?」

「地獄の責め苦だ」

その言葉を口にしたときの司祭の声は、ことのほか満足げだった。マルチェッロはその言葉によって想起させるものを自らの想像力の内に探してみたものの、なにも見つからなかった。昔ながらの地獄の炎のイメージすらも湧いてこなかった。その一方で、その言葉には司祭がこめようとしたよりも深い意味があることに気づいた。そして、悔い改めようが悔い改めまいが自分は地獄に堕ちる運命にあり、司祭には自分をそこから解き放つ力はないのだと思い知ったような気がして、苦悩に身悶えした。

「僕は本当に深く悔いています」マルチェッロは苦々しい思いで繰り返した。

「それで、他に話すことはないのかね?」

マルチェッロは答える前に、一瞬口をつぐんだ。こうなったら自分の任務について話すべきだと思ったが、任務は有罪となる行為を伴うことを知っていた。というより、キリスト教の戒律において罪とされている行為なのだ。そのときが来るのを彼は予見していたし、自分は任務のことも打ち明けられると高を括っていた。いよいよ話そうと口を動かしかけたとき、予想どおりになったという静かな悲しさと同時に、抑えがたい嫌悪感が湧き起こった。道徳的な嫌悪感でもなければ、羞恥心でもない。いかなる罪の感情でもなく、罪とはいっさい無関係な、まったく別のなにかだった。共犯意識と深い忠誠心から命ぜられた、絶対的な抑止とでもいえばいいだろうか。任務について口外するわけにはいかない。それだけは譲れなかった。彼に権威をもってそう命じたのは、他でもない、「人を殺しました」と司祭に打ち明けたときには言葉を発することも揺らぐこともなかった良心だった。とはいえ、完全には得心がいかなかったマルチェッロは、改めて話そうと試みた。ところが、またしても鍵をまわすと閉まる錠とおなじく機械的に、先ほどの嫌悪感によって舌の動きを止められ、言葉を発することができなかった。こうして、庁舎を訪れた際に、軽蔑すべき大臣と、負けず劣らず軽蔑すべきその秘書官によって象徴された権威がいかに力を持つものかを、改めて、しかもはるかに明白に思い知らされたのだった。あらゆる権威の例に洩れず、その権威にも説明のつかないところがあり、どうやら彼の心のもっとも深部に根を張っているらしかった。片や教会は、一見したところ非常に権威的だが、表層部分にしか力が及ばない。そこでマルチェッロは尋ねた。「今日お話ししたことは、結婚する前に婚約者に打ち明けるべきでしょうか」それは、司祭に対してマルチェッロが初めて口にしたごまかしだった。

「これまでなにも話してないのかね？」

「はい、話すとしたら今回が初めてです」

「その必要はないだろう。徒（いたずら）に動揺させ、家庭の平穏を危機にさらすだけだ」

「おっしゃるとおりです」マルチェッロは言った。

ふたたび沈黙が流れた。ほどなく司祭が、締めくくりに決定的な質問をしてやろうとでもいうように、結論めいた口調で言った。「我が子よ、正直に答えたまえ。そなたは、危険分子の一派かグループに、これまで属したことがあるか、あるいは現在属しているかな？」

そんな質問をされるとは予想だにしていなかったマルチェッロは、しばし戸惑い、口をつぐんだ。明らかに司祭は、信者たちの政治的傾向を探るために、上からの命令で質問をしているのだと思った。だが、そのような質問をされたこと自体が意味深長だった。自分もその一員になることを切望している社会における、飽くまで形式的な儀式のひとつとして告解に参加した他でもないその彼に対し、司祭は、この社会に抗うなと要求しているのだ。自身の心を偽るなというのではなく、社会に抗うなというわけだ。マルチェッロは〈いいえ、自分は危険分子を捕らえるグループの一員です〉と答えたかったが、そんなひねくれた誘惑には屈せず、「じつは私は国家公務員でして」とだけ答えた。

司祭はこの答えに満足したらしく、しばらく間をおいてから、穏やかな口調で諭しはじめた。「いいか、そなたは神に祈りを捧げると約束するんだ。といっても、数日や数か月、数年といった単位では駄目だ。一生、神に祈りを捧げなさい。そなた自身の魂のため、そしてその男の魂のために。そなたの妻や、子供に恵まれたら、その子供たちにも祈らせることだ。祈りを通してのみ、神の御心をそなたに向けさせ、神のご慈悲を得ることができるのだ。よいな？　では、いまから精神を集中させて、私と共に祈りたまえ」

マルチェッロが機械的にうつむくと、格子の向こう側から、ラテン語の祈禱文を唱える司祭の低い早口が聞こえた。それが済むと司祭は、先ほどよりも高く響く声で、やはりラテン語で罪の赦しを与えた。そうしてマルチェッロは、ようやく告解室から出た。

ところが、マルチェッロが告解室の前を通り過ぎようとしたとき、カーテンが開き、立ち止まるようにと司祭が合図を寄越した。その司祭の姿があまりに想像どおりだったので、マルチェッロは驚いた。少々肥り気味で、頭は禿げあがり、広くて丸い額に、濃い眉、くりくりとした鳶色(とびいろ)の目は、生真面目ではあるものの聡明そうではなく、唇は腫れぼったかった。いかにも田舎の教区司祭といった風体だな、さながら托鉢修道士だ、とマルチェッロは思った。司祭は無言で、表紙にカラーの絵があしらわれた薄っぺらい冊子を差し出した。カトリック教徒の若者に配られる、聖人イグナチオ・デ・ロヨラ[4]の生涯が書かれた冊子だった。冊子を眺めながら、マルチェッロは「どうも」と言った。司祭は、どういたしましてという身振りをすると、またカーテンを閉めた。マルチェッロは、ようやく入り口の扉(ポルターユ)のほうへと歩きはじめた。

だが、外に出る寸前で足を止め、もう一度、並んだ円柱、格(ごう)天井、誰もいない床、祭壇など、教会全体を愛おしそうに見渡した。そうあってほしいと望んでいるものの、もはやそうあることは不可能だとわかっている世界の古き生き残りの姿に、永遠に別れを告げるような感覚だった。二度と取り戻すことのできない過去から立ちのぼる、裏表の蜃気楼とでも言えばいいだろうか。彼の歩みはそこから遠ざかる一方だった。

マルチェッロは分厚い幕を持ちあげ、澄み切った空の下、強い光の降りそそぐ表通りに出た。そして、金属質の騒音をあげる路面電車が場所をふさいでいる広場や、その後ろの、なんの変哲もない建物と商店が軒を連ねる庶民的な街並みのほうへと歩みだした。

4 イエズス会の創始者の一人。対抗宗教改革において重要な役割を果たす。

Ⅳ

マルチェッロは母親の住む界隈でバスを降りた。その直後から、一人の男が一定の距離をおいて尾けてくるのに気づいた。マルチェッロは歩みを速めることなく、庭々を囲う塀沿いに人通りのない道を歩きながら、男の様子をちらりとうかがった。背は高くもなく低くもなく、小肥りで、四角い顔に実直で人の好さそうな表情を浮かべていたが、どことなく腹黒いずる賢さも見え隠れしていた。茶色と紫の中間のような褪せた色の薄手の背広を着ていて、灰色がかった明るい色の帽子を目深にかぶり、農夫がよくするように、つばを額の上で折り返していた。市の立つ日に郊外の広場で見かけたら、きっと農場主だと思ったことだろう。その男はマルチェッロとおなじバスに乗っていて、おなじ停留所で降り、とりたてて身を隠すわけでもなく、一瞬たりとも目を離さずに、マルチェッロの歩調に合わせて反対側の歩道を尾けてくるのだった。

ただし、そのじっと注がれた視線はどこか覚束なげだった。どうやら、男はマルチェッロの正体に確信を抱いておらず、じっくりとその容貌を見極めてから近づこうとしているらしかった。

　こうして二人は、静まり返った昼下がりの気怠い暑さのなか、勾配のある道を一緒にのぼっていった。どの庭も先端が槍状になった柵で閉ざされていて、その奥には人の気配がなかった。道は長く延びていたものの、胡椒木の鬱蒼とした葉叢で形成された緑のトンネルの下にも、やはり人影はなかった。あまりに人の気配がなく静かなために、マルチェッロもしだいに、これは急襲や不意討ちに好都合ではないかと疑いはじめ、尾行している男は、偶然ではなく、あらかじめこの場所に目星をつけていたのかもしれないと考えた。そこで意を決し、歩道から下りて道を渡ると、つかつかと男に歩み寄った。互いのあいだがあと数歩というところまで迫ると、「私になにか用ですか？」と尋ねた。

　男はその場で立ち止まり、マルチェッロの質問に対して怯んだ様子を見せながら、「これは失礼いたしました」と低い声で詫びた。「たぶん我々はおなじ場所に向かっているのではないかと思い、後ろを歩いていたまでです。でなければ、このようなことは決していたしません。失礼ながら、あなたはクレリチさんではありませんか？」

「ええ、そうですが、そちらは?」マルチェッロは尋ね返した。

「秘密情報部の諜報員、オルランドです」男は軍隊風の敬礼らしきものをしながら名乗った。「バウディーノ大佐の命令で参りました。あなたの住所を二か所、いまお住まいの下宿先とこちらを教えられたのですが、下宿にはいらっしゃらなかったので、こちらにうかがった次第です。偶然おなじバスに乗り合わせたようで……。至急の用を仰せつかっております」

「では、どうぞ」マルチェッロはそれ以上なにも訊かずに、母親の屋敷の門まで歩いた。そこでポケットから鍵を取り出し、門を開け、男を招き入れた。促されるままに中へ入る際、諜報員が敬意を表して帽子を脱いだため、丸い頭がぬっと現われた。黒い髪はまばらで、頭頂部には修道士の剃髪(ていはつ)を思わせる円形の禿げがあった。マルチェッロは先に立ち、庭の小道を奥まで歩いていった。そこには緑廊(パーゴラ)があり、その下に鉄製のテーブルと椅子が二脚あるはずだった。後ろを歩く諜報員を意識しながらも、手入れがされておらず、荒れ放題の庭に一度ならず目を遣らずにはいられなかった。子供の頃には、白くてきれいな玉砂利の上を行ったり来たり走りまわるのが好きだったが、土に埋もれたのか、どこかへ流れてしまったのか、何年も前からなくなっていた。庭を抜ける小道は雑草に覆われ、両側にある銀梅花(ぎんばいか)の生け垣によってようやくそれとわかる程度だし、その生け垣もところどころ途切れ、かろうじて形を保っているだけだった。生け垣の両側には花壇があるはずなのだが、そこも旺盛な野草で埋め尽くされ、バラも、その他の花も、ほどけようもなくもつれ合った強靭な灌木(かんぼく)や野茨(のいばら)に駆逐されていた。おまけに、あちらこちらの樹木の下にはゴミの山があった。通常であれば天井裏にしまいこまれるような、底の抜けた段ボール箱や割れた空き瓶といったガラクタが積まれていたのだ。マルチェッロは不快感を露わにして、その光景から目を逸らした。悲痛な驚きとともに、胸の内で幾度目ともなく問いかけていた。〈なぜ片づけようとしない？　その気になればすぐに片づくはずなのに……。どうしてなんだ？〉少し先へ行くと、小道は家の壁と敷地を囲う塀のあいだに入っていく。木蔦(きづた)で覆われたその塀は、子供の頃にいつも隣に住むロベルトと行き来していた塀だった。マルチェッロは諜報員をパーゴラの下まで案内すると、鉄製の肘掛け椅子に座り、彼にも椅子を勧めた。ところが諜報員は恭(うやうや)しく立ったままで、さっそく、「クレリチさん」と話を切り出した。「お話はすぐに済みます。パリに行かれる際に、S町に立ち寄ってくださいとお伝えするよう、大佐から仰せつかりました」諜報員は、国境にほど近い町の名前を挙げた。「グリチニ通り三番地のガブリオ氏を訪ねるようにとのことでした」

〈計画の変更だな〉とマルチェッロは思った。それは秘密情報部の典型的な動きだった。責任を分散し、追っ手を攪乱するために、敢えて直前にその配置を変えることがあるのは彼も承知していた。「それで、グリチニ通りになにがあるのかね?」マルチェッロは確認した。「民間のアパートメント?」

「いいえ、そうではありません」諜報員は戸惑いと含みの入り混じった笑みを浮かべた。「娼家があるのです。エンリケッタ・パローディという女主人が経営していますが、ガブリオ氏に会いたいとおっしゃってください。そこは他の娼家と同様、夜中の十二時まで営業しています。ですが、午前中の早めの時間に訪れたほうがよろしいでしょう。そうすれば客は誰もいませんから。私もその場に参ります」諜報員はしばらく口をつぐんだ。それから、完全に無表情のマルチェッロの気持ちを量りかねて、ぎこちなく言い添えた。「より確実を期すためです」

マルチェッロはひと言も喋らず、しばらく諜報員を上目遣いに見定めた。用は済んだのだから、帰ってもらうべきだった。だが、彼自身もなぜかはわからなかったが、少し砕けた話題を向けて、自分が好感を抱いていることを伝えたくなった。もしかすると、その幅の広い四角い顔に浮かべられた、実直で親しみやすい表情のせいかもしれない。そこで大した脈絡もなく尋ねた。「オルランド、君はいつから情報部に属しているのかね？」

「一九二五年からです」

「ずっとイタリア国内で？」

「いいえ、国内にはほとんどいたことがありません」諜報員は溜め息を洩らした。その態度からは、打ち解けた会話を求めていることが明らかに感じられた。「これまでの私の人生がどんなだったか、どれほどの辛酸を嘗めてきたか、お話ししはじめたら切りがありません。移動の連続です。トルコにフランス、ドイツ、ケニア、チュニジア……ひとつの土地にとどまったことはありません」オルランドはそこで一瞬口をつぐみ、マルチェッロのことをじっと見た。それから、大仰なレトリックではあるものの、率直に言い添えた。「なにもかも家族のため、そして祖国のためであります」

マルチェッロはふたたび視線をあげて、帽子を手に直立したまま、気を付けに近い姿勢を保っている諜報員を見遣ってから、別れの仕草とともに言った。「ではオルランド、了解した。指令どおりS町に立ち寄りますと、大佐に伝えてくれ」

「承知いたしました」諜報員は挨拶をすると、屋敷の塀伝いに歩き去った。

一人になると、マルチェッロは目の前にひろがる虚無の空間をじっと眺めた。パーゴラの下は暑く、アメリカ蔦の葉や枝の隙間から射し込む陽光が、いくつものまぶしい光の輪となって彼の顔を照らした。かつては純白だった琺瑯（ほうろう）引（び）きのテーブルが、いまでは薄汚れ、ところどころ塗りが剝げて黒い錆まで浮き出していた。パーゴラの向こうに、柵に蔦のからまっていない部分があるのが見てとれた。子供の時分にはそこを通り抜けてロベルトと行き来していた。蔦は当時のままに生えていて、おそらくいまでも隣家の庭に通じているのだろう。だが、もはや隣家にはロベルトの家族は住んでおらず、歯科医師のクリニックになっていた。そのとき不意に、一匹のトカゲが蔦の枝を伝って下りてきて、人間を恐れもせずにテーブルの上にやってきた。それは、ごく日常的に見かける緑色の背をした大きめの種類のトカゲで、テーブルの黄ばんだ琺瑯の上で白いお腹をぴくぴくと動かしていた。トカゲは、小さな歩幅でちょろちょろとマルチェッロのそばまで来ると、尖った頭を彼のほうにもたげ、小さな目玉でじっと前方を見つめたまま動かなくなった。マルチェッロは愛おしそうにそのトカゲを見つめ、驚かせたくなかったので、しばらく身動きせずにいた。そうしているうちに、幼少期にトカゲを殺し、良心の呵責から逃れたくて、内気なロベルトを共犯者に仕立てあげ、仲間になってもらおうとしたものの、失敗に終わったことを思い出した。当時は罪悪感という精神的な負担を軽くしてくれる人など誰もおらず、トカゲの死を前に彼は独りぼっちだった。そして、その孤独感のなかで犯罪の兆（きざ）しを認めたのだった。だが——と彼は考えた——もはや自分は独りではないし、今後も独りになることはないだろう。たとえ罪を犯したとしても、特定の目的のために犯したものであれば、その大本である国家や、政治的、社会的、軍事的組織が自分の側についてくれるだろう。それだけでなく、自分とおなじように考える大勢の人々も味方だし、イタリアの外でも、多くの国々や無数の人々がおなじように考えているはずだった。ただし、自分がこれからしようとしていることは、トカゲを何匹か殺すよりもはるかに恐ろしいことだ、と彼は考えた。それにもかかわらず、自分の味方は大勢いる。諜報員のオルランドもそうだ。家族のある立派な男。「家族のため、そして祖国のため」と彼は言っていた。大仰ではあるものの率直なその言葉は、快晴の空の下、鳴り響くファンファーレとともに兵隊が行進するなか、爽やかなそよ風を受けてはためく明るい色の美しい旗を思わせた。その言葉が、希望と悲しみが綯いまぜの、熱狂的であると同時に寂しさも感じさせる響きとなって、マルチェッロの耳の奥でいつまでもこだました。〈『家族のため、そして祖国のため』か。オルランドがそれで十分ならば、僕だってそれで十分なはずじゃないか〉と、マルチェッロは考えた。

そのとき庭の入り口のほうから車のエンジン音が聞こえたので、マルチェッロがぱっと立ちあがったところ、トカゲが驚いて逃げてしまった。彼は急ぐでもなくパーゴラを出て、入り口のほうへ歩いていった。旧型の黒い自家用車が一台、開け放たれたままの門から少し入った庭の小道のところに停まっていた。白地にターコイズブルーの飾り紐がついた制服に身を包んだ運転手が門扉を閉めていたが、マルチェッロの姿を認めるなり、動きをとめ、帽子を持ちあげて挨拶した。

「アルベリ、今日は病院に行く日だから、ガレージに車を入れる必要はない」マルチェッロは穏やかな声で言った。

「はい、マルチェッロ様」運転手が答えた。マルチェッロは彼のことを横目でうかがった。アルベリはオリーブ色の肌の若者で、炭のように黒い瞳に、白目のところはまるで磁器のように艶やかな白だった。均整のとれた目鼻立ちで、歯は真っ白で歯並びも完璧、髪はポマードで丹念に撫でつけている。背はそれほど高くなかったが、手足がとても小さいせいで体格が大きく見えた。同い年のはずなのだが、全体的にぼんやりした東洋風の輪郭のためだろう、マルチェッロよりも老けているように見え、おまけに年齢とともに肥る傾向にあるらしかった。門を閉める運転手の姿を、マルチェッロはいま一度心の底からの反感とともに見遣ったのち、家へと歩きだした。

フランス窓を開けて、ほとんど真っ暗な客間へ入っていく。部屋に足を踏み入れた途端、空気中に漂う臭気がまとわりついた。母親が飼う十匹のペキニーズが自由に歩きまわる他の部屋に比べるとまだましだったが、決して犬たちを入れないこの客間でさえも、その臭いはひどく鼻についた。窓を開け放つと、明かりがいくらか室内に射し込んだので、灰色の布のかかった家具や、巻いて立てかけてある絨毯、シーツをかぶせてピンで留めてあるピアノなどをしばらく眺めていた。客間を出て食堂を抜けると、玄関口を通って階段をのぼる。踊り場の手前で、大理石の段上（敷いてあった絨毯はすっかり擦り切れてどこかへやられたまま、新しく敷きなおされずにいた）に犬の糞が落ちており、大まわりをして避けなければならなかった。二階の廊下に着くと、母親の寝室に行き、ドアを開けた。まだ完全に開けないうちから、長いあいだ押しとどめていた水流がほとばしり出るかのように、十四のペキニーズが一斉にマルチェッロの足もとへ突進してきたかと思うと、きゃんきゃん鳴きわめきながら廊下や階段へと一散に散っていった。彼は、どうしていいかわからないのとうんざりしたのとで、羽毛の房のような尻尾と、猫のように不機嫌な顔をした犬たちが走り去っていくのをぼんやり眺めていた。そのとき、薄闇に包まれた寝室から母親の声が聞こえた。「マルチェッロなのね？」

「ええ、お母様。僕です。犬たちはどうするのです？」

「自由にさせてあげて。かわいそうに、午前中ずっと閉じ込められていたのだから、好きなところに行かせて構わないわ」

マルチェッロは眉をひそめ、さも不服そうな顔をして寝室に入ったものの、室内の空気がとても吸えたものではなく、げんなりした。窓を閉め切っていたため、眠りのにおいや犬のにおい、香水のにおいといったさまざまなにおいが混じり合い、夜通しこもっていたのだ。鎧戸の外からじりじりと照りつける太陽の熱に、においの成分が早くも発酵し、饐えた臭気を放っていた。下手に動いたら自分まで臭気に汚染され、体に染みつくとでもいうように、マルチェッロは全身を強張らせて用心深く母親のほうへ歩み寄ると、ベッドの端に腰を掛け、両手を膝においた。

暗がりに少しずつ目が慣れ、ようやく部屋全体を見渡せるようになった。黄ばんで汚れた長いカーテン――彼にはそれが、部屋のあちこちに散乱しているたくさんの下着と同様、よれよれの布地でできているように思えた――越しにぼんやりと薄明かりがひろがっていた。窓の下には犬の餌が盛られたアルミ製の皿がいくつも並んでいる。床にはパンプスやストッキングが散らばり、暗い隅にある浴室のドア付近には、ピンク色のナイトガウンが、前の晩に脱ぎ捨てられたままなのか、片袖が垂れさがり、なかば床にずり落ちた状態で椅子の上に放置されていた。冷ややかで嫌悪に満ちたマルチェッロの眼差しは、部屋から、母親が横になっているベッドへと向けられた。いつものことながら母親はマルチェッロが入ってきても体を覆おうとはせず、半裸の姿をさらしていた。擦り切れて黒ずんだ青いシルク地のクッションの上で頭の後ろに両手を組んだまま、なにも言わずに息子を見つめている。ふくらんだ二枚の羽のように両側にひろがったダークブラウンの髪の塊の下からのぞく、細くてやつれた、ほぼ三角形のその顔に、陰になっているせいで死人のように大きく陰気な目ばかりが光っていた。母親は薄緑色の透けるスリップを着ていたが、腿の上部あたりまでしか覆われていなかった。マルチェッロは、熟年の女性というよりも、老いて干からびた少女を見ているような気がした。貧相な胸は、ごつごつした肋骨が浮き出てディッシュスタンドのようだし、薄い生地越しに透けて見える萎びた乳房は、丸く黒ずんだ二つの染みでしかなく、ふくらみなど少しも感じられなかった。けれども、マルチェッロがことさら嫌悪と憐憫を覚えたのは、その腿だった。細くて肉のついていない腿は、女性らしい体型にまだなっていない十二歳の少女のものとしか思えなかった。母親の年齢は、ひび割れてぼろぼろの肌や、その色に表われていた。温もりを感じさせない、神経質な白さの肌には、ところどころに青かったり土気色だったりする不気味な痣が浮き出ていた。〈アルベリに殴られたか、嚙みつかれたかしたのだろう〉とマルチェッロは考えた。ただし膝から下は非の打ちどころがなく、可愛らしい足に、きれいにそろった指をしていた。マルチェッロは不機嫌な自分を母親に見せたくなかったが、このときも感情を抑えられなかった。「そんな半裸のような姿で僕を迎えないでくださいと何度も言ったじゃないですか」母親の顔をまともに見ようともせず、つっけんどんに言った。すると母親は、苛立ちこそ感じられたものの、恨みがましいところはなく、「まあ、なんて厳しい息子を持ったものかしら」と応じながら、掛け布団の端を引きあげて体を覆った。その声が嗄（しわが）れていたことも、マルチェッロの癇に障った。子供の時分に耳にしていた、小鳥のさえずりのように甘く澄んだ母親の声が懐かしかった。そんな嗄れ声になったのは、アルコールと不摂生のせいだった。

マルチェッロはしばらく間をおいてから言った。「じゃあ、今日は病院に行くのですね」

「ええ、行きましょう」母親は上半身を起こすと、なにか探し物でもするようにベッドの背もたれの裏をのぞいた。「私はこんなに具合が悪いのを押してまで見舞いに行っているというのに、あの人ったら、私たちが行こうが行くまいがまったく興味がないのだから」

「それでも、お母様の夫で、僕の父親であることには変わりありません」マルチェッロは両手で頭を抱え、うつむきながら言った。

「ええ、確かにそうね」母親はそう言いながら、ようやく探しあてた電灯のスイッチを入れた。サイドテーブルの上に灯ったほのかな明かりが、女物のブラウスに包まれているかのように感じられた。「それでも……」母親はベッドから身を起こし、床に足をつけながら続けた。「本心を言うと、ときどき死んでくれたらいいのにと思うこともあるの。どのみち、あの人は自分が死んだことにさえ気づかないんでしょうよ。そしたら私は入院費を払わなくて済むようになる。それでなくても、わずかしか持ってないんだもの……。考えてもみてよ」にわかに嘆くような口調になって言い添えた。

「もしかすると、車を手放さなくてはならないかもしれないわ」

「それで、なにか困ることでも?」

「大ありよ」母親は腹立ちまぎれに、そして子供のようにあっけらかんと言った。「だって車があれば、アルベリを雇い続ける口実があるから、いつでも好きなときに会えるでしょ。車がなくなったら、そんな口実もなくなるわ」

「お母様、僕の前で愛人たちの話をするのはやめてください」マルチェッロは努めて冷静に言ったものの、片手の爪がもう一方の掌に食い込んでいた。

「愛人たちだなんて……私には彼しかいないわよ。あの雌鶏のような婚約者の話をあなたからいつも聞かされているのだから、私にだって彼の話をする権利があるというものでしょ。言わせてもらうけど、あの人はあなたの婚約者なんかよりずっと感じがよくて、頭だっていいんだから」

奇妙なことに、ジュリアを毛嫌いしている母親の口から出た侮辱の言葉に対して、マルチェッロは腹が立たなかった。むしろ、〈確かに雌鶏に似たところがあるかもしれない。でもそんな彼女が僕は好きなんだ〉などと胸の内で考えていた。そして今度は少し口調を和らげて言った。「さあ、服を着てください。病院に行くのなら、そろそろ支度を始めないと」

「ええ、すぐに着替えるわ」母親は、まるで影のように軽やかに、爪先立ちで部屋を横切ると、通りしな、椅子からピンク色のナイトガウンを拾いあげて肩に羽織りながら、浴室の戸を開けて中へと消えた。

母親が寝室から出ていくのを待ちかまえていたかのように、マルチェッロはまっすぐ窓辺に向かい、窓ガラスを開け放った。外の空気は熱せられて淀んでいたが、それでも、うだるような庭ではなく氷河の上に顔を出したかのような、大きな安堵を覚えた。それと同時に、背後で室内の空気が動く気配を感じた。饐えた香水と獣臭とで重く沈んでいた空気がゆっくりと窓から出ていき、大気中に拡散していくその様は、病んだ家の口腔から吐き出される気体状の巨大な嘔吐のようだった。マルチェッロは長いこと外を見下ろし、窓枠をとり囲む藤の蔓に繁る葉を眺めていた。それから改めて部屋のほうを振り向いた。その自堕落な散らかり具合に改めて衝撃を受けたものの、このときには、嫌悪よりもむしろ憐憫を強く感じた。若かりし頃の母親の姿がふと思い出された。そして、そんな純真な女性から、いまのような姿に母を変貌させた堕落と頽廃（たいはい）に対し、自分でも驚くほどの反発を覚え、感情の烈しさに打ちのめされた。母親の変貌の根底には、避けがたく理解不能ななにかがあるにちがいなかった。それは、年齢でも、情欲でも、経済的な行き詰まりでも、浅はかな知恵でもなく、その他のいかなる具体的な理由も当てはまらないなにかだった。言葉で説明するまでもなく感じとっていて、その人生と渾然一体となったなにかのはずだった。かつては最高の美徳とされていたにもかかわらず、のちに生じた不可解な変化のために、致命的な悪徳となったものといえばいいのだろうか。マルチェッロは窓から離れ、整理箪笥に歩み寄った。箪笥の上には、数多くのガラクタに交じって、若かりし頃の母親の写真が飾られていた。その繊細な面差しや、無垢な瞳、そして愛くるしい口もとを見ながら、なぜ母親がもはや当時のようではなくなってしまったのかと胸の内で問い、背筋が震えた。あらゆる形態の堕落と頽廃に対する彼の嫌悪がその自問によって顕わになっただけでなく、息子としての悔恨や苦悩という辛辣な感情と相俟（あいま）って、さらに耐えがたいものとなったのだ。母親がそんなふうに落ちぶれたのは、もしかすると自分のせいではあるまいか。自分がより深い愛情を注いでいれば、あるいは別の形で愛していれば、母親はこれほどまでに惨めで、取り返しのつかない自堕落に陥らずに済んだかもしれない……。そんなことを考えているうちに、マルチェッロの目に涙があふれ、母親の肖像写真が完全に霞んで見えた。そこで力強く頭を振った。ちょうどそのとき浴室のドアが開き、バスローブを羽織った母親が現われた。母親は慌てて腕で目を覆いながら、甲高い声をあげた。「閉めてちょうだい。その窓を閉めて。そんなに明るいところで、よくも平然としていられるわね」

マルチェッロは急いで鎧戸を閉めた。次いで母親の傍らへ行き、片方の腕をとってベッドの端に座らせ、自分もその隣に座った。そのうえで優しく尋ねた。「お母様も、こんなに散らかった部屋で、よくも平然としていられますね」

母親は困惑し、おどおどした目でマルチェッロを見た。「どうしてこんなふうになってしまうのかしら……。なにか物を使うたびに、あった場所に戻せばいいって頭ではわかってるのよ。でも、なぜかいつも忘れてしまうの」

「お母様。何歳だろうが歳に見合った品格の保ち方があるはずです。なぜお母様はこれほど自暴自棄になってしまわれたのですか」マルチェッロは、母親の手を握りながら、出し抜けに言った。母親のもう一方の手は、掛けてある服を引きずらないよう、ハンガーで浮かせて持っている。マルチェッロは、少女のように悲嘆に暮れた母親の大きな瞳の奥に、しばし苦悩を自覚した感情らしきものを見てとった。現に母親の唇はかすかに震えていた。ところが、みるみるうちに浮かんできた腹立ちの表情にその他のすべての感情が追いやられ、母親は声を張りあげた。「あなたは、私のやることなすことすべてが気に食わないのでしょう。わかってるわよ。私の犬にも、私の服にも、私の習慣にも我慢ならないんだわ。でもね、私はまだ若いのよ。だから私なりのやり方で人生を謳歌したいの。いいかげん手を離してちょうだい」そしてマルチェッロの手を乱暴に払いのけ、こう言い添えた。「じゃないと、服も着られないじゃないの」

マルチェッロはなにも言い返さなかった。母親は部屋の隅へ行き、バスローブを床に脱ぎ捨てると、洋服簞笥を開けて、扉に設えられた鏡の前で服を着た。服を着ると、骨ばった腰やくぼんだ肩、ひしゃげた胸など、異様なほどの痩せ具合がよけいに目立った。母親は片手で髪を整えつつ、鏡のなかの自分をしばらく見つめていたが、やがて飛び跳ねながら、床のあちこちに散乱しているいくつもの靴のなかから右と左の揃いを見つけて履いた。「さあ、行きましょう」整理簞笥からハンドバッグを取り出し、ドアに向かって歩きだした。

「帽子をかぶらないのですか?」

「あら、どうして? 帽子なんて要らないでしょ」

階段を下りはじめたところで、母親が言った。「あなたったら、結婚のこと、なにも話してくれないのね」

「明後日、式を挙げます」

「新婚旅行はどこへ行く予定?」

「パリです」

「ずいぶん正統派の新婚旅行ね」母親は感想を述べ、玄関口まで下りていくと、キッチンのドアのところで調理婦に声を掛けた。「マティルデ、頼んだわよ。暗くなる前にワンちゃんたちをおうちに入れてあげてね」

二人は庭に出た。くすんだ黒の車が木陰の車寄せに停まっていた。母親は話を続けた。「それで、もう決めたのね。この家で私と一緒に暮らすのは嫌だというわけね。あなたのお嫁さんには好感が持てないけれど、それぐらいの犠牲は払うつもりでいるのよ。部屋ならいくらでもあるでしょ」

「ええ、お母様、ここには住みません」マルチェッロは答えた。

「姑と暮らすほうがいいのね。部屋が四つとキッチンしかない、あんな惨めったらしいアパートメントで」母親は皮肉を言いながら、屈んで草を抜こうとした。ところが、その拍子によろめき、マルチェッロがとっさに腕をつかんで支えてやらなかったら、転んでいたことだろう。マルチェッロは指の下で、母親の腕のわずかばかりの萎びた肉が、棒に巻きつけた雑巾のように骨のまわりをずれ動くのを感じた。そして、またしても母親に対する憐憫の情が湧き起こった。車のドアを開け、帽子を片手にアルベリが控えるなか、二人は車に乗り込んだ。次いでアルベリが運転席に座り、門の外まで車を動かした。マルチェッロは、アルベリが門扉を閉めるために車から降りたのをいいことに、母親に言った。

「アルベリを解雇して、少し暮らしぶりを整えてくださるのなら、僕だって喜んでお母様と暮らしますよ。それに、あの注射もやめていただかないと……」

母親は、納得できないというようにマルチェッロを斜めににらみつけた。尖った鼻が細かく震え、やがてそれが小さくすぼめた唇に伝わったかと思うと、戸惑った蒼白(あおじろ)い笑みが浮かんだ。「お医者さまになんと言われたか知ってる? やめないと、いつか死ぬかもしれないんですって」

「でしたら、なおのことやめるべきじゃないですか」

「なぜやめなければいけないの？」

アルベリが鼻の上の黒縁眼鏡をずり上げながら車に戻ってきた。母親はこれ見よがしに前に身を乗り出し、彼の肩に手をおいた。その手は痩せ細って透きとおり、筋が浮き出し、赤味や青味を帯びた染みだらけで、爪は黒に近い紫だった。マルチェッロは見たくなかったが、見ずにはいられなかった。母親の手がアルベリの肩から首すじへとのぼっていき、軽く愛撫するように耳たぶに触れた。母親は言った。「じゃあ、病院へ行ってちょうだい」

「かしこまりました、奥様」アルベリが振り返らずに返事をした。

母親はガラスの仕切り板を閉め、車がゆっくりと走りだすなか、クッションに深く座った。そしてシートにもたれかかると、息子のことを横目で見て言った。「私がアルベリのことを撫でたから、怒っているのね？」母親にそのような洞察力があるとは思っていなかったマルチェッロは、驚いた。

そう言いながら母親は、絶望にかられ、かすかにひきつった少女のような笑みを浮かべて息子を見た。マルチェッロは顔に貼りついた不機嫌な表情を改められないまま、返事をした。「べつに怒ってはいませんよ。ただ見たくなかっただけです」

母親は、息子の顔を見ずに言った。「もう若くないという現実が女にとってなにを意味するか、あなたにはわからないのよ。死よりも恐ろしいことなんだから」

マルチェッロは口を開かなかった。車は胡椒木の下を静かに走っていて、綿毛のような枝が窓ガラスにあたってさらさらと音を立てる。しばらくして母親が続けた。「ときどき、いっそのこと早く歳をとってしまえたらと思うこともあるのよ。きっと私は、清潔感のある痩せっぽちのお婆ちゃんになると思うわ」満足そうな笑みを浮かべて、早くもそのイメージの世界に浸っているようだ。「本のページに挿んだ押し花みたいなものね」そしてマルチェッロの腕に手をのせると尋ねた。「あなたも、ナフタリンと一緒にしまい込んだみたいなお婆ちゃんが母親のほうがいいのでしょ？」

マルチェッロは母親をじっと見ると、戸惑った口調で言った。「いつかそうなるんじゃありませんか」

母親は真剣な面持ちになり、マルチェッロをちらりと見て寂しそうに笑った。「本気でそんなふうに思っているの？　私は、そう遠くない日の朝、あなたが心底嫌っているあの部屋で死んでいるところを発見されるんじゃないかと思ってるわ」

「なぜです、お母様」口ではそう尋ねながらも、母親が冗談を言っているわけではなく、おそらくそのとおりになるだろうと感じていた。「まだ若いのですから、もっと生きていただかないと」

「私が早死にする運命にあることは変わらないわ。わかってるのよ。星占いでそう予言されたんだもの」母親は唐突にマルチェッロの目の前に手を差し出すと、そのまま手を動かさずに続けた。「この指輪が好き？」

それは、精巧な細工の石座に乳白色の宝石があしらわれた、大ぶりの指輪だった。

「ええ、素晴らしいですね」マルチェッロはちらりと見ただけで答えた。

「じつはね……ときおり、あなたはなにからなにまで父親譲りだと思うことがあるの。あの人も、まだ頭がしっかりしていた頃は、なにも愛せない人だった。美しいものに心を動かされることもなく、政治のことばかり考えていたわ。あなたみたいにね」母親は落ち着きなく言った。

このときマルチェッロは、なぜかしら烈しい憤りがこみあげるのを抑えられなかった。「僕には、あの人とのあいだに共通点なんてひとつもあるようには思えませんね。僕はとことん理性的で、要するに正常ですが、あの人ときたら、入院する前から、記憶にあるかぎり、なんと言うか……どこか頭に血がのぼったようなところがありました。お母様だって、いつもそう言ってたじゃありませんか」

「そうね。でも、どこか似てると思うの。二人とも少しも人生を楽しもうとしないし、他の人たちが楽しむのもよしとしないでしょ」母親はしばらく窓の外に目をやり、急に話題を変えた。「私はあなたの結婚式には出席しないつもりよ。気を悪くしないでちょうだいね。ここのところ、もうどこにも出掛けていないのよ。けれど、なんと言ってもあなたは私の息子なのだから、贈り物をしないといけないわね。なにがいいかしら？」

「なにも要りません、お母様」マルチェッロは無関心に答えた。

「それは残念ね。なにも欲しくないってわかってたら、お金を使わなかったのに……」母親は包み隠さずに言った。「でも、もう買ってしまったから、受け取ってちょうだい」ハンドバッグのなかを探り、ゴム紐で結ばれた白い小箱を取り出した。「シガレットケースよ。あなたが紙箱のまま煙草をポケットに突っ込んでいるのを見たものだから……」母親は小箱を開けて、細かな線がびっしり刻まれた平たい銀の容器を取り出すと、かちりと蓋を開けて見せながら息子に差し出した。《オリエンターリ》という銘柄の煙草が詰まっている。母親はついでに一本抜いて、マルチェッロに火を点けさせた。マルチェッロはといえば、いくぶん面食らった様子で、蓋を開けたまま母親の膝の上に置かれたシガレットケースに目をやりながらも、触ろうとはせずに言った。「とても素敵ですね、お母様。なんとお礼を言ったらいいか……。僕には上等すぎるんじゃありませんか」

「まったく、文句ばっかりなんだから」母親は蓋を閉めると、優美な仕草でマルチェッロの上着のポケットにシガレットケースをもどかしそうに押し込んだ。その瞬間、車がいささか乱暴に通りの角を曲がったものだから、母親はマルチェッロにもたれかかった。そして好都合とばかりに両手で息子の肩につかまり、少しのけぞるようにしてその顔を見つめた。「贈り物のお礼にキスをしてくれないかしら。いいでしょ?」

マルチェッロは前屈みになり、母親の頬に軽く唇を当てた。母親は座席に深く身を沈め、片手を胸にあてながら溜め息をついた。「それにしても暑いわね……。あなたが小さかった頃は、頼まなくたってキスしてくれたのに……。すごく愛情深い子だったのよ」

「お母様」と、今度はマルチェッロが唐突に話しだした。「お父様が病気になった冬のことを覚えてますか?」

「忘れるわけがないでしょう」母親は包み隠さずに言った。「恐ろしい冬だったわ。あの人は私と別れて、あなたを引き取るって言い出したの。あのときからすでに頭がどうかしてたのね。幸いなことに——あなたにとっての幸いという意味よ——最後には完全に頭がおかしくなって、私があなたを手放したがらないのも無理はないということになったの。なぜそんなことを?」

「じつはですね……」マルチェッロは母親と目を合わせないようにして言った。「あの冬、僕が望んでいたのは、お母様からもお父様からも離れて暮らし、寄宿学校に入ることだったんです。だからといってお母様を嫌いになったわけではなかったのですが……。ですから、僕が子供の頃と変わってしまったというのは正しくなくて、当時の僕も、いまの僕と変わらなかった。当時も、いまとおなじように混乱や無秩序には耐えられなかった。それだけなんです」マルチェッロは冷酷なほど素っ気なく言ったものの、母親の顔が悲しそうに曇るのを見て、たちまち後悔した。それでも発言を撤回するような言葉は口にしたくなかった。彼が言ったのは飽くまで真実だったし、あいにく真実しか言えなかったのだ。一方で、母親に対する思いやりに欠けていたという自責の念に苛まれ、お定まりの憂鬱が、いつになく執拗に襲ってくるのを感じた。母親は観念したように言った。「あなたの言うとおりかもしれないわね」

ちょうどそのとき、車が停まった。

車から降りた二人は、病院の門に向かって歩きはじめた。通りは昔の王宮に沿った閑静な界隈にあった。片側には五、六軒の古めかしい邸宅——一部は木立の陰になっていて見えない——が並び、もう片側には病院の鉄柵が続く短い通りだ。その奥は、鈍色の古い塀と王宮の庭に繁茂する緑で視界が遮られていた。マルチェッロはもう何年も前から、月に少なくとも一度は父親を見舞っていた。それでいていまだにこの訪問に慣れておらず、毎回、嫌悪とやるせなさが綯いまぜになった感情を覚えるのだった。それは、幼年期から学生時代までを過ごした家に母親を訪ねるときに湧き起こる感情とほぼおなじだったが、それよりもはるかに強烈だった。母親の家の無秩序と頽廃はまだしも回復の余地がありそうに思えたが、父親の錯乱に関しては手の施しようがないばかりか、より全般にわたる、完全に取り返しのつかない無秩序と頽廃を暗示しているように思われた。そのため、その日もまた、母親と並んで父の病室に向かうあいだ、マルチェッロは忌まわしい不快感に胸を圧迫され、膝が震えるのを感じたのだった。顔面が蒼白になったのを自覚し、一瞬、病院の鉄柵の先端に並ぶ黒い槍を見やりながら、なにか口実を見つけて見舞いを中止し、この場から立ち去りたいという強い衝動に駆られた。そんな彼の心の乱れに気づいていない母親は、黒い小さな通用門の前で立ち止まり、磁器製の呼び鈴のボタンを押しながら尋ねた。「あの人が最近、どんな妄想にとりつかれているか知ってる？」

「なんですか？」

「自分はムッソリーニ内閣の大臣の一人だと思い込んでいるのよ。一か月ぐらい前からかしら。きっと新聞を読ませてもらえるようになったせいね」

マルチェッロは眉根を寄せただけで黙っていた。門が開き、白衣を着た若い男性看護師が現われた。背が高く肥っていて、ブロンドの髪を刈りあげ、顔は蒼白く、やや腫れぼったかった。

「こんにちは、フランツ。どんな具合かしら」母親は優雅に挨拶した。

「今日は、昨日よりは具合がよさそうです。昨日はたいそうひどかったので」ドイツ語訛りの堅苦しいアクセントで看護師は答えた。

「たいそうひどかった?」

「私たちは拘束衣を着せる必要がありました」看護師は主語を複数形で話していたが、どことなく、家政婦が世話を任された子供たちについて報告するときの仰々しい口調を思わせた。

「拘束衣ですって? なんて恐ろしい」二人は門をくぐり、外塀と病院の建物の壁のあいだの細い道を歩いていた。「あなたも一度、拘束衣を見るべきね。衣服というより、腕が動かせないようにするための二本の袖みたいなものよ。実際に見るまでは、例の縞柄の寝間着みたいなものだとばかり思っていたのだけど……。あんなふうに両腕を体の脇にぴったりつけて拘束されている姿を見るのは、本当に切ないわ」母親は、陽気ともとれるほど軽やかな口調で喋り続けた。二人は病院の建物をぐるりとまわると、正面玄関の前に出た。病院は三階建ての白い建物で、窓に暗鬱な印象を与える格子さえなければ、ごく普通の住宅と変わらない外観だった。看護師はバルコニーの下にある石段を足早にのぼりながら言った。「クレリチ夫人、先生がお待ちかねです」そして、二人の面会者を殺風景で薄暗い入り口に案内すると、閉ざされたドアをノックした。ドアには、「院長室」と書かれた琺瑯引きのプレートがかかっている。

すぐさまドアが開き、院長のエルミーニ教授の見あげるような巨体が転がらんばかりの勢いで飛び出してきて、二人を出迎えた。「奥様、ようこそおいでくださいました。クレリチさん、こんにちは」凍りつくように静まり返った病院の殺風景な壁のあいだで、院長の大音声が青銅のゴングさながらに響きわたる。母親が手を差し出すと、院長は白衣に包まれた巨体をいかにも苦しそうに屈め、慇懃な口づけをした。一方のマルチェッロは、控えめな挨拶にとどめた。院長の顔は面梟にそっくりだった。くりくりとした丸い目、嘴のような大きな鷲鼻、幅の広い口の上に覆いかぶさった赤い髭。それでいて表情は物憂げな夜行性の鳥のものではなく、にこやかだった。ただし、そのにこやかさのなかに、計算高くて狡猾な下心が感じられた。院長は、母親とマルチェッロの先に立って階段をのぼっていった。半分ほどのぼったところで、上の階から力いっぱい投げつけられた金属の物体が飛んできて、階段の上で弾んだ。同時に鋭い叫び声が響いたかと思うと、高笑いが続いた。院長は身を屈め、飛んできた物を拾った。アルミ製の皿だった。「ドネガッリさんです」二人の面会者のほうを見ながら院長が言った。「怖がることはありません。歳をとったご婦人で、ふだんは穏やかなのですが、ときおり手当たり次第に物を投げたくなるのです。ボッチャ[5]をやらせたらチャンピオン間違いなしなのですが……。はっはっはっ」院長は皿を看護師に渡し、話を続けながら、閉ざされたドアがいくつも並んでいる長い廊下を歩いていった。

「奥様、どうしてまだローマにいらっしゃるのです？ もうとっくに山か海へ避暑に行かれたものだとばかり思っていましたよ」

「あとひと月したら出掛けますわ。でも、どこへ行ったらよいかわからなくて……。今回はヴェネツィア以外のところへ行きたいのですけれど」

「でしたら、お勧めの場所がございます」廊下の角を曲がりながら、院長が言った。「イスキア島においでください。つい先日、小旅行を楽しんできたのですが、じつに素晴らしい。カルミニエッロとかいう名前のオーナーのレストランに行きましてね。

5 ボウリングに似た球技。

魚介類のスープを味わったのですが、まさに一編の詩といったところでした」院長は上半身をひねって後ろを向くと、口の端に二本の指を当て、決して上品とはいえないものの、表現力豊かなジェスチャーをしてみせた。「まさしく詩の世界ですよ。こんなに大きな魚の切り身だけでなく、じつにいろいろ入っているのです。小ダコや、フサカサゴ、ホシザメ、頬が落ちそうなほど美味しいカキに、小エビ、そしてスルメイカ……。それが全部、船乗り風(マリナーラ)のソース、つまりニンニクにオリーブオイル、トマト、そしてトウガラシで煮込んであるのです。奥様、それ以上言うことはありません」ふざけ半分に即席のナポリのアクセントで魚介類のスープを説明すると、院長は生まれながらのローマのアクセントに戻って言い添えた。「帰ってから家内になんと言ったと思います？ 年内にはイスキア島に別荘を建てるぞ、と断言しました」

するとと母親は、すかさず言った。「私はカプリ島のほうが好きですわ」

「いいや、あそこは三文文士や同性愛者が集まるところですよ」院長は無意識に下卑た言い方をした。そのとき、個室のほうから金切り声が聞こえた。院長は声のした部屋の前まで行き、のぞき窓を開けてしばらく中の様子をうかがっていたが、また窓を閉めると、二人のほうに向き直って結論づけた。「イスキア島ですよ、奥様。イスキアこそ最高の避暑地です。魚介類のスープに海、そして太陽、野外活動……。イスキア島以外に考えられません」

数メートル先を歩いていた看護師のフランツが、ある部屋の前で身じろぎもせずに待っていた。廊下の突き当たりの窓から射す明かりのなかに、その巨体がくっきりと浮かびあがっている。「水薬は飲ませたかね？」低い声で院長が尋ねると、看護師はうなずいた。院長はドアを開け、室内に入っていった。後ろから母親とマルチェッロもついていく。

そこは殺風景な小さな部屋で、ベッドが一方の壁にぴったりと押しつけられ、鉄格子の入った窓の前には、白木の小机が置かれていた。ドアを背にして小机に向かい、一心に書きものをしている父親を見て、マルチェッロは背すじが震えるほどの嫌悪を覚えた。縞模様のごわごわした上っ張りの幅広の襟からぬっと突き出る細い首で支えられた頭には、風に煽られたかのようにひと房の白髪が逆立っている。心持ち体を斜めにして座り、足には大きなフェルトのスリッパを履き、両肘と両膝を外側に突き出し、頭は一方に傾げていた。なにからなにまで糸の切れた操り人形にそっくりだとマルチェッロは思った。三人が部屋に入っていっても、父親は振り向こうとしなかった。むしろ書くことへの集中力と情熱がいっそう増したようだった。院長は窓と小机のあいだに立ち、とりつくろった朗らかさで声を掛けた。「少佐、今日はいかがです？

調子は？」

患者は質問には答えず、「ちょっと待ってくれ、いま私は忙しいのがわからんのかね」とでも言いたげに、片手を持ちあげただけだった。院長は母親に目配せすると、こう言った。「またしても例の備忘録を書かれているのですね、少佐。ですが、それでは長すぎやしませんか？　おそらく統帥（ドゥーチェ）はあまり長いものをお読みになる時間はありませんよ。ご自身もいつだって短くて簡潔です。短く、簡潔に、ですよ、少佐」

患者はまたしても骨ばった手を持ちあげ、先ほどとおなじ身振りをした。それから、奇妙な怒りに駆られたように、傾げた頭越しに一枚の紙を投げ捨てた。部屋の真ん中に落ちたその紙をマルチェッロが屈んで拾いあげたところ、飾り文字や下線だらけの解読不能な単語がいくつか書き殴られているだけだった。おそらく単語でさえないのだろう。マルチェッロがその紙を眺めていると、患者は、おなじように怒りに駆られた忙しない手つきで、紙を次々に投げはじめた。紙は白髪頭の上を舞い、部屋のあちこちに散らばった。紙を投げているうちに、患者の動きはしだいに暴力的になっていき、仕舞いには部屋中が方眼紙だらけになってしまった。母親はつぶやいた。「かわいそうに……。昔から文章を書くのが好きだったのよ」

院長が患者のほうに身を屈めて言った。「少佐、奥様と息子さんがいらしてますよ。

お会いになりませんか？」

　ようやく患者も口を開いた。そして、こんな重要な仕事の最中に邪魔をするなんてけしからんとでも言いたげな、敵意のこもった低い声で、気忙しくつぶやいた。「明日また来るように言ってくれ。なにか具体的な提案があるのなら別だが……。待合室に大勢の人がいて、面会時間が足りないのがわからんのか？」

「自分は大臣だと思い込んでいるのよ」母親がマルチェッロにささやいた。

「外務大臣です」院長が付け足した。

「ハンガリーの問題だ」患者は藪から棒に、抑えたような早口で、息遣いも荒く言いながら、相変わらずなにかを紙に書きつけている。「ハンガリーの問題だ……。プラハにいるあの首相は……？　ロンドンの連中はなにをしてるのか？　フランス人はなぜわからぬのか。なぜ理解できないんだ？　なぜだ？　なぜだ？　なぜだ？」患者が「なぜだ」と一回言うごとに声がしだいに大きくなっていき、ほとんど怒鳴るように発せられた最後の「なぜだ？」で椅子から勢いよく立ちあがると、振り返り、ようやく面会者と向き合った。マルチェッロは視線をあげて父親を凝視した。逆立った白髪の下からのぞく痩せてやつれた浅黒い顔には、深い縦皺が刻まれ、苦悩に苛まれた重々しい表情が貼りついていた。威厳を装ったその表情は、空想上の大がかりで格式ばった場にふさわしくあらねばと焦っているようだった。患者は、文字を書いていた紙の一枚を目の高さに持ちあげるなり、息を切らすほど勢い込んで読みあげた。「統帥(ドウーチェ)よ、英雄のなかの英雄、陸と海と空の覇者、君主、法王、皇帝、司令官、そして兵士……」ここで患者は癇癪を起こしかけたものの、「以下もろもろ」とでも言いたげな儀式めいた手振りでなんとか持ちこたえた。それから、「統帥(ドウーチェ)よ、ここに……」と口にしたかと思うと、またしても、「言うまでもないことだから飛ばす」というような仕草をし、やや間をおいて、ふたたび読みはじめた。「ここに私は備忘録を認(したた)めましたので、ぜひ読んでいただきたく、よろしくお願いいたします。どうか最初のページから……」患者はしばし口をつぐむと、面会者の顔を見据えた。「最後のページまでお読みください。これが私の備忘録です」前口上を言い終えると、患者は紙を投げ捨てて小机に向きなおり、別の紙を手に持って読みはじめた。ところが今度は、マルチェッロにはひと言も理解できなかった。患者が澄んだ甲高い声で読みあげていたのは確かだったが、あまりに先を急ぎすぎていたため、ひとつの単語が次の単語に絡みつき、演説全体が前代未聞の長さの単語のようになっていたのだ。発音される前から、この男の舌の上で単語が溶け合ってしまうにちがいないとマルチェッロは思った。まるで、すべてを呑み込む錯乱の焔(ほのお)が単語を蠟のように溶かし、ぐにゃりとしてつかみどころがなく、曖昧な、ひと塊の弁論の膿と化してしまうかのように。読んでいくにしたがって、単語どうしが短く縮こまりながら互いに奥深くまで嵌まり込み、言葉の雪崩とでもいえる現象に患者自身が押しつぶされていくようだった。最初の数行を読むなり紙を投げ捨てる頻度がしだいに増していき、終にはいきなり読むのをやめ、驚くほど身軽にベッドに飛び乗るなり、そこから枕元の隅に立ち、壁を背にして演説らしきものをはじめた。

　彼が演説をしているつもりであることは、相変わらず脈略がなく意味不明な言葉よりも、身振りから推測できた。想像上のバルコニーに立つ弁士よろしく、天井に向かって両手を掲げたり、繊細な論点だと示すように前のめりになって片手を差し出したり、拳を突きあげて脅してみたり、ひろげた両の掌を顔の高さまで持ちあげてみたりしている。そのうちに、彼が語りかけていた空想上の群衆から拍手喝采が起こったにちがいない。掌を下に向けて手を上下に動かす典型的な身振りで、静粛にと言うのが見てとれた。それでも拍手喝采はやまないばかりか、ますます烈しくなるらしく、先ほどとおなじ身振りでもう一度、静粛にと懇願したのち、ベッドから飛びおりた。そして院長のところに駆け寄ると、袖をつかんで、半泣きの声で頼んだ。「お願いだからやめさせてくれ。拍手喝采なんてなんの役に立つというのだ。宣戦布告だぞ。拍手喝采のせいで演説すらできなければ、どうやって宣戦布告ができるというのだね？」

「少佐、宣戦布告は明日にいたしましょう」院長は、見あげるような巨体の高みから患者を見下ろすようにして言った。

「明日、明日、明日……」患者は、苛立ちと絶望が一緒くたになった激昂に駆られて怒鳴り散らした。「そうやってすべてを明日に先延ばしするのだから……。宣戦布告はいますぐおこなわねばならぬ」

「なぜでしょうか、少佐。べつに明日でも構わないではありませんか。この暑さですから、兵士たちがかわいそうですよ。この暑さで戦争をさせようというのですか？」院長はいたずらっぽく肩をすくめて見せた。患者は途方に暮れて院長を見返した。予期していなかった反論に、明らかに狼狽していた。しばらくすると、またわめきだした。「兵士たちにはジェラートを食べさせたらいい。夏はジェラートを食べるだろ？」

「そうですね。夏にはジェラートを食べます」院長は相槌を打った。

「だったら……」患者は勝ち誇ったように言った。「ジェラートだ。大量のジェラートを手配しろ。全員にジェラートを配るんだ」ぶつぶつつぶやきながら小机に向かい、立ったまま鉛筆をつかむと、紙の最後の一枚にいくつかの単語を書き殴り、院長に突きつけた。「さあ、宣戦布告だ。私はもう我慢ができん。これを然るべき人に渡しなさい。また鐘の音だ。ああ、この鐘はかなわん」院長に紙を持たせると、ベッド脇の隅の床にしゃがみ、怯えた小動物のように両手で頭を抱え、苦しげに繰り返した。

「ああ、この鐘の音……。一時（いっとき）でいいから鳴りやんでくれないものか」

院長は紙に書かれた文字をちらりと見やってから、マルチェッロに差し出した。紙の上のほうに、「殺戮と憂鬱」と書かれ、その下に、「開戦が宣言された」と、いずれもおなじ大きさな飾り文字で書き殴られていた。「殺戮と憂鬱というのは、彼のモットーなのです。そこに散らばっているすべての紙に書かれていますよ。その二つの言葉に執着しているようです」

「ああ、鐘の音が……」患者がうめいた。

「本当に鐘の音が聞こえているのですか？」当惑した母親が尋ねた。

「おそらく聞こえているのだと思います。幻聴でしょう。先ほどの拍手喝采もそうです。患者さんたちの耳にはいろいろな音が聞こえるようです。言葉を話している人の声だったり、動物の鳴き声だったり、オートバイなどのエンジン音だったり……」

「鐘の音が！」患者がすさまじい声で叫んだので、母親はドアのほうへ後退りしながらつぶやいた。「だけど、きっと怖いんだわ。かわいそうに。どんなに苦しいことでしょう。私だって、鐘ががんがん鳴っている鐘楼の下に立ったら、頭がおかしくなると思う」

「父は苦しんでいるのでしょうか?」マルチェッロが尋ねた。

「青銅の大きな鐘が、あなたのすぐ耳もとで何時間も途切れることなく鳴り響いていたら、苦しくないですか?」それから院長は患者のほうに向き直って、こう言った。「そろそろ鐘の音を止めることにしましょう。鐘撞き番もう寝る時間です。なにか飲む物を差しあげますね。そうすればもう聞こえなくなりますから」院長が看護師に合図をすると、看護師はすぐに部屋から出ていった。次いで院長はマルチェッロに向かって言った。「かなり深刻な不安状態に陥っているようです。お父様のご気分は、異常なまでの高揚感から深い抑鬱状態へと急激に変化します。つい先ほど紙を読んでいたときは躁の状態だったのですが、いまは鬱に入ってしまいました。なにかお父様にお話ししたいことはありますか?」

マルチェッロは、両手で頭を抱えて悲しげに嘆き続けている父親を一瞥すると、冷ややかな声で言った。「いいえ、なにも言うことはありません。それに、言っても無駄でしょう。どうせ私の言葉はわからないでしょうから」

「わかるときもあります。見た目よりも、はるかによくわかっているものです。相手が誰だかわかっているし、私たち医者を欺くことだってある。見かけほど単純ではありません」院長は言った。

母親は錯乱者の傍らに歩み寄り、優しく声を掛けた。「アントニオ、私がわかりますか？　ほら、あなたの息子のマルチェッロもいますよ。明後日、結婚するんですって。わかりますか？　マルチェッロが結婚するのです」

彼は上目遣いに妻を見たが、その目は、「どうしたの？」と人間の言葉で話しかけてくる飼い主を見あげるときの怪我をした犬にも似た、期待の色を帯びていた。院長はマルチェッロのほうに向きなおり、甲高い声で言った。「ご結婚……ご結婚なさるのですか。それはそれは……なにも存じあげずに失礼いたしました。心よりお祝いを申しあげます。本当におめでとうございます」

「ありがとうございます」マルチェッロは素っ気なく礼を述べた。

母親はドアのほうへ向かいながら、心のままを口にした。「かわいそうに。なにもわからないのね……。もしわかったなら、嬉しくないに決まってるわ。私だって嬉しくないんだから」

「お母様、お願いですから……」マルチェッロは言葉少なに抗議した。

「そうね、言っても詮ないことね。あなたのお嫁さんなのだから、あなたが好きならそれでいいのよね。他の人の意見は関係ないわ」母親は歩み寄るように言った。それから患者のほうに向きなおり、別れの挨拶をした。「また来るわね、アントニオ」

「鐘の音が……」彼はつぶやいた。

三人が廊下へ出ると、精神安定剤の水薬が入ったコップを持ったフランツが入れ違いに入っていった。院長はドアを閉め、話しはじめた。「不思議なことに、精神障害の患者さんたちはつねに新しい情報を仕入れていて、世間でなにが起こっているか把握しています。集団の心をつかむものに非常に敏感なのです。なんといってもファシズムに統帥（ドゥーチェ）。お父様とおなじように、大勢の患者さん方がファシズムや統帥（ドゥーチェ）に夢中になっています。大戦中は自分こそが将軍だと信じ込み、カドルナ将軍やディアズ将軍に取って代わろうとしている患者ばかりでしたし、最近の例を挙げますと、ノビレが飛行船で北極探検をしたとき、世間の話題をさらった『赤いテント』[6]の位置を正確に把握し、遭難者を救出するための特殊装置を発明した患者さんが少なくとも三人いました。精神疾患の方々というのは、いつだって時勢に敏感なのです。とどのつまり、精神疾患があっても社会生活を送るのをやめるわけではないですし、他ならぬ精神疾患こそ、彼らが社会に参加する手段となり得るのです。むろん、おかしな善き市民としてですが」院長は己のユーモア精神にご満悦らしく、冷ややかな笑いを浮かべた。

それから母親に向かい、明らかにマルチェッロにおもねるように、こう言い添えた。

「まあ、統帥（ドゥーチェ）に関しては、ご主人だけでなく我々もみんな夢中なのですがね。そうは思われませんか、奥様。ある意味、我々の誰もが、シャワーを浴びせて気持ちを落ち着かせたり、拘束衣で縛りつけたりすべき錯乱者なのです。もはやイタリア全体がひとつの精神科病院になり果てたのですよ。あっはっは」

「そういう意味では、うちの息子は確かに錯乱してますわ」おめでたい母親は院長の追従（ついしょう）に乗せられて言った。「じつはここへ来る途中に息子とも話していたのですが、この子と不憫（ふびん）な父親のあいだにはいくつかの共通点があると思うのです」

マルチェッロは二人の話を聞く気になれなかったので、歩みを緩めた。そして、喋りながら廊下の突き当たりへと進み、角を曲がって消えていく二人の後ろ姿を見ていた。立ち止まったマルチェッロの手には、父が開戦宣言を書き殴った紙がまだ握られていた。彼は一瞬ためらったものの、ポケットから財布を出し、その紙を畳んでしまった。それから歩みを速めて、先に下りていた院長と母親に追いついた。

6　一九二八年に飛行船で北極点上空に達したウンベルト・ノビレ隊が帰途遭難した際にこもっていたテント。

「それでは院長先生、ごめんくださいませ。それにしても、あの不憫な夫を治してやる方法は、本当にないのでしょうか」母親は別れ際に尋ねた。

「残念ながら、現代の医学ではどうすることもできません」院長は答えたものの、そこには威厳など微塵も感じられず、使い古された文句を機械的に繰り返しただけのように虚しく響いた。

「失礼します、院長先生」マルチェッロも挨拶をした。

「またお会いしましょう、クレリチさん。それと、改めまして心よりご祝福申しあげます」

こうして二人は砂利道を通って表通りに出て、車のほうへ歩いていった。開いたドアの脇で、アルベリが帽子を手に待っていた。二人が無言で乗り込むのを待って、車は走りだした。マルチェッロはしばらく黙っていたが、やがて母親に尋ねた。「お母様、ひとつ質問があるのです。率直なところをお尋ねしても構いませんよね」

「なにが訊きたいというの？」母親は、コンパクトの鏡を見て化粧を整えながら、心ここにあらずといった様子で訊き返した。

「僕が『お父様』と呼び、いま見舞ってきた人は、本当に僕の父親なのですか？」

母親は声を立てて笑った。「本当にあなたったって子は、ときどきおかしなことを言いだすのね。あなたの父親じゃないなんてことが、どうしてあると思うの？」

「お母様は、あの当時からすでに……」マルチェッロは躊躇したものの、続けた。

「愛人がいた……。そうではありませんか？」

「まさか、そんなことは絶対にないわ」母親は顔色も変えず、自嘲気味に言った。

「私が初めてあなたのお父様を裏切ったとき、あなたは二歳だった。でも、なにより奇妙なことは……」短い間をおいて母親は続けた。「あの人の頭がおかしくなったのは、他でもない、あなたが余所の男の子供なんじゃないかと疑ったからよ。自分の子供ではないって思い込んでしまったのね。ある日、なにをしでかしたと思う？　私と、赤ん坊のあなたが写っている写真を取り出してね……」

「二人の目に穴をあけたんですよね」マルチェッロが結末を口にした。

「あら、知ってたの？」母親は意表を衝かれたようだった。「そうなのよ。あれが、あの人の錯乱の始まりだった。あの頃、私がときどき会っていた男があなたの父親にちがいないという強迫観念にとりつかれてしまったの。言うまでもなく、そんなのはあの人の妄想にすぎないのだけれど……。あなたはあの人の子供よ。見ればわかるでしょ」

「いいや、正直言って、僕はあの人よりもお母様似だと思います」マルチェッロは、そう言い返さずにはいられなかった。

「両方に似てるわ」母親は反論した。そして、コンパクトをハンドバッグにしまってから、言い添えた。「言ったでしょ。なにより二人とも政治に入れ込んでるわ。ただし、あの人は錯乱者としての入れ込みようで、あなたは、ありがたいことに健全な人間としてだけど」

マルチェッロは押し黙ったまま、窓のほうへ顔を向けた。自分が父親に似ていると考えるだけで、言いようのない不快感を覚えた。彼は、自分が不純で不当であることを定められているような気がして、血と肉によって結ばれているとされる家族関係に対し、いつだって嫌悪感を催すのだった。だが、父親に似ていると母親に告げられたことで、嫌悪感だけでなく、そこはかとない恐怖心に囚われた。父親の錯乱と自分のもっとも秘めた本性とに、どのような関係があるのだろうか。マルチェッロは紙に書かれていた「殺戮と憂鬱」という父の文字を思い出した。そして、あまりの恐ろしさに身震いした。「憂鬱」は、あたかも第二の皮膚のように彼の体にまとわりつき、本物の皮膚よりも敏感だった。おまけに「殺戮」に関しては……。

いまや車は、夕暮れの禍々(まがまが)しい青い光のなか、中心街を走っていた。マルチェッロは、「僕はここで降ります」と母親に断ってから、前屈みになって仕切り板のガラスを叩き、アルベリに知らせた。母親は言った。「それじゃあ、あなたが帰ってきたらまた会いましょう」その言葉で、結婚式には出席しないことを改めて伝えたのだった。マルチェッロは、直接の言及を避けてくれたことに感謝した。母親の軽薄さやシニシズムは、少なくともこうした場面では有益だった。マルチェッロは車から降りると、思いきりドアを閉め、群衆に紛れて遠ざかっていった。

第二部

I

列車が動き出すなり、マルチェッロはそれまで義母と話すために――といっても実際には彼女の話を聞いていただけだが――顔を出していた車窓から離れ、コンパートメントに戻った。だが、ジュリアは窓から離れようとしなかった。マルチェッロはコンパートメントから、通路に残った彼女が窓から身を乗り出してハンカチを振っているのを見ていた。それはごくありふれた仕草であるはずなのに、ジュリアがありったけの悲しみをこめようとするあまり、いかにも憐れっぽく見えた。彼女はプラットホームに母親の姿が見えている気がするかぎり、ハンカチを振り続けるにちがいないと彼は思った。そして母親の姿が見えなくなるということは、ジュリアにとっては娘時代からの決定的な訣別（けつべつ）を意味するものとなるはずだ。恐れていたと同時に望んでもいたその訣別は、母親を駅に残したまま列車に乗り込むことによって、痛々しいほどに現実的な性格を帯びた。マルチェッロは、窓から身を乗り出して体形の際立つ白っぽい服に皺が寄るのもお構いなしで手を振っている妻をもう一度見やると、座席の背もたれに身をあずけ、目を閉じた。

数分後にふたたび目を開けたところ、妻はもう通路にはおらず、列車は早くも見通しのいい田舎を走っていた。木々のない荒涼とした平原は、青緑色の空の下、すでに黄昏時の薄闇に包まれている。ときおり大地は隆起して丘となり、丘と丘のあいだには谷間もあるのだが、意外なことに民家もなければ人影もない。丘の頂上付近にときおり現われる煉瓦の廃墟が、その孤絶した印象を強めるばかりだった。思索や空想へと誘う、心の休まる風景だとマルチェッロは思った。やがて平原の向こうの地平線上に、血のように赤く丸い月が昇りはじめ、そのすぐ右に白い星がきらめいた。

妻の姿が見当たらなかったが、マルチェッロは少しのあいだ戻ってこないことを願った。しばらく思索に耽っていたかったし、これが最後となるだろう孤独に浸りたかった。ここ数日の行動を記憶のなかでたどり、改めて想起するうちに、深く揺るぎない自己満足を覚えていることに気づいた。行動すること。これこそが、人生と己自身を変えるための唯一の方法だったのだと彼は思った。時間と空間のなかで実際に動くこと。いつものとおり彼は、正常な、予測可能な世界と自分との結びつきを際立たせてくれるものを好んだ。結婚式の朝には、花嫁衣裳をまとったジュリアが衣擦れの音をさせながら部屋から部屋へと幸せそうに走りまわり、手袋をはめた手に鈴蘭（すずらん）のブーケを持った彼がエレベーターに乗り込む。彼が入っていくなり義母はその腕にすがりついて泣きじゃくり、ジュリアは心ゆくまで口づけがしたくて洋服箪笥の扉の後ろに彼を引き込む。ほどなく立会人が到着する。ジュリアの友人が二人――医者と弁護士――と、彼の役所の同僚が二人。家から教会まで、窓々や沿道から人々が見守るなか、三台の車で移動する。先頭の車には彼とジュリア、二台目には立会人たち、三台目には義母とその友人二人。移動の途中で奇妙なハプニングがあった。赤信号で車が停まっていたところ、いきなり見知らぬ男が窓にへばりついてきたのだ。赤ら顔に、伸び放題の鬚、額は禿げあがり、鼻がやたらと高い。物乞いだった。ただし、施しを乞う代わりに、濁声（だみごえ）で「わしにも糖衣菓子（コンフェッティ）をくださらんかね、御両人？」と懇願するなり、車の中に手を伸ばしてきた。いきなり窓から顔をのぞかせ、ジュリアのほうに無遠慮な手を伸ばしてきたものだから、マルチェッロは憤慨し、過剰ともいえるほどの冷酷さで追い払った。「あっちへ行け。糖衣菓子（コンフェッティ）などない」すると、酔っているらしき男は、あらんかぎりの声で「呪われるがいい」と怒鳴り捨ててどこかへ行ってしまった。怯えたジュリアは彼にしがみつき、「縁起が悪いわね」とつぶやいた。マルチェッロは肩をすくめ、「くだらない……ただの酔っ払いだ」と取り合わなかった。その後、車はふたたび走りだし、この出来事はすぐに彼の意識から消えた。

教会ではすべてが正常に運んだ。すなわち、静かなまでに荘厳で、儀式的で、格式張っていた。主祭壇の向かい側の、最前列のあたりに数人の親族と友人が固まって座った。男性は黒っぽい色のスーツ、女性は春らしい明るい色のドレスをまとって。豪奢な装飾が施された教会は、対抗宗教改革派の聖人が祀(まつ)られたものだ。主祭壇の後方にある金銅の天蓋の下には、まさしくその聖人の像が鎮座している。グレーの大理石でできていて、等身大よりも大きく、目は天を仰ぎ、両の掌(てのひら)を開いていた。像の背にあたる後陣(アプス)には、バロック様式の、いまにも舞いだしそうな生き生きとしたフレスコ画が全面に施されていた。ジュリアとマルチェッロは大理石の手摺子(バラスター)の前に置かれた深紅のビロードのクッションにひざまずいた。その後ろには、証人が二人ずつに分かれて立っていた。長時間におよんだ儀式は、ジュリアの家族がこのうえもなく厳かであることにこだわった結果だった。儀式の冒頭から、入り口の扉(ポルターユ)の上にあるバルコニーでオルガンが奏でられ、その後も、ときに密やかな低音を、ときによくこだまする丸天井(ヴォールト)の下でにぎやかな調べを勝ち誇ったように響かせながら、演奏はやむことなく続けられた。司祭の動きはきわめて緩慢だった。そのためマルチェッロは、儀式のあらゆる細部を充足感とともに観察し――それはまさしく彼が想像し、望んでいたとおりのものだった――、彼の前にも数百年ものあいだ無数の新郎新婦がおこなってきたことを自分もしているのだと確信したのち、ぼんやりと教会を眺めはじめた。とりたてて美しい教会ではなかったが、たいそう広々としていて、すべてのイエズス会の教会と同様、仰々しいほどの荘厳さを目指して構想、建立されたものだった。天蓋の下で我を忘れたようにひざまずく聖人の巨大な像が、大理石を模した彩色の祭壇の上に鎮座し、祭壇には銀の燭台や花があふれる花瓶、装飾用の小像、青銅のランプがひしめいている。天蓋の後ろで弧を描く後陣(アプス)には、当時の画家によるフレスコ画が施されている。隠れた太陽から細い光の筋が射す青空に、オペラ劇場の緞帳(どんちょう)に描かれていてもおかしくないような白い雲がむくむくと湧きあがる。その雲の上に何人もの聖人が座しているのだが、宗教的精神というよりも、装飾的感覚でもって巧みに描かれていた。ひときわ存在感を放ち、すべての聖人を見下ろしているのが永遠の父なる神の姿だ。マルチェッロは不意に、三角の後光を背後につけ、顎鬚(あごひげ)を伸ばしたその顔に、先ほど車の窓から顔をのぞかせて糖衣菓子(コンフェッティ)をせびり、挙げ句の果てに悪態を

7　カトリック教会内の改革刷新運動を支持していた宗派。反宗教改革派。

ついた物乞いの残像を見出した。その瞬間、いかなる甘美さもはねつける脅しにも似た厳格さでもってオルガンが高らかに鳴り響いたため、別の状況下であれば苦笑いを引き起こしたであろう両者の類似（永遠の父なる神が物乞いに扮し、タクシーの窓から顔を出し、糖衣菓子（コンフェッティ）をせびる）に、彼自身にもなぜかはわからなかったが、カインに関する聖書の記述を思い出したのだった。リーノの一件があってから何年かしたある日、ふと聖書を開いたときにたまたま目にした一節だった。
「何ということをしたのか。お前の弟の血が土の中からわたしに向かって叫んでいる。今、お前は呪われる者となった。お前が流した弟の血を、口を開けて飲み込んだ土よりもなお、呪われる。土を耕しても、土はもはやお前のために作物を産み出すことはない。お前は地上をさまよい、さすらう者となる。」カインは主に言った。「わたしの罪は重すぎて負いきれません。今日、あなたがわたしをこの土地から追放なさり、わたしが御顔から隠されて、地上をさまよい、さすらう者となってしまえば、わたしに出会う者はだれであれ、わたしを殺すでしょう。」主はカインに言われた。「いや、それゆえカインを殺す者は、だれであれ七倍の復讐を受けるであろう。」主はカインに出会う者がだれも彼を撃つことのないように、カインにしるしを付けられた。[8]
当時のマルチェッロには、この一節が、意図せずに犯した罪のせいで呪われると同時に、ほかでもないその呪いによって神聖化され、侵しがたいものとなった自分自身のために記されたもののように思えたのだった。

教会で、フレスコ画の人物像を眺めながら改めて思い起こすと、やはり自分のケースを説明するのにふさわしく思えた。儀式が進められるなか、冷静を保ちながらも、類比(アナロジー)と示唆に満ちた肥沃な土壌に思索の杭を打ち込んでいる。そんな漠然とした確信とともにマルチェッロが思いをめぐらしていたのは、次のような点だった。もしも呪いが本当にあるとして、なぜそれが自分にかけられることになったのか。この問いによって、自分を抑圧している決して消えることのない執拗な憂鬱――己を見失い、また己を見失わずにはいられないことを知っている者が陥りがちなものだ――が記憶によみがえり、たとえ自覚はなくとも、少なくとも本能によって、自分は呪われていることを知っていたのだと思い至った。ただし、それはリーノを殺したからではなく、宗教にも教会にも頼ることなく、その遠い昔の大罪がもたらす後悔や堕落や異常さという重荷から自らを解き放とうと努力してきたし、いまなお努力を続けているからだった。だが、いったいどうすればよかったのだ――マルチェッロはなおも考え続け

8　『旧約聖書』「創世記」（新共同訳）

た――自分はそのような人間であり、変わりようがないのだから。つまり、彼のなかには悪意というものは微塵もなく、ただ己が生まれついた環境や、生きるよう定められた世界を素直に受け入れてきただけなのだ。それは宗教とは縁遠い環境であり、宗教を他のもので代替したように思われる世界だった。むろん、キリスト教古来の情愛に満ちた人たち、すなわち、清く正しい主や、母性にあふれた聖母、あるいはたいそう憐れみ深いキリストに自分の人生を委ねることができたらどれほど楽だろうとは思わないでもなかった。だが、そのような願望を抱く一方で、己の人生はそういうものではなく、したがって、彼らに自分の人生を委ねることもできないとわかっていた。彼は宗教から外れたところにいて、たとえ己を浄化して正常に戻るためだったとしても、宗教に戻ることはできないのだ。正常さというものは別のところにあるか、あるいは、おそらくこれから手に入れなければならず、苦労し、疑い、血反吐を吐きながら築きあげねばならないものなのだと彼は考えていた。

そうした考えを確認するかのように、そのときマルチェッロは隣にいる、数分後には自分の妻になろうとしている女性を見やった。ひざまずいた姿勢で手を組み、顔ごと視線を祭壇に向けているジュリアは、希望に満ちた、幸せな恍惚感に浸っているかのようだった。それでいてマルチェッロが視線を向けると、手で体に触れられたかのように即座に振り向き、目もとと口もとに笑みを浮かべた。その優しくて、控えめで、感謝の念にあふれる笑みは、動物にも近い邪心のないものだった。彼のほうも、そこまであからさまではないものの微笑み返し、まるでその微笑によって堰が切られたかのように、おそらく彼女と知り合ってから初めて、はっきりと愛とまでは言えないにしろ、憐れみと慈しみの入り混じった深い情があふれ出すのを感じていた。すると奇妙なことに、束の間、眼差しで彼女の服を脱がせ、彼女の体から花嫁衣裳もランジェリーも剝ぎとっているような気がした。豊かな乳房と子宮を備えたぴちぴちで健康的な若い女性が、自分の傍らの赤いビロードのクッションの上に全裸でひざまずき、手を組んでいる姿が見えたのだ。彼もまた彼女とおなじように裸で、あらゆる儀式的な神聖さとは無縁なところで、森で動物たちがつがうのと同様に、真の意味での結合を果たそうとしていた。そしてその結びつきは、彼がいま参加している儀式を信じようが信じまいが現実に起こることであり、そこから彼の望みどおり子供が生まれるのだろう。そのような考えに至って初めて、マルチェッロは自分が揺らぐことのない大地に足をつけたように感じられ、こんなふうに考えたのだった。〈この女は間もなく僕の妻になろうとしている。そして僕は彼女を我がものとするのだ。僕のものとなった彼女は、子を孕(はら)むだろう。次善の策とはいえ、それこそが正常さへの第一歩となるのだ〉ちょうどそのとき、ジュリアが祈りを唱えて唇を動かすのを見た。すると、その口の活発な動きによって、まるで魔法のように、彼女の裸体にふたたび花嫁衣裳がかぶせられたように思えた。ジュリアのほうは、二人の結びつきの儀式的な神聖さを心の底から信じているのだとマルチェッロは思い知った。とはいえ、彼は不満に思ったわけではなく、むしろ安堵に近いものを覚えた。ジュリアにとっての正常さとは、マルチェッロの場合とは異なり、見出すべきものでも再構築すべきものでもなく、実際にそこにあるものなのだ。彼女はそれに浸りきっていて、なにが起ころうとも決して出ることはない。

こうして挙式は無事に終了し、マルチェッロにも十分な感動と愛情をもたらした。当初は味わうことなど不可能だと思っていたその感動と愛情は、場所や儀式という暗示から生じたものではなく、彼なりの深い理由から得たものだった。要するに、すべてが伝統的な決まり事に則ってとりおこなわれたため、そうした決まり事を信じている者たちのみならず、信じていないながらも、信じているかのように振る舞おうとしている彼をも満足させたのだ。妻と腕を組んで教会の外へと歩み出ながら、教会の石段の手前の扉(ポルターユ)の下で立ち止まったとき、マルチェッロは、すぐ後ろでジュリアの母親が女友達にささやいているのを聞いた。「とっても心根の優しい人なの。すごく感動してたでしょ？　あの娘を心から愛してくれているのよ。ジュリアは、彼以上の旦那さんに巡り合うことなんてできなかったわ」そして、そのような幻想を抱かせることができたと知って、彼は嬉しかった。

晴れてジュリアと列車に乗り込んだいま、マルチェッロは一連の熟考の帰結として、結婚式のあと中途で放り出していた夫という役柄を、放り出したところから再開したいという狂おしいほどの焦燥に駆られた。そのあいだに夜の帳が下り、ときおり弱々しいきらめきが見えるだけの漆黒の闇に包まれた車窓から目を逸らすと、ジュリアの姿を捜して通路を見やった。彼女がいないことに苛立ちすら覚えている自分に気づき、それこそがいまや夫という役柄を自然に演じている証しのように思え、嬉しくなった。そこで彼は、寝台車の狭苦しいベッドでジュリアを我がものにするべきか、あるいは旅程の最初の滞在地であるS町まで到着するのを待つべきか、胸の内で問いかけた。考えているうちに、不意に猛烈な欲望が頭をもたげ、列車のなかで彼女を抱こうと意を固めた。このような場合には、そうするのが普通だろうと思ったし、また肉欲からも、花婿という役割を忠実に演じることへの悦びからも、そちらに傾いていたのだ。ただし、ジュリアは彼が確信しているように処女であり、ものにするのは容易なことではないだろうから、彼女の処女を奪おうと試みてうまくいかずに、S町のホテルの心地よいダブルベッドまでお預けになったとしても、それはそれで悦ばしいことだと思えた。新婚のカップルには、こうしたあまりに普通すぎて滑稽にさえ感じられることが往々にして起こるものであり、彼は、インポテンツだと思われても構わないから、普通の人たちのなかでも、とりわけ普通に見られたかった。

彼が通路をのぞこうとしたちょうどそのとき、コンパートメントのドアが開いてジュリアが入ってきた。スカートとブラウスだけを身に着け、脱いだ上着を腕にかけている。豊かな胸がブラウスの白い麻地をこれ見よがしに突きあげているせいで、素肌のほんのりとしたピンク色が透けて見え、顔は幸せな悦びの光を帯びていた。ただ、いつもより大きく見開かれ、物憂げで弱々しい目だけが、情欲に駆られた不安、怯えにも近い戸惑いを露わにしているように思われた。マルチェッロはそうしたすべてのことを悦びとともに見てとった。彼女は間違いなく初めて身を捧げようとしている花嫁だった。ジュリアは少々ぎこちなく振り向いて(彼女の動きはいつだってそうだったが、健康で邪心のない動物を思わせる、愛くるしいぎこちなさだとマルチェッロは感じていた)ドアを閉め、カーテンを引いた。そして彼の前に立ち、網棚のフックに上着を掛けようとした。ところが、列車がかなりのスピードで走っていたため、猛烈な勢いでポイントに差しかかった弾みに車両全体が大きく揺れ、ジュリアは彼の上に倒れ込んだ。下心のなかったわけではない彼女は、これ幸いと彼の膝に座り、首に両方の腕をからませてきた。マルチェッロは自分の細い脚に彼女の全体重がかかったのを感じ、反射的に腰を抱いた。ジュリアは小声で「あたしを愛してる?」と訊くなり、首を傾げ、唇で彼の唇を求めた。二人が長い口づけをしているあいだ、列車はまるでその口づけの共犯者だとでもいうようなスピードで走り続け、揺れるたびに歯と歯がぶつかり、ジュリアの鼻は彼の顔にめりこみたがっているかのようだった。ようやく二人は唇を離したものの、ジュリアは彼の膝から下りようとせず、ハンドバッグからハンカチを取り出して、「唇にたっぷり紅がついてるわよ」と言いながら、彼の唇を拭った。脚がすっかり痺れていたマルチェッロは、次の列車の揺れに合わせて、彼女の重い体を座席に下ろした。するとジュリアが抗議した。「意地悪ね。あたしが欲しくないの?」

「まだベッドメーキングが来ていないから」マルチェッロはいくらかどぎまぎした。

「じつはね」彼女はそのまま体を動かさずに、周囲を見まわした。「あたし、寝台列車に乗るのは初めてなの」

マルチェッロは彼女の純真な口ぶりに思わず笑みを浮かべた。「気に入った?」

「ええ、とっても素敵」ジュリアはふたたび周囲を見まわした。「いつベッドメーキングに来るの?」

「そろそろだろう」

二人は口をつぐんだ。少ししてマルチェッロが妻を見つめると、彼女もまた彼を見つめ返したものの、その表情が、気後れと不安が綯いまぜになったものに変化していた。それでも、少し前までの幸せそうに紅潮した面持ちが消えたわけではなかった。見つめられているのに気づいた彼女は、詫びるような笑みを浮かべた。そして無言のまま手を伸ばし、彼の手を握ろうとした。優しくうるんだ目からふた粒の涙がつーっと頬を滑ったと思うと、続けてもう二粒落ちた。ジュリアは彼の顔をじっと見つめたまま、涙ながらに微笑もうと、いじらしい努力をしながら泣いていた。仕舞いには、勢いよく突っ伏すと、彼の手に熱烈な口づけをはじめた。マルチェッロは彼女の涙にうろたえた。ジュリアは陽気な性格で、感傷的になることは滅多になかったので、そんなふうに泣くのを見るのは初めてだったのだ。だがジュリアは、彼に憶測の余地を与えなかった。ふたたび顔をあげると、早口でこう切り出したのだ。「泣いたりしてごめんなさい。だって、あなたはあたしよりはるかに素晴らしい人だから、あなたにはあたしなんてふさわしくないと思ったの」

「まるでお義母さんのような物言いだね」マルチェッロは微笑んだ。

するとジュリアは洟をかみ、いくらか落ち着きを取り戻した。「違うわ。ママはこういうことを訳もなく言ってるだけよ。でもあたしにはれっきとした理由があるの」

「どんな?」

ジュリアはひとしきり彼を見つめた挙げ句、話しはじめた。「あなたに話さなくちゃならないことがあるのだけれど、言ったらきっとあなたはもうあたしを愛してくれなくなる。それでも、やっぱり言わないわけにはいかないの」

「なんなんだい?」

彼女は、恐れている侮蔑の色合いがわずかでも浮かぶのを見逃すまいとするかのように、マルチェッロの顔を慎重にうかがいながら、ゆっくりと語りだした。「あたしはあなたが思っているような女じゃないわ」

「どういうこと?」

「あたしね……じつは、処女じゃないの」

マルチェッロは彼女のことをまじまじと見つめ、自分が妻のなかに見ていた正常な性格は、実際には存在していなかったことを不意に思い知ったのだった。彼女が告白を始めたときにはなにが隠されているのか想像もできなかったが、いまとなってはジュリアが、彼女自身の言葉を借りるならば、「あなたが思っているような女」でないことは明らかだった。マルチェッロは、聞く前からこれから聞かされるであろう話にうんざりし、打ち明け話を拒絶したい衝動に駆られた。とはいえ、ひとまず彼女を安心させてやらねばならない。それは彼にとって難しいことではなかった。なぜなら、なにかと取り沙汰される処女性だが、そのじつ、彼にしてみれば保たれていようが失われていようがさほど重要ではなかった。そこで彼は愛情のこもった口調で言った。「気にする必要はないさ。僕は君が好きだから結婚したのであって、君が処女だから結婚したわけじゃないからね」

ジュリアは頭を振った。「あなたは現代的な考え方の人だから、きっとこだわらないだろうと思っていたけれど、それでも言っておくべきだと思ったの」

「現代的な考え方ね……」マルチェッロは、愉快に思わずにはいられなかった。その表現はむしろジュリアにこそぴったりで、失くした処女性を埋め合わせるに足るものだった。無邪気な表現ではあったが、彼が考えていたのとは異なる無邪気さだった。マルチェッロは妻の手をとって、「ほら、くよくよ悩むのはやめにしよう」と言い、微笑んでみせた。

ジュリアは微笑み返したものの、微笑むそばから涙があふれ、頰を伝う。それを見たマルチェッロは文句を言った。「おいおい、今度はどうしたっていうんだい？　気にする必要はないと言ったじゃないか」

ジュリアは奇妙な姿勢をとった。マルチェッロの首に両腕をからめながらも、顔を背けて彼の胸にうずめ、表情を見られないようにしたのだ。「あなたにすべてを打ち明けないといけないの」

「すべてってなにを？」

「あたしの身に起こったすべてのことよ」

「そんな必要はない」

「お願い。私の弱さなのかもしれないけれど、きちんと話さないかぎり、あなたに隠しごとをしてるみたいで嫌なのよ」

「どうして？」マルチェッロは彼女の髪を撫でながら言った。「愛人でもいたのだろう。好きだと思っていた男がいた。もしかすると君は本当にその男を愛してたのかもしれない。どうしてそんなことを僕が知る必要があるんだい？」

「違うわ。好きなんかじゃなかった」彼女はいくぶんむっとした様子で、即座に否定した。「好きだと思ったことだって一度もなかった。あなたと婚約する前日まで愛人関係にあったけれど、あなたのような若い人じゃなかったの。六十歳の老人よ。頭が固くて、意地が悪くて、口うるさい、むかつくような人。家族ぐるみのお付き合いだから、あなたも知ってるわ」

「誰なんだ?」

「フェニツィオ弁護士」彼女はぼそっと言った。

マルチェッロは息を呑んだ。「結婚式の立会人の一人じゃないか」

「そうよ。あの人がどうしてもって。あたしは嫌だったけど、断るわけにもいかなくて……。結婚を認めてもらえただけでも、ありがたいと思わなくちゃ……」

マルチェッロは、そのフェニツィオという弁護士とは何度かジュリアの家で会ったことがあったものの、一度も好感を持ったことはなかった。小柄で、ブロンドらしき髪はもはや禿げあがり、金縁の眼鏡をかけ、尖った鼻には笑うと皺が寄り、口は唇がないも同然だった。きわめて冷静沈着な人物ではあったが、その穏やかさと冷たさのなかに攻撃的で居丈高(いたけだか)なところがあり、そのせいで会うたびに独特の不快感を催したのを思い出した。おまけに逞(たくま)しくもあった。ある暑い日に、その弁護士が上着を脱ぎ、ワイシャツの袖をたくしあげ、筋肉の隆々とした白くて太い腕を露出していたことがあった。「いったい彼のどこが気に入ったんだね?」マルチェッロは思わず声を荒らげた。

「あの人のほうが、あたしになにかを見出したのよ。それもずっと以前にね。あたしが彼の愛人だったのは一か月とか一年とかの話じゃなくて、六年間もなの」

マルチェッロは頭のなかで素早く計算した。ジュリアはいま二十一歳と少しだから……。驚いて鸚鵡返しにつぶやいた。「六年間も……」

「そう、六年よ。あたしが十五歳のときだった。どういうことかわかる？」ジュリアは、どう考えてもいまだに心が痛むことについて話しているはずなのに、なにげない四方山話をしているときの、人の好さそうな間延びした声音を保っていた。「あの人は、パパが亡くなってすぐにあたしに付け入ってきたの。死んだその日ではなかったけれど、その翌週のうちだった。正確な日付だって言えるわ。パパの葬儀からたった八日後のことよ。考えてもみて。あの人はパパの親友で、パパが心底信頼してた人なのに……」ジュリアは、その男がいかに背徳的かを沈黙によって強調するかのようにしばらく口をつぐんでいたが、やがて続けた。「ママはずっと泣いてばかりで、しょっちゅう教会に通っていたわ。その晩、あたしが家に一人でいたら、あの人が訪ねてきたの。ママは出掛けていたし、家政婦はキッチンにいた。あたしは自分の部屋で机に向かい、学校の宿題をしてたの。後期中等学校の五年生だったから、卒業試験を控えてて……。あの人は足音を忍ばせて部屋に入ってくるなり、私のすぐ後ろまで来て宿題の上に屈み込み、なにをしているのかと尋ねたの。あたしは振り向かずに答えたわ。そのときにはなんの疑いも抱いてなかった。だって、あたしはまだ——信じてちょうだいね——二歳の幼子のように無垢だったんだもの。それに、あの人はあたしにとって親戚のような存在だった。『おじさん』って呼んでたくらいよ。信じられる？　それで、ラテン語の作文をしているの、と答えたわ。そしたら、なにしたと思う？　あたしの髪を片手で思い切りつかんだのよ。あたしの髪が長くて、ウェーブがかかっていて、とても美しいから指がついつい誘惑されてしまうんだと言って、それまでも時折ふざけてつかむことがあったわ。だから、髪が引っ張られるのを感じて、あたしはてっきりふざけてるものだと思った。『痛いから離して』と言ったら、あの人は手を離すどころか、そのままあたしを立ちあがらせ、腕を伸ばしてあたしにつかみかかり、いまとおなじドアの近くの角にあるベッドまであたしを引きずっていったの。信じられないでしょうけれど、あたしはあんまりにも無垢だったものだから、それでもまだなにも疑わなかった。ただ、こう言ったのを憶えてるわ。『離して。宿題をしなくちゃならないんだから』すると、あの人はあたしの髪を離して……。やっぱり無理。あなたに話すなんて、とってもできない」

マルチェッロは彼女が恥じらっているのだと思い、続きを促そうとした。だが語りの効果をあげるために間を挟んだだけだったジュリアは、それを待たずに話しはじめた。「あたしはまだ十五歳になったばかりだったけど、体はかなり成熟していて、大人の女性並みだったの。いまでも話すだけでつらくなるから言いたくないんだけど……。あたしの髪を離したあとね、あの人は胸をつかんできた。力任せにつかまれたものだから、あたしは叫ぶこともできずに気絶しそうになって……。もしかしたら本当にしばらく失神してたのかもしれない。つかまれたあと、なにが起こったのかよく憶えてないんだもの。気づいたらベッドに横たわっていて、あの人が上から覆いかぶさっていた。それですべてを理解したのね。あたしは全身の力が抜けて、自分が彼の手のなかの人形みたいに、受け身で、気力も意思もないように感じられたわ。そうして弄ばれた。そのあと、泣いているあたしを慰めるために、あの人は君を愛してる、狂おしいほどに愛してるんだって、まあ、言わば常套句を使ったのね。同時に、あたしに反逆されたら困ると思ったのでしょうね、母娘二人で破滅に追い込まれたくなければ、ママには絶対に言うなって脅してきたの。どうやらパパは最後に取引で失敗したらしく、あたしたちの生活はいまや、経済的な意味において彼に依存しているんだって言われてね。その日からというもの、あの人は足繁く通ってくるようになった。それも不定期で、いつだって予想もしていないようなときにあたしの部屋に足音を忍ばせて入ってきては、机の上に屈み込んで、厳しい口調で言うの。『宿題は済んだか？　まだなのか？　では、こっちで一緒にやろう』そうして毎回、あたしの髪をつかんでは、ベッドまで引きずった。情念に駆られたように、あたしの髪をつかんではかりいたの」過去の愛人のそんな習慣を思い出して、彼女はまるで愛すべき特徴を笑うかのように、ほとんど心からの笑みを浮かべた。「そんな関係が一年ぐらい続いたわ。あの人は、君を愛してる、妻子さえなければすぐにでも結婚するところだって、いつもそう誓っていた。それが本心でなかったとは言わないけれど、でもあの人の言うとおり本当にあたしを愛してくれていたのなら、それを示す方法はひとつしかなかったはずだわ。あたしに手を出さないこと。ただそれだけ。一年が過ぎた頃、あたしはこのままでは駄目になると思って、なんとか彼から逃れようとしたの。それで言ってやったわ。あたしはあなたを愛していないし、これからも愛せるとは思わない、だからこんな関係を続けるわけにはいかない。あたしは悲しくてなにも手がつかず、卒業試験にも落ちてしまった。あたしをそっとしておいてくれなければ、勉強を続けることもできないってね。するとあの人は、こともあろうにママのところへ行って、お嬢さんの性格がわかってくるにつれ、学問には向いていないと確信するに至った、お嬢さんはもう十六になったのだから、勉強はやめさせて働かせるほうが得策だって言ったのよ。手始めに自分の弁護士事務所で秘書として働いたらいいだろうって……。

信じられる？　もちろん、あたしはできる限り抵抗したわ。なのにママったら、あたしが恩知らずだなんて言いだしたの。彼はこれまでずっとあたしたちによくしてくれたし、これからもよくしてくれるにちがいない。だから、そんな素晴らしいチャンスをみすみす棒に振るようなことはしてはいけないって。それで結局受け入れるしかなくて……。あの人の弁護士事務所で働きはじめたら、一日じゅう一緒にいるわけだから、ご想像のとおり、関係を断つなんてできるはずもなく、またずるずると……。とうとうあたしは、すべてを習慣として受け入れ、抵抗することも諦めたというわけ。ありがちなことかもしれないけれど、あたしにはもう希望なんてないんだって、すっかり運命論者になってしまって……。だけど、一年前にあなたがあたしを好きだって言ってくれたとき、あたしはすぐにあの人のところへ行って、今度こそ本当に終わりにしましょうって告げたの。あの人は卑劣な面があるから、あなたのところへ行ってすべて暴露してやるって、あたしを脅しながら抗議したわ。それで、あたし、どうしたと思う？　机の上にあった尖ったペーパーナイフを握り、刃先をあの人の喉元に突きつけて、言ってやったの。『そんなことをしたら殺してやる』ってね。続けてこうも言ったわ。『彼は、もちろんいつかあたしたちの関係を知ることになるでしょうけど、それを打ち明けるのはあたし自身であって、あなたじゃない。今日からあなたはあたしにとって、いないも同然だ。もしもあたしと彼のあいだに割って入ろうとしたら、絶対に許さない、あなたを殺してやる。監獄に入れられても構わない。あなたを殺してやる』あたしの口調があまりに鬼気迫るものだったから、あの人もあたしが真剣だってわかったのでしょうね。以来、なにも言ってこなくなった。ただ、あなたのお父様について匿名の手紙を寄越して、意趣返しをした以外はね……」

「なるほど、彼だったのか」マルチェッロは思わず声が大きくなった。

「間違いないわ。便箋とタイプライターの文字からすぐにわかった」彼女はしばらく黙り込んでいたが、ふと不安げな表情になってマルチェッロの手を握り、言い添えた。「あなたになにもかも打ち明けたいま、あたしは少し気持ちが楽になった気がするけれど、でも、こんなことを話すべきじゃなかったのかもしれないわね。きっとあなたは愛想をつかし、あたしを憎むにちがいないわ」

マルチェッロはそれにには答えず、しばらく押し黙っていた。ジュリアの打ち明け話を聞いたあとでも、彼女を犯した男に対する憎悪も、犯された彼女に対する憐憫(れんびん)も、心の内に芽生えることはなかった。ジュリアが嫌悪や憤慨を口にしながらも、感情を殺し、理性的に語っていたのと同様に、憎悪や憐憫といった極端な感情を排除していたのだ。そうすることによって彼も、伝染したかのように、寛大さと諦めが綯(な)いまぜになった、彼女と似ていなくもない考えに流されていった。感じていたとすればそれは、いっさいの判断とは無縁の、純粋に身体的な驚きであり、想定していなかった空洞に落ちたかのような感覚だった。同時に、ジュリアとは無縁だと思い込んでいた頽廃を、思ってもみなかった形で見せつけられたことにより、これまで影を潜めていた憂鬱がさらにひどくなったのを感じた。ただし、奇妙なことに、ジュリアという人間が、根っからの正常な性質だという彼の確信が損なわれることはなかった。正常さというものは、ある種の体験を避けることによって決まるものではなく、そうした体験をいかに判断するかによって決まるものなのだと、突如として腑に落ちたのだ。偶然の巡り合わせにより、彼もジュリアもそれぞれの人生において隠しごとを持たざるを得なくなり、いずれは打ち明けねばならぬことを胸の内に抱えてきたのだ。とはいえ、マルチェッロはリーノとの一件を話すなど絶対にできないと思っているのに対し、ジュリアはためらわず弁護士との関係を正直に打ち明けた。しかも打ち明けるに当たって、彼女なりの考えにおいてもっともふさわしいとき、すなわち二人の結婚の直後を選んだのだ。なぜならば、彼女にとっての結婚とは、過去を消し去り、完全に新しい生活様式に身を委ねるものなのだから。そのような考え方は、突き詰めれば、宗教と愛情という、実に古めかしくありきたりな手段でもって贖いをおこなえるというジュリアの正常さを裏付けるものだったので、マルチェッロは嬉しく思った。思索に耽っていた彼は車窓をぼんやりと見つめたままで、自分の沈黙に妻が怯えていることに気づかなかった。そのとき、彼女が抱きつこうとしながら、「なにも言ってくれないの？　やっぱり……あたしに嫌気がさしたのね。正直に言ってちょうだい。もう愛想が尽きて、嫌いになったんでしょう」と言うのが聞こえた。

マルチェッロは妻を安心させてやりたくて、振り向いて抱きしめ返そうとした。ところがその瞬間、列車が揺れたために腕の動きがずれて、意図とは裏腹に肘でジュリアの顔を突いてしまった。その不本意な衝突を拒絶の仕草と受け止めたジュリアは、反射的に席を立った。列車は嘆くような長い汽笛を鳴らしながらトンネルに差し掛かり、車窓の外の闇がますます濃くなった。アーチ形の天井に走行音がこだまして大音響となるなか、ジュリアのほうから嗚咽のようなものが聞こえた気がした。そのあいだにも彼女は両腕を前方に伸ばし、よろめいたりつまずいたりしながらコンパートメントのドアへと歩いていく。驚いたマルチェッロは、立ちあがりこそしなかったものの、「ジュリア」と呼んだ。ところが彼女は返事もせず、相変わらず悲嘆に暮れた様子でよろめきながらドアを開け、通路へと消えていった。

マルチェッロはしばらく動かなかったが、不意に不安に駆られ、席を立って通路へ出た。二人のコンパートメントは車両の中ほどに位置していたが、出るなり、誰もいない通路を昇降用のドアがある突き当たりのほうへと速足で歩いていく妻が見えた。マホガニーの壁に挟まれた厚手のやわらかな絨毯の上を逃げていくその姿を見ながら、マルチェッロの脳裏には年寄りの愛人に言ったというジュリアの言葉がよみがえった。「話したら、あなたを殺す」そして、ひょっとすると自分はいままで彼女の性格の一面を見過ごし、善良さを怠惰と取り違えてきたのではあるまいかと考えた。そのとき、彼女が前屈みになってドアコックをいじくりはじめた。焦ったマルチェッロは、彼女の許に駆けつけ、腕をつかんで彼女の体を起こした。

「ジュリア、なにしてるんだ」列車の走行音が轟くなか、低い声で言った。「誤解だよ。振り向こうとしたら、列車が揺れて腕がぶつかってしまっただけだ」

マルチェッロの腕のなかで、ジュリアはもがく機会をうかがうように身を硬くしていた。だが、純粋に驚いている彼の穏やかな声を聞いているうちに、落ち着きを取り戻したのか、ほどなく、うなだれて言った。「ごめんなさい。あたしの早とちりだったみたいね。あなたに嫌われたのかと思ったら、もうなにもかもお仕舞いにしたくなって……。お芝居じゃなかったのよ。あなたが追いかけてこなかったら、本当に飛び降りてたわ」

「いったいなぜそんな……。なにを考えてる？」

　ジュリアは肩をすぼめた。「これ以上、つらい思いをしたくなくて……。あたしにとって結婚は、あなたが考えている以上に重要なことなの。それで、あなたに愛想を尽かされたのなら、これ以上生きてても意味がないって思ったのよ」彼女はまたしても肩をすぼめると、ようやく顔をあげて笑みを見せた。「考えてもみて。結婚した途端、あなた男やもめになるところだったのよ」

　マルチェッロはしばらく無言で彼女を見つめた。ジュリアは間違いなく心のままを語っていると思った。本当に、自分には想像もつかないような重い意味を結婚に託していたのだ。そして怯えたようなその言葉は、彼女が結婚式に全身全霊をかけて臨んでいたことを意味するものなのだと思い至り、呆然とした。彼の場合とは異なり、彼女にとってあの式は、あるべき理想の儀式であり、それ以上でもそれ以下でもなかったのだ。それほどの情熱を捧げていたのだとしたら、幻滅に直面し、自殺を図ろうとしたのも驚くに値しない。それはジュリアからの脅迫も同然だとマルチェッロは心の内で思った。あなたがあたしを赦してくれないのなら、死んでやるという脅迫。そこに、自分が望んだ女の姿にきわめて近いものを見出した彼は、改めて安堵した。ジュリアはふたたび顔を背け、今度は窓の外を見ているらしかった。マルチェッロはその腰に手をまわし、耳もとでささやいた。「わかってるね、僕は君を愛しているんだ」それを聞くなり、ジュリアは振り向いてキスをしたが、それがあまりに情愛のこもった熱烈なキスだったので、マルチェッロは狼狽した。ちょうどそんなふうに、敬虔な女性信者たちが、教会で聖像の足や十字架、聖遺物などにキスをしていたなと思いながら。そのあいだにも、トンネル内で響いていた轟音は静かになり、広い空の下を走る車輪がレールを踏むリズミカルな音に取って代わっていた。二人は体を離した。そのまま二人は窓辺に並び、手をつないで夜の闇を見つめていた。「あれを見て」と、平素の声に戻ったジュリアが言った。「ほら、あそこ……。なにかしら。火事？」言われてみると、赤い花を思わせる炎が暗い窓ガラスの中央で輝いていた。マルチェッロは、「さあ、なんだろう」と言いながら窓を開けた。ガラスの反射による光沢が夜の闇から消え、走行中の冷たい風が顔に当たったが、赤い花はそのまま輝き続け、遠いのか近いのか、高いところなのか低いところなのか定かではなく、暗闇のなかで神秘的に浮かんでいた。鼓動するように動いて見えるその四、五枚の炎の花びらをひとしきり眺めたのち、マルチェッロは、鉄道が敷かれた斜面を見やった。その上を、自分の影とジュリアの影を乗せた列車の弱々しい灯りが走っていく。すると、不意に強烈な自己喪失感に襲われた。なぜ自分はこの列車に乗っているのか。隣にいる女は誰なのか。どこに向かっているのか。自分は何者なのか。どこから来たのか。そうした感覚に苛まれているというよりも、むしろ、己の身に馴染んだ、もっとも内奥にある自己の存在の根源を成すものとして愛着すら覚えた。〈そうだ〉と彼は冷徹に考えた。〈僕はあの、夜の闇のなかの炎のようなもので、ひとしきり燃えあがったら、理由もなく、跡形もなく消えていく……暗闇に浮かぶ小さな破滅にすぎないのだ〉

そのとき、「ねえ、ベッドメーキングが終わったみたいよ」というジュリアの声にマルチェッロは我に返り、自分がその遠くの炎を眺めて放心している最中でも、妻にとっての関心事はひたすら、自分たちの愛、いや、より正確に言うなら、まもなく成就するだろう二人の肉体の結びつきなのだと思い知らされた。要するに、そのとき彼女の頭を占めていたのはそれであり、ほかのなにものでもなかった。ジュリアは逸る気持ちを抑えながら、さっさとコンパートメントのほうに歩きだした。マルチェッロも少し距離をおいてあとに続き、乗務員が出ていけるように入口でしばらく立ち止まってから、中に入った。鏡の前に立っていたジュリアは、ドアがまだ開いているのもお構いなしに、下から順にボタンを外し、ブラウスを脱ぎだした。そして、振り向きもせずに言った。「あなたは上の寝台を使ってちょうだい。あたしは下で寝るわ」

マルチェッロはドアを閉めてから上の寝台によじ登った。服を脱ぎ、脱いだ服を順に網棚の上に載せた。裸になると、掛け布団の上に膝を抱えて座り、待った。ジュリアがもぞもぞと動く気配がし、金属の台にグラスがぶつかる音や、絨毯の上に靴が落ちる音が聞こえてきた。次いでぱちんと乾いた音がしたかと思うと、メインの照明が消え、常夜灯の紫がかった薄明かりに取って代わられた。ジュリアの声がした。

「こっちに来ない?」マルチェッロは脚を寝台から外に出し、くるりと向きを変えると、下の寝台に片足をつき、身を屈めて中に入ろうとした。すると、身に一糸もまとわず仰向けに横たわり、片腕で目を覆い、両脚をひろげたジュリアの姿態が目に入った。薄暗い人工的な明かりのなかで、その体は真珠貝のように冷ややかな白に見えた。鼠径部と腋の下には黒の、胸にはくすんだピンク色の染みがある。死人のように蒼白なだけでなく、全身から完全に力が抜けてぴくりとも動かないので、生命が消えたかのように見えた。ところが、マルチェッロが上から覆いかぶさると、跳ねあげ式の罠のような烈しい動きでいきなり飛びついてきた。そして彼の首に両腕を巻きつけて自分のほうに引き寄せ、股を開いて彼の背中にまわした両足を組んだのだった。

すべてが終わると、ジュリアは彼のことを冷たく突き放し、壁のほうを向いて体を丸め、膝に額を押し当てて縮こまった。マルチェッロはといえば、その脇で横たわりながら、彼女がそれほどの烈しさでもって自分から抜き取り、たいそう大事そうに子宮のなかに閉じ込め、しまい込んだものは、もはや自分に属してはおらず、彼女のなかで育っていくのだと考えた。彼がそのような行為に及んだのは、一生に一度でいいから、こんなふうに己に言って聞かせたかったからかもしれない。「自分もほかのすべての男たちと変わらない男であり、一人の女を愛し、その女と交わり、もう一人の人間を儲けたのだ」

Ⅱ

ジュリアが眠りについたのを見届けたマルチェッロは、すぐにベッドを抜け出し、服を着はじめた。客室は透きとおって涼しげな薄明かりにあふれ、空や海に満ちる六月の美しい光を感じさせた。いかにもリヴィエラ海岸のホテルの客室という雰囲気で、天井は高く、白い壁には花や茎や葉を象った青の化粧漆喰が施され、化粧漆喰とおなじアール・ヌーヴォー様式の木製の調度品が並べられ、隅には大きな緑色の椰子の鉢植えが置かれていた。マルチェッロは服を着終えると、忍び足で鎧戸に近づき、少しだけ隙間を開けて外を見た。なによりもまず、微笑むようにひろがる海が目に飛び込んでくる。暴力的なまでに鮮やかな青の水平線が澄み渡っているためにますます広く見え、風がそよぐたびに湧き立つ小波の一つひとつに、陽光がつくり出す小さな花が咲いているようだった。マルチェッロは海から遊歩道へと目を移した。閑散としていて、海を望むように配された椰子の木陰のベンチに座っている人もいなければ、ゴミひとつ落ちていない灰色のアスファルトを歩く人もいない。マルチェッロはその風景をしばらく眺めたのち、元どおりに鎧戸を合わせると、ベッドで寝ているジュリアを振り返った。彼女は裸で眠っていた。体をひねった寝姿のせいで、丸みを帯びた蒼白くて広い腰が盛りあがり、花瓶のなかで萎れた花の茎のようにぐったりと垂れ下がった上半身には、生命が宿っていないように見えた。背中から腰にかけてが彼女の体のなかで唯一固く締まって張りのある部分だということを、マルチェッロは知っていた。向こう側の、見えてはいないが記憶に焼きついている半身には、ベッドの上の繊細な襞に包まれた腹部や、重みのために二つ重なってつぶれた乳房といった、柔らかな部分があった。首から上は肩に隠れて見えなかったため、マルチェッロは、その数分前に妻を抱いたことを思い出しながら、一瞬、人間ではなく、肉欲の機械を眺めているような錯覚を覚えた。美しくて愛らしくはあるが、あたかもセックスのためだけに作られた獣のような機械。彼の冷酷無情な視線に眠りを妨げられたかのように、ジュリアが不意にもぞもぞと動きだし、深い溜め息をつきながら、明瞭な声で「マルチェッロ」と呼んだ。彼は愛情のこもった声で「ここにいるよ」と返事をすると、すぐに歩み寄った。すると彼女は、その女らしい肉体を重たげに回転させて向きなおり、手探りするように腕を持ちあげ、彼の腰に抱きついた。そうして髪がかかって陰になった顔で、鼻と口をゆっくりと執拗にこすりつけながら、彼の股間をまさぐった。媚びるような熱烈なこだわりでもって口づけすると、彼に抱きついた状態でしばらくじっとしていたが、やがて眠気に負けて、髪が顔に巻きついたままベッドに身を投げ出した。いまや彼女は、先ほどとおなじ姿勢でふたたび眠っていたが、それまで右脇を下にしていたのが左脇へと、向きだけ逆になっていた。マルチェッロはコートハンガーから上着を取ると、爪先立ちでドアまで行き、静かに廊下へ出た。

足音がよく響く広い階段を下り、ホテルの玄関口を通り抜けると、遊歩道に向かった。海に反射して無数の鋭いきらめきとなった陽光に、しばし目がくらむ。瞼を閉じると、暗闇から呼び覚まされたかのように、強烈な馬の尿の臭いがした。ホテルの裏手の日陰になった道端に三、四台の馬車が並んでいる。御者は御者台で眠りこけ、座席には白いカバーが掛けられていた。マルチェッロは先頭の馬車に歩み寄り、大声で「グリチニ通り」と行き先を告げるなり、乗り込んだ。御者はなにか言いたげな視線を彼のほうに投げたものの、無言のまま鞭を振るった。

馬車は海岸沿いの道をしばらく走ってから、屋敷や庭園が並ぶ短い横道へと入っていった。その道の奥の高くなったところはリグーリア丘陵だ。葡萄畑で覆われた光あふれる土地には、灰緑色のオリーブの大木と、斜面に建つ、緑の窓に赤い壁の、屋根の高い家々が点在していた。丘陵の脇のほうへとまっすぐに伸びた道路は、途中から急に歩道もアスファルトもなくなり、草地を踏み固めただけの小道になっていた。馬車はそこで停まり、マルチェッロはその先に視線を向けた。庭の奥に三階建ての家屋が見える。ねずみ色の壁とスレート葺きの黒いマンサード屋根に窓。御者はぶっきらぼうに「着きました」とだけ言い、運賃を受け取ると、さっさと馬の向きを変えた。

きっとこんな場所へ来させられたことに憤慨しているのだろうとマルチェッロは思った。しかし門扉を開けながらよくよく考えてみると、自分自身が抱いている不満を御者になすりつけていただけかもしれなかった。

マルチェッロは土埃をかぶった海桐花の生垣のあいだの小道を、ステンドグラスの玄関ドアのほうへと進んでいった。彼は常日頃からこの手の場所をひどく嫌っていたため、十代の頃に二度か三度訪れたことがあるだけだった。そのたびに、すべきではない、恥ずかしいことをしているような、嫌悪と悔恨の念に苛まれた。吐き気を催しそうな心地で数段の石段をのぼってガラスのドアを押すなり、呼び鈴がけたたましく鳴り響いた。ポンペイ風の玄関ホールに入ると、奥には木製の手摺りがある階段が続いていた。白粉と汗と精液の入り混じった甘ったるい臭気が漂っている。その家は、夏の昼下がりの静けさと気怠さに包まれていた。マルチェッロがあたりを見渡していると、どこからともなく、黒い服のウエストに白いエプロンを結んだ、小柄で機敏な、メイドらしき人物が現われた。フェレットを思わせる尖った顔に、きらきらとした二つの瞳が活気を添えている。メイドは彼の前に立ちはだかり、明るく甲高い声で「いらっしゃい」と声を掛けてきた。「マダムとお話ししたいのですが……」マルチェッロは帽子を脱ぎながら、おそらく度が過ぎるほど丁重に言った。「はい、お兄さん、お話しなさいな」女は方言で答えた。「とにかく待合室に入って。マダムはすぐに来られますから、そこで待ってて」マルチェッロは、その馴れ馴れしい言葉遣いと勘違いに気分を害したものの、背中を押されるまま、半開きになった扉のほうに進んでいった。薄暗がりのなかに長方形の待合室が見えた。赤い布張りのソファーが壁沿いにぐるりと並んでいるが、人の気配はない。床は駅の待合ホールのように埃っぽかった。ソファーの布地も汚れて擦り切れており、内輪で内密な雰囲気にもかかわらず、人が出入りする場所特有のわびしさが感じられた。マルチェッロはためらいながらも、並んだソファーのひとつに腰をおろした。そのとき、長いあいだそこにとどまっていたのに、突然、自身の重みで下腹部から飛び出した腸よろしく、家じゅうが崩れそうなほどの騒々しさで木造の階段を勢いよく下りてくる足音がした。そして彼の恐れていたことが起こった。ドアが開き、メイドの厚かましい声がこう告げたのだ。「ほら、女の子たちのお出ましだよ。みんなお兄さんが独り占めできるね」

女たちは気乗りのしない様子で、物憂げに入ってきた。半裸に近い姿の者もいれば、服を着ている者もいる。黒っぽい髪の女が二人に金髪が三人、三人は平均的な背の高さで、一人は明らかに小さく、もう一人は大柄だった。その大柄の女がマルチェッロの隣にやってきて、気怠い溜め息をつきながらソファーに身を投げた。彼は最初のうちこそ顔を背けていたが、やがて惹かれるものを感じ、いくぶん顔の角度を変えて、さりげなく観察した。とにかく体の大きな女で、臀部がどっしりと広く、頭の小さなピラミッド形だった。のっぺりとした顔で、三つ編みにした黒髪を額のまわりに巻きつけ、ふくらんで垂れた乳房を黄色の絹のブラジャーで支えていた。臍の下に巻かれて大きく開いた赤いスカートは、黒っぽい鼠径部と白くどっしりとした腿からなる舞台にかかる緞帳のようだった。見られているのに気づいた女は、向かいの壁にもたれて座っている仕事仲間に、なにかほのめかすような笑みを浮かべ、ふたたび溜め息をついた。そして、もっとひろげて火照りを逃したいとでもいうように、股のあいだに手を入れた。マルチェッロはそうしたふしだらな姿態に苛立ち、股のあいだをまさぐる女の手を払いのけたくなったが、動く気力さえ湧かなかった。動物のようなその女を前にして彼がなによりも衝撃を受けたのは、その救いようのない頽廃の性質だった。それは、母親の裸体や父親の錯乱を目の前にしたとき、彼を恐怖で身震いさせたものと同質であり、秩序や平穏、清潔や節度といったものに対する病的なまでのこだわりの根源にあるものだ。挙げ句の果てに女は、マルチェッロのほうに向きなおり、親しみのこもった口調でからかった。「それで、あなたはハーレムがお気に召さないのかしら？　どうなさるおつもり？」それを聞くなり、抑えきれない嫌悪の衝動に駆られたマルチェッロは、席を立って、急ぎ足で待合室を後にしたものの、背後で笑い声や卑猥な方言が聞こえたような気がした。いきりたち、二階にあがってマダムを探そうと階段のほうへ向かった瞬間、背後でドアの呼び鈴が鳴った。振り向くと、啞然とした表情のオルランド諜報員が玄関口に立っていた。窮地にあったマルチェッロには、まるで父親のように思われた。

「こんにちは。どちらへ行かれるのです？」諜報員はすかさず声を張りあげた。「あなたが行かれるべき場所は二階ではありません」

「じつは、どうも客と勘違いされたようで……」マルチェッロは立ち止まり、不意に冷静さを取り戻して答えた。

「愚かな女たちですな」オルランドは首を振った。「私についていらしてください。

ご案内いたします。お待ちかねですよ」

オルランドはマルチェッロの先に立ってステンドグラスのドアを通り抜け、庭へ出た。二人は前後になって歩きながら、海桐花(とべら)の生垣に挟まれた小道を通り、屋敷の裏手にまわった。庭には、土埃と伸び放題の植物の乾いた草いきれのなか、陽射しが容赦なく照りつけている。オルランド諜報員は、庭の奥をふさいでいる屋根の低い白い建物のほうに向かっていた。鎧戸が、まるで空き家のようにすべて閉ざされている。庭も、雑草がはびこり、放置されているように見えた。マルチェッロは、海岸近くで似たような屋敷の裏庭の奥に、おなじような雰囲気の小さな家を見たのを思い出した。母家(おもや)を海水浴客に貸して家賃収入を得るために、家主たちが夏のあいだだけ二、三部屋しかない離れに移り住み、身を寄せ合って暮らすのだ。オルランドはノックもせずにドアを開けると、「クレリチさんがお見えです」と告げながら、中をのぞいた。

マルチェッロが入っていくと、そこは急ごしらえのオフィスのような体裁の小ぢんまりとした部屋だった。立ち込める煙草の煙のなか、両手を組んで机に向かっていた男がマルチェッロのほうに顔を向けた。その男はアルビノで、アラバスターのように輝く透明感のある薄いバラ色の顔に黄色のそばかすがあった。鮮やかな青の瞳に赤く血走った目、睫毛は白く、極地の雪のなかで暮らす獣の目を連想させた。諜報機関の同僚の大半が、一見したところは官僚特有の茫洋とした雰囲気でありながら、しばしば残忍な職務を平然とこなす。その驚くようなギャップに慣れていたマルチェッロは、少なくともこの男は、見事に適材適所だと思わずにはいられなかった。亡霊のようなその顔には、残忍というだけでは物足りない、容赦のない憤懣(ふんまん)のようなものが感じられたが、それが軍人らしい型にはまった厳格な態度で抑制されていた。気詰まりな沈黙のあと、男は急に荒々しく立ちあがり、低い背丈を露わにすると、「ガブリオです」とだけ言って、すぐにまた座った。それから皮肉のこもった声色で続けた。「ようやくお越しくださいましたね、クレリチさん」

その声はきんきんとして耳障りだった。マルチェッロは勧められるのを待たずに自分も座り、「今朝到着したもので」と言った。

「ですので、今朝いらっしゃるものと思っていました」

マルチェッロは躊躇した。ハネムーンで来ているのだと伝えるべきだろうか。だが、それについては触れないことにして、静かに反論した。「これ以上早くは来られませんでした」

「そのようですな」と男は言い、マルチェッロのほうに煙草ケースを押しやると、「吸いますか?」と生真面目な顔で尋ねた。それから下を向き、机の上に置かれた一枚の書類に目を通した。「私はここに配属され、この家で丁重にもてなされていますが、まったく秘密めいたこともなく、情報もなく、指令もなく、資金もほとんどないままに放置されている……まあそんなところです」それからまたしばらく書類を読んでいたが、やがて顔をあげて続けた。「ローマで、私に会いに来るようにと指示を受けたのですね？」

「そうです。私をここに案内してくれた諜報員が、旅行の途中でこちらへうかがうようにと知らせに参りました」

「なるほど」ガブリオはくわえていた煙草を丁寧に灰皿の縁に置いた。「どうやら直前に方針が変わったらしく、計画が変更されました」

マルチェッロは瞬きひとつしなかったが、どこからともなく湧き起こった安堵と期待の渦に包まれ、心がふくらむのを感じた。もしかすると旅行の目的をひとつに絞り、その表面的な理由、すなわちパリへの新婚旅行だけにすることができるかもしれない。それでも、きっぱりとした声で尋ねた。「とおっしゃいますと？」

「つまり、計画が変更となった結果、あなたの任務も変更となったのです」ガブリオはさらに続けた。「名前の挙がっているクアードリは、監視の必要があると判断されたため、あなたが接触を試み、信頼を勝ちとり、うまいこと彼からなんらかの任務を頼まれるように仕向ける計画でしたが、ローマからの最新の連絡によると、クアードリは抹殺すべき不都合な人物に指定されました」そこでガブリオはまた煙草を手に取り、ひと息吸うと、灰皿の縁に戻した。「要するに……」少し砕けた口調になって説明を続けた。「あなたの任務はないも同然となったのです。すでに面識があることを利用してクアードリと接触し、やはりパリに赴くオルランド課報員に、彼だと指し示すだけで結構です。例えばクアードリをどこか人の集まる場所に呼び出して、そこにオルランドも居合わせるようにする。カフェでもレストランでも構いません。そして、オルランドがあなたと一緒にいるクアードリを見て、本人だと確認する。それがあなたに課せられた任務です。それが済んだら、お好きなように新婚旅行に専念なさってください」

つまりガブリオも自分が新婚旅行で来ているのを知っているのか、とマルチェッロは驚いた。だがその驚きは、己の動揺を自分自身に隠そうとして、心がかぶった仮面に過ぎないとすぐに気づいた。現にガブリオは、新婚旅行中であることを知っているという事実以上に重要なことをマルチェッロに明かしていた。すなわち、クアードリを亡き者にするという決定。マルチェッロは並々ならぬ努力でもって、その尋常でない不吉な情報を客観的に分析することを自らに課した。そして、すぐに根本的なことに思い至った。クアードリを抹殺するのならば、自分がわざわざパリに滞在して協力する必要などない。オルランド諜報員は一人でも難なく標的を見つけ出し、本人であることを確認できるはずだ。つまり、実際には自分の存在など必要ないにもかかわらず、実質的な共犯関係で縛りつけ、最後まで自分のことを危険にさらすつもりなのではないだろうかと彼は考えた。計画が変更されたというのは、間違いなく見せかけにすぎない。いましがたガブリオに告げられた計画は、彼が本庁を訪れたときにはすでに細部に至るまで決められ、明確にされていたにちがいない。上辺だけの変更は、責任を分散させ、混乱させようという典型的な入念さによるものなのだ。マルチェッロも、そしておそらくガブリオも、書面による指令は受けていなかった。そうしておけば、万が一不都合な事態に陥っても、本庁は自らの無実を主張できる。そして殺人の罪は、マルチェッロとガブリオとオルランド、そのほか実際に手を下した者たちにかぶせられるのだ。

マルチェッロはためらい、時間を稼ぐために異議を唱えた。「オルランドは、私がいなくともクアードリを捜し出せるのではないかと思われます。電話帳にだって名前が載っているはずですから」

「これは指令です」ガブリオは異議を予測していたように、性急ともいえる周到さで言った。

マルチェッロはうつむいた。自分は一種の罠に引きずり込まれたのだと感じた。指を一本差し出しただけなのに、巧妙な策略にはまり、腕をつかまれたのだ。だが奇妙なことに、当初の驚きが過ぎると、計画の変更そのものに対しては、本当の意味での嫌悪感を抱いているわけではないことに気づいた。ただ、不快な結果が待ち受けているのを知りながら、変更も忌避もできない義務を前にしたときのような、ひたすら意固地で鬱々たる諦念を覚えるだけだった。オルランド諜報員はおそらく、この義務が意味するメカニズムを理解していないのだろうが、彼は理解していた。とはいえ、両者の違いはただその一点だけだった。マルチェッロにしてもオルランドにしても、ガブリオが指令と呼ぶ事柄から逃れることは不可能だったし、現にそれはもはや個人としての基盤となっていて、それなくしては、二人には無秩序と気まぐれが残るだけだった。結局、マルチェッロは顔をあげて言った。「承知しました。オルランド諜報員とはどこで落ち合ったらいいのでしょうか。パリですか?」

ガブリオは、机の上に置かれていた先ほどの書類にいま一度目をやりながら答えた。

「あなたの滞在先を教えてください。オルランドのほうから会いにいかせますので」

その返事でマルチェッロは、自分が完全には信用されていないか、少なくともオルランド諜報員のパリでの居所を教えるにはふさわしくないと見做されているのだと思わずにはいられなかった。彼が滞在する予定のホテル名を言うと、ガブリオは書類の下のほうに書きとめた。そのうえで、今回の会合の公式な部分は終了したとでも言うように、より打ち解けた口ぶりになってこんな質問をした。「パリを訪れたことはありますか？」

「いいえ、今回が初めてです」

「私は、この穴蔵に送られる前に二年ほど滞在しました」ガブリオは独特の小役人的な皮肉をこめて言った。「ひとたびパリを訪れると、ローマでさえも田舎町に感じられるくらいですから、このようなところは言うに及びません」吸いさしの火で新しい煙草をつけると、虚しく響く自慢話を付け加えた。「パリにいた頃は優雅な生活を送っておりました。アパルトマンに自家用車、そして友達付き合いに女性関係……。ご存じですかな、女についてはパリこそが理想の地だということを」

マルチェッロは気乗りがしなかったものの、なんらかの形でガブリオの打ち解けた口ぶりに合わせなければと考え、こう言った。「とはいえ、隣にあのような家があるのですから、退屈はしないのではありませんか？」

ガブリオは頭（かぶり）を振った。「とんでもありません。キロ当たり幾らといった雰囲気の、新米兵士におあつらえ向きの肉の塊のどこがいいというのですか」そしてさらに続けた。「ここでの唯一の楽しみは、カジノですね。賭け事はなさいますか？」

「いいや、まったく」

「なかなか面白いものですよ」ガブリオは、対話はこれでお仕舞いだとでも言うように椅子の背にもたれかかった。「幸運の女神に微笑みかけられる可能性は誰にでもある。私にもあなたにもね。幸運が女性であることには意味があるのです。時機を逸せずに前髪をつかめるか否かにすべてがかかっています」ガブリオは立ちあがって入口まで行き、ドアを開け放った。本当に小柄な男で、脚が短く、ごつごつとした胴体を緑のミリタリー風ジャケットで包んでいた。薄いバラ色に輝く透明な肌を際立たせるかのような陽射しを受けて、しばらく身動きせずにいたが、やがて言った。「おそらく我々が会うことは二度とないと思います。あなたはパリに滞在されたあと、ローマに直接戻られる」

「はい、ほぼ間違いないでしょう」

「なにかご入り用なものはありませんか？」不意にガブリオが申し訳なさそうに言った。「資金は支給されましたか？　ここにはあまり用意がありませんが、もしもご入り用なら……」

「いえ、結構です。なにも必要なものはありません」

「では、幸運をお祈りします。すべてうまく運びますように」

握手を交わすと、すぐにガブリオがドアを閉めた。マルチェッロは門に向かって歩きだした。

だが、海桐花の生垣に挟まれた小道まで戻ったところで、待合室から慌てて飛び出したために、帽子を忘れてきたことに気づいた。彼は思い惑った。靴や白粉や汗の臭いのこもった待合室にふたたび入るのかと思うと気が滅入るだけでなく、女たちの冷やかしや媚びも恐ろしかった。それでも意を決して引き返し、先ほどの呼び鈴を鳴り響かせながらドアを開けた。

このときは誰も現われなかった。フェレットのような顔をしたメイドも出てこなければ、女たちも見当たらない。ただし待合室のドアが開け放たれていて、中から太くて人の好さそうな、聞き憶えのある声がした。オルランド諜報員の声だ。勇気づけられたマルチェッロは、入り口から顔をのぞかせた。

待合室にはあまり人がおらず、オルランド諜報員はドア付近の角に座っていた。その隣には、先ほどマルチェッロが来たときにいた女たちの一人ではないと思われる女がいた。オルランドは、ぎこちないながらも馴れ馴れしい態度でその女の腰に腕をまわし、マルチェッロを見ても、居住まいを正そうとはしなかった。マルチェッロは当惑し、かすかな苛立ちを覚えつつ、視線をオルランドから逸らして女のほうに向けた。

彼女は、どうにかして相手を拒むか、せめて遠ざけたいと思っているように、身を強張らせて座っていた。細面で、茶褐色の髪に広くて白いおでこ、澄んだ瞳、くすんだ口紅で強調された大きな口、そしてどことなく気取った表情。襟ぐりの深い、白いノースリーブのワンピースという、おおよそ平凡な服装をしている。淫らなのは、スカートのスリットがウエストの少し下あたりまで深く入っているため、腰のあたりと、組んだ脚が露わになっていることぐらいだった。華奢で優雅なその長い脚は、踊り子を思わせる純潔な美しさだった。火の点いた煙草を二本の指のあいだに挟んでいたが、吸ってはいなかった。ソファーの肘掛けの上にしどけなく投げ出されたその手から、煙が空中に立ちのぼっていた。もう一方の手はオルランド諜報員の膝の上におかれていて、それを見たマルチェッロは、忠実な大型犬の頭の上に手をおいているみたいだと思った。なにより印象深かったのはその額で、白いというよりも、どこか一点を凝視している眼差しと相俟って、神秘的に輝いて見えた。その純粋な光は、かつて貴婦人たちが華麗な舞踏会で身につけていた、ダイヤモンドをちりばめたティアラを連想させた。マルチェッロはしばらく彼女をぼうっと見つめていた。見つめているうちに、得体の知れない悔しさと腹立ちに心が疼くのを感じた。すると、彼の執拗な視線に恐れをなしたオルランドが立ちあがった。

「帽子を……」とマルチェッロは言った。女は座ったままマルチェッロのことを見つめ返したが、とりたてて関心を寄せているふうでもなかった。オルランドはそそくさと部屋を横切り、離れたソファーの上に置き忘れられていた帽子を取りにいった。そのとき不意にマルチェッロは、その女を見て、なぜ痛みにも似た悔しさが湧き起こったのかを理解した。彼女にはオルランドを悦ばせるような行為をしてほしくなく、嫌々ながらに抱かれている姿を見ているうちに、赦しがたい冒瀆を目の当たりにしたような苦痛を覚えたのだった。当然ながら、女は自分が神々しい光を額に宿していることなど露知らず、美がたいていの場合、美しい人に属しているのではないのと同様、その光は彼女に属するものではなかった。しかしながら、オルランドの淫らな気まぐれを満たすためにその輝かしい額が屈してしまうのを阻止することこそ、自らに課せられた義務であるようにマルチェッロには思われた。一瞬、自分の職権を利用して、彼女をこの待合室から連れ出そうという考えが頭をよぎった。彼女と二人でしばらくお喋りをして、オルランドがほかの女を選ぶことにした時点で、自分は立ち去ればいいと思ったのだ。あるいは、娼家(しょうか)から彼女を引き抜いて別の人生を歩ませようなどという、とうてい正気とは思えない考えまで浮かんだ。ただし、そんなことを考えながらも、いずれも単なる幻想にすぎないことも自覚していた。彼女もその仲間たちと同様に救いがたく、ほとんど罪もないままに頽廃し、身を持ち崩していたのだ。そのとき、マルチェッロはなにかが腕に触れたのを感じた。オルランドの差し出した帽子だった。マルチェッロはそれを反射的に受け取った。

オルランド諜報員のほうは、その合間にマルチェッロの特異な眼差しについて考察をめぐらすだけの時間があった。そこで一歩進み出て、あたかも賓客に食べ物や飲み物を勧めるときのように女を指し示しながら、こう提案したのだ。「もし彼女がお気に召されたようでしたら、私は待っても構いませんが……」

マルチェッロはとっさにはその言葉の意味が理解できなかったが、次の瞬間、オルランドが敬意と下心の入り混じった笑みを浮かべたのを見て、耳まで赤くなるのを感じた。つまり、オルランドは彼女を諦めるつもりなど毛頭なく、同僚に対する礼儀と上下関係の規範に従うために、マルチェッロに順番を譲るという配慮をほのめかしただけだったのだ。まるでバールのカウンターか、ビュッフェのテーブルでするように。マルチェッロは早口に答えた。「オルランド、君は頭がどうかしたのか？　好きにしてくれ。私はもう行かなくては」

「でしたら、お言葉に甘えさせていただきます」オルランドは笑みを浮かべて言った。マルチェッロは、彼が女を呼ぶ合図をするのを見た。その合図に、女は素直に席を立った。すらりとした長身をすっと伸ばし、額に光のティアラをまとったまま、ためらいも逆らいもせず、職業的なさりげなさでオルランドに歩み寄る女を見て、マルチェッロは心が疼いた。オルランドは彼に、「我々はすぐにまたご一緒することになりそうですね」と挨拶すると、女を先に行かせるために脇に寄った。マルチェッロも、不本意ながら後ろに下がった。すると彼女は指に煙草を挟んだまま、二人のあいだをゆっくりとすり抜けていった。そしてマルチェッロの前を通りかかったとき、しばし立ち止まって言った。「よかったらまた来てね。あたしはルイザよ」それは、マルチェッロが危惧していたとおり、野太く嗄(しわが)れた、優美さに欠ける声だった。ルイザは、媚びるような仕草を言葉に添える必要があると考えたらしく、舌を出して上唇を舐めた。その言葉と仕草を目の当たりにしたマルチェッロは、彼女がオルランドに連れていかれるのを阻めなかった後ろめたさから少しばかり解放されたような気がした。終始オルランドの先を歩きながら、彼女は階段の下まで行き着いた。火の点いた煙草を床に投げ捨てて踏みつけると、両手でスカートをたくしあげ、速足で階段をのぼりはじめた。その一段下をオルランドがついていく。そして終(つい)に踊り場の向こうに姿を消した。入れ代わりに別の、おそらく娼婦の一人とその客だろう二人組が、なにやら喋りながら階段から下りてきた。マルチェッロは足早に娼家を後にした。

Ⅲ

クアードリの番号へ電話をかけるようホテルのベルボーイに頼んでから、マルチェッロはロビーの片隅に行って座った。大きなホテルであるためにロビーもたいそう広く、いくつもの円柱が丸天井を支えていた。ソファーが数脚ずつ固まって配され、贅を凝らした美術工芸品の飾られた展示ケースや、書き物机やテーブルなども置かれていた。大勢の人たちが、入口からエレベーターホールへ、ベルボーイのカウンターからフロントへ、レストランの出口から円柱の向こうにあるサロンへと往き来していた。マルチェッロは待つあいだ、陽気でにぎやかなロビーの光景を眺めながらぼんやりしていたかったが、意思とは裏腹に、目の前の不安によって記憶の底に引きずり込まれたかのように、何年も前に一度だけクアードリの家を訪れたときのことを考えていた。当時マルチェッロは学生で、クアードリは大学の指導教授だった。それで、卒論についての助言をもらいたくて、駅の近くの赤くて古い建物内にあるクアードリの自宅を訪ねたのだった。なかに入ったとたん、マルチェッロはアパートメントのありとあらゆる隅に積みあげられた膨大な量の本に驚いた。玄関を入ってすぐ、ドアの目隠しのために掛けられているような古いカーテンがあったが、めくってみると、壁のくぼんだ部分に本が何列にも並べられていた。家政婦が、まるで建物の中庭をぐるりと一周しているのではないかと思えるほど長く曲がりくねった廊下を先に立って案内してくれたが、その廊下の両側の壁面も書棚で埋め尽くされ、本や書類があふれていた。ようやくクアードリの書斎に通されたマルチェッロは、そこも四方の壁が床から天井まで隙間なく本でいっぱいなのを見た。書棚だけでなく、机の上にも一冊また一冊と丁寧に積みあげられた本の山が二つあり、小窓のようになったそのあいだから、教授の鬚面がのぞいていた。クアードリは、妙にのっぺりとした、左右非対称な顔をしている。さながら、目のまわりに赤い縁取りがあり、三角形の鼻の下に急ごしらえの顎鬚と二つの口髭を張りつけた、張り子の仮面といった容貌だ。額にかかる黒々として濡れたような髪も、出来の悪い鬘（かつら）ではあるまいかと思われた。束子（たわし）のような口髭も箒のような顎鬚もどちらも胡散臭げな黒さだが、そのあいだから、形の崩れたやたらと赤い唇がのぞいていた。そのアンバランスなひげは、なにかしらの欠点――たとえば顎がないとか、ひどい傷痕があるといった――を隠しているのではあるまいかとマルチェッロは疑わずにはいられなかった。要するに、その顔には確実性や真実味はいっさいなく、すべてが偽りであり、まさしく仮面だった。マルチェッロを迎えるべく教授が立ちあがったために、その低い背丈と、歪んだ背中が露わになった。左の肩のあたりが変形しているために、必要以上に親しげで愛情たっぷりな身振りに、痛々しげな様相を添えているとでもいったらいいだろうか。本の山越しに握手をすると、クアードリは近眼の人に特有の目遣いで、度の強いレンズの上から訪問者を見た。そのせいでマルチェッロは、一瞬、二つの目ではなく、四つの目でしげしげと見つめられたような気がした。おまけに、クアードリは服のスタイルも古めかしかった。絹の襟のついた黒のルダンゴト[9]に、ストライプの入ったおなじく黒のズボン、襟と袖口に糊を利かせたワイシャツ、そしてベストには金のチェーンを提げている。マルチェッロはクアードリに対して少しも好感を抱いていなかった。彼が反ファシズムだということは知っていたが、マルチェッロから見ると、クアードリの反ファシズムにしろ、その厭戦(えんせん)的で不健康で醜悪な外見にしろ、博識ぶりにしろ、おびただしい量の蔵書にしろ、とにかくすべてが、「ネガティブで無能なインテリ層」という因襲的なイメージを作りあげるのに貢献しているように思えてならなかった。それはまさに、党のプロパガンダによると、つねに蔑み、非難すべきものだった。そのうえ、クアードリの過剰な優しさは、マルチェッロには偽善的な態度のように思われ、嫌悪を催した。嘘偽りも下心もなしに、人間がこれほど優しくあれるはずがないと思えたのだ。

クアードリはいつもどおり気障なまでの愛情たっぷりの言葉でマルチェッロを迎えた。ときおり「愛しい教え子」とか、「我が教え子」といった呼びかけを挟みつつ、本の上で白く小さな手をしきりに動かしながら、まずは家族について、次いで彼個人について、いくつもの質問を浴びせたのだ。マルチェッロの父親が精神疾患のために入院したと知ると、声を大きくした。「おお、それはお気の毒に。知りませんでした。それはまた不運なことですね。とんでもない不運だ。医学では、お父上に理性を取り戻させることはできないのですか？」そのくせマルチェッロの返事を聞かないうちから、すぐにまた別の話題に移っていく。喉の奥で抑揚をつけた、ひどく甘ったるく響く声で、いかにも心配でたまらないというように話しているのだが、おかしなことに、あまりにあからさまでわざとらしい気遣いを通して、紙に施された透かし模様のごとく、徹底した無関心が透けてみえるようにマルチェッロには思われた。クアードリは、

9　ウエストが絞られ裾が軽く広がったコート。

まったくマルチェッロに興味を持っていないだけでなく、おそらく彼が見えてさえいなかった。そのうえ、クアードリの話し方にはトーンが曖昧なところも揺らぐところもないことに、マルチェッロは衝撃を受けた。つねに愛情深く、感情のこもった均質な口調で喋るのだ。そうした口調が必要な話題だろうと、まったく必要のない話題だろうとお構いなしだった。一連の質問の最後に、クアードリはようやくマルチェッロがファシストなのかと尋ねてきた。それに対する肯定の返事を受けても、口調を変えるでもなければ、なにかしらの反応を見せるでもなく、いかにもなにげない口調で、ファシズムに反対していることを知られている自分のような人間にとって、昨今のようなファシズム政権下で哲学や歴史といった教科を教え続けることがどれほど困難であるかを説いた。それを聞いて当惑したマルチェッロは、話題を変え、訪問の理由について話そうとした。ところがクアードリは、それをすぐに遮った。「愛しい教え子よ、おそらくあなたは、なぜ私がそんな話をするのかと疑問に思っているのでしょうが、無駄話をしているのでも、個人的な憂さを晴らしているのでもないのです。勉強に充てるべきあなたの貴重な時間を無駄にはさせません。私がこんな話をするのは、今後はあなたの面倒をみることも、あなたの卒論の指導もできないことを、なんらかの形で釈明したいからなのです。じつは私は教職を辞すことになりました」

「教職を辞されるのですか」意表を衝かれたマルチェッロは繰り返した。

「そうなのです」いつもの癖で口と髭を手でさすりながら、クアードリはうなずいた。

「つらいことではありますが……。これまであなたがた学生のために全人生を捧げてきたのですから、じつにつらいのですが、辞めざるを得ないのです」しばらくの間を挿み、とりたてて強調するでもなく、溜め息を洩らしつつクアードリ教授は続けた。

「そうなのです。思想から行動に移ることに決めたのです。あなたにしてみればこんな言い方は少しも新しく感じられないでしょうが、現在の私の状況を忠実に反映したものです」

そのとき、マルチェッロはふと苦笑を洩らしかけた。というのも、目の前にいるクアードリ教授がなにやら滑稽に思えたからだ。背中が歪み、近眼で鬚面の、ルダンゴトを着た小男が、山と積まれた本のあいだで肘掛け椅子に座り、思想から行動に移ることに決めたと宣言している。とはいえ、その言葉が意味するところは明らかだった。長年、自らの思想と大学教授という職に閉じこもった消極的な反対派だったクアードリが、積極的な政治活動へと軸足を移し、おそらくは陰謀に荷担しようとしているのだろう。マルチェッロはにわかに湧き起こった反感に身震いし、脅すような冷淡な口調で忠告せずにはいられなかった。「そんなことを僕に言うのはよろしくありません。

僕はファシストですから、先生を告発するかもしれませんよ」

だが、クアードリのひどく甘ったるい口調は変わらなかった。それどころか、それまでは敬語だったのが、いつのまにかフランクな言葉遣いに変わっていた。「愛しい教え子よ、君が根の優しい人間だということはわかっているんだ。誠実で優秀な教え子だ。そんなことは絶対にしないと信じているよ」

〈悪魔にでも連れ去られるがいい〉苛ついたマルチェッロは、内心でそんな悪態をつきながら、正直に言った。「するかもしれません。我々ファシストにとっての誠実さとは、まさしく先生のような人物を告発して、食い止めることにあるのですから」

教授は頭を振った。「愛しい教え子よ、君はそう言いながらも、自分が口にしていることは真実ではないと知っている。君がというよりも、君の心がわかっているんだ。現に君は、誠実な若者だからこそ、私に忠告をした。他の者なら……真の密告者なら、どうすると思う？　私の言うことに同調するふりをし、私が本当に不用心なことを口にするのを待ってから密告するだろう。だが君はそうはせず、忠告してくれた」

「忠告したのは、行動と呼ばれることは先生にはできないと思うからです。なぜ教授の仕事で満足なさらないんですか？　どのような行動をなさるおつもりです？」マルチェッロは冷淡に言った。

「とにかく行動だ。どんなものか君に話す必要などない」クアードリはマルチェッロをじっと見据えて言った。その言葉を聞いたマルチェッロは、本が詰まった書棚のある壁のほうに目を向けずにはいられなかった。クアードリはすかさず彼の視線の動きを見てとると、相変わらず甘ったるい口調で続けた。「こんなたくさんの本に囲まれていながら行動の話をする私が、君には滑稽に思えるのだろう？　おそらく君はいま、こんなふうに考えているにちがいない。『背中が歪み、近眼で鬚面のこの小男に、どんな行動ができるっていうんだ？』正直に言ってくれ。君はそう思っているね？　君の党の機関紙には、インテリというのは、行動する方法も知らないし、能力もない人間だと繰り返し書かれていた。それで君は、そんなイメージと私とが重なり、憐れみから、つい薄笑いが洩れてしまった。そうじゃないか？」

あまりの鋭さに驚いて、マルチェッロの声がうわずった。「なぜわかるのです？」

「おお、愛しい我が教え子よ」クアードリは立ちあがりながら言った。「すぐにわかるとも。いいか、行動するためには、必ずしも金の鷲の帽章や袖章を付けていなければならないわけではないのだよ。だが、君はもう帰りなさい。さようなら。幸運を祈る。また会おう。さようなら」甘ったるい声で繰り返し言いながら、マルチェッロをドアのほうへ押しやったのだった。

いまマルチェッロは、そのときの訪問を思い起こしながら、背中が歪み、鬚面の、理屈っぽいクアードリに対して性急に軽蔑心を抱いたのは、自分がまだ若かったがゆえに忍耐力がなく、経験にも乏しかったことが大いに関係していたのだと考えた。それだけでなく、クアードリの実際の行動も、マルチェッロの印象が誤っていたことを証明していた。二人が話した数か月後、パリへ脱出したクアードリは、そこで瞬く間に反ファシズムのリーダーの一人となったのだ。それも、おそらくもっとも有能で、もっとも用意周到で、もっとも挑戦的なリーダーだった。どうやら彼は、宣伝を担当しているらしかった。教育者としての経験と、若者のメンタリティーに関する豊富な知識を利用して、無関心な若者だけでなく、相反する感情を持っている者でさえも、反ファシズムに転向させられ、その後、大胆で、危険で、おおよそ破滅的な――煽動した彼にとってではなく、純真な実行者である若者たちにとって――企てへと駆り立てることができた。ただしクアードリは、そうした自分の若い同志たちを陰謀に満ちた闘争へと投入することに対して、人道的な後ろめたさは微塵も感じていないらしかった。彼の性格からして、感じて然るべきだと思われたのだが。それどころか、先の先を見据えた計画においてのみ正当化でき、人命に対する残酷なまでの無関心を必要とされる絶望的な行動のために、顔色ひとつ変えずに彼らを犠牲にしていた。要するにクアードリは、正真正銘の政治家か、少なくとも政治家というカテゴリーに属する者に求められる稀有な資質のいくつかを持ち合わせていた。すなわち、狡猾であると同時に情熱的、知的であると同時に行動的、純真であると同時に皮肉屋、内省的であると同時に大胆。マルチェッロは、職務上しばしばクアードリについて調べることがあったが、警察の報告書では危険きわまりない人物とされているこの男の、いくつもの相反する資質をたったひとつの奥深くて曖昧な性格に収める能力に、常々舌を巻いていた。そうして距離をおきながら、必ずしも正確とは限らない情報を手掛かりに理解したことを通じて、最初のうちはクアードリを軽蔑していたマルチェッロも、不愉快ながらも徐々に一目置くようになっていたのだ。しかし、当初の反感が変わることは断じてなかった。なぜなら、多くの資質を兼ね備えているクアードリだが、勇敢さには欠けていると確信していたからだ。それは、彼を信奉する者たちを命の危険の伴う任務へと追いやりながら、自分は決して危険を冒さないという事実からも証明されているようにマルチェッロには思えた。

そんなことをつらつらと考えていたマルチェッロは、大声で自分の名前を呼びながらロビーを速足で横切っていくホテルのベルボーイの声ではっと我に返った。一瞬、彼のフランス語風の発音に惑わされ、別の人の名前かと思った。だが、それが他人のことだと本当に信じているふりをしながら、その顔で、その容姿、その服装の自分がどのように見えるかを想像したとき、吐き気のようなものを催し、「ムッシュー・クラリシ」というのは、やはり自分のことだと認めざるを得なかった。そうしているあいだにもベルボーイは、マルチェッロの名を呼び続けながら、ライティングルームのほうへと遠ざかっていった。マルチェッロは立ちあがり、直接電話ボックスへ行った。

棚に置かれた受話器をつかんで耳に当てると、歌うような澄んだ女性の声がして、フランス語で、電話口に出たのは誰かと尋ねてきた。マルチェッロもおなじくフランス語で応じた。「私はイタリア人で、クレリチと申します。マルチェッロ・クレリチです。クアードリ教授とお話ししたいのですが……」

「ただいま取り込んでおりまして、電話に出られるかどうか……。クレリチさんとおっしゃいましたね？」

「はい、クレリチです」

「しばらくお待ちください」

受話器をテーブルの上に置く音がし、次いで遠ざかっていく足音がしたのち、静寂が訪れた。マルチェッロは、女性が戻ってくるにしても、電話に教授が出るにしても、まずはまた足音が聞こえるだろうと予想しながら、長いこと待った。ところが、その深い静寂のなかから、なんの前触れもなく、いきなりクアードリの声が響き渡った。

「もしもし、クアードリですが。どちら様で？」

マルチェッロは手短に説明した。「私はマルチェッロ・クレリチと申します。先生がローマで教鞭をとられていたときに、ご指導いただいた学生です。ぜひお会いしたいのですが……」

「クレリチ……」クアードリは訝しむように繰り返した。その後、短い沈黙ののち、きっぱりと断言した。「クレリチという学生は知りませんね」

「そんなはずありません、先生」マルチェッロは食い下がった。「先生が教壇を去られる数日前に、お宅まで訪ねていった学生です。卒論の助言をいただきたくて」

「待ってください。クレリチ君ね」とクアードリが言った。「名前には憶えがありませんが、だからと言って、あなたの言うことが間違っているというわけでもないように思います。それで、私に会いたいと？」

「はい」

「なんのために？」

「特に理由はありません。ただ、私は先生の教え子で、なにかと先生の評判を耳にしているうちに、ぜひお会いしたくなった。それだけです」

「いいでしょう。私の家までおいでなさい」クアードリは歩み寄るように言った。

「いつですか？」

「今日でも構いませんよ。午後、昼食のあとにでもコーヒーを飲みに。そうですね……三時頃にでも」

「じつを申しますと……」と、マルチェッロは切り出した。「いま私は新婚旅行中でして……。妻と一緒にうかがってもよろしいでしょうか」

「構いませんとも。では、後ほど」

そこで電話が切れ、マルチェッロは一瞬ぼうっとしていたが、受話器を戻した。ところが電話ボックスから出ないうちに、先ほどロビーで彼の名前を呼んでいたボーイが顔をのぞかせて言った。「お電話が入っております」

「もう話は済みました」マルチェッロはそう言ってボックスから出ようとした。

「いいえ、別の方からのお電話です」

マルチェッロは機械的にボックスに戻ると、ふたたび受話器をとった。すぐさま、いかにも人が好さそうで朗らかな、太い声が耳のなかに響いた。「クレリチさんですか？」

マルチェッロは、オルランド課報員の声だとわかり、穏やかに答えた。「ああ、私だが」

「旅はいかがでしたか？」

「最高だね」

「奥様はお元気で？」

「お蔭様で」

「パリはいかがですか？」

「まだホテルから一歩も出ていない」マルチェッロは、その親しげな口調に少々苛ついた。

「ご覧になればわかります。やはりパリはなんと言ってもパリですから。それで、クレリチさん、お会いできますか？」

「いいだろう、オルランド。どこか場所を指定してくれ」

「クレリチさんはパリをご存じないですから、わかりやすい場所で待ち合わせましょう。マドレーヌ広場の角にあるカフェで。あそこなら間違えようがありません。ロワイヤル通りからいらっしゃる場合、左手に見えるカフェです。外にテーブルがたくさん並んでいますが、店内でお待ちします。店内は客もほとんどいませんから」

「了解。何時に？」

「私はもうそのカフェにおりますが、ご都合のいい時間までお待ちします」

「では三十分後に」

「それは素晴らしい。では、三十分後に」

マルチェッロは電話ボックスを出ると、エレベーターホールへ向かった。エレベーターに乗りかけたとき、またしても件のボーイが大きな声で彼の名を呼ぶのが聞こえ、このときばかりは心の底から驚いた。人知を超える力が介在し、エボナイトでできた黒電話の受話器を使って、神託の声が彼の人生を決する言葉を告げようとしているのではあるまいかと期待したほどだった。マルチェッロは息を呑む思いで後戻りし、三度ボックスに入った。

「マルチェッロ?」妻のか細い猫なで声がした。

「ああ、君か」失望なのか安堵なのかはわからなかったが、マルチェッロの声が思わず大きくなった。

「決まってるでしょ。いったい誰だと思ったの?」

「いや、ちょうど電話を待っていたものだから……」

「なにをしてるの?」ジュリアの声には切なげな愛情がこもっていた。

「別になにも。そっちへ戻ろうとしていたところだ。これから出掛けて、一時間ほどで戻ると君に言いたくてね」

「部屋には戻らないでいいわよ。あたし、これからお風呂に入るところなの。それじゃあ、一時間後にホテルのロビーで待ち合わせましょう」

「一時間半後のほうが確実かもしれない」

「いいわ、一時間半後ね。でも、遅れないでね」

「君を待たせたくないから一時間半後と言ったが、おそらく一時間で戻ってくる」

ジュリアは、マルチェッロが行ってしまうのを恐れるかのように、慌てて言った。

「あたしのこと愛してる？」

「決まってるだろう。なぜそんなことを訊くのかい？」

「だって……。いまそばにいたら、キスしてくれる？」

「もちろんだよ。そっちへ行こうか？」

「いいえ、いいの。来ないで……。でも教えてちょうだい……」

「なんだい？」

「昨夜(ゆうべ)のあたし……よかった？」

「ジュリア、なんてことを訊くんだ」彼は気恥ずかしくなり、思わず声がうわずった。

するとジュリアがとっさに弁明した。「ごめんなさい。自分でもなにを言ってるのかよくわからなくて……。じゃあ、あたしが好き？」

「好きだと言っただろう」

「ごめんなさい。では、約束ね。一時間半後に待ってるわ。またあとでね」

今度ばかりは電話がかかってくることはもうないだろう。マルチェッロは受話器を戻しながらそう思った。ホテルの玄関口に向かい、マホガニーとクリスタルガラスの回転ドアを押すと、通りに出た。

ホテルはセーヌ河岸に面していた。マルチェッロは玄関から外に出るなり、その街並みと穏やかな日和とによって織りなされた幸福に満ちた景色に目を奪われ、しばし立ちつくした。河の欄干に沿った歩道には、よくしげった大きな樹木が見渡すかぎり並び、きらめく春の若葉を無数につけている。マルチェッロの知らない樹木だったが、たぶんマロニエだろう。晴れ渡った日の光が、一枚いちまいの葉の上で輝き、明るく微笑むような、澄んだ緑を帯びていた。河岸の欄干沿いに連なる露店の棚には、古本や版画の山が何列にもなって並んでいる。光と影がたわむれるように変化するなか、木陰の露店の前を、大勢の人々が穏やかな日曜の散策を楽しみながら、のんびりと歩いていた。マルチェッロは道を渡り、露店と露店のあいだの欄干から身を乗り出した。河の向こうには、対岸に建つマンサード屋根の灰色の建物が見えた。その奥にノートルダム大聖堂の二つの塔がそびえ、さらに向こうには、別の教会の尖塔や、家並み、屋根や煙突などの輪郭が見えた。イタリアの空よりも白っぽくて広大な空は、まるでその丸天井の下にひろがる果てしない街並みの、目には見えないところで蠢く存在に共振しているようだとマルチェッロは思った。河に視線を落とすと、傾斜した石造りの堤防に挟まれ、きれいに清掃された遊歩道に沿ったそのあたりは、運河のように見えた。濁った緑色のねとついた豊かな水が、いちばん手前の橋の白い支柱のまわりできらめく渦の輪を描いている。その淀んだ水の上を、黒と黄色の平底船が泡も立てず滑るように進んでいき、煙突からは威勢のいい煙が吐き出され、舳先では二人の男——一人は青のヤッケ、もう一人は白のランニングシャツ姿——が話しているのが見えた。人に馴れている丸々とした雀が一羽、マルチェッロの腕のすぐそばの欄干にとまり、なにか話し掛けるように快活にさえずったかと思うと、ふたたび橋のほうに飛んでいった。マルチェッロは、バスク帽をかぶり小脇に本を抱えた、みすぼらしい身なりの痩せた若者に目をとめた。おそらく学生だろう、ノートルダム大聖堂の方角へと、ときおり足をとめて本や版画を眺めながら、急ぐでもなく歩いていく。マルチェッロはその若者を観察しながら、心に重くのしかかる任務が待ち受けているというのに、こうした心の余裕がある自分に驚いていた。もしかすると自分があの青年だったかもしれず、そうだったとしたら、川面も、空も、セーヌ河も、木々も、パリ全体が彼にとって別の意味を持ったことだろう。ちょうどそのとき、アスファルトの通りをゆっくりと走ってくるタクシーが見えたので、マルチェッロは手を挙げて停め、そんな自分にまた驚いた。いまのいままでタクシーに乗ろうなどとは考えていなかったのだ。マルチェッロは乗り込みながら、オルランドの待つカフェの所在地を告げた。

タクシーが走るあいだ、彼はシートにもたれてパリの通りを眺めていた。街は陽気で、どこもかしこも灰色で古めかしいにもかかわらず、優美に微笑み、車の疾走により起こる風とともに、あふれる聡明な優しさが車窓から飛び込んでくるかのようだった。四つ角に立つ警官たちの姿に、マルチェッロはわけもなく心惹かれた。円筒形でかっちりとしたケピ帽、丈の短いマント、そして細い脚をした彼らがたいそう優雅に感じられたのだ。そのうちの一人が窓の隙間越しに、運転手になにか話し掛けている。金髪で色白の、威勢のいい男で、警笛をくわえ、白い警棒を持った腕を後方に伸ばし、車両の往来をとめていた。さらには、灰色の古めかしい建物の正面の、きらめくガラスのほうへと枝を伸ばすマロニエの大樹にも心を惹かれたし、茶色やワイン色の地に、白のこってりとした飾り文字で書かれたアンティークな看板にも心を惹かれた。また、タクシーやバスの、鼻づらを下げて地表のにおいを嗅ぎながら歩く犬を連想させる、およそ美しいとは言えないボンネットの形にまで心を惹かれた。タクシーはしばらく停車したあと、新古典主義建築の下院の議事堂の前を通り、橋を渡ると、スピードを上げてコンコルド広場の方尖塔(オベリスク)のほうへと走っていった。背景には、パレードで整列する兵士の連隊さながらに柱廊が一列に並んでいる広大な軍事広場を眺めながら、つまり、これが破壊せねばならないフランスの首都なのだ、とマルチェッロは思っていた。いま彼は、眼前にひろがる街を、もうずいぶん前から愛しているような気がしていた。生まれて初めて訪れた今日よりもずっと昔から。その一方で、この街の、荘厳で優雅で快活な美しさへの称讃によって、これから遂行しようとしている任務の暗澹(あんたん)たる意味合いが彼のなかで強調された。もしもパリがこれほど美しくなかったら、もしかすると彼はその義務を避け、逃がれ、運命から解放されていたかもしれない。だが、この街の美しさは、その敵対的でネガティブな己の任務を彼に再認識させたのだった。同様に、己の行動のもととなっている大義が持つ、嫌悪を催さずにはいられない多くの意味合いをも彼は認識した。マルチェッロはこうした思索に耽りながら、自分がおかれた状況の馬鹿馬鹿しさを自らに説明していることに気づいた。そして、そんなふうに説明しているのは、ほかに説明のしようがないからであり、ひいては、意識的に自ら進んで受け入れる術(すべ)がないからだということもわかっていた。

タクシーが停まり、マルチェッロはオルランドに指定されたカフェの前で降りた。オルランドが言っていたとおり、歩道にまでテーブルが並べられて混雑していたが、ひとたびカフェの店内に入ると客はおらず、オルランド一人が窓のある奥まった場所のテーブル席に座っていた。マルチェッロの姿を認めるなり、オルランドは手招きをしながら立ちあがった。

マルチェッロは急ぐでもなく歩み寄り、オルランドの向かいに座った。窓ガラス越しに、外の木陰の席に座る人たちの背中が見え、その向こうに、マドレーヌ寺院の柱廊と三角形の妻壁の一部が見えた。マルチェッロはコーヒーを注文した。オルランドはウエイターが立ち去るのを待って言った。「コーヒーと言えば、イタリアと同様にエスプレッソが出てくると思っていらっしゃるのでしょうが、そんなのは幻想にすぎません。パリには、我々の国のような旨いコーヒーなんて存在しないのです。どれほど薄い代物が運ばれてくるか、とくとご覧ください」

オルランドは、いつもどおりの丁重で人の好さそうな、穏やかな口調で話していた。散々にけなしたコーヒーを、溜め息をつきつつ自分のカップに注いでいるオルランドをちらりと見やりながら、〈誠実そうな顔だ〉とマルチェッロは胸の内で思った。〈小作人か農場管理人、さもなければちょっとした田舎の地主といった感じの顔だな〉それから、オルランドがコーヒーを飲むのを待って、尋ねた。「オルランド、君はどこの出身かね?」

「私ですか? パレルモ県です」

マルチェッロはこれといった根拠もなしに、これまでずっとオルランドは中部イタリアの、ウンブリア州かマルケ州の出身だと思っていた。だが、そう言われて改めて見ると、オルランドという人物のがっしりとして泥臭い体格から、勝手にそう思い込んでいただけだと気づいた。実際には、その顔にはウンブリア人に特有の柔和さも、マルケ人に特有の穏やかさもまったく感じられない。確かに誠実そうで人の好さそうな顔つきではあるが、疲労の漂う黒い目には、女性的で東洋的ともいえる生真面目さがあり、それはウンブリア人にもマルケ人にも見られない特徴だった。形の歪んだ小さな鼻の下の、唇の薄い大きな口に浮かべられた笑みには、柔和さも穏やかさも感じられなかった。マルチェッロはつぶやくように言った。「それは意外ですな……」

「どこの出身だと思ってらしたんです?」オルランドが快活に尋ねた。

「中部イタリアの出身かと」

オルランドは考えあぐねているようだったが、やがて丁寧な口調ではあるものの、率直に言った。「クレリチさん、あなたも、ありがちな偏見に惑わされているのでしょう」

「偏見とは？」

「北部の人々が、イタリアの南部、とりわけシチリアに対して抱いている偏見ですよ。あなたは認めないでしょうが、そうに決まっています」オルランドは、悲しそうに首を振った。

マルチェッロは反論した。「いいや、そんなことはない。体つきから、中部イタリアの出身だと思っていただけだ」

だがオルランドは耳を貸さなかった。「言わせていただきますが、千篇一律の表現ですな」その聞き慣れない言葉に明らかに満足したらしく、オルランドは力を込めた。「街角だろうが、家庭内だろうが、あらゆるところで耳にします。職務中にもね。北部出身の同僚のなかには、スパゲッティまで南部の食べ物だと文句を言う者もいます。私は、いつだって言い返しますがね。『いまやスパゲッティは君たち北部の連中も食べてるじゃないか。それも我々よりたくさんね。それに、君たちのポレンタと来たら、あんな甘ったるいものがよく食べられるもんだ！』ってね」

マルチェッロはなにも言い返さなかった。オルランドが任務と無関係なことを話してくるのは嫌ではなかった。それは、マルチェッロにとって耐えがたい恐ろしい話題を共有しているという親近感から逃れる方策のひとつだったからだ。オルランドは、いきなり語気を荒くして言った。「シチリアは、ひどい中傷を受けています。マフィアひとつとっても、散々な言われようです。北部の連中ときたら、シチリア人は全員がマフィアだと思っている。そのくせ、マフィアのことなどこれっぽっちも知らないのですから」

マルチェッロは言った。「マフィアなんてもう存在しない」

「当然です。もう存在しません」オルランドは完全には納得できていないという口ぶりで言った。「ですが、クレリチさん。たとえまだマフィアが存在していたとしても、北部の同様の連中に比べればましですよ。どうか信じてください。比べようもないくらいにね。ミラノの不良グループ（テッピスティ）や、トリノのならず者（バラッバ）軍団なんて始末に負えません。奴らは卑劣なうえに、女を搾取し、盗みを働き、弱者に横暴な振る舞いをする。片やマフィアは、少なくとも勇気の学校でした」

「悪いが、マフィアのいったいどこが、勇気の学校だと言えるんだね?」マルチェッロは冷淡に言った。

その質問はオルランドを戸惑わせたようだった。マルチェッロの声色の、官僚的ともいえる冷淡さにというよりも、それがあまりに複雑な問題で、余すところなく説明できる答えがすぐには見つからなかったからだ。そこで、溜め息まじりに言った。

「いやはや、これまた難しい質問をなさいますね。勇気というものは、シチリアにおいては『名誉ある男（マフィア）』にとってなにより欠かせない資質であり、マフィアは自分たちのことを『名誉ある結社』と呼んでいるのです。どのように申しあげたらいいでしょうか。実際にシチリアに滞在して自分の目で見た者でなければ、理解するのは難しいでしょう。そうですね、バールでもカフェでも居酒屋でも食堂でも構いませんが、そういった店に、マフィアに敵対する武装した男たちが集まっていたと仮定します。そこへ呼び出された場合、マフィアはどうすると思いますか？　軍警察（カラビニエーリ）に頼るわけでも、村から逃げ出すわけでもありません。そうではなく、おろしたてのスーツを着込み、鬚をきれいに剃ってから、自宅を出て、その店へ向かう。武器も持たずに一人でね。そして二言三言、然るべき台詞（せりふ）を口にするだけで十分なのです。あなたはどう思われますか？　敵の集団も、味方も、村じゅうが彼に注目しています。彼はそれを自覚しているし、それだけでなく、目つきに少しでも迷いが生じたら、声に十分な落ち着きがなかったら、少しでも恐怖が顔に現われ、どこまでも穏やかな表情が崩れたら、一巻の終わりだということもわかっています。要するに、彼にとっての勉強とは、この試験をパスすることにあるわけです。決然たる眼差し、落ち着きはらった声、抑制の利いた身振り、平然とした顔色……。いずれも口で言うのは簡単ですが、実際にはいかに難しいか、その場に居合わせないとわかりません。マフィアが勇気の学校だというのは、一例を挙げるならこういうことなのです」

次第に熱を帯びてきたオルランドは、そこまで話すと、物を問いたげな冷たい視線をマルチェッロに向けた。まるで、〈私の思い違いでなければ、我々二人が話し合わなければならないのは、マフィアについてではないはずですが……〉とでも言うかのように。それを見てとったマルチェッロは、これ見よがしに目線を手首の腕時計に落とした。「さて、オルランド、そろそろ我々の用件について話すとするか」威厳をこめて言った。「私は今日、クアードリ教授と会う。指示によると、私が教授を指し示して、彼本人であることを君が確認するという手筈になっている。それが私の任務だ。そうだね？」

「そのとおりです」

「では今晩、私はクアードリ教授を夕食か、あるいはカフェに誘い出すことにしよう。まだ場所は指定できないが、今夜七時頃ホテルに電話をくれ。その時には場所を伝えられるようにする。いまのうちに彼を指し示す方法を決めておこう。そうだな……たとえば、私がカフェかレストランに入って、最初に握手をする人物がクアードリ教授という具合に。それでいいかな?」

「承知しました」

「では、私はもう行かなくては」マルチェッロはふたたび腕時計を見やって言った。コーヒーの代金をテーブルに置いて席を立つと、店を出た。その後ろから、少し距離をあけてオルランド諜報員が続いた。

歩道に出たオルランドは、歩行者並みの速度で相反する方向にのろのろと動いている二本の渋滞した車列を見るなり、大仰な口調で言った。「まさしくパリですな」

「君はパリが初めてというわけではないのかね?」車列のなかに空車のタクシーがないか目で探しながら、マルチェッロが尋ねた。

「初めてかですって?」オルランドはいくぶん得意げに言った。「初めてなんてとんでもありません。私が何度パリに来たことがあるか当てていただけますか?」

「さあ、見当もつかん」

「十二回です。これで十三回目になります」

マルチェッロの視線に気づいた一台のタクシーが、目の前で停車した。「では失礼する」マルチェッロは車に乗り込みながら言った。「今晩、電話を待っている」オルランド諜報員は手で承知しましたという合図をした。マルチェッロはタクシーに乗り込み、ホテルの住所を告げた。

タクシーが走りだしたとたん、オルランドが口にした最後の言葉、すなわち十二と十三という数字（パリには十二回訪れたことがあって、これで十三回目）が、マルチェッロの耳のなかでいつまでも響き、記憶の底から遠い日のこだまを呼び覚ましたような気がした。さながら、洞窟をのぞき込んで大声で叫んだところ、思ってもみなかった深淵から自分の声が響いてくるのを発見したかのように。続いて、その数字に想起されて、クアードリのことを握手によってオルランド課報員に知らせると言ったことを思い出し、クアードリは背中が歪んでいるからすぐにわかると伝えるのではなく、握手などという合図に頼ることにしたのはなぜなのか、その理由を不意に理解した。遠い昔、幼少期に読んだ聖書の話のおぼろげな記憶が、確実に識別するためには握手よりもはるかに好都合なクアードリ教授の体の特徴を忘れさせたのだ。十二というのは使徒の人数であり、十三人目は、捕縛するために庭園にやってきた番兵に、キリストに接吻することによって本人だとわからせたあの人物なのだ。教会で何度も眺めたことのあるキリストの受難の道行きに登場する伝統的な人物像が、現代のフランスのレストランでの場面に重なった。テーブルにはご馳走が並び、客たちがテーブルを囲み食事を愉しむなか、マルチェッロがすっと立ちあがり、片手を差し出しながらクアードリのもとに歩み寄る。離れた席に座り、二人を観察するオルランド。十三人目の使徒であるユダの姿がマルチェッロの姿と混じり合い、しだいに輪郭が渾然一体となり、いつしかマルチェッロ自身の姿となった。

この発見を前に考えをめぐらしていくうちに、マルチェッロは思索そのものを愉しむ気分になっていた。〈ユダがあのようなことをしたのは、おそらくいまの僕とおなじ動機からにちがいない〉と彼は思った。〈ユダも不本意だったが、結局は誰かがする必要があるから、引き受けざるを得なかったのだ。なぜ怯える必要がある？　確かに僕が引き受けたのはユダの役回りだが、それがなんだというのか〉

実際、マルチェッロは自分が少しも怯えていないことに気づいた。自覚するのはせいぜい、お定まりの冷たい陰鬱に浸っていることぐらいだったが、それは少しも不快ではなかった。彼は、自己を弁護するためではなく、両者の比較をさらに突き詰め、その限界を見極めるために、なおも考え続けた。ユダと自分には確かに似たところがあるが、それもある点までだ。握手をするところまで。見方次第では、自分はクアードリの弟子ではないが、大まかな意味での「裏切り」という点まで似ていると考えることも可能かもしれない。だが、そのあとはまったく異なる。ユダは首を吊って死んだか、少なくとも首を吊らざるを得なかったとされている。裏切りをそそのかして報酬を払った者たちが、その後、ユダの味方をし、弁明する勇気を持たなかったからだ。だが、自分は自殺なんかしないし、絶望のどん底に陥ることもない。なぜなら、自分の後ろには……。そのときマルチェッロの脳裏に、彼に指示を与えた人物に拍手喝采するために――ひいてはその指示に従う彼を正当化するために――広場に集まる民衆の姿が浮かんだ。そして、自分は、いまおこなっていることに対して、絶対的な意味において、なにも受け取っていないと思った。銀貨三十枚[10]なんてとんでもない。オルランド課報員が言うように、これは任務なのだ。考えがそこに至ったとき、類似は色褪せ、溶けていき、あとには自負に満ちた傲慢な皮肉が残るだけだった。そして、ことによると重要なのは、そのような対比が彼の頭に浮かび、それを発展させ、たとえ束の間にしろ正しいと思えたことなのではあるまいかという結論に至った。

---

10 ユダが受け取ったとされる、キリストを裏切った代価。

Ⅳ

昼食のあと、ジュリアはいったんホテルに戻り、クアードリの家を訪問する前に服を着替えたいと言った。そのくせエレベーターから降りるなり、マルチェッロの腰に腕を絡ませてささやいた。「着替えたいと言ったのは嘘なの。あなたと少し二人きりになりたかっただけ」妻の愛情たっぷりの腕に腰を抱かれながら、閉ざされたドアが両側に並ぶ長い廊下を歩くあいだ、マルチェッロは、自分にとってこのパリ旅行は任務を兼ねたものであり、むしろ任務のほうが重要であるのに対し、ジュリアにとっては純粋な新婚旅行なのだと胸の内でつぶやかずにはいられなかった。だとするならば、彼女と一緒に列車に乗り込んだときに演じようと決めた、花婿という役をおろそかにすることは許されない。ときには——現にいまそうであるように——恋焦がれる気持ちとはかけ離れた、不安の感情に苛まれることがあったとしてもだ。とはいえ、腰に絡められた彼女の腕や、その眼差し、愛撫といったものこそが、マルチェッロがあれほど切望していた正常さだった。そして、オルランドとこれから遂行しようとしていることは、そうした正常さを手に入れるための血塗られた代価に他ならないのだ。そんなことを考えているうちに、二人は部屋の前に着いた。ジュリアは彼の腰に腕を絡めたまま、もう一方の手でドアを開け、二人一緒に部屋へ入った。

ひとたび室内に入ると、彼女は手を離し、鍵穴の鍵を一回転させてから言った。

「窓を閉めてくれない？」マルチェッロは窓辺へ行き、鎧戸を下ろした。振り向くと、ベッド脇に立つジュリアが、早くも服を頭から抜こうとしているところだった。それを見て、「あなたと少し二人きりになりたかっただけ」という言葉の意図するところがわかったように思えた。彼は無言で、ジュリアがいるのとは反対側のベッドの縁に腰を掛けた。すでに彼女は、ランジェリーとストッキング以外にはなにも身に着けていない。ベッドの枕もとにある椅子の上に脱いだ服を丁寧に置くと、靴を脱ぎ、ぎこちない素振りで最初は片方の脚を、それからもう一方の脚をベッドにのせてから、彼の背後で仰向けに横たわり、片腕を曲げてうなじの下にあてがった。ジュリアはそのままの姿勢でしばらく黙っていたが、やがて口をひらいた。「マルチェッロ？」

「なんだい？」

「あたしの隣で横になったら？」

マルチェッロは言われるままに屈んで靴を脱ぎ、妻と並んでベッドに横になった。ジュリアはすかさず彼ににじり寄り、自分の体を押しつけながら、喘ぎ声で尋ねた。

「どうかしたの？」

「僕が？　どうもしないが……なぜ？」

「わからないけれど、なにか心配なことでもあるみたい」

「君はしょっちゅうそんな印象を受けるみたいだが、知ってのとおり、僕はふだんから考えごとの多い性質(たち)でね。だからといって心配ごとがあるわけじゃないんだ」

すると彼女は、無言で彼を抱きしめた。しばらくするとまた話を続けた。「部屋に戻ろうと言ったのは、出掛ける支度をするためではないんだけど、あなたと二人きりになりたかったというのも嘘。本当の理由は別にあるの」

その言葉にマルチェッロは意表を衝かれ、妻が単にエロティックな欲望に駆られているものだとばかり思い込んでいた自分を後ろめたく思ったほどだった。視線を下に向けると、涙をいっぱいに溜めて、自分のことをじっと見あげている彼女の瞳が見えた。マルチェッロは、「今度は僕が、どうかしたのかいと君に尋ねる番だね」と、愛情をこめて訊いたものの、内心ではいささか煩わしく感じないでもなかった。

「そうよね」彼女は言うと、とたんに泣きはじめた。

マルチェッロは、静かにしゃくりあげる震えが体に伝わってくるのを感じていた。理解しがたいそのすすり泣きがやむことを願いながら、そのまましばらく様子をうかがっていたが、やむどころかますます烈しくなるばかりだった。そこで、天井をじっと見据えて尋ねた。「なぜ泣いているのか話してくれないか？」

それでもジュリアはしばらくすすり泣いていたが、やがて言った。「とくに理由なんてないの。あたしが馬鹿だからよ」悲しげな声のなかに、早くもかすかな安堵が感じられた。

マルチェッロはジュリアを見つめ、もう一度おなじことを尋ねた。「さあ、なぜ泣いているのか話してごらん」すると彼女は、涙の下から希望の光が射しはじめた瞳で、マルチェッロを見返した。それから微かな笑みを浮かべ、手を伸ばしてマルチェッロのポケットからハンカチを取り出した。目もとを拭い、洟をかむと、ハンカチを元通りポケットにしまってから、ふたたび彼を抱きしめてささやいた。「泣いていた理由を言ったら、きっとあたしの頭がおかしいと思うでしょうね」

「いいから、勇気を出して、なぜ泣いてたのか話しておくれ」マルチェッロは彼女を愛撫しながら促した。

「びっくりしないでね。お昼ご飯を食べているあいだ、あなたがあんまりぼんやりしているというか、心配ごとがあるみたいだったから、もうあたしに愛想をつかして、結婚したことを後悔してるんじゃないかって思ったの。たぶん列車のなかで打ち明けたあのことで……あの弁護士のことで、あなたは自分が馬鹿なことをしたって気づいたんじゃないかしらって。だって、あなたのような将来有望の人がよ、あなたほど頭がよくて、優しい人が、なにもあたしみたいな惨めな女と結婚することないじゃない……。そんなふうに考えていたら、自分のほうから行動を起こすべきだと思ったの。つまり、あなたに煩わしい別れの手間を省かせるために、あたしがなにも言わずに去ればいいんだって。ホテルに戻ったらすぐに荷物をまとめて、あなたをパリに残して、まっすぐイタリアに帰ろうと心に決めたの」

「冗談を言ってるんだよな?」マルチェッロは思わず声を荒らげた。

「あたしは真剣よ」彼の驚いた様子を見て機嫌をよくしたジュリアは、口もとをほころばせて話を続けた。「さっき下のロビーにいたとき、あなた、煙草を買いにしばらく離れていたでしょ。その隙にベルボーイのところへ行って、今夜のローマ行きの寝台列車を予約してってって頼んだの。ほらね、あたし真剣そのものでしょ」

「君は頭がどうかしてる」マルチェッロは思わず声を張りあげた。

「だから言ったでしょ。きっとあなたは、あたしの頭がおかしいと思うって……。でもあのときは、あなたを一人残して立ち去るのが、あなたのためにいちばんいいことだって思ってたんだもの。確信してた。いまでもそう確信してるわ」彼女は、マルチェッロの口に唇が触れるまで体を起こしながら、言い添えた。「こんなふうにキスをしているいまもね」

「君のその確信はどこから来るんだ？」マルチェッロはうろたえた。

「さあ、どこからかしら。そうねえ……。誰だってなんの理由もなく、いろいろなことに確信を抱くものじゃないかしら」

「それで、なぜ打ち明けることにしたんだ？」彼は思わず声を張りあげたが、そこにはかすかな後ろめたさが浮かんでいた。

「なぜかって？　なぜかしら……。もしかすると、エレベーターのなかで、あなたがあたしを特別な眼差しで見たからかもしれないわ。少なくともあたしには、特別な眼差しで見られたような気がしたの。だけどすぐに、自分が身を引く決心をして寝台車も予約したことを思い出して、もう後戻りはできないんだって思ったら、涙が出てきたというわけ」

マルチェッロはなにも言わなかった。ジュリアはその沈黙を自分なりに解釈して、こう尋ねた。「呆れているのでしょ？　正直に言って。あたしが寝台車なんて予約したものだから、呆れてるのよね？　でも、切符は返せるわ。二十パーセントの手数料を払えばね」

「馬鹿げた話だ」マルチェッロは考え込むように、ゆっくりと言った。

「だったら……」彼女は、疑い深い笑いを押し殺しながら、それでいてまだ若干の不安に震えながら、尋ねた。「あたしが実際には出発しなかったから、呆れてるの？」

「それもまた馬鹿げている」マルチェッロはそう口にしたものの、その言葉には完全に本心だと言い切れないものがあった。そして、最後の逡巡か、もしくは最後の後ろめたさを押し殺そうとするように、続けた。「もし君が去っていたら、僕の人生そのものが崩壊しただろう」曖昧な言いまわしではあったものの、その言葉は本心からのものだと思えた。もしかすると、リーノの一件を発端として築きあげてきた彼の人生は、これ以上厄介ごとや負担を増やすくらいだったら、むしろ完全に崩れてしまったほうがいいのではあるまいか。さもないと、熱狂的な家主が、やれ展望台だ、やれ塔だ、やれバルコニーだとむやみやたらと増築を重ねるうちに、堅固さを失った不条理な建物のようになってしまう。そのとき、体に絡みついてくるジュリアの腕を感じ、耳もとでささやく彼女の声が聞こえた。「本心なの？」

「ああ、本心から言っている」

「それで、あなたはどうするの？」ジュリアは、自己満足とも虚栄心ともとれる好奇心で、さらに畳みかけた。「あたしが本当にあなたを一人おいて去っていったら、あたしを追いかける？」

マルチェッロはしばし言葉に詰まってから答えたものの、またしても、自分の声のなかで例のかすかな後ろめたさがこだましているように思えた。「いいや、追いかけないかもしれない。僕の人生そのものが崩壊すると言ったじゃないか」

「あなたはフランスにとどまる？」

「ああ、おそらく」

「お仕事は？　キャリアを中断してしまうことになるわよね？」

「君がいなければ、キャリアなんてなんの意味もない」彼は静かに言い聞かせた。

「僕がいまの仕事をしているのは、君がいるからだ」

「それで、なにをするの？」ジュリアは、自分がいなくなり、一人残された夫の姿を想像することに残忍な悦びを感じているらしかった。

「おなじような理由から自分の国を捨て、自分の職業を捨てる人たちが誰でもするようなことをするまでさ。どんな職業にも適応するだろうね。皿洗い、水夫、運転手……あるいは外人部隊に入隊するかもしれない。それにしても、なぜそんなことを知りたがるんだ?」

「ただ聞いてみただけ。外人部隊に? 偽名で?」

「そうだね」

「外人部隊ってどこにあるの?」

「おそらくモロッコあたりだと思う。ほかの場所にもあると思うけど」

「モロッコね……。でも、あたしはここに残った」嫉妬深い情欲のこもった力でマルチェッロにしがみつきながら、ジュリアはつぶやいた。その後、沈黙が続いた。マルチェッロがまったく身動きしなくなったジュリアの様子をうかがうと、目を閉じて眠っているらしかった。そこで自分も少しまどろもうと、瞼を閉じた。ところが、死にそうなほどの倦怠感と疲労がたまっているにもかかわらず、全然寝つけない。己の全存在に対する反発にも似た、深い苦痛に満ちた感覚が湧き起こり、奇妙な喩えが頭に執拗に浮かぶのだった。彼は一本のケーブルだった。人間の姿をしたケーブルに他ならず、恐ろしいエネルギーが絶えず体内を流れ続け、それを拒むことも受け容れることも、自分の意思ではできない。「感電死危険」の警告看板が柱に掲げられた高圧電線によく似たケーブル。彼は、そうしたケーブルの一本にすぎず、ときに体内でうなり声をあげる流れにも不快感を覚えないどころか、活力が一層みなぎることもある一方で、たとえばいまこの瞬間のように、その流れがあまりに強烈なために、ぴんと張られて振動するケーブルでいることに耐えきれず、解体され、自動車修理工場の空き地の奥にある廃材の山に放置されたまま錆びていくケーブルだったらどんなにいいかと思うこともあるのだ。おまけに、よりによってなぜ自分がエネルギーを伝える役回りに耐えなければならないのか。多くの人々はそれに触れることさえないのに。さらに言うなら、なぜエネルギーは一瞬たりとも途切れることなく自分の体内を流れ続けるのか？　この喩えは細分化し、答えのない無数の疑問へと枝分かれしていくのだった。そのあいだにも、彼の苦悩と欲望に満ちた倦怠感ばかりが増幅し、頭に靄がかかり、意識の鏡を曇らせた。ようやくまどろみかけたとき、眠りがなんらかの形でエネルギーを遮断してくれ、束の間、自分はほかの廃材とともに片隅に打ち捨てられた錆びたケーブルの切れ端なのだという気がした。ところがその瞬間、腕に触れられたのを感じてはっと飛び起きると、ベッド脇に、すっかり支度を整え、帽子までかぶったジュリアが立っていた。彼女は小声で言った。「眠ってるの？　そろそろクアードリ先生のところへ行かないといけないんじゃない？」

マルチェッロはやっとの思いで身を起こし、しばらく無言のまま部屋の薄暗がりを凝視しながら、頭のなかで彼女の言葉を「クアードリ先生を殺さなくちゃいけないんじゃない？」と翻訳していた。それから、冗談めかして言った。「クアードリのところへ行くのをやめて、その代わり、二人でゆっくり午睡をしようと言ったら？」

これは重要な質問だと、ジュリアのことを見あげながら彼は思った。おそらくいまならまだすべてを放棄できるかもしれない。するとジュリアは、せっかく出掛ける準備をしたいまになって、ホテルにいようと提案されたことが不服だったのか、訝るような眼差しで彼を見返した。そして言った。「だけど、もう眠ったでしょ。一時間ぐらい。それに、このクアードリという人を訪ねるのは、あなたのキャリアにとって大切なんだって言ってたじゃない」

マルチェッロはしばらく黙り込んでいたが、やがて答えた。「ああ、そうだ。とても大切だ」

「だったら、なにをそんなに迷うことがあるの？」彼女は上半身を屈めて彼の額に口づけながら、朗らかに言った。「さあ、無精を決め込むのはやめて、さっさと服を着てちょうだい」

「でも僕は気乗りがしないんだ」マルチェッロは欠伸(あくび)をするふりをして言った。「とにかく眠りたいんだよ。ただひたすら眠っていたい」と言い添えて。その言葉は、いまの率直な自分の気持ちのように思えた。

「眠るのは今晩にしたらいいじゃない」ジュリアは心持ち鏡のほうに近寄り、自分の姿を念入りにチェックしながら言った。「もう約束したのだから、いまさら予定の変更なんてできないわ」いつもながらの善良な思慮にもとづいて彼女はそう言ったのだが、マルチェッロは、無意識のうちにつねに正しいことを口にする妻に驚きを禁じ得なかった。同時に、その言葉には得体の知れない意味が隠されているようにも思われた。そのとき、サイドテーブルの上の電話が鳴った。マルチェッロは片方の肘をついて上半身を起こすと、受話器を外して耳もとに近づけた。ベルボーイからの、今晩のローマ行きの寝台列車を予約したと知らせる電話だった。「キャンセルしてください」マルチェッロは迷わず言った。「妻は出発しないことになりましたので」ジュリアは、自分の姿に見惚れていた鏡のなかから、気恥ずかしそうに感謝の眼差しを向けた。マルチェッロは受話器を戻しながら言った。「これでよし。予約をキャンセルすれば、君はもう出発できない」

「あたしのこと怒ってる？」

「どうしてそんなことを訊くんだい？」

マルチェッロはベッドから下りると、靴を履き、バスルームに行った。顔を洗い、髪を梳かしながら、自分の仕事内容や新婚旅行に秘められた真実を打ち明けたら、ジュリアはなんと言うだろうと自問した。むろん驚き、そんなことを本当にする必要があるのかと尋ねはするだろうが、彼を非難しないばかりか、最終的には同意してくれるだろうと確信を持って言える気がした。ジュリアは間違いなく善良だったが、それは家族愛という聖なる範疇からはみ出さないかぎりにおいてだった。彼女にしてみれば、そうした範疇の外には得体の知れない混沌とした世界がひろがっていて、背中の歪んだ鬚面の大学教授が政治的な理由で暗殺されたとしても、とくに不思議はないのだろう。おそらくオルランド諜報員の細君もおなじように考え、感じているにちがいないと、マルチェッロはバスルームを出ながら、心の内で結論づけた。ベッドに腰掛けて待っていたジュリアが、立ちあがって言った。「あたしが眠らせてあげなかったのを怒ってるの？　クアードリ先生のお宅に行かないほうがいい？」

「いや、その逆だ。君があぁ言ってくれてよかったよ」マルチェッロは廊下を先に立って歩きつつ答えた。いまやすっかり気力も回復し、己の運命に抗おうという気持ちはこれっぽっちもなかった。相変わらずエネルギーの流れが体内を駆けめぐっていたが、自然の回路であるかのように、痛みや苦難を伴うことはなかった。ホテルの外へ出ると、セーヌ河に沿った欄干の向こうの澄み切った広い空の下に果てしなく続く、都会の灰色の輪郭に目をやった。目の前には古書の露店の棚が連なり、のんびりと散策を愉しむ人たちが、歩みをとめては本を眺めている。マルチェッロは、小脇に本を抱えてゆっくりとした足取りで棚のあいだをノートルダムの方向へと進んでいくみすぼらしい身なりの若者が、今朝がた見かけた若者のように思えた。あるいは、服装や身のこなし、そして運命までもがよく似た別の若者だったのかもしれない。ただし、今回は凍りつくような動かしがたい無力感こそ覚えたものの、羨ましいとは感じなかった。自分は自分で、あの若者はあの若者、それはいかんともしがたい事実なのだ。マルチェッロは片手を挙げて通りかかったタクシーを拾うと、ジュリアに続いて乗り込み、クアードリの住所を告げた。

V

クアードリの家に一歩足を踏み入れるなり、マルチェッロは、ローマで訪れたアパートメントとのあまりの違いに衝撃を受けた。近代的な住宅街の、細く曲がりくねった道の奥に建つ建物は、正面のなめらかなファサードから四角いバルコニーがいくつも飛び出していて、引き出しが全部開け放たれた整理箪笥を思わせた。大っぴらではありながらも匿名性を保つことのできる暮らしぶりという印象を与えるその家自体が、擬態する小動物さながらに社会に溶け込んでいた。あたかも、クアードリがパリに移り住む際、フランスの裕福なブルジョワの、完全に均質化された大勢の人たちに溶け込むことを重視したかのようだ。ひとたび室内に入ると、違いはさらに際立った。ローマの住まいは古めかしくて薄暗く、調度品や本や書類などが所狭しと並べられ、埃っぽく雑然としていたが、こちらは光にあふれ、新しくて清潔感があり、調度品もほとんどなく、研究活動の形跡は皆無だった。二人は数分のあいだ客間で待たされた。だだっ広く殺風景な部屋で、隅に置かれたガラスの天板のテーブルのまわりに肘掛け椅子がいくつか並んでいるだけだった。多少風変わりといえるものは壁の一辺に掛けられた大きな絵画ぐらいで、キュビズムの画家の作品だった。色とりどりの無機質な平行線や球体、立方体や円柱が装飾的に入り乱れて描かれている。あれほどローマでマルチェッロを驚かせた書物は、ここには一冊もなかった。ワックスで磨きあげられた木製の床といい、明るい色の長いカーテンといい、なにもない壁といい、まるで現代劇の舞台みたいだとマルチェッロは思った。登場人物もごくわずかで、一場面だけの劇のために設営された、簡略ではあるものの優雅な舞台装置のなかにいるようだった。どのような劇が始まろうとしているのか。言うまでもなく、彼とクアードリの劇だった。ただし、場面はすでに明らかなのに、なぜかしら、すべての登場人物が明かされてはいないようにマルチェッロには思われた。まだ誰か欠けている人物がいて、その人物が登場することによって、場面そのものが根本から変化するように思われたのだ。

その漠然とした予感を裏づけるように客間の奥のドアが開き、クアードリではなく、若い女性が入ってきた。おそらく電話でフランス語を話していた女性だろう、とマルチェッロは推測した。その女性は、鏡のように磨かれた床を横切ってマルチェッロたちのほうに近づいてきた。背が高く、スカートがフレアーになった白い夏物のワンピースをまとい、並外れてしなやかで優雅な歩き方をしていた。マルチェッロの目はしばし、透ける服越しにうかがえる彼女の肉体の陰に釘付けになり、密かな快感を覚えた。くすんだ陰ではあったが、さながら体操選手や踊り子のようにくっきりと優雅な輪郭をしていた。次いで視線を上げて顔を見たところ、以前に会ったことがあるという確信を抱いたものの、いつどこでだったのかは思い出せなかった。彼女はジュリアのほうに歩み寄り、愛情すら感じさせる親しさで両方の手を握ると、正確ではあるものの強いフランス語訛りのイタリア語で、教授はいま手がふさがっていて、もう少ししたら来ると説明した。その後、距離を保ったままでマルチェッロにも挨拶をしたが、さほど丁寧ではなく、むしろぞんざいな印象を彼は受けた。そのうえで彼女は、椅子へ座るよう二人を促した。その女性がジュリアととりとめもない話をしているあいだ、マルチェッロは彼女のことを注意深く観察し、会ったことがあるような気がした曖昧な記憶を自身のなかで明確にしようと試みた。身長は高く、手足は大きめで、肩は広く、ウエストが信じられないほどほっそりしていて、豊満なバストとゆったりとしたヒップがそのくびれを際立たせていた。長くて華奢な首に支えられた色白の顔には化粧っけがなく、若々しくはあるけれども瑞々しさに欠け、どことなくやつれた雰囲気があった。その表情はというと、溌剌としていて、不安げで、落ち着きに欠け、身構えた感じだった。果たしてどこで会ったのだろうか。彼女は観察されているのを察したのか、やにわに彼のほうを振り向いた。すると、その落ち着きのない鋭い眼差しと、光にあふれる穏やかな白くて広い額との対比から、彼女とどこで会ったのか、より正確に言うならば、彼女に似た人物とどこで会ったのか、突然腑に落ちた。S町の娼家で、置き忘れた帽子を取るために待合室に引き返し、オルランドと一緒にいる娼婦のルイザを見かけたときだった。実のところ、似ているとは言っても、ティアラを連想させる額の独特な形や白さや明るさが似ているだけであり、それ以外には二人の女性はまったく異なっていた。娼婦のほうは横に広い薄い唇をしていたのに対し、目の前の女性は小さくすぼまった蠱惑的な唇をしていた。花びらのぎっしり詰まった、萎れかけの小さなバラに似ている、とマルチェッロは思った。もうひとつ違うのは、娼婦の手がふっくらとしてすべすべの女らしいものであったのに対し、こちらの女性は、ごつごつとして筋張った、男のような赤い手をしていることだった。さらに娼婦は、その手の職業の女性によくあるようにひどい嗄れ声だったが、こちらの女性は、乾いて澄んだ、気取った声をしていて、理知的で繊細な音楽のように耳に心地よかった。社交界にふさわしい声とでもいえようか。

マルチェッロはそうした類似と相違に注目したのち、女性が妻とばかり喋り、自分に対する態度がひどく冷たいことに気づいた。ひょっとすると、かつての自分の政治的な心情をクアードリから聞いていて、迷惑千万だとでも思っているのだろうと彼は推測した。そして、いったい彼女は何者なのかと自問した。記憶するかぎり、クアードリは結婚していないはずだった。なにかと世話をやいているらしい彼女の態度からすると、秘書か、さもなければ秘書の役割を買って出た取り巻きといったところだろうか。マルチェッロは、S町の娼家で、オルランドと並んで階段をのぼっていく娼婦のルイザの後ろ姿を見ながら抱いた感情を思い起こしていた。無力な反発心というか、胸が締めつけられるような憐憫の情。そして突然、その情が、じつはプラトニックな妬みという仮面をかぶった情欲にすぎなかったことに思い至った。それがいま、自分の向かいに座っている女性に対して、もはや仮面を外した状態でまるごと頭をもたげていた。マルチェッロは彼女に対して、これまでに経験したことがなく、戸惑いを覚えるほどの好意を抱いていただけでなく、彼女からも好意を持たれたいと切望していた。そして、彼女の仕草のいちいちから透けてみえる敵意に、ひどく心が痛むのだった。仕舞いには、クアードリではなく彼女のことを思いながら、「先生は、僕たちが訪ねてきたことがお気に召さないようですね。それほどお忙しいのでしょうか」などと、思わず口にしていた。

彼女はマルチェッロの顔を見ずに即答した。「とんでもありません。夫は喜んであなた方にお会いすると申してますのよ。イタリアから訪ねてきてくださる方は皆さん、我が家では大歓迎なんです。確かにたいへん多忙ではありますが、あなたが訪ねてきてくださったことは、とりわけ喜んでいるようです。少しお待ちくださいね。そろそろ参る頃かと思いますので、見てきます」思いがけず発せられた気遣いのこもった一連の言葉に、マルチェッロは胸が熱くなった。彼女が部屋から出ていくと、ジュリアはとりたてて関心がなさそうに尋ねた。「どうして、クアードリ教授があたしたちに会うのを嫌がってるなんて思うわけ？」

マルチェッロは穏やかに答えた。「あのご婦人の態度に敵意が感じられたからだよ」

「おかしいわわね」ジュリアの声が思わず大きくなった。「あたしが受けた印象は逆で、あたしたちに会えたのをとても喜んでいるように感じたわ。まるで旧い知り合いみたいな……。あなたはあの女性に前にも会ったことがあるの？」

「いいや」そう答えながら、マルチェッロはなんだか自分が嘘をついているような感じがした。「今日がまったくの初対面だ。何者なのかもわからない」

「クアードリ教授の奥様じゃないの？」

「さあ、確かクアードリは結婚していないはずだが……。秘書かなにかじゃないのか？」

「けれど、さっき夫って言ってたじゃないの」ジュリアは驚いて声をうわずらせた。「なにをぼうっとしてたの？　間違いなく夫って言ってたわ。考えごとでもしてたの？」

そう言われてマルチェッロは、先ほどの女性にひどく心を乱されていたため、話が耳に入らないほどぼんやりしていたのだと思い知らされた。彼にとってその発見は喜ばしく、おかしなことに、一瞬、それをジュリアに話したいという衝動に駆られた。あたかも妻が、直接の関係者ではなく、自由に心情を吐露できる部外者であるかのように。彼は言った。「どうやらぼんやりしていたようだ。奥さんなのか？　だとしたら、結婚して間もないんだろう」

「どうして？」

「僕が教授と知り合ったときには独り身だったからね」

「クアードリ教授とは手紙のやりとりをしてたんじゃなかったの？」

「いいや。僕の担当教授だったけれど、フランスに拠点を移してしまい、それ以来、会うのは今日が初めてだ」

「おかしいわね。てっきり二人はお友達なのかと思ってた」

それから長い沈黙が流れた。やがて、マルチェッロが焦（じ）れるともなく見つめていたドアが開き、入り口に何者かが現われたが、一目見ただけではそれがクアードリだとはわからなかった。最初は顔を捉えていたマルチェッロの視線が、背のあたりに向けられ、肩が耳のあたりまで突き出しているのを見たとき、ようやく、それは単に鬚を剃ったクアードリなのだと思い至った。改めて見ると、六角形に近いその独特な顔の形といい、彩色して黒い鬘をつけたのっぺりとした仮面を思わせる二次元的な質感といい、クアードリに他ならなかった。一点を凝視するぎらついた目にも、その赤い縁取りにも、鐘の舌（ぜつ）によく似た三角形の鼻にも、形の崩れた、やたらと赤い肉の環（わ）のような唇にも見憶えがあった。ひとつだけ憶えがないのは、以前は鬚に隠れていた顎だった。下唇の下が深くえぐれ、小さくよじれたその顎は、たいそう不恰好で、彼の性格を表わしているように思えた。

クアードリは、ローマの家を訪れたときに見たルダンゴトではなく、歪んだ背中を目立たなくする明るい鳩羽色（はとばいろ）のスポーティなジャケットを着ていた。その下には、アメリカンカウボーイ風の赤と緑のチェック柄のシャツに、派手なネクタイを結んでいる。マルチェッロのほうに歩みよると、慇懃(いんぎん)ではあるものの、まったく無関心な口調で言った。「あなたがクレリチ君ですね？　あなたのことならよく憶えています。嘘ではありません。イタリアを離れる前に、私に会いにきてくれた最後の学生でしたね。こうしてまた会えるなんて、じつに嬉しいことです」

その声も、以前のままだとマルチェッロは思った。甘ったるいと同時に素っ気なく、愛情深げなようでいて上の空でもある。マルチェッロはとりあえず妻をクアードリに紹介した。すると彼は、これ見よがしともいえる丁重さで屈み、ジュリアが差し出した手に口づけをした。全員が椅子に座ると、マルチェッロは戸惑い気味に話しだした。

「新婚旅行でパリまで来たものですから、ご指導をしていただいた先生にご挨拶がしたいと思いまして……。ご迷惑でしたでしょうか」

「いいえ、親愛なる教え子よ、とんでもありません」クアードリ教授は、相変わらず身悶えするほど甘ったるい口調で言った。「それどころか、訪ねてきてくれてとても嬉しく思っています。私のことを思い出してくれるなんて……。イタリアからいらっしゃる方々は誰だろうと、美しいイタリア語で話してくれるというだけで、我が家では大歓迎なのです」クアードリ教授はテーブルの上の煙草の箱に手を伸ばし、中身を確認した。そして一本しか残っていないのを見てとると、溜め息を洩らしつつ、ジュリアに勧めた。「奥さん、どうぞ。私は吸いませんし、家内も吸わないものですから、皆さん煙草をお好きだということを、いつも忘れてしまうのです。ところで、パリはいかがですか？　まあ、初めてではないと思いますが……」

つまり、クアードリは世間話がしたいのか、とマルチェッロは思いながら、ジュリアの代わりに返事をした。「いいえ、二人とも初めてです」

「それはまた、羨ましいかぎりですな」クアードリはすかさず言った。「この美しい街を初めて訪れる方は、ただでさえ羨ましいのに、パリにとって最高のこの季節にハネムーンでいらっしゃるだなんて……」いま一度溜め息をつくと、丁寧な口調でジュリアに尋ねた。「それで奥さん、パリにはどのような印象を受けられましたか？」

「あたしですか？」ジュリアは、クアードリではなく夫の顔を見ながら答えた。「じつは、まだ街をゆっくり散策する時間がとれなくて……。昨日到着したばかりですの」

「すぐにおわかりになると思います。とても美しい、本当に素晴らしい街ですから」クアードリは、まるでほかのことを考えているかのようなぼんやりとした口調で言った。「ここで暮らす歳月が長くなればなるほど、その美しさに心を囚われます。ですが奥さん、記念建造物だけに目を奪われてはなりません。間違いなく壮大ではありますが、イタリアの各地にあるものには敵いませんからね。ぜひご主人と一緒に、パリの各地区をめぐってみてください。この都会での暮らしには、じつに驚嘆すべき多様な顔があるのです」

「まだほんの少ししか見ていませんの」ジュリアは、クアードリ教授の言葉が型どおりの世間話であるばかりか、多少の皮肉すら含まれていることに気づいていないらしく、真顔で言った。それから、夫のほうを向くと、その手をとって撫でながら言った。「でも、これからあちこちめぐるわよね。そうでしょ、マルチェッロ?」

「もちろんだとも」とマルチェッロは請け合った。

「そうするべきですな」クアードリは相変わらずおなじ口調で話を続けた。「なによりもフランスの人々を知るべきです。たいそう感じがよくて、知性があり、自由で、しかも、フランス人に対して通常抱かれているイメージとは少々異なりますが、善良な人たちです。彼らの知性が非常に洗練されていて感受性豊かであるために、善良という形をとったとでも言いましょうか……。どなたかパリにお知り合いは?」

「あいにく誰もおりませんし、知り合うことも難しいのではと思います。一週間しか滞在しないものですから」マルチェッロは答えた。

「それは残念ですね。非常に残念だ。住んでいる人々と交わらなければ、その国の真価は理解できません」

「パリは、夜の娯楽が盛んな街ですよね？」いかにもガイドブックに載っていそうな会話に緊張がほぐれたらしいジュリアが尋ねた。「あたしたちはまだなにも見てませんけれど、行ってみたいと思っています。ダンスホールやナイトクラブがたくさんあるのでしょ？」

「まさしくそのとおり。こちらでは『タバラン』とか、『ボワット』――箱という意味ですがね――などと呼ばれています」教授は上の空で言った。「モンマルトルにモンパルナス……。正直、我々も決して足繁く通っているわけではありませんが、ときおりイタリアから友人が訪ねてくると、そうしたことに詳しくない彼らのためと称して、我々自身が見聞をひろめている次第です。とはいえ、いずれも似たり寄ったりですよ。確かにこの大都会ならではの品格とエレガンスを漂わせてはいますがね。いいですかな、奥さん。フランスの人民は、非常に真面目です。家庭的な習慣をきわめて大切にしている。こんなことを言うと驚かれるかもしれませんが、パリの市民の大多数が、ボワットになんて一度も行ったことがないんです。ここでは家庭がなによりも大切です。おそらくイタリアにも増してね。そして、彼らはたいてい善きカトリック教徒なのです。イタリア人にも増してね。形式よりも中身を重んじる信仰といったらいいでしょうか。ですから、ボワットに集まるのは我々外国人ばかりというのも決して驚くに値しません。まあ、最高の収入源といったところでしょうね。パリの繁栄の大部分は、まさしくボワットをはじめとするナイトライフ全般に依るものなのです」

「おもしろいですね。てっきりフランスの方たちは夜を思う存分楽しんでらっしゃるのかと思ってましたわ」それを受けてジュリアがコメントし、頰を赤らめて言い添えた。「タバランはひと晩じゅう営業していて、いつだってお客でごった返しているって聞いていました。イタリアのカーニバルのときみたいに」

「そうですねえ。ですが、その手の店に行くのはたいていが外国人ですよ」教授は相変わらず心ここにあらずだった。

「それでも構わないから、せめて一軒ぐらいはのぞいてみたいわ。行ったことがあると言えるだけで十分なんです」ジュリアはなおも言った。

そのときドアが開き、コーヒーポットとカップを載せた盆を両手に持ったクアードリ夫人が入ってきた。「ごめんなさい」足でドアを閉めながら、陽気に言った。「フランスの家政婦はイタリアとは勝手が違いましてね、今日はうちの家政婦の休日で、昼食が済んだとたん、出掛けてしまいましたの。それで、なにもかも自分たちでしなくちゃいけなくて……」じつに陽気な女性だ、なにをしでかすか予測がつかないとマルチェッロは思った。その婦人の明るさや、軽やかで気後れのない挙措からは、品の良さがうかがえた。

「リーナ。クレリチ夫人はボワットを訪れてみたいそうなのだが、どこをお勧めすればいいだろう」教授は困ったように言った。

「あら、たくさんありすぎて、選択肢には事欠きません」彼女は、カップにコーヒーを注ぎながら愉快そうに答えた。全体重を片方の脚にかけ、もう一方の脚は、まるでヒールのない靴を履いた大きな足を誇示するかのように外向きに伸ばしている。「あらゆる好みの方にも、あらゆる懐具合の方にも、ぴったりのお店が見つかりますわ」ジュリアにカップを手渡すと、さりげなく夫に言った。「ねえエドモンド、私たちがお連れしましょうよ。どこか素敵なボワットに。あなたにとっても、いい気晴らしになるわよ」

クアードリ教授は、ない鬚をさすろうとするように自分の顎に手をやると、「もちろん、いいとも。行こうじゃないか」と同意した。

「じゃあ、こうしましょう」彼女はマルチェッロと夫にもコーヒーを差し出しながら、話を続けた。「どのみち私たちも外で食事をしなくちゃならないのです。右岸沿いに、お値段も手頃で、おいしいお料理の食べられる小さなレストランがあるから、そこで一緒にお食事をしましょうよ。《若鶏のワイン煮込み（ル・コック・オー・ヴァン）》というお店です。それで、お食事が済んだら、とっても奇抜なボワットにお連れしますわ。でも、クレリチ夫人、どうかショックを受けないでくださいね」

ジュリアは、その陽気な口調にすっかり楽しくなって、笑った。「あたし、滅多なことではショックを受けたりしませんわ」

「《ル・クラヴァット・ノワール》、つまり黒いネクタイという名前のボワットで……」クアードリ夫人はソファーのジュリアの隣に座った。そして、ジュリアを見つめて笑みを浮かべながら、「ちょっと変わった人たちが集まるところなのです」と言い添えた。

「変わった人たちとおっしゃると？」

「特別な趣味を持った女性たちで……行けばわかります。お店のマダムも、ウエイトレスも、みんなタキシードを着て、黒いネクタイを締めてますのよ。見てのお楽しみね。とってもおかしな恰好なんです」

「なるほど、そういうことなんですね」ジュリアは少し困惑気味に言った。「でも、そこへは男の方たちも入れますの？」

その質問に夫人は声を立てて笑った。「もちろんですよ。社交の場ですもの。小さなダンスホールといったところかしら。特殊な趣味の、おまけにとても聡明な女性が経営していて、入りたい人は誰でも入れます。修道院じゃありませんからね」ジュリアのことを見つめながら、小さく体を揺らして笑った。そして、快活に言い添えた。「でも、もしもお気に召さないようでしたら、別のお店に行っても構いませんのよ。それほど奇抜ではなくなりますけど」

「いいえ、そこへ行きましょう。どんなところなのか見てみたいわ」ジュリアは言った。

「呆れた人たちだ」クアードリ教授は誰に言うともなくつぶやくと、立ちあがった。「クレリチ君、あなたに会えてとても嬉しかったし、今晩、あなたやあなたの奥さんと食事をともにできるなんて、なおさら嬉しいことです。いろいろと話そうじゃありませんか。あなたはいまでも、あの頃とおなじ感情や思想を持っているのですか?」

マルチェッロは穏やかな口調で答えた。「僕は政治には関心がありません」

「結構なことです。そのほうがいい」教授は彼の手をとると、両手で握りしめ、こう続けた。「つまり、ひょっとするとあなたを口説くこともできるかもしれないということですね」それは、まるで司祭が無神論者に語りかけているような、甘ったるく、悲嘆に暮れて切なげな口調だった。クアードリ教授はその手を自分の胸の心臓のあたりに当てた。マルチェッロは、教授の飛び出し気味の大きな丸い目が涙にうるみ、哀願するような眼差しになっているのを見てとり、ぎょっとした。その後クアードリ教授は、感情を押し隠すようにそそくさとジュリアに挨拶すると、「今夜のことは家内と一緒に決めてください」と言いおいて、出ていった。

ドアが閉まると、マルチェッロはいくぶん当惑気味に、二人の女性が並んで腰掛けているソファーの向かいの肘掛け椅子に座った。教授が出ていったいま、細君の敵意は明らかに思われた。彼女はこれ見よがしにマルチェッロの存在を無視し、ジュリアにだけ話しかける。「それで、もうお洋服のブティックや、洋裁店、お帽子のお店には行かれたの？ リュ・ド・ラ・ペやフォーブール・サン＝トノレ、アヴェニュー・マティニョンといった通りは歩かれた？」

「それが……じつはまだですの」ジュリアは、そんな名前は初めて耳にしたという面持ちで言った。

「そういった通りを歩いて、ブティックに入ったり、モードサロンを訪れたりしてみたくありませんこと？ それはもう、興味が尽きないって保証しますわよ」クアードリ夫人は、機嫌をとり、包み込み、かばうような愛嬌を執拗に振りまきながら話し続けた。

「ええ、もちろん行ってみたいですわ」ジュリアは夫の顔色をうかがいながら言い添えた。「できたらなにかお買い物もしたいと思っています。たとえば、お帽子とか」

「私がご案内して差しあげましょうか？　よく知っているモードサロンが何軒かありますし、なにかアドバイスもできると思います」それまでのいくつもの質問の当然の帰結として、クアードリ夫人が提案した。

「そうできたらいいんですけど……」ジュリアは言葉を濁した。

「これから行くというのはいかが？　あと一時間ぐらいしたら。奥様を二、三時間お連れしても構いませんよね？」最後のひと言はマルチェッロに向けられたものだったが、ジュリアに話しかけるときの口調とは大きく異なり、軽蔑さえ感じられる、ぞんざいなものだった。

マルチェッロは身震いした。「もちろんですとも……ジュリアがそれを望むのであれば」

ジュリアはといえば、なにかと世話を焼こうとするクアードリ夫人から逃れたがっているようにマルチェッロには感じられた。少なくとも彼に向けられた、訴えるような妻の眼差しから判断するかぎり、そうにちがいないと思った。だが、彼自身はそれに反して、誘いを受けるよう視線で命じていることに気づいた。そして、自問せずにはいられなかった。そんなことを妻に命じるのは、自分がこの女を気に入って、また会いたいと願っているからなのか、あるいはいまは任務中であり、彼女の機嫌を損ねるのは都合が悪いからなのか。そして、自ら望んでしているのか、あるいは計画に好都合だからそうしているのかわからないという状況に、突然烈しい不安を覚えた。するとジュリアが異議を唱えた。「せっかくなんですけど、いったんホテルに戻ろうと……」

ところが、クアードリ夫人はそれを最後まで言わせなかった。「出掛ける前に、少し休まれたいのですよね？　お化粧直しもしたいでしょうし……。でしたら、わざわざホテルまで戻られる必要はありません。よろしかったらこちらの……私のベッドでお休みになってくださいな。お気持ちはよくわかります。旅のあいだは休む間もなく、一日じゅう歩きまわりますから、本当に疲れますよね。私たち女性にとってはとくに……。どうぞ、こちらにいらして、ジュリアさん」ジュリアに息をつく暇も与えず、夫人はソファーから半ば強引に立ちあがらせ、優しく、それでいて有無を言わさず、ドアのほうへと押しやった。そしてドアの手前で、あたかもジュリアを安心させるかのように、甘酸っぱい声音で言い添えた。「ご主人はこちらで待ってらっしゃるから、心配しなくて大丈夫ですよ。はぐれるなんてことはありませんから」それからジュリアの腰に腕をからませて廊下へ導き、ドアを閉めた。

一人残されたマルチェッロは立ちあがり、部屋のなかを何歩かうろついた。彼女が自分に対して頑なな敵意を抱いていることは明らかであり、その理由を知りたかった。だが、そこでマルチェッロの感情は乱れた。好意を持たれたいと思っている彼女のような相手からの敵意に心が痛む一方で、自分の正体を彼女に知られたらと思うと不安に駆られた。というのも、その場合、任務の遂行が困難になるだけでなく、危険を伴うことになる。しかし、それ以上に彼を苦しめたのは、おそらくその二つの性質の異なる苦悩が一緒くたになり、彼自身、もはや両者を区別できないと感じたことにあった。愛を拒絶された男としての苦悩と、正体を暴かれるのを恐れる秘密諜報員としての苦悩。とはいえ、昔ながらの憂鬱がぶり返すのを感じながら理解したとおり、たとえ彼女の敵意を払いのけられたとしても、その後に築かれる関係をまたしても任務のために利用しなければならなくなるだろう。新婚旅行の最中に政治的任務を遂行すればいいと本庁に申し出たときと同様に。それは、つねに逃れられない運命なのだ。

そのときマルチェッロの背後でドアが開き、クアードリ夫人が戻ってきた。そしてテーブルの傍らに歩み寄るなり、言った。「奥様はとてもお疲れのご様子で、私のベッドで眠ってしまわれました。のちほど奥様と二人で出掛けるつもりでいます」

「要するに、僕に帰れとおっしゃっているのですか?」マルチェッロは努めて穏やかな口調で言った。

「まあ、まさか。そうは申しておりませんわ。ただ、私は片づけなければいけない用事がいろいろありますし、クアードリも手がふさがっておりますので、あなたはこの客間でお一人になってしまいますでしょ。パリにはきっと、それよりもすべきことがおありなのではありませんか?」彼女の口調は冷たく気取っていた。

「失礼ながら……」マルチェッロは肘掛け椅子の背もたれに両手をついて、彼女を凝視しながら言った。「あなたは僕に敵意をお持ちのようですね。違いますか?」

彼女はいきなり大胆不敵になり、即答した。「それが意外だとでも?」

「そのとおりです。お会いするのは今日が初めてで、お互いまったく知らないのですから……」

「私はあなたのことをよく存じています」彼女は話を遮った。「たとえあなたが私のことをご存じなくても」

〈やっぱりそうだったのか〉とマルチェッロは思った。もはや疑いようのない形で明らかになった彼女の敵意が、彼の心に叫びだしたくなるほどの鋭い痛みをもたらしていることを思い知ったのだ。苦悩に満ちた吐息とともに、低い声で訊き返した。「あなたは僕をご存じなのですか？」

「ええ」そう答える彼女の目は、挑むようにぎらぎらしていた。「あなたが警察庁のお役人で、政府に雇われたスパイだということはわかっています。それでも、私が敵意を抱いていることに驚かれるのですか？　他の方がどうかは存じませんが、私は、昔からムシャールだけはどうしても許せないのです。密告者のことですけれど」慇懃無礼にフランス語を翻訳しながら言い添えた。

　マルチェッロは目を伏せ、しばらく口をつぐんでいた。目の前の女性の侮蔑は、開いた傷口を容赦なくえぐる鋭利な鉄片のごとく、耐えがたい苦痛を与えた。やがて、ようやく口を開いた。「ご主人もそれをご存じなのですか？」

「当然でしょう。あの人が知らないとでも思っているのですか？　私に教えてくれたのは主人なのですから」彼女は不躾(ぶしつけ)なまでに唖然としてみせた。

〈なるほど、ずいぶん情報に通じているんだな〉マルチェッロは内心でそう思わずにはいられなかった。そして理屈っぽい口調で切り返した。「でしたらなぜ、僕たちを迎えたのです？　訪問を断るほうが簡単だったのではありませんか？」

「おっしゃるとおり私はお断りしたかったのですけれど、主人は考えが違っていて……。あの人は聖人のような人なのです。いまだに善意こそが最良の方策だと信じているのですから」

〈それはまた、ひどく狡猾な聖人ですな〉とマルチェッロは言ってやりたかった。だが、すぐにそういうものだと思いなおした。聖人は一人残らずひどく狡猾にちがいない。そこで、その言葉を呑み込み、代わりにこう言った。「あなたにそれほどの敵意を持たれているのは残念です。というのも、じつは僕はあなたに好意を抱いています」

「ありがとうございます。ですが、あなたの好意には嫌悪を覚えます」

のちになってマルチェッロは、あのとき自分になにが起こったのだろうと自問した。クアードリ夫人のまばゆい額から発せられる光に目がくらんだのと同時に、心の動揺と絶望に駆られた情愛とが綯いまぜになった、暴力的で強烈な、深い衝動が湧き起こったかのようだった。ふと気づくと、クアードリ夫人の傍らにいて、腰に腕をまわし、自分のほうへ引き寄せながら、低い声でささやいていた。「あなたは、非常に僕の好みなのです」

烈しく鼓動する胸の柔らかなふくらみがマルチェッロの胸に伝わるほど強く抱き寄せられたクアードリ夫人は、しばし呆気にとられて彼を見た。それから「まあ、お見事だこと」勝ち誇ったような、甲高い声で言い放った。「呆れて物も言えないわ。新婚旅行の最中だというのに、もう奥様を裏切ろうだなんて……。見あげた根性ですのね」マルチェッロの腕から逃れようと手を烈しく動かした。「放してちょうだい。でないと主人を呼びますよ」マルチェッロは慌てて手を離したものの、敵意に満ちた衝動に駆られた夫人は、まだ抱き寄せられているかのように彼のほうに向きなおり、頰に平手打ちを喰らわせた。

夫人はたちまち自分のしたことを反省したらしかった。窓辺に歩み寄ると、しばらく外を見遣っていたが、ほどなく振り返り、ぶっきらぼうに謝った。「ごめんなさい」しかしマルチェッロには、彼女が反省しているというよりは、平手打ちによってもたらされる後腐れを恐れているように思えた。その声の、相変わらず敵意が感じられる不承不承のトーンには、反省よりも打算や義理のほうが強く感じられたのだ。マルチェッロは意を決して言った。「こうなったからには、お暇するしかありません。そのように妻に伝えて、ここへ連れてきてください。それと、今晩はご一緒できませんとご主人に謝っておいていただけますか。別の用事があったことを思い出したとでもお伝えいただければと存じます」今度こそ本当にお仕舞いだと彼は思った。彼女に対する愛情だけでなく、任務までもが危険にさらされていた。

夫人がドアのほうへと歩きだしたので、マルチェッロはその行く手から身を引こうとした。ところが夫人は、一瞬マルチェッロをじっと見返すと、気まぐれな不満に口を歪めて、彼のほうに歩み寄った。その瞳の奥で、迷いのない不純な炎が燃えあがるのをマルチェッロは見逃さなかった。彼の一歩手前まで来ると、夫人はゆっくりと腕を持ちあげ、距離を保ったまま、マルチェッロの頰に手を当てた。「駄目です。行かないで。本当は私もあなたにとても惹かれているのです。あんな乱暴をしてしまったのも、あなたが好きだからなのです……。お願いだから行かないで。そして、いまあったことは忘れてください」そう言いながら、掌で彼の頰全体をゆっくりと撫でた。その仕草は、ぎこちなくはあるものの確信に満ちた、つい先ほどの平手打ちによって生じたひりひりとした痛みを癒そうとするかのような、なにかせずにはいられない気持ちがにじみ出たものだった。

マルチェッロは彼女を、そしてその額を見つめた。彼女の眼差しに包まれ、男のようにざらついたその手に触れられているうちに、生まれてこのかた感じたこともなかったような、深く、感動的な、情愛と期待に満ちた動揺が胸の内でふくらみ、息が苦しくなるのを感じた。目の前に彼女がいて、腕を伸ばし、愛撫している。マルチェッロは、その姿をひと目見るだけで、その美しさこそずっと以前からの宿命で結ばれていたものであるかのように、自分の全人生を捧げるべきものであるかのように感じた。そして、その日よりも前から、S町で出会った娼婦のなかに彼女の存在を予見するよりもさらに前から、彼女のことを愛していたのだと悟った。そうだ、もしもジュリアを心の底から愛しているのならば、これこそジュリアに対して抱くべき愛の感情なのだとマルチェッロは思った。それなのに自分は、よく知りもしないこの女性に対して抱いている。マルチェッロは両腕をひろげて歩み寄り、彼女を抱きしめようとした。ところが彼女は、愛情のにじみ出る、秘密を共有するような所作ではあるが、その腕からするりと逃げ出した。そして一本の指を唇に当てて、「もう行ってちょうだい。今晩また会いましょう」とささやいた。マルチェッロがその言葉の意味を測りかねているうちに、彼女は彼を客間の外へ出すと、玄関のほうへ追いやり、ドアを開けた。その後ドアは閉ざされ、マルチェッロは一人で階段の前にいた。

Ⅵ

リーナとジュリアは少し休んだのち、一緒にモードサロンを訪れる、その後ジュリアはいったんホテルに戻り、少しおいてクアードリ夫妻が迎えにきて、四人で食事に行くという予定だった。いまはおおよそ四時だったので、夕食の時間まで四時間以上あった。オルランドがレストランの住所を知るためにホテルへ電話をする約束の時間までは、三時間。つまり、マルチェッロには一人で過ごせる時間が三時間あるということだ。クアードリ教授の家での一件のあと、マルチェッロは一人になりたいと思っていた。ひとつには自分自身をよく理解したいと思ったからだ。マルチェッロは階段を下りながら考えた。リーナの言動は、夫が彼女よりもはるかに年上で、おまけに政治に没頭しているという境遇を考慮すれば驚くに値しないとしても、自身の言動は、結婚式を挙げてわずか数日後の、しかも新婚旅行中のことであり、我ながら驚き、恐ろしく、同時になんとなく嬉しくもあった。それまでマルチェッロは自分のことをそれなりにわかっているつもりでいたし、その気になりさえすればいつだってコントロールできると思っていた。ところが、いまになってそれは間違いだったのかもしれないと思い知らされたのだ。そのことに対し、うろたえているのか喜んでいるのか、自分でも判然としなかった。

　路地から路地へとしばらく歩くうちに、なだらかな上り坂になった広い通りに出た。家の角に、大陸軍（グランド・アルメ）通りと書かれている。実際、視線をあげると、通りの先端にそびえる凱旋門の途轍もなく大きな直方体の背面が、不意に目に飛び込んできた。どっしりとした構えでありながら、まるで幻影のようでもあり、夏の靄で青味を帯びているせいか、白っぽい空に浮きあがって見えた。その巨大な建造物から視線を逸らさずに歩き続けているうちに、マルチェッロは、これまでに覚えたことのない、自由で前向きな、ほろ酔い加減のような感覚が湧き起こるのを知覚した。なんだか、肩にのしかかっていた大きな重荷が突如として取りのぞかれ、足取りが軽やかになり、空を飛んでいるような気分になったのだ。この大きな安堵感が湧き起こったのは、単にパリという街にいるからなのではあるまいかと自問してみた。ローマの狭苦しい道から遠く離れ、このような壮大な記念建造物を前にしているからなのではあるまいかと。それまでにも時々、体調がいいという表面的な感覚を、精神の内奥の働きと取り違えることがあった。だが改めて考えてみると、その安堵感は、やはりリーナの愛撫によってもたらされたものだと確信した。彼女の愛撫の感触を想起すると、胸の内に心がかき乱されるような感情がとめどなくあふれ出ることから、そうとわかったのだ。マルチェッロは無意識に、自分の頰の、彼女の掌がおかれていた場所に片手を当て、その甘美さに目を閉じずにはいられなかった。情愛たっぷりに輪郭を探ろうと彼の顔のまわりを愛撫していた、あのざらついた大胆な手の感触をもう一度味わうかのように。

愛とはいったいなんなのだろうと、視線を凱旋門に向けたまま幅の広い歩道をのぼりながら、マルチェッロは考えていた。その正体をいま初めて知覚したかのように、結婚したばかりの妻を捨て、政治的信条さえも裏切り、己の全人生を台無しにしてまで、取り返しのつかないアヴァンチュールという危険に身を投じようとさせる、それほどの愛とはいったいなんなのか。何年も前、大学の女友達を口説いたところ、頑なに拒絶されて心が荒んだあまり、自分にとっての愛とは、春の牧草地の真ん中でじっとしている雌牛の後ろから、後ろ肢で立って覆いかぶさろうとする雄牛にすぎないのだという結論に至ったことを思い出した。マルチェッロはさらに思考をめぐらした。その牧草地というのは、クアードリ家の客間に敷かれたブルジョワ風の絨毯であり、リーナが雌牛で、自分は雄牛なのだ。場所も異なれば、四肢も獣のそれではないが、ひとたび服を脱いでしまえば、なにからなにまで二頭の獣にそっくりだ。ぎこちなく性急な荒々しさで発散される欲情の烈しさも、おそらくおなじに違いない。ただし、獣とのあまりに明白な類似はそこまでであり、さして重要ではない。なぜなら、烈しい欲情は、摩訶不思議な精神論的錬金術によって、獣とは縁遠い思想や感情に姿を変えられる。そうした思想や感情は、必要性から生じたものではあるが、単に必要だからという理由だけでは説明できない。実のところ欲情というものは、本能よりも以前に、それが及ばないところで存在していたなにかに対する、本能からの決定的かつ強力な助けでしかないのだから。来たるべき将来の胎内から、未来の事々というひどく人間的ではかない嬰児(みどりご)を引き出そうという、本能の手なのだ。

〈とどのつまり……〉マルチェッロは、自分の精神を支配している途方もない昂奮を抑え、冷まそうとしながら考えた。〈とどのつまり、僕は新婚旅行の最中に妻と別れ、任務の途中に職を放棄し、リーナの愛人となり、彼女と一緒にパリで暮らすことを望んでいるのだ。とどのつまり、僕がリーナに注ぐのと同等の愛情を、僕とおなじ理由で、おなじ烈しさで、彼女も僕に注いでくれるとわかれば、僕は迷わずそうするだろう〉

そうした決心がどれほど真剣なものなのか多少の疑問が残っていたとしても、大陸軍（グランド・アルメ）通りの外れに着き、凱旋門に目をやった瞬間、完全に消え失せた。というのも、輝かしい栄光に満ちた専制政治の勝利を祝う記念建造物を眼前にしたマルチェッロは、それとの類比で、もうひとつの、これまで自分が仕えてきて、いままさに裏切ろうとしている専制政治が想起され、哀惜の念を覚えた気がしたのだ。これからするであろう裏切りを予測したことによって心が軽くなり、罪の意識もほぼ薄れたためか、その日の朝まで演じていた役柄が、より理解しやすく、受け容れやすく思えた。いままで感じていたような正常さへの憧れとか、復讐などという外的な意思の帰結ではなく、およそ天命にも近い、少なくとも意図とは無関係な性質のもののように思えたのだ。一方で、あたかも他人事（ひとごと）のような、早くも懐古的になっている哀惜の情は、彼の決心がもはや覆せないものであることの確たる証拠でもあった。

　記念建造物の周囲を環状にまわる車の流れが途切れるのを長いこと待ってから、マルチェッロは広場を横切り、まっすぐ凱旋門に向かった。そして帽子を手に、無名戦士の碑板のある丸天井の下へと入っていった。門の壁面に列記されている勝利を収めた戦闘の一つひとつが、無数の兵士たちにとって忠誠や献身といった重要な意味を持っていたのだろう。それは、ほんの数分前まで彼と自国の政府とを結びつけていたのとおなじ類(たぐい)のものだった。まさに永遠に灯され続ける炎に見守られた墓であり、同等に非の打ちどころのない犠牲のシンボルなのだ。ナポレオンによる戦いの名を読みながら、マルチェッロはオルランドが口にした言葉を思い出さずにはいられなかった。「なにもかも家族のため、そして祖国のためであります」そして、あれほどの確信に満ちていながら、己の確信を理論的に正当化する術(すべ)を持たないオルランドと自分を区別しているのは、単に己の選択能力でしかないことを不意に理解したのだった。選択する力があったからこそ、思い出せないほど昔から苛まれている憂鬱によって、自分はスパイになったのだ。そうだ、とマルチェッロは独りごちた。自分はかつて選択をした。そしていま、ふたたび選択を迫られている。彼の憂鬱はまさしく、自分がそうなれたかもしれないのに、選択した結果、諦めざるを得なかったものへの思慕によって引き起こされる哀惜と綯いまぜになった憂鬱なのだ。

　マルチェッロは凱旋門の下から出てくると、ふたたび車の流れが途絶えるのを待って、シャンゼリゼ通りの歩道にたどり着いた。そこから下っていく豊かでにぎわいのある通りに、凱旋門が見えない影を伸ばしているように感じられた。そして、その好戦的な記念建造物と、歩道を埋めつくす群衆の平和で陽気な繁栄とのあいだには、疑いようもない結びつきがあるように思われた。すると、それもまた自分が諦めたものの一面なのだという気がした。由来のわからない豊かさや喜びへと後に変貌する、血塗られて不当な偉大さ。時を経て、後の世代に力や自由や快楽をもたらす、残酷な犠牲。ユダを擁護する論拠がここにもあるぞ、と彼は冗談めかして考えた。

とはいえ決意はすでに固まり、願いはひとつだけだった。リーナのことを考えたい。

なぜ、どのように彼女を愛しているのかを考えたかった。その願いに心を囚われつつ、マルチェッロはシャンゼリゼ通りをゆっくりと下っていき、ときおり足を止めては、店や、キオスクに並べられた新聞、カフェでくつろぐ人々、映画館のポスター、劇場の看板などに目をやった。歩道を埋める群衆が彼を八方から取り囲み、沸き返っているのだが、それは生命そのものの動きのように思えた。片側二列ずつ計四列の車が、広い通りをこちらに向かって走ってきては、また走り去っていくのを右目で捉え、左目では、豪勢な店や、陽気な看板、客であふれかえるカフェを代わる代わる捉えていた。歩いているうちに、あたかも凱旋門を引き離したがっているかのように歩調がしだいに速くなった。途中で振り返ったところ、いつの間にか凱旋門は遠のき、その隔たりと夏の靄のせいで、蜃気楼のように見えた。通りの外れまで来ると、マルチェッロは公園にある木陰のベンチを見つけ、ほっとして腰掛けた。ここなら静かにリーナへの思いにぞんぶんに耽ることができる。

彼女の存在を初めて知覚したときまで記憶をさかのぼりたかった。すなわち、S町にある娼家を訪れたときのことだ。待合室のオルランド諜報員の傍らに侍る女を見かけたとき、あれほどまでに新しくて強烈な感情が湧き起こったのはなぜなのか。彼女の輝くような額に心を打たれたことを思い出し、最初はその女に、次いでリーナにすっかり惹きつけられたのは、彼女たちの純真さによってだったのだと思い至った。娼婦においてはその純真さが辱められ、穢されて見え、リーナにおいては勝ち誇って見えたのだった。彼の人生を絶えず苦しめ続けてきた、頽廃や堕落、不純といったものに対する嫌悪は、ジュリアとの結婚によっても和らぎはしなかったが、リーナの額をとりまく輝かしい光ならば取り除いてくれるはずだと、ようやく理解したのだった。その嫌悪感を初めて彼に植えつけたリーノと、そこから自分を解き放ってくれるリーナ。両者の名前の偶然の一致が、マルチェッロには吉兆のように思われた。自然に、自発的に、ひたすら愛の力によって、彼はリーナを通して、あんなにも夢見ていた正常さを取り戻すのだ。ただし、ここ何年ものあいだ彼が追い求めてきた官僚的ともいえる正常さとはまったく別の、天使がもたらしてくれるような、そんな類の正常さだった。その、光に満ちて神秘的な正常さの前では、彼の政治的な義務やジュリアとの結婚、規則を重んじる男としての良識はあるものの生彩に欠ける生活といった重苦しい鎧は、よりふさわしい運命を待つために無意識のうちに身に着けていた邪魔くさい張りぼて以外の何物でもなかった。いま彼は、そこから解放され、不本意ながらもその張りぼてを身に着けるに至ったのとおなじ理由によって自己を再発見していた。

ベンチに座ってこうした思索に耽っているうちに、ふと大型の車が目にとまった。コンコルド広場の方向へと、しだいにスピードを緩めながら通りを下ってくる。そして、彼のいるところからほど近い歩道で停車した。豪華な造りではあるものの、旧型の古い黒の車で、車体のニッケルめっきや真鍮(しんちゅう)が必要以上に艶光りして上品なのが、かえって目立っていた。ロールス・ロイスだ、とマルチェッロは思った。そのとたん、恐怖をともなう不安に襲われた。それは、なぜか知らないが、ぞっとするような親密な感覚と入り混じったものだった。いつ、どこであの車を見たのだったか？　運転手は白髪まじりの細身の男で、群青色の制服を着ていた。車が停まったとたん、さっと降りてきて、ドアを開けに走った。その動作によって、マルチェッロの記憶のなかから彼の疑問に答える情景が呼び起こされた。それとおなじ色で、おなじメーカーの、おなじ車が、学校の近くの並木道の角に停まり、リーノが体を乗り出してドアを開け、マルチェッロが助手席に乗り込むのを待っている……。そのあいだにも、目の前の車の運転手は、帽子を手に持ってドアの脇に立った。すると、グレーのフランネルのズボンを穿き、その先に、車の真鍮と同様、艶光りした上品な黄色の靴を履いた男の脚が片方、慎重に外に出された。すかさず運転手が手を差し伸べ、歩道へと大儀そうに降りてくるその人物の全身がマルチェッロの目に入った。老紳士のようだとマルチェッロは思った。痩せ型で背が高く、赤ら顔で、髪はまだかろうじて金色で、先端にゴムのついた杖を頼りに歩く足取りこそ覚束なかったが、それでも異様に若々しく見えた。マルチェッロはゆっくりとベンチに近づいてくるその老紳士を注意深く観察しながら、彼の若々しい雰囲気はどこから来るのだろうと考えていたが、やがて得心した。七三に分けた髪型と、ピンクと白のストライプという派手な色合いのシャツの襟元に結んだ緑の蝶ネクタイのせいだ。老人は足もとを見ながら歩いていたものの、ベンチのところまで来ると視線をあげた。その青く澄んだ、純真なまでの厳格さが感じられる瞳もまた、負けず劣らず若々しいのをマルチェッロは見てとった。老人は、やっとのことでマルチェッロの隣に腰を下ろした。老人の後から一歩ずつついてきた運転手が、すかさず白い小さな紙包みを差し出した。それから軽く会釈をし、自分は車まで戻って運転席に乗り込み、フロントガラスの奥で動かずに座っていた。

老人が近づいてくるまでその動きを目で追っていたマルチェッロだったが、いまは足もとを見て考えていた。リーノの車に酷似した車を見ただけでこれほどの戦慄を覚えるなんて、できることなら体験したくなかった。それだけで彼にとっては十分心が乱されるというのに、さらに慄(おのの)かされたのは、嫌悪感とともに湧き起こった、怖気(おぞけ)、無力、隷従といった、強烈で辛辣な、不明瞭な感覚だった。まるで、それまでの何年もの歳月がまったく過ぎていないかのように、あるいはもっと悪いことに、ただ徒(いたずら)に過ぎていき、マルチェッロはいまでも当時と変わらぬ子供で、車のなかで待つリーノに誘われるがまま、従順に車のほうへ向かい、乗り込もうとしているかのように。またしても、自分が昔とおなじ脅しに遭っているように感じられた。ただし、今回マルチェッロを脅しているのは、拳銃を釣り餌としたリーノではなく、記憶に苛まれた己自身の肉体なのだ。消えたものとばかり思っていた炎が、突然めらめらと燃えあがったことに恐怖を覚え、マルチェッロは深い溜め息を洩らし、無意識にポケットをまさぐり煙草を探した。間髪を容れず、フランス語で尋ねる声がした。「煙草ですか？　ありますよ」

振り返ると、先ほどの老人が、小刻みに震える赤みを帯びた手で、封を切っていないアメリカ製の煙草の箱を差し出していた。そのあいだにも、高慢と親切心の入り混じった特異な表情でマルチェッロのことを見つめている。マルチェッロはといえば、ひどく戸惑い、礼を言うのも忘れて箱を受け取った。そしてそそくさと開封し、煙草を一本取ると、箱を老人に返した。老人はいったん箱を受け取ったものの、有無を言わさぬ手つきでマルチェッロの背広の胸ポケットに押し込み、含みのある声音で言った。「これはあなたのものです。どうぞ受け取ってください」

マルチェッロは、憤怒と羞恥が入り混じった得体の知れない感情に顔が赤らみ、次いで蒼ざめるのを感じた。そのとき、視線が自分の靴に注がれていたのがせめてもの救いだった。土埃で白っぽく、たくさん歩いたせいで形が崩れている。おそらくこの老人はそれを見て、自分をどこかの困窮者か失業者と勘違いしたのだろうという推測が頭に浮かび、怒りが収まった。マルチェッロは、とくに見せつけるでもなく、押し込まれた煙草の箱をポケットから取り出し、ベンチの上の二人の中間あたりに置いた。

老人は煙草の箱が返されたことには気づかず、もはやマルチェッロに構う様子はなかった。見ていると、先ほど運転手から受け取った紙包みを開けて、なかから小さな丸パンを取り出した。そして、震える手で一生懸命に時間をかけて砕き、二つ三つのパン屑を地面に投げた。すぐに、生い茂った葉でベンチに陰を提供している木々の一本から、馴れた様子の、栄養状態がいい丸々とした雀が一羽、地面に飛んできた。ぴょんぴょんと跳ねてパン屑のところまで行くと、二、三度首をまわして周囲を見渡してから、嘴（くちばし）でパンをつついて食べはじめた。老人がさらに三つ、四つのパン屑を撒くと、ほかの雀たちも、歩道沿いの木々の枝から舞い降りてきた。マルチェッロは火のついた煙草をくわえ、目を細めてその光景を眺めていた。老人は、腰が曲がり、手は震えているものの、どこか青春真っ只中の若者を思わせた。あるいは、それほど無理なく若かりし頃の彼を想像できると言ったほうが的確かもしれない。横から見ると、我の強そうな赤い唇といい、筋の通った大きな鼻といい、まるでいたずらっ子のように前髪が額にかかったブロンドの髪といい、かなり優美な若者だったことをうかがわせた。ひょっとすると、少女の愛くるしさと男性的な力強さを融合させた北欧のアスリートのような若者だったのかもしれない。上半身を屈め、考えごとをするように頭を胸の上に垂らしたまま、老人は持っていた丸パンを全部、雀のために撒いた。そして振り向きもせずにじっとしたまま、やはりフランス語で尋ねた。「どちらの国のご出身で？」

「イタリアです」マルチェッロは言葉少なに返事をした。

「私としたことが、どうして思い至らなかったのか」老人は、独りよがりの快活さで自分の額を勢いよく叩きながら、声をうわずらせた。「あなたのような完璧に整ったお顔立ちを、いったいどこで見たろうかと考えていたのです。いやあ、まったく迂闊でした。イタリアですね……。それで、お名前はなんとおっしゃる？」

「マルチェッロ・クレリチです」マルチェッロは一瞬ためらったものの、答えた。

「マルチェッロ……」老人は顔をあげ、まっすぐ前方を見据えながら繰り返した。その後、長い沈黙が続いた。老人はなにやら考えているらしかった。というよりも、なにかを思い出そうとしていたのだろう。やがて、得意げな様子でマルチェッロのほうに向き直ると、諳(そら)んじた。「ああ惜しいかな少年よ、もしも汝がこのような、酷(むご)い運命いやしくも、破ることを得るとせば、汝は真に一人(いちにん)の〝マルケルルス〟と立てられよう」[11]

それは、学校で翻訳したことがあり、また、当時、級友たちのからかいの種ともなったために、マルチェッロもよく知っている詩句だった。だが、煙草の箱を施されたあとで言われると、その名高い詩句もぎこちないお世辞であるかのような、不快感を覚えた。その不快感は、老人がマルチェッロの頭のてっぺんから爪先まで見定めたのち、「ウェルギリウスですよ」と教えを垂れた瞬間、腹立ちへと変わった。

「ええ、ウェルギリウスです」マルチェッロはつっけんどんに繰り返した。「それで、あなたはどちらのお国で？」

11 ウェルギリウス『アエネーイス』、泉井久之助訳、岩波文庫。

「私は英国人です」老人は突飛なことに、威厳のある、そしておそらく皮肉をこめたイタリア語で言った。それからさらに奇を衒(てら)い、イタリア語にナポリ弁を混ぜた。「わし(アッジョ)は何年もナポリに住んどったよ。あんたはナポリ人？」

「いいえ」マルチェッロはいきなり馴れ馴れしい口調で話しかけられ、困惑した。雀たちはとっくにパン屑を平らげ、どこかへ飛んでいった。数歩先の歩道の脇では、ロールス・ロイスが待っている。老人は杖をつかむと、大儀そうに立ちあがり、有無を言わさぬ口調で言った。今度はフランス語で。「車まで送ってくださらんかね？腕を貸してほしいのです」

　マルチェッロは反射的に腕を差し出した。煙草の箱がベンチの上に置かれたままになっている。「煙草をお忘れですよ」老人は杖の先でそれを指しながら言った。マルチェッロは聞こえなかったふりをして、車のほうへ歩きだした。老人もそれ以上こだわることなく、一緒に歩きはじめた。

　老人の歩みは緩慢で、先ほど一人で歩いてきたときよりも、さらにたどたどしかった。片手でマルチェッロの腕につかまっているのだが、その手が一点にとどまることはなく、まるで自分の所有物であるかのような手つきで腕を撫でまわす。マルチェッロは不意に息が止まるような心地がして、視線をあげた。そしてその理由を理解した。

そこに停まっている車は、自分たち二人を待っているのだ。つまり、自分は何年も前と同様、車に乗るよう誘われるのだと悟った。だが、それよりも恐ろしかったのは、自分はその誘いを断らないだろうということだった。リーノのときには、拳銃が欲しいというだけでなく、無自覚の媚びのようなものがあった。一方、老人を相手にしたいま、記憶に支配された隷従とでもいうべきものがあるのに気づいて愕然とした。過去において一度、この手の得体の知れない誘惑に甘んじたがために、何年も経て、いきなりおなじ罠にはまりそうになったいま、敢えて抵抗すべき理由が見つけられないのだ。これではまるで、リーノが自分に対して思惑どおりの行為を果たしたみたいじゃないか、とマルチェッロは思った。あたかも、実際にはリーノに抵抗などしておらず、殺してもいないかのように。一連の考えは非常に素早くめぐっていたため、思考というよりも啓示に近いものだった。マルチェッロは視線をあげ、すでに車の前まで来ていることに気づいた。車から降りた運転手が帽子を手に、開けたドアの前で控えている。

老人はマルチェッロの腕をつかんだままで言った。「さてと、お乗りになりませんか？」

マルチェッロは即座に断り、そのにべもない態度に我ながら満足した。「ありがとうございます。ですが、ホテルへ戻らなくてはいけません。妻を待たせておりますので」

「おかわいそうですが……」老人は抜け目のない馴れ馴れしさで言った。「奥様は少し待たせたらよろしい。彼女のためにもなります」

どうやら説明する必要がありそうだ、とマルチェッロは思った。「誤解されているようですが……」と切り出してから、いったん躊躇したものの、煙草の箱が置きっ放しになっているベンチの脇で若い路上生活者が立ち止まったのを目の端で捉えると、続けた。「私は、あなたが思っているような人間ではありません。あなたにふさわしいのは、おそらくあのような男でしょう」そして、まさにその瞬間、素早い手つきで煙草の箱をこっそりポケットにしまい込んだ路上生活者を指差した。

老人もそれを見て冷笑を浮かべると、冗談めかした厚かましさで答えた。「あの手の男でしたら、掃いて捨てるほどおります」

「申し訳ありません」完全に自信を取り戻したマルチェッロは素っ気なく言い、立ち去ろうとした。

すると老人が引きとめた。「では、せめて送らせてください」

マルチェッロは決めかねて、時計を見やった。「いいでしょう。あなたがそうしたいとおっしゃるのなら、お願いします」

「ぜひ、そうさせていただきたい」

最初にマルチェッロ、次いで老人が車に乗り込んだ。運転手はドアを閉めると、急いで自分の席に座った。「どちらですか？」と老人が尋ねる。

マルチェッロがホテル名を告げると、老人は運転手に向かって英語でなにやら言った。車が走り出す。

車が物音ひとつ立てずに、並木の下を、コンコルド広場の方角へと速度を上げながら走っていくあいだ、マルチェッロは、じつにサスペンションのいい静かな車だと思った。内装にはグレーのフェルト生地が張られていて、ドアの脇に固定されたアンティーク風のクリスタルの花瓶には、数本の梔子が挿してある。老人は最初のうち無言だったが、やがてマルチェッロのほうに向きなおって言った。「煙草の件はどうかご容赦ください。てっきりお困りの方かと思いまして……」

「お気になさらずに」とマルチェッロは言った。

老人はふたたび沈黙を挿んでから、続けた。「あまり間違えることはないのですが、てっきりあなたは……。あまりに確信していたので、煙草を口実にするのが憚られたくらいです。目配せをすれば十分だと思っていました」

老人はシニカルで楽しげな、社交的な気さくさで話していて、いまだにマルチェッロを同性愛者だと見做しているらしかった。老人のその共犯者めいた口調に貫禄があったので、マルチェッロは危うく、彼を悦ばせるために、こう答えそうになった。〈そうですね、おっしゃるとおりなのかもしれません。私にも意思とは裏腹に、その気(け)があるのかもしれません。あなたの車に乗ることを受け容れたのがなによりの証拠でしょう〉だが、実際には冷ややかにこう言っただけだった。「あなたは思い違いをした。それだけです」

「そうですな」

車は方尖塔(オベリスク)のあるコンコルド広場の外周に沿って走り、橋の手前でいきなり停車した。老人は言った。「なにが私にそう思わせたかわかりますか?」

「なんでしょう」

「あなたの眼差しです。あまりに甘美で、渋い表情をしようとしても、優しく撫でるようなその眼差し。あなたの意思とは裏腹に、眼差しが語りかけてくるのです」

マルチェッロは無言だった。車はしばらく停車したあと、ふたたび走りだし、橋を渡り、セーヌ河に沿った道を走るのではなく、下院の裏手の道へと入っていった。マルチェッロは慄(おのの)き、老人のほうを見た。「私のホテルはセーヌ河沿いです」

「私の家に参りましょう」老人は言った。「なにかお飲みになりませんか？　しばらくゆっくりされて、それから奥様の許に戻られたらいいではありませんか」

突如としてマルチェッロは、はるか昔に、級友たちから「マルチェッラちゃん」と大声で囃(はや)されながら、スカートをかぶせられたときと同様の、屈辱と無力な憤りがよみがえるのを感じた。あのときの級友たちとおなじく、老人はマルチェッロを男としてみていなかった。級友たちと同様、執拗に彼を女のように扱おうとしていたのだ。

マルチェッロは歯を喰いしばり、言った。「お願いですからホテルへ送ってください」

「そんな頑なになりなさんな。なんだっていうんです？　ほんのしばらくですから」

「私が車に乗ったのは、遅刻気味で、車で送っていただいたほうが楽だったからです。ホテルへお願いします」

「妙な話ですね。私は、あなたが誘拐されたがっているような印象を受けました。あなたがたはみんなそうだ。暴力で支配されないことには気がすまない」

「そんな言い方は間違っています。すでに申したとおり、私はあなたが思い込んでいるような人間ではありません。何度でも言わせていただきます」

「どこまで猜疑心の強い人なんだ。私はなにも思い込んでいません。そんな目で私を見ないでください」

「そこまでおっしゃるのなら仕方ありません」マルチェッロはそう言うと、背広の内ポケットに手をやった。ローマを発つときに持ってきていた小型の拳銃を、スーツケースに入れておくとジュリアに怪しまれるので、いつも肌身離さず持ち歩いていたのだ。ポケットからそれを取り出すと、運転手からは見えないように用心して、老人の上着に突きつけた。老人は、愛情と皮肉の入り混じった目つきでマルチェッロのすることを見ていたが、ほどなく目を伏せた。老人の面持ちがにわかに深刻になり、当惑し、不可解だという表情に取って代わるのを見てとると、マルチェッロは言った。

「わかっていただけましたね？　では、私をホテルまで送るよう、運転手に言ってください」

老人は直ちに伝声管をつかむと、マルチェッロのホテル名を大声で告げた。車は速度を緩め、横道に入った。マルチェッロは拳銃を内ポケットに収めた。「それで結構」老人は無言だった。ようやく驚愕から脱け出し、その顔を吟味するかのように、マルチェッロのことをしげしげと眺めていた。車はセーヌ河沿いの通りに出て、欄干に沿って走りはじめた。間もなくマルチェッロの目の前に、ガラスの庇（ひさし）の下に回転ドアのついた、見憶えのあるホテルの玄関口が現われ、車が停止した。

「この花を差しあげるのをお許しください」老人は花瓶から一輪の梔子（くちなし）を抜いて、差し出した。マルチェッロが逡巡していると、老人は「奥様に」と言い添えた。マルチェッロは花を受け取って礼を言い、車から降りた。目の前では、運転手が帽子を脱いで、開けたドアの脇に控えていた。「さらば、マルチェッロ!」とイタリア語で別れを惜しむ老人の声が聞こえたような気がしたが、ことによると幻聴だったのかもしれない。マルチェッロは二本の指に梔子を挟み、振り返らずにホテルへと入っていった。

VII

マルチェッロはカウンターへ行き、部屋の鍵を受け取ろうとした。ベルボーイは、キーラックを確認してから言った。「鍵はお部屋です。奥様がお持ちになって、ご婦人と一緒に上がっていかれました」

「ご婦人と?」

「はい」

マルチェッロはひどく心が乱れ、同時に、あの老人との一件のあとで、ジュリアと一緒にリーナが部屋にいると知らされただけで、そのように心を乱される自分に計り知れない幸せを感じつつ、エレベーターホールへと向かった。エレベーターに乗り込みながら手首の時計を見ると、まだ六時にもなっていなかった。それだけの時間があれば、なにか口実を見つけてリーナを連れ出し、ホテルのロビーで二人きりになって今後のことを決められる。それが済んだら、七時に電話がかかってくることになっているオルランド諜報員の一件にはきっぱりと片をつけよう。その偶然の時間的合致は、マルチェッロには吉兆のように思われた。あがっていくエレベーターのなかで、相変わらず指のあいだに挟んでいた梔子を見つめ、老人はジュリアのためではなく、真の妻であるリーナのためにそれをくれたのだと不意に確信した。今度は自分が、愛の証しとしてそれを彼女に渡すのだ。

マルチェッロは急ぎ足で廊下を通り、自分の部屋まで行くと、ノックもしないでなかへ入った。ダブルベッドの設えられた広い客室には、バスルームにもつながる小さな前室があった。マルチェッロは音を立てずにドアを閉めると、暗い前室で、どうしたものかと一瞬ためらった。そのとき、寝室のドアがかすかに開いていて、そこから光が洩れているのに気づき、自分の姿を見られずにリーナのことをのぞき見たいという願望が頭をもたげた。そうすれば、彼女の自分への本当の気持ちを確かめられるように思えたのだ。ドアの隙間に片目を当てて、なかをのぞいた。

サイドテーブルの上で灯りが輝いている以外は、寝室は薄闇に包まれていた。ベッドの枕のあたりでクッションに背をもたせて座ったジュリアが、全身を白い布に包んでいるのが見えた。ふわふわのバスタオルだ。両手でそのタオルを胸のあたりに巻いていたものの、下のほうが広く開いてしまい、下腹部と脚が露わになるのを防ぐこともできず、またその気もないようだった。ジュリアの足もとで白いフレアースカートに包まれてしゃがみ、両腕でジュリアの脚に抱きつき、膝に額を、脛には胸を押しつけているリーナの姿を、マルチェッロは見た。ジュリアはそれを咎めるふうでもなく、どちらかというと面白がっているような、寛容な好奇心でもってリーナのすることを観察しようと首を伸ばしていたが、少し後ろに反った姿勢のせいで、マルチェッロのところからは一部しか見えなかった。リーナはそのまま動かずに、低い声で言った。

「しばらくこうしててもいい？」

「いいけれど、もう少ししたら服を着ないと」

リーナは、束の間口をつぐんでいたが、前の会話の続きに戻るような口ぶりで話しはじめた。「でも、お馬鹿さんね。なにを怖がっているの？　結婚さえしてなければ別に反対はしないって、あなたが自分で言ったじゃないの」

「もしそう言ったのだとしたら、あなたを怒らせたくなかったからよ」ジュリアは媚びるように言った。「それに、あたし、結婚してるもの」

その様子を見ていたマルチェッロは、会話をしながらもリーナが、ジュリアの脚に巻きつけていた片方の手をほどき、その手でゆっくりと執拗に、這うようにして腿をのぼっていき、タオルの縁をどかすのを見逃さなかった。「結婚してるって言ったって……」その緩慢なアプローチを中断することなく、痛烈な皮肉をこめてリーナが言った。「相手が誰かが問題よ」

「私は好きだもの」ジュリアが言った。リーナの手はいまや、蛇の頭のように、ジュリアの一糸まとわぬ股をこっそりとためらいがちに脇からうかがっている。ところが、ジュリアはその手首をつかむなり、毅然と下に押し戻し、落ち着きのない子供に言い含める家庭教師のような優しい口ぶりで言った。「ちゃんと見えているのよ」

リーナはジュリアの手をつかみ返し、考えごとにとらわれているような表情で、ゆっくりと口づけを始めた。ときおり仔犬のようにその掌に顔全体を強くこすりつけながら。それから、「かわいいお馬鹿さん」と、たまらなく愛おしそうにふっとつぶやいた。

その後、長い沈黙が続いた。リーナの仕草の一つひとつからほとばしり出る濃厚な情熱は、散漫で無関心なジュリアの態度と奇妙な対比を成していた。ジュリアはといえば、もはや好奇心すら薄れたらしく、手をリーナに委ね、口づけされ、頰ずりされるがままになっていたものの、なにかしら口実を見つけるように周囲を見まわしていた。仕舞いには手を引っ込め、「本当にもう服を着なくちゃ」と言いながら、立ちあがろうとした。

するとリーナがぱっと立つなり、声を張りあげた。「あなたはじっとしててちょうだい。服がどこにあるかだけ教えて。私が着せてあげるから」

ドアのほうに背を向けてまっすぐ立つリーナの陰になって、ジュリアが完全に見えなくなった。「あなた、あたしのメイド役までしてくれるの？」と、笑いながら言う妻の声がする。

「それがどうかして？　あなたにとってはなんでもないことだけど、私はとても楽しいの」

「服くらい自分で着るわ」服を着たリーナの陰から、まるで一人が二人に分身したかのように全裸のジュリアが現われ、爪先立ちでマルチェッロの目の前を通り過ぎ、部屋の奥へと消えた。それから、「お願いだから見ないでね。そうだわ、あっちを向いててちょうだい。恥ずかしいから」という声がした。

「私に見られるのが恥ずかしいの？　女どうしなのに」

「だってあなた、女だって言ったって、男みたいな目で見るんだもの」

「だったら、はっきりと出てってって言ったらいいじゃない」

「違うの。ここにいて構わないけど、でも見ないでほしいの」

「見たりなんかしないわよ、お馬鹿さんね。あなたのことなんか見たって、なんにもならないもの」

「怒らないでよ。お願いだからわかって。あなたがさっきあんなことを言いさえしなければ、あたしは恥ずかしがることもなく、あなただって好きなだけあたしを見られたんじゃないの」そう言うジュリアの声は、頭に服をかぶっているからか、くぐもっていた。

「手伝ってあげるって言ってるでしょ」

「そうね、あなたがそこまで言うのなら……」

動きは覚束ないものの決然と、挑発的ではあるもののためらいがちに、熱に浮かされながらも恥じるようにリーナが歩き出し、マルチェッロの前をすっと通りすぎると、ジュリアの声が聞こえてくる部屋の隅へと消えていった。束の間の沈黙が流れ、やがてジュリアの、苛立ってはいるが刺のないわめき声がした。「まったく、あなたって人は本当に鬱陶しいのね」リーナは無言だった。いまやランプの明かりは蛻の殻のベッドに注がれ、濡れたタオルを巻いていたジュリアの臀部が残した窪みを照らしていた。マルチェッロはドアの隙間から離れ、廊下に戻った。

部屋のドアから何歩か離れたところで、いましがたの驚きと動揺により、図らずも自分が意味深長な動作をしていたことに気づいた。老人からもらい、リーナに渡すつもりでいた梔子の花を、指のあいだで衝動的に握りつぶしていたのだ。マルチェッロはつぶれた花を絨毯の上に捨て、階段に向かった。

一階まで下りると、黄昏時の不自然に霞んだ光のなか、セーヌ河岸に出た。街には早くも灯りが点いていて、遠くの橋々は白く房状に、車列は黄色のライトが対になって、窓々は四角いオレンジ色に輝くなか、鬱々とした宵闇が、対岸の尖塔や家々の屋根の黒いシルエットの背後から碧く澄みきった空へと、煙のように迫りあがっていた。マルチェッロは欄干まで行き、両肘をつくと、暗くなったセーヌ河を見下ろした。すると、その暗い波間に宝石の帯やダイヤモンドの輪が流れていくようだった。彼が感じていたのは、災害そのものによる騒乱というよりも、災害の後に生じる死を思わせる静寂に似ていた。この午後の数時間、自分は愛というものの存在を確信したと思っていたが、実際には、基盤が崩れて荒廃した世界で堂々巡りをしていただけだったのだ、とマルチェッロは思い知った。そこでは真に愛し合うことなどできず、あるのはただ官能の関係だけ。それも、ごく自然でありきたりのものから、アブノーマルで奇抜なものまで。言うまでもなく、リーナが彼に見せた感情は愛ではなかったし、リーナがジュリアに示したものも愛ではなかった。ましてや、彼と妻の関係においては、愛などと呼べるものはなかった。おそらくジュリアでさえ、あれほど寛容で、リーナの誘いになびきかけていたところを見ると、真の愛でもって彼を愛しているわけではなかった。稲光が走り、暗澹とした、嵐の夕暮れを思わせるこの世界においては、こうしたオンナ男とオトコ女という曖昧な存在が、その曖昧さを倍増させ、混淆させながらすれ違う。彼らの姿は、己の運命や、そこから抜け出すことは不可能だという紛れもない事実と密接に結びついているように思える。これまた曖昧ななにかを意味しているようだった。愛が存在しないというのなら、ただそれだけの理由で、彼はいままでと変わらない自分であり続け、任務を全うし、予測不可能で動物のようなジュリアと一緒に家庭を築くという目的に終始するだろう。この、その場しのぎの空虚な形態。それこそが正常さなのだ。そこから一歩でもはみ出せば、すべてが混沌とし、気まぐれとなる。

もはやリーナの挙動が明らかになったことからも、マルチェッロは自分がそう行動するように仕向けられているのだと感じていた。彼女は自分を軽蔑していたし、おそらくは、彼女がまだ率直だったときに口にしたように、憎んでもいた。そのくせ、自分との関係を断つことでジュリアと会う可能性を閉ざしてしまわないために、心はジュリアにありながら、彼に対して愛情を抱いている素振りをしてみせたのだ。マルチェッロは、もはやリーナからは同情や憐憫すらも期待できないと思い知った。そして、性的アブノーマルと政治的反感と道徳的軽蔑心という三重の鎧で固められた、覆しようのない歴然とした敵意を前に、なす術のない鋭い痛みを覚えた。彼を魅了した、あれほどまで純真で知的なリーナの瞳と額の輝きがマルチェッロの前に屈し、愛情深く彼を照らし、心を慰めてくれることは決してないだろう。リーナは、媚びや懇願、おぞましい情交に額を伏せ、その輝きを貶(おとし)めることを好むにちがいない。そこまで考えて彼は、ジュリアの両膝に顔を押しつけているリーナを見て、S町の娼家でオルランド諜報員に抱かれた娼婦のルイザをのぞき見たときに感じたのと同質の、神聖なものを穢された感覚によって打ちのめされたことを思い出した。ジュリアはオルランドではない。だとしてもマルチェッロは、リーナの額が何者の前にも屈しないことを望んでいた。それが見事に裏切られたのだった。

そんなことをつらつらと考えているうちに夜になった。マルチェッロは体をまっすぐに起こすと、ホテルのほうを振り返った。ちょうどそのとき、玄関から出てきたリーナの白っぽい姿が、少し離れた歩道の脇に停まっている車へと急ぎ足で向かうところだった。獲物をくわえて鶏小屋から逃げていく貂(てん)や鼬(いたち)にも似た、その満足そうな、それでいて人目を忍ぶ様子にマルチェッロは衝撃を受けた。どう見ても、拒絶された者の態度ではないと思ったのだ。むしろその逆だった。ひょっとするとリーナは、ジュリアからなにかしらの約束を取りつけることに成功したのかもしれない。あるいはジュリアが、拒絶することに疲れてか、官能に身を任せてかはわからないが、リーナに愛撫を許したとも考えられた。自分にも他人にも寛大なジュリアにとってはなんら価値のないことだが、リーナにとっては貴重な愛撫だ。そのあいだにリーナは車のドアを開け、体を斜めにして腰掛けると、脚を引き入れた。マルチェッロは、その誇り高く、凜として繊細な美しい横顔と、ハンドルを握った手が通りすぎるのを見届けてから、車が遠ざかるのを待ってホテルに戻った。

部屋まであがると、ノックをせずに室内に入った。部屋は整えられていた。きちんと服を着たジュリアが鏡台の前に座り、髪を梳かし終えようとしているところだった。彼女は振り向きもせずに、平然と言った。「あなたなの?」

「ああ、僕だよ」マルチェッロはベッドに腰を下ろした。

しばらく間をおいてマルチェッロが尋ねる。「楽しかったかい?」

妻は、とたんに鏡の前からくるりと半分だけ体を向けると、快活に答えた。「とってもよ。素敵なものをたくさん見たわ。少なくとも十軒ぐらいのお店にもう一度行きたいの」

マルチェッロはなにも言わなかった。ジュリアは黙って髪を梳かし終えると立ちあがり、ベッドのところまで来て隣に座った。身に着けた黒のドレスは胸もとが大きく華やかに開いていて、そこから、まるで籠に盛られた二つの見事な果実のように、褐色を帯びたむっちりとした胸の丸みがふたつのぞいていた。肩のあたりには、布地でできた緋色のバラのブローチが留めてある。笑みを湛(たた)えた大きな目に、溌剌たる口もとの、若くて愛くるしいその顔には、いつもながらの官能的な悦びの表情が浮かんでいた。無意識に微笑むジュリアの、鮮やかな口紅を塗った唇のあいだから、輝くように透き通る形のいい白い歯がのぞいていた。ジュリアは愛情たっぷりにマルチェッロの手をとると、「あたしになにがあったか想像してみて」と言った。

「なにがあったんだい？」

「あのご婦人、クアードリ教授の奥様だけど、じつは……普通の女の人じゃなかったの」

「どういうこと？」

「女の人を愛する女の人ってこと。それでね、信じられないでしょうけれど、あたしのことが好きになっちゃったの。一目惚れなんですって。あなたが行ったあと、そう言われたの。だから、あたしに家に残って休憩するように言い張ったのね。正真正銘の愛の告白をされたってわけ。そんなこと誰が想像できたかしら」

「それで君は？」

「あたしはそんなこと全然想像してなかったから……眠りかけてたの。だって本当にくたくただったんですもの。最初はなにがなんだか理解できなかったけど、ようやく気づいて……。あたし、どんな顔をしていいかわからなくて困っちゃったわ。考えてもみてよ。まるで男の人と変わらない、猛りくるうような真の情熱……。率直なところを聞かせて。あなたは、あの人みたいに節度があって、自己を律している女性がそんなことをするなんて、思ってもみた？」

「いいや。思ってもみなかったね」マルチェッロは穏やかに答え、言い添えた。「それに、君がその手の告白に応じるとも思わないな」

「あら、あなた、まさか妬いてるの？」彼女は声をうわずらせると、ご機嫌な笑い声を立てた。「女の人に妬くなんて。女は男と違うんだもの。たとえあたしが彼女の言いなりになったとしても、妬く必要ないでしょ。でも心配しないでね。あたしたち二人のあいだには、ほとんどなにもなかったんだから」

「ほとんど？」

「ほとんどって言ったのはね……」彼女は言い淀んだ。「なぜかというと、あの人があんまりにも悲しそうな顔をしたものだから、ホテルまで送ってもらう車のなかで、手を握らせてあげたの」

「手を握らせただけ？」

「ほうら、妬いてる」ジュリアはまたしても、ひどく嬉しそうに言った。「本当に焼きもちやきなのね。あなたにそんな一面があるだなんて知らなかったわ。仕方ないわね。どうしても知りたいって言うなら……」しばらく間をおいて続けた。「キスもさせてあげた。だけど、姉と妹みたいなキスよ。それで、あんまりしつこくされてうんざりしたものだから、帰ってもらったの。それで全部よ。どう？　それでもあなたは嫉妬する？」

ジュリアからリーナとの話を聞き出すことにマルチェッロがこだわったのは、なかんずく、自分と妻のあいだの違いを改めて確認するためだった。自分は起こりもしなかったことのために全人生を台無しにしかけ、片や妻のほうは、あらゆる経験に対してオープンで、寛容であり、精神だけでなく肉体においても頓着しなかった。マルチェッロは優しく尋ねた。「だけど君は、これまで、その手の関係を持ったことはないの？」

「一度もないわ」ジュリアはきっぱりと否定した。彼女にしては珍しいそのきっぱりとした口ぶりで、マルチェッロはすぐに嘘をついているのだとわかった。そこで畳みかけるように言った。「話してごらん。どうして嘘をつく？　そうした経験がなければ、君がクアードリ夫人にとったような態度はとらないはずだ。ほら、正直に言っておくれ」

「そんなことを知ってどうするの？」

「知りたいだけだ」

ジュリアはしばらくうつむいて黙っていたが、やがてぽつりぽつりと話しだした。

「あの男とのこと、話したでしょ？　あの弁護士よ。あの男のせいで、あなたと出会うまでのあたしは、男の人に対してものすごい恐怖心を抱いていたの。それで、女の子とお友達になったわ。そんなに長くは続かなかったんだけど……。あたしと同い年の女学生よ。あたしのことを本当に好いてくれて、あたしが愛情にひどく飢えていた時期だったから、彼女のその愛情が嬉しくて……。だけど、だんだん彼女は独占欲が強くなり、要求も増えるし、嫉妬深くなるばっかりだったから、関係を断つことにしたの。そのあとも、ときどきローマのあちこちで彼女を見かけたわ。かわいそうに、いまでも私を想ってくれてるの」束の間の後ろめたさと戸惑いのあと、ジュリアの顔にいつもの穏やかな表情が戻った。彼の手をとると、こう言い添えた。「安心して。

妬く必要なんてないわ。あたしが愛してるのはあなただけだって知ってるでしょ」

「わかってる」マルチェッロはそう答えた。そして、寝台車のなかでジュリアが涙を流し、自殺までしかけたことを思い出し、ありのままを話しているのだと思った。彼女自身は、世間の仕来りと照らし合わせ、処女を保てなかったのは裏切りに当たると考えていたものの、自分のそうした過ちは、重く捉えていなかった。ジュリアは話を続けた。「とにかく、あの女性、本当に頭がおかしいわ。彼女がなにをお望みかわかる？　二、三日後に、みんなしてサヴォワに行こうっていうの。別荘があるんですって。信じられないことにね、もう計画まで立ててるのよ」

「どんな計画なんだい？」

「ご主人は明日出発することになっているけれど、彼女はもう二、三日、パリに残るらしいわ。用事があるからだって言ってたけど、あたしのために残るんじゃないかしら。一緒に出発して、山の別荘で一週間過ごさないかって誘われたの。あたしたちがハネムーンの最中だってこと、リーナの頭のなかにはまったくないんだから……。彼女ったら、あなたの存在をまったく無視してるみたい。サヴォワの別荘の住所を書いて寄越して、誘いを受けるようにあなたを説得するって、あたしに約束させたの」

「それで住所はどこなんだい？」

「そこにあるわ」ジュリアは大理石のサイドテーブルの上に置かれた一枚の紙きれを指差した。「まさか受けるつもりじゃないでしょうね？」

「いいや、だが、君は行きたいんじゃないか？」

「とんでもないわ。あたしがあの女性(ひと)のことを気にかけてるとでも本気で思ってるの？　あんまりしつこくされてうんざりしたから、帰ってもらったって言ったじゃない」ジュリアはベッドから立ちあがり、会話を続けながら部屋を出ていった。そして、「そういえば……」と、バスルームから大声を張りあげた。「三十分ぐらい前に、あなた宛てに電話があったわよ。男の人の声で……イタリア人だった。名前は言おうとしなかったけれど、電話番号を教えてくれて、できるだけ早く電話をしてほしいって伝言を頼まれたわ。その紙に番号も書いておいたわよ」

マルチェッロは紙きれを手に取り、ポケットから手帖を出すと、サヴォワにあるクアードリ家の別荘の住所と、オルランドの電話番号を注意深く写した。その日の午後、一時的に気分が昂(たかぶ)ったあとで、ようやく我に返ったような気がした。そう感じさせたのは、もっぱら無意識のうちに体が動いていたことと、それについてまわるすべてを諦めた哀愁だった。これでなにもかも終わったと、ポケットに手帖を収めながらマルチェッロは思った。彼の人生に一時(いっとき)だけ姿を現わした愛は、とどのつまり、そのおなじ人生が最終的な形態に落ち着くための揺り戻しに過ぎなかったのだ。一瞬、リーナのことを思い返し、彼女がジュリアに対して唐突な情欲を感じたことに、紛れもない運命の徴を見てとったような気がした。それによりマルチェッロがサヴォワの別荘の住所を知ることができたお蔭で、オルランドとその部下たちは、リーナがまだいないうちに別荘へ向かえる。要するに、クアードリが一人で出発し、リーナがパリに残ることは、任務の計画と完璧に合致するのだった。さもなければ、マルチェッロもオルランドもどのようにして任務を全うすべきかわからなかっただろう。

マルチェッロは立ちあがり、先に下りてロビーで待っていると大声で妻に告げてから、部屋を出た。廊下の突き当たりに電話ボックスがあったので、急ぐでもなく、条件反射のように中へ入った。エボナイトの受話器の向こうから、「それで、お食事の場所は決まりましたかな？」と、おどけたように尋ねるオルランドの声を聞いたとき、ようやくマルチェッロは、自分の思考という濃霧から脱け出せたように思った。心を落ち着けて、小声ではあるがはっきりと、クアードリの旅の件をオルランドに報告しはじめた。

Ⅷ

二人はカルチエ・ラタンの路地でタクシーから降り立った。マルチェッロが看板を見あげると、鼠色の古びた一軒家の二階の高さに、茶色の地に白の文字で《ル・コック・オー・ヴァン》と書かれていた。二人はそのレストランに入っていった。ホールをぐるりと囲むように赤いビロード張りのソファーが置かれ、その前にテーブルが並んでいた。金色の縁のある年代物の長方形の鏡が、落ち着いた光のなかに、中央のシャンデリアとまばらな客たちの頭を映し出していた。マルチェッロはすぐに、隅にいるクアードリの姿を見てとった。傍らに座っている細君よりも頭ひとつ分小さく、黒いスーツ姿で、眼鏡の上から料理のメニューを吟味している。一方のリーナは、腕や胸もとの白さを際立たせる黒いビロード地のドレスをまとい、背すじを伸ばしたまま身じろぎもせず、気忙(きぜわ)しげに入り口のあたりを見張っているようだった。ジュリアの姿を見るなり弾かれたように立ちあがり、クアードリ教授もつられて立ちあがったが、妻の背後に隠れてほとんど見えなかった。女二人は手を握り合った。マルチェッロがたまたま視線を上げると、鏡のなかの黄色く殺風景な光に、亡霊のようなものが浮かんでいるのを見た。こちらの様子をじっとうかがっているオルランドの顔だった。まさにその瞬間、レストランの振り子時計が震え、身をよじるようにして金属製の腸（はらわた）から呻（うめ）き声を絞り出したかと思うと、ようやくぼーんと鳴った。「八時だわ」リーナの嬉しそうな声が響いた。「なんて時間に正確な人たちなんでしょう」

マルチェッロは背すじがぞくっとしたものの、振り子時計が陰鬱で荘厳な響きで時を打ち続けるのを聞きながら、クアードリが差し出した手を握り返すために手を伸ばした。振り子が最後の音を力強く打ち鳴らした瞬間、自分の掌をクアードリの掌に押しつけつつ、取り決めによれば、その握手こそがオルランドに標的を知らせる合図だったことを、マルチェッロは思い出した。すると不意に、上半身を屈めてクアードリの左頰にキスをしたい衝動に駆られた。その日の午後、冗談めかして己の姿を重ね合わせたユダがまさしくそうしたように。それだけでなく、その頰のざらりとした感触までが唇に感じられるように思われて、あまりに強力な暗示におののいた。改めて鏡に目をやると、相変わらず宙に浮かんだ状態でオルランドの顔がそこにあり、その視線はじっとこちらに注がれていた。四人はようやく腰を下ろした。マルチェッロとクアードリは椅子に、そして二人の夫人はその向かいのソファーに。

ワイン係がリストを持ってやってくると、クアードリはたいそう念入りにワインを選びはじめた。彼はその注文にすっかり夢中になっていて、かなり詳しいらしいワインの特徴について、ワイン係と長々と議論をした挙げ句、魚料理に合わせる辛口の白ワインを一本と、ロースト肉に合わせる赤ワインを一本、そして氷で冷やしたシャンパンを一本注文した。ワイン係と入れ替わりにウエイターがやってきて、ふたたびおなじ光景が繰り返された。グルメならではの料理をめぐる議論、逡巡、熟考、質問と返答を経て、ようやく前菜一品、魚料理一品、肉料理一品の三品が注文された。そのあいだもリーナとジュリアは小声でお喋りを続け、マルチェッロはリーナから目を逸らすことができず、夢うつつの状態に陥っていた。クアードリと握手をしているあいだに鳴り響いていた、苛立たしい振り子時計の音がいまだに聞こえ、鏡を通して自分を見つめるオルランドの生首のような顔がまたしても見えた気がした。そして、いまこのときほど己の運命の岐路に立たされたことはないと思った。あたかも二叉の道の真ん中に立てられた石のようなもので、両側には二本の異なる道が延びているのだが、どちらもおなじく引き返すことは不可能なのだ。「パリは見ましたか?」クアードリがいつもの無関心な口調で質問するのが聞こえ、マルチェッロははっと我に返った。

「はい、いくらか」

「お気に召しました？」

「ええ、とても」

「そう、愛すべき街です」クアードリは独り言でもつぶやくように、そしてマルチェッロに譲歩するかのように言った。「ですが、あなたには先ほど指摘した点にぜひ注意を向けていただきたいのです。つまり、パリはイタリアの新聞が書き立てるような、堕落した腐敗だらけの街ではないということです。あなたは間違いなくそのような考えを持っているようですが、現実に即したものではありません」

「僕はそのような考えは持ち合わせていません」いくぶん意表を衝かれてマルチェッロは答えた。

「そう考えていないとしたら驚きですね」教授はマルチェッロの顔を見ずに言った。「あなたの世代の若者はみんな、そのような考えを持っています。厳格でなければ強くあることができないと思い込み、己の厳格さを保つために、ありもしないスケープゴートをでっちあげるのです」

「僕自身はそれほど厳格な人間だとは思っていません」マルチェッロは素っ気なく

言った。

「いいや、間違いなく厳格ですよ。これからそれを証明してみせましょう」教授は言った。そして、ウエイターが前菜の盛られた皿をテーブルに並べるのを待ってから、話を続けた。「いいですかな、私がワインを注文しているあいだ、あなたは、ワインなどというものに私がやたらと詳しいので、内心驚いていた。そうではありませんか？」

なぜわかったのだろう。マルチェッロは不承不承認めた。「先生のおっしゃるとおりかもしれません。ですが、なにも悪いことではありませんよね。そう思ったのは、先生の言葉をお借りしていうならば、先生が厳格な方だと思っていたからです」

「いや、あなたとは比較にもなりませんよ。親愛なる教え子よ、とてもあなたには敵いません」クアードリはさも愉快そうに繰り返した。「それに、まだあります。正直に答えてほしいのですが、あなたはワインがお好きじゃないし、ワインに詳しくもありませんね？」

「おっしゃるとおりです。正直なところ、ワインはほとんど飲みません。ですが、そんなことは重要ではありませんよね」

「とんでもありません」クアードリ教授は静かに言った。「非常に重要な意味があります。あなたは、ワインと同様、美食にもあまり興味がありませんね」

「食事は……」マルチェッロが答えかけると、教授が勝ち誇った口ぶりで続きを言った。

「とりあえず食べられればいい、ですね。思ったとおりです。最後に、あなたは間違いなく恋愛に対しても偏見を抱いていますね。たとえば公園でキスをしているカップルを見かけたとしたら、あなたはまず、反射的に非難と嫌悪の感情を抱き、十中八九、そんな公園のある街は破廉恥な街だと結論づけるでしょう。そうではありませんか?」

マルチェッロはそのときようやく、クアードリの言葉の真意がどこにあるのか理解し、きっぱりと否定した。「いいえ、そんなふうには結論づけません。僕自身はそのようなことを好む性質ではないというのは事実ですが」

「いいや、それだけではなく、そういう好みを持つ者たちは罪深く、ゆえに軽蔑すべきだと思っておいでです。正直に言ってください」

「思っていません。彼らと僕とは違う。それだけです」

「我らに与せぬ者は、我らの敵」教授は出し抜けに政治の話題を持ち出した。「これは、昨今、イタリアをはじめとする至る所で好んで繰り返される金言のひとつではありませんか?」話しながらも、クアードリは夢中になって料理を味わいはじめたため、眼鏡がずれてしまった。

「一連の話題に政治が関係するとは思いません」マルチェッロはにべもなかった。

「エドモンド」そこへリーナが割って入った。

「なんだね」

「政治の話はしないって約束したじゃないの」

「約束通り政治の話はしていない。パリの話をしてるんだ」とクアードリは言った。

「要するに私が言いたいのは、パリの人々はみんな、飲んだり食べたり、踊ったり、公園でキスをしたり、とにかく楽しむことが好きですから、間違いなく、あなたのパリの評価はあまり好ましいものではないだろうということなのです」

これに対しマルチェッロはなにも言い返さなかった。するとジュリアが、夫の代わりに笑みを浮かべて答えた。「あたしはパリの人たちが大好きです。だって、とっても楽しそうなんですもの」

「よくぞ言ってくださった」教授が賛同した。「奥さん、あなたがご主人を治療しておあげなさい」

「病気なんかじゃありませんわ」

「いいや、厳格という病に罹(かか)っています」教授は皿の上に顔を伏せたままで言った。

それから口のなかでつぶやいた。「正確に言うと、厳格というのは症状に過ぎませんがね」

こうなると、リーナの言葉どおり、教授は明らかにマルチェッロのことをなにからなにまで知っていて、さながら猫が鼠を弄ぶようにからかって楽しんでいるのだと思われた。とはいえその戯れは、その日の午後にクアードリ教授の家で始まり、サヴォワの別荘での血塗られた結末を運命づけた、マルチェッロ自身の陰惨なおこないに比べたら、ひどく罪のないものだと思わずにはいられなかった。そこでマルチェッロは、いくぶん物憂げにおもねりながら、リーナに尋ねた。「あなたも僕のことを厳格な人間だとお思いですか？」

リーナはといえば、嫌なものでも見るような冷淡な眼差しでマルチェッロのことを見ていた。そこに彼に対する深い敵意が表われているのを見てとったマルチェッロは、胸が痛んだ。ところが、リーナは、どうやら昼間演じることに決めた恋に落ちた女の役を演じなければと思いなおしたらしく、無理やり笑みを浮かべた。「あなたのことはあまりよく知りませんけれど、とても真面目な方という印象は間違いなく受けますわ」

「あら、それは確かよね」ジュリアが愛情たっぷりの眼差しを夫に注ぎながら言った。

「あたし、夫が笑うのを十回かそこらしか見たことがないんです。真面目というのは、この人のためにあるような言葉ですわ」

リーナは悪意のこもった注意をマルチェッロにじっと向けていたが、やがてゆっくりと言った。「違った。いま言ったのは間違いです。真面目という言葉がぴったりなんじゃなくて、不安そうだと言うべきかもしれません」

「なにが不安だというのです？」

リーナがそんなことはどうでもいいというように肩をすくめるのをマルチェッロは見た。「それは全然わかりませんけれど」ところがその瞬間、テーブルの下のリーナの足が、そろりと、意味ありげに彼の足に軽く触れ、次いで押しつけるのを感じ、マルチェッロは心の底から驚いた。クアードリは気遣って言った。「クレリチ君、不安そうに見えると言われたことなど、あまり気に病むことはありませんよ。どれもみんな、暇つぶしの他愛のないお喋りです。あなたはいま新婚旅行でパリにいる。それだけを気にかけていればいいのです。奥さん、そうは思いませんか？」それからジュリアに向かって、お定まりのしかめ面のようにしか見えない笑みを見せた。するとジュリアも微笑み返し、陽気に言った。「もしかすると、それが気がかりなのかもしれませんね。そうじゃなくて、マルチェッロ？」

相変わらずリーナの足が自分の足に押しつけられているため、マルチェッロは自分が二つに分裂したかのように感じていた。あたかも恋愛関係に生じた分裂が彼の人生全体に波及し、自分が直面する状況も、一つではなく二つあるかのように。一つ目は、クアードリのことをオルランドに指し示し、ジュリアと一緒にイタリアに帰る。二つ目は、クアードリを助け、ジュリアとは別れて、リーナと一緒にパリに残る。その二つの状況は、重ねられた二枚の写真のように、悔恨と恐怖、希望と哀愁、諦めと抗いといった、様々な感情の色が混じり合い、一緒くたになっていた。リーナが足を押しつけてくるのは、自分を欺き、恋に落ちた女という役割を忠実に演じようとしているからに過ぎないのだとわかってはいたものの、馬鹿げたことに、それは事実でなく、彼女が自分を真剣に愛してくれていると望まずにはいられなかった。その一方で、なぜ彼女が、いくつもある方法のなかから、ほかでもないこのように古臭くて下劣で感傷的な、共犯者然とした行為を選んだのだろうかとマルチェッロは自問した。またしても、その選択に、自分に対する軽蔑が見え隠れしているように思えてならなかった。この男を欺くためには、細かな配慮も工夫も不要だとでもいわんばかりに。リーナはといえば、相変わらず足を押しつけ、マルチェッロのことを意味ありげにじっと見つめながら尋ねた。「あなた方のハネムーンのことですけれど、私、もうジュリアとお話ししましたの。でも、ジュリアはきっとあなたに切り出す勇気がないと思うので、私のほうから提案させていただきますね。旅行のついでに、サヴォワの私たちの別荘までいらしたらどうかしら。私たちは夏のあいだずっと、あちらで過ごす予定です。お客様用の素敵な部屋もありますし、一週間でも十日間でも、お好きなだけ滞在してくださってかまいません。そのあとで、直接イタリアに帰られればいいじゃありませんか」

要するに、彼女はこの誘いのために足を押しつけていたのだなと、マルチェッロは期待が外れた気分だった。そして今度は腹立ち紛れに、サヴォワへの招待はオルランドの計画にとってあまりに好都合だと改めて思った。招待を受けることによって、自分たちはリーナをパリにとどめることができ、そのあいだオルランドには、山中でクアードリの一件を片づける時間がたっぷりとできる。そう考えたマルチェッロは悠然と言った。「僕としては、サヴォワへの小旅行にはまったく異存がありません。ですが、早くても一週間後にしていただけますか。まずはパリを見てからでないと」「完璧ですわ」その答えを待っていたのだとばかりに、リーナが間髪を容れずに言った。「でしたら、私と一緒にサヴォワにいらしたらいいですわね。夫は明日、ひと足先に発つことになっておりますの。私も、あと一週間ほどパリにいなくてはいけないので」

マルチェッロは、もはやリーナが足を押しつけてこないことを知覚した。彼女にとって急務だった目的を果たしたいま、媚びる必要もなくなったのだろう。リーナは、眼差しで謝意を示そうとさえしなかった。マルチェッロがリーナから妻へと視線を移すと、妻は不満げな顔をしていた。案の定、ジュリアが口をひらいた。「夫の意見に反対するのは不本意ですし、奥様に失礼だと思われたくもないのですけれど……サヴォワにはご一緒できませんわ」

「どうしてだい？」マルチェッロは声を荒らげずにはいられなかった。「パリのあとは……」

「パリのあとは、あなたもご存じのとおり、コート・ダジュールのお友達に会いに行くことになっているでしょ」それはジュリアの出まかせで、二人にはコート・ダジュールに知り合いなどいなかった。ジュリアはリーナを厄介払いし、同時にリーナにはなんの興味もないことを示すために嘘をついたのだとマルチェッロは察した。しかし、このままではジュリアに拒絶されて気分を害したリーナが、クアードリと一緒に発ってしまいかねない。なんとしてでも反抗的な妻に招待を受けさせなければならなかった。そこで、慌てて言った。「まあ、彼らのところなら、なにも無理して行くこともあるまい。またいつだって会えるだろう」

「コート・ダジュールだなんて……なんて趣味の悪い」マルチェッロの口添えに気をよくしたリーナが、歌うような声で勢い込んだ。「コート・ダジュールに行くのは、南米のラスタ[12]か、高級娼婦(ココット)と相場が決まってますわ」

「だけど、約束してしまったんですもの」ジュリアは引き下がらなかった。

ふたたびリーナに足を押しつけられたマルチェッロは、懸命に説得を続けた。「なあジュリア。お誘いを受けようじゃないか」

「あなたがどうしてもと言うのなら……」ジュリアはうなだれた。

その言葉を聞いたリーナが不安と悲しみと苛立ちと驚きの入り乱れた表情をジュリアに向けたのを、マルチェッロは見逃さなかった。「それにしても、いったいなぜ……」リーナの声には思いつめた悲しみがにじんでいた。「あんな趣味の悪いコート・ダジュールに行きたいなんて思うのかしら。そんなのは田舎者が望むことですよ。コート・ダジュールに行きたがるのは田舎者だけ。あなたの立場だったら誰だって迷

12　ラスタファリアンの略。一九三〇年代に発生したアフリカ回帰運動、ラスタファリ運動を実践する人々のこと。

わずに誘いにのるはずです。ねえ、そうじゃありませんか?」そして、不意に投げやりな明るさで付け加えた。「あなたが話してくださらないだけで理由がなにかあるに決まってますわ。きっと夫と私がお気に召されないのね」

マルチェッロは、自分や夫がいる前で、いまにもジュリアに対するラブシーンを演じかねないリーナの情熱的な烈しさに圧倒された。いくらか驚いた様子でジュリアが反論した。「そんなことありません。なんてことをおっしゃるの?」

会話はそっちのけで料理を味わっているかのように、黙々と食べていたクアードリが、いつもの無関心な口調で注意した。「リーナ、奥さんを困らせるのはやめなさい。たとえ君の言うように、我々のことが好きではなかったとしても、面と向かって言いはしないだろうよ」

「いいえ、あなたは私たちに反感を持ってらっしゃる」リーナは夫の言うことなどお構いなしに続けた。「もっとはっきり言うと、ほかでもないこの私が嫌いなのですよね。ジュリア、そうじゃありませんこと? あなたは私を嫌ってらっしゃる」次いで、マルチェッロのほうを向きながら、相変わらず意味ありげで俗っぽい、投げやりな明るさで言い添えた。「自分は好かれていると思っていたら、そのじつ、好意を持ってもらいたいと願っている相手から、鼻もちならない奴だと思われているということが往々にしてあるものですよね。ジュリア、はっきり言ってくださいな。あなたは私に我慢がならないのですね。そして、一緒にサヴォワに来てほしくて、私が愚かしげにしつこくお誘いしているあいだにも、こんなふうに考えているにちがいありません。『いったいこの頭のおかしな女は、あたしになにを求めてるのかしら。その顔にも、その声にも、その態度にも、とにかく人となりすべてに耐えられないってことが、いいかげんわかりそうなものなのに……』正直に言ってください。あなたはいま、そんなふうに思っているのではありませんこと？」

どうやらリーナは、もはやいっさいの分別をかなぐり捨ててしまったらしいとマルチェッロは思った。夫であるクアードリは、悲嘆に満ちた当てつけをまるで意に介さずにいることもできようが、彼女の芝居において執拗な当てつけの矛先となっているマルチェッロにしてみれば、一連の言葉が実際には誰に向けられたものなのか気づかずにいることは不可能だった。呆れたジュリアは、力なく抗議した。「いったいなにを考えてらっしゃるのか……なぜそんなふうに思うのか教えてくださらない？」「ということは、やっぱり……」リーナは悲痛な声をあげた。「私のことがお嫌いなのですね」それから夫に向かって勝ち誇ったように、苦々しい口調で言った。「聞いたでしょ、エドモンド。奥さんが面と向かって口にするわけないってあなたは断言したけれど、ちゃんとおっしゃったじゃないの。私のことがお嫌いなんですって」

「あたし、そんなこと言ってませんし、夢にも思ってませんけど」ジュリアは作り笑いを浮かべて言った。

「おっしゃらなくても、ほのめかしたじゃありませんか」

クアードリは皿から視線をあげずに言った。「リーナ、君がなぜそこまで意固地になるのか理解できんよ。クレリチ夫人はなぜ君を嫌わなければならんのかね？ 数時間前に知り合ったばかりじゃないか。おそらく特定の感情などまだ抱いてないと思うがね」

マルチェッロはもう一度自分が割って入るべきだと感じた。リーナの、軽蔑と高慢の入りまじった、腹立たしげで侮辱するような眼差しが、それを求めていた。もう足こそ押しつけてはこなかったものの、なにかにとり憑かれたような大胆不敵さで、テーブルの上においていたマルチェッロの手の指を、塩を取るふりをして握ったのだ。そこで彼は、譲歩して話に決着をつけるような声色で言った。「とんでもありません。ジュリアも僕も、あなたにはとても好感を持っています。ですので、喜んでご招待をお受けします。必ずうかがわせていただきます。そうだね、ジュリア？」

「もちろんよ。ただ、約束が気になっていただけで、ご招待は最初からお受けしたかったの」ジュリアは急にしおらしく言った。

「よかった。でしたら、一週間後に、みんなで一緒に出発ということでよろしくて?」リーナは晴れやかな表情になり、さっそくサヴォワでするだろう散策や、その風光明媚な土地柄、滞在することになる別荘のことなどについて話しはじめた。とはいえ、彼女の話し方が混乱していることにマルチェッロは気づいた。なにか特定の意見を述べたり特定の情報を伝えたりといった必要性があって喋っているというよりも、まるで籠のなかに突如として射した陽光に心の弾んだ小鳥がさえずりたくなる衝動に駆られるように喋っていたのだ。そして小鳥が自らのさえずりによって生気を得るのと同様、リーナも自らの声の響きに陶酔し、大胆不敵で抑制の利かない歓喜に身を震わせ、興奮していた。女どうしの会話から除け者にされたと感じたマルチェッロは、なかば反射的に、クアードリの背後にかかっている鏡のほうへと視線をあげた。そこには、正直で人の好さそうなオルランドの顔が相変わらず宙に浮いたようにあり、首から下が斬り落とされてはいたものの、生きていた。しかも、いまや顔はひとつではなかった。同様に奇抜でくっきりとした横向きの顔が、オルランドに話しかけているのが見えた。それは猛禽類の顔だったが、鷲を思わせる威厳はなく、より弱い、わびしげな種のものだった。狭い額の下の生気のない深くくぼんだ小さな目、大きく曲がった陰鬱な鼻、苦行僧のような影のあるへこんだ頬、小さな口、皺の寄った顎。マルチェッロは、はてどこかで会ったことがあるだろうかと自問しながら、この人物をひとしきり観察していた。そのとき、突然クアードリの声が聞こえてびくっとした。

「ところでクレリチ君、あなたにひとつ頼みたいことがあるのですが、引き受けてくれますか？」

予想だにしていなかった質問だった。それを切り出すために、クアードリは妻が静かになるのをずっと待っていたのだ。マルチェッロは答えた。「僕にできることでしたら、もちろんやらせていただきます」

話しだす前、クアードリが、すでに相談して決めたことへの確認をとるために妻の顔をちらりとうかがったように、マルチェッロには思われた。「要するにですね……」甘ったるいと同時にシニカルな口調でクアードリは切り出した。「私がパリでどのような活動をしているか、そしてイタリアになぜ帰国しないのか、あなたは当然ご存じでしょう。我々はイタリアの仲間たちと、可能な手段を用いて手紙のやりとりをしています。その方法のひとつが、政治には無関心な、あるいは政治活動をしている疑いをかけられていない人に、手紙を託すというものです。そこであなたにも、手紙を一通、運んでいただけないものかと思いましてね。イタリアに着いたら、最初に通る駅のポストに投函してくれるだけでいいのです。たとえばトリノとか……」

しばらくの沈黙があった。クアードリの要求の目的はただひとつ、自分を試すこと、あるいは少なくとも困らせることにあるとマルチェッロは気づいていた。しかも、リーナも同意のうえで、そう要求することに決めたのだろう。おそらくクアードリは、自分なりの説得方法というものに忠実に従い、そうした類の策略がふさわしいのだとリーナに納得させたのだろう。それでも、彼女のマルチェッロに対する敵意を改めさせるには至らなかったのだ。緊張し、苛立ってもいるような彼女の冷淡な表情から、そんな推測が成り立つように思われた。とはいえ、クアードリがどのような結末を見込んでいるのかまでは、見抜けずにいた。そこで、時間稼ぎのためにマルチェッロは答えた。「ですが、見つかったら、僕は監獄行きですね」

クアードリは笑みを浮かべて軽口を叩いた。「たいしたことではありません。むしろ、我々のためにはいいことかもしれません。政治活動には、殉教者や犠牲者がつきものなのをご存じありませんか?」

リーナは眉根を寄せただけで黙っていた。一方、不安そうにマルチェッロを見たジュリアの目は、明らかに断ってほしがっていた。マルチェッロは焦らずに続けた。

「つまり、先生は手紙が見つかればいいと思っているのですか?」

「そうじゃありませんよ」おどけるようになにげなく自分のグラスにワインを注いでみせるクアードリに、マルチェッロはなぜか同情に近いものを覚えた。「我々はなによりも、できるだけ多くの人が共に危険を冒して闘いに身を投じてくれることを望んでいます。我々の大義のために監獄送りになることは、危険を冒して闘いに身を投じるいくつもの方法のひとつにすぎません。むろん唯一の方法ではありませんがね」クアードリはゆっくりとワインを飲み、思いがけず真剣な口調で言い添えた。「ですが、この提案は、言ってみれば形ばかりのものです。あなたが拒否するだろうことは織り込み済みです」

「でしたら、ご推察のとおりです。大変申し訳ありませんが、ご依頼はお引き受けいたしかねます」そのあいだに利害を秤にかけていたマルチェッロが答えた。

「主人は政治とはかかわりがありませんの。国の役人で、そうしたことの外におりますから」不安に駆られたジュリアも、咄嗟に口を挿まずにはいられなかった。

「そうでしょうとも。国家のお役人ですからね」クアードリの言葉には、愛情にも近い寛大さが感じられた。

奇妙なことにマルチェッロには、クアードリがその返事に満足しているように思えた。一方、リーナは苛立っているらしく、突っかかるようにしてジュリアに尋ねた。

「あなたは、ご主人が政治にかかわることをなぜそんなに恐れてらっしゃるの？」

「だって、なんの役にも立たないじゃありませんか。主人はただ、自分の将来について考えればいいのです。政治ではなくてね」ジュリアの返事は屈託がなかった。

「聞いた？　イタリアの女の人たちはそんな考え方をするのね。だから、こんな状況になるのよね」リーナが夫のほうを見て言った。

それを聞いてジュリアはむっとした。「正直なところ、イタリアとはなんの関係もありませんわ。一定の状況におかれたら、どこの国の女性でもおなじように考えるはずです。イタリアで暮らしていたら、あなただって同様に考えるんじゃありませんか？」

「そんなふうに怒らないでくださいな」リーナは、暗く悲しげな、愛情のこもった笑みを浮かべて、むくれたジュリアの頬をさっと撫でた。「冗談を言っただけです。あなたの言うとおりかもしれません。どちらにしても、ご主人の肩を持って、ご主人のために憤慨するなんて、なんてかわいらしいのでしょう。エドモンド、そう思わない？　とてもかわいらしいわよね」クアードリはいくらか辟易したらしく、〈まったく女のお喋りときたら！〉とでも言いたげに上の空でうなずいた。それから、大真面目な口調で言った。「奥さん、あなたのおっしゃるとおりです。真理とパンのどちらかを選ばせるような状況に男をおいてはいけませんね」

マルチェッロは、そろそろ話題も尽きたと思った。ただし、クアードリの依頼の真の動機がなにかという好奇心がまだ残っている。ウエイターが皿を替え、果物が山と盛られた器をテーブルに置いた。ワイン係がやってきて、シャンパンの栓を抜いてもいいかと尋ねた。「ええ、お願いします」と、クアードリが答えた。

ワイン係はクーラーから瓶を出すと、首の部分にナプキンを巻いたうえで栓を上に押しあげて抜き、泡立つシャンパンをグラスに注いだ。クアードリはグラスを片手に立ちあがった。「我らが大義のために」それからマルチェッロに向かって続けた。「手紙を届けることは断られましたが、乾杯ぐらいは受けてくれますよね?」涙で目をうるませ、感極まっているようにも見えたが、その反面、乾杯の動作にも面持ちにも計算したような抜け目のなさがうかがえた。マルチェッロは乾杯に応じる前に、妻とリーナの顔を見た。すでに立ちあがっていたジュリアは、〈乾杯だったら別にいいわよ〉とでも言うように目配せをした。グラスを持って目を伏せていたリーナは、苛立っているのか、うんざりした様子で素っ気なかった。マルチェッロは立ちあがり、「それでは大義のために乾杯」と言って、自分のグラスをクアードリのグラスに合わせた。ただし、子供じみた気の咎めから、心のなかで〈僕の大義のために〉と言い添えずにはいられなかった。とはいえ、もはや己のなかには守るべき大義などなく、ただ苦しく不可解な、遂行すべき義務があるだけのように感じていた。そして、リーナにグラスを合わせることを避けられているのに気づき、心が疼いた。一方のジュリアは、必要以上に愛嬌を振りまき、「リーナ、クアードリ教授、マルチェッロ」と、一人ひとりの名前を呼びながらグラスを合わせていて、憐れですらあった。クリスタルがぶつかり合うシャープではあるけれどもか弱い響きに、マルチェッロは、振り子時計が鳴ったときと同様、背すじの震えを覚えた。視線をあげて鏡をのぞくと、宙に浮いたオルランドの顔がそこにあり、斬り落とされた生首のような無表情に光る眼でじっとこちらを凝視していた。クアードリはワイン係にグラスを差し出し、改めて縁までいっぱいにしてもらった。それから、感情的な誇張をこめた仕草でグラスを掲げると、マルチェッロのほうに向きなおった。「では、クレリチ君、次はあなたの健康を祈って乾杯といきましょう。ありがとう」なにかをほのめかすように最後の「ありがとう」という言葉を強調すると、ひと息でグラスを飲み干し、腰をおろした。

それからしばらく、四人は無言のままで飲んでいた。グラスを二回も空にしたジュリアは、感謝に満ちた、ほろ酔い心地の表情で愛おしそうに夫の顔を見つめていたが、唐突に叫びだした。「シャンパンって、なんておいしいのかしら。ねえ、マルチェッロ、あなたもおいしいと思わない?」
「そうだな、とてもおいしい」マルチェッロも同意した。

「もっと感動したら?」ジュリアは言った。「本当にうっとりするような味だわ。あたし、すっかり酔っぱらっちゃった」軽く頭を振り、声をあげて笑うと、いきなりグラスを掲げた。「ねえ、マルチェッロ、あたしたちの愛に乾杯しましょう」

酔って笑いながら、マルチェッロに向かってグラスを掲げた。クアードリ教授はどこか遠くの一点を見つめていた。リーナは冷ややかな嫌悪の表情を浮かべ、非難の色を隠そうとしなかった。するとジュリアはすぐに考えを改めた。「やっぱりよしましょ。確かにあなたって厳格すぎるところがあるわよね。あたしたちの愛に乾杯することも恥ずかしいのでしょ? だったら、あたし一人で、とっても素敵な、大好きな人生に乾杯することにするわ。人生に乾杯」そう言うと、浮かれた危なっかしい手つきで勢いよく飲んだので、シャンパンがテーブルの上にこぼれた。すかさずジュリアが、「縁起がいいのよ」と言いながら、こぼれたシャンパンで指を濡らし、マルチェッロのこめかみに触れようとした。マルチェッロは思わず、その手を払いのける仕草をした。ジュリアは声をうわずらせて立ちあがった。「あなた、恥ずかしがっているのね。でも、あたしはちっとも恥ずかしくなんかない」テーブルをまわってマルチェッロのところへ行き、倒れかかるように抱きつくと、唇に熱烈なキスをした。

「あたしたち、ハネムーンの最中だもの」息を弾ませて笑い、自分の席に戻りながら、挑むような口調で言った。「あたしたちはハネムーンでここに来てるの。政治活動をするためでも、イタリアに届ける手紙を預かるためでもないわ」

その言葉が向けられたはずのクアードリは、平然としていた。「奥さんのおっしゃるとおりです」クアードリの意図したうえでの暗示と、妻の自覚のない無邪気な暗示との板挟みになったマルチェッロは、目を伏せて黙っていた。リーナは沈黙の時間が過ぎるのを待ってから、さりげなく尋ねた。「お二人は、明日はなにをなさるのですか？」

「ヴェルサイユに行くつもりです」マルチェッロは、口もとについたジュリアの口紅をハンカチで拭いながら答えた。

「私もご一緒します」すかさずリーナが言った。「午前中に出て、お昼をあちらで食べましょう。主人が荷物をまとめるのを手伝ってから、お迎えにあがります」

「それはいいですね」と、マルチェッロは言った。すると、リーナがためらいがちに言い添えた。「本当は車でお連れしたいのですけれど、夫が乗っていってしまうので、列車で行くしかありませんね。でも、きっとそのほうが楽しいですわ」クアードリは話を聞いていないようだった。背中が歪んでいることからくる独特な仕草で、四つ折りになった紙幣をストライプのズボンのポケットから取り出し、勘定を済ませている。マルチェッロが紙幣を渡そうとすると、クアードリはそれを押し戻して言った。「次の機会にご馳走してください。イタリアででも」するとジュリアが、不意に酔っぱらった甲高い声を張りあげた。「サヴォワに一緒に行くのはいいけれど、ヴェルサイユには夫と二人きりで行きたいの」

「それはどうも」リーナは席を立ちながら、皮肉たっぷりに言った。「最後にようやく本音を話してくださったのね」

「どうかお気を悪くされぬよう。どうやら妻はシャンパンを飲みすぎたようです」マルチェッロが当惑した顔で弁明した。

「違うわよ。あなたを愛してるから決まってるでしょ、お馬鹿さんね」ジュリアが声を張りあげた。そして、けたけたと笑いながら、クアードリ教授と一緒に出口へ向かった。「ハネムーンの最中に夫と二人きりになりたいと思うのは間違ったことだと思われます?」と尋ねる妻の声がマルチェッロの耳に聞こえてきた。

「いいえ、奥さん。当然のことですよ」クアードリは優しく返した。そのあいだに、リーナが刺のある声音でつぶやいた。「私としたことが、なんて馬鹿なのかしら。

ヴェルサイユの散策は新婚夫婦のお決まりのコースだって考えもしないなんて……」

店の出口で、マルチェッロはクアードリを先に通した。マルチェッロがレストランを出ようとした瞬間、ふたたび振り子時計が鳴り響き、十時を告げた。

Ⅸ

外に出ると、クアードリ教授は車のドアを開け、運転席に乗り込んだ。「ご主人には夫の隣の助手席に乗っていただいて、私たちは一緒に後ろに座りましょ」とリーナがジュリアに言った。ところがジュリアは、相変わらず酔っぱらった、ふざけた口調で言った。「どうして？　あたしは前に乗りたいんですけど」そして、有無を言わさずクアードリの隣に乗り込んだ。そのため、マルチェッロとリーナが後部座席で隣合って座ることになった。

マルチェッロは、リーナが口にしたことを額面どおりに受けとめ、自分は彼女から愛されているのだと信じているように振る舞いたかった。そこには、意趣返しの衝動だけでなく、希望の片鱗もあった。不本意ではあるし矛盾しているものの、紆余曲折を経た挙げ句、いまでもなおリーナの気持ちに対して淡い幻想を抱いているかのように。車は走りだし、やがて横道に入るため、薄暗い場所でスピードを緩めた。マルチェッロは薄闇に乗じて、膝の上におかれていたリーナの手を握り、座っている二人のあいだに引き寄せた。手に触れたとたん、リーナはむっとして振り向いたものの、その態度はすぐに、哀願し、言い含めるような、共犯者めいたものに変わった。車がカルチエ・ラタンの小道から小道へと通り抜けるあいだ、マルチェッロはリーナの手を握りながら、その手が、自分の手のなかで、筋肉のみならず、皮膚そのものが愛撫を拒絶するように緊張するのを知覚した。その指の無気力な動きには、嫌悪と憤怒が入り混じっていた。そのときカーブで車が大きく揺れたため、二人は互いにもたれかかるような恰好になった。するとマルチェッロは、抵抗してひっかいてくる猫でも扱うようにリーナのうなじをつかみ、一方に頭を傾けさせると、その口にキスをした。彼女は最初のうちこそ手を振りほどこうともがいていたが、マルチェッロがますます力を入れて、その少年のような華奢で滑らかなうなじをつかんだものだから、痛みのために低い呻き声をあげ、抵抗するのをやめてキスを受け容れた。けれども、リーナの唇が不快感に歪むのをマルチェッロははっきりと感じた。それだけでなく、握りしめていた彼女の手は、尖った爪を彼の掌に突き立てていた。情欲的な仕草ととれなくもないが、実際には嫌悪と敵意にあふれていることをマルチェッロは察していた。彼は、憎悪と耐えがたい反感でぎらつくリーナの目と、前の座席のジュリアとクアードリの微動だにしない二つの黒い頭を代わる代わる見ながら、できるかぎりキスを引き伸ばした。そのとき対向車のヘッドライトがフロントガラスを煌々と照らしたので、マルチェッロはリーナを放し、シートの背もたれに身を投げた。

目の端で、同様にシートにもたれかかるリーナが見えた。緩慢な動作で口もとにハンカチを持っていくと、嫌悪感いっぱいに繰り返し唇を拭っている。芝居の設定どおりならば、いまだにキスを求めて震えているはずの唇を、彼女が烈しい嫌悪感でもって、たいそう念入りに拭っているのを見てとったマルチェッロは、絶望に囚われ、恐ろしいほど暗澹とした痛みを覚えた。

「僕を愛してくれ。頼むから僕を愛してくれ」と、マルチェッロは叫びだしたかった。突然、それほどまでに渇望していながら手に入れることの不可能なリーナの愛によって、いまや自分の人生だけでなく、リーナ自身の人生までもが左右されるように思われた。というのは、リーナの頑なな敵意に感化されたかのように、マルチェッロにまで、愛情と渾然一体ではあるものの、血なまぐさい、人を殺めかねない憎悪が湧きあがったのだ。これ以上リーナが自分に敵意を抱いたままで生きていることに耐えられないように思え、いまこの瞬間、できることならば殺したいと思った。そう考えている自分に戦慄を覚えながらも、もはやリーナから愛されるよりも、彼女が死んでいく姿を見ることに、より大きな喜びを感じるのかもしれないとまで思えた。その途端、寛容の心が働いて、マルチェッロは反省し、自分に言い聞かせた。〈天の巡り合わせで、オルランドとその部下が向かうとき、リーナはサヴォワにはいない。じつにありがたいことだ〉それでいて、束の間ではあるものの、リーナが夫とともに、おなじ状況、おなじ方法で殺されることを願っていたのだ。

やがて車が停まり、四人は降りた。マルチェッロが見渡すと、そこは郊外の薄暗い通りで、片側には不揃いな家々が建ち並び、もう一方は公園の塀になっていた。リーナはジュリアと腕を組みながら言った。「行けばわかります。寄宿学校育ちの女の子たちには向かないけれど、おもしろいところなのです」そして一行は、イルミネーションの灯ったドアのほうへと歩いていった。ドアの上には赤いガラスでできた小さな四角いプレートがあり、青の文字で《ル・クラヴァット・ノワール》と書かれていた。「黒いネクタイですわ」と、リーナがジュリアに説明した。「男性がタキシードを着るときに結ぶネクタイを、このお店では女性たちみんなが結んでいますの。ウエイトレスからマダムまでね」四人はロビーに入った。その言葉通り、すぐに、きりっとした目鼻立ちで、ショートヘアではあるが、ひげはなく、女性らしい肌の白さと骨格の顔がクロークのカウンターの向こうに現われ、愛想のない声で、「上着を」と言った。ジュリアは面白がってカウンターに歩み寄り、くるりと背を向けると、黒いジャケットに糊の効いたワイシャツ、蝶ネクタイ姿のクローク係の手のなかにショールを滑らせて、素肌の肩をむき出しにした。それから一行は、煙草の煙が立ち込め、耳をつんざくほどの音楽と喋り声が響くダンスホールに入っていった。

　年齢は定かではないものの、若いとはいえないふくよかな女性が、混雑したテーブル席を縫うようにして四人のほうに近づいてきた。蒼白くてすべすべの丸顔の顎の下には、やはり黒い蝶ネクタイが結ばれている。女支配人らしきその女性は、愛情たっぷりの親しさでクアードリの妻に挨拶すると、男物のジャケットの襟もとにシルクの紐で結ばれた片眼鏡を、尊大な目もとまで持ちあげて言った。「四名様ですね。クアードリ夫人、あなたにぴったりなお席があります。どうぞこちらへ」この場の雰囲気に機嫌をなおしたらしいリーナは、女支配人の肩に口を寄せるようにして屈むと、なにやら悪戯（いたずら）めいたことを楽しそうにささやいた。それに対して女支配人は男っぽく肩をすくめ、蔑むように顔をしかめた。一行は導かれるままに、ホールの奥の空いたテーブルまで進んだ。「こちらです（ヴォアラ）」と女支配人が言った。そして今度は彼女のほうが、席に座ったリーナの肩に身を屈め、耳もとでおどけるように、愉快げな口調でなにやらささやいた。そしてふたたび背すじを伸ばし、艶めいた小さな頭を尊大にまっすぐ掲げると、テーブルのあいだを縫って歩き去った。

続いて、ずんぐりとした体格で褐色の肌のウエイトレスがやってきた。やはりおなじ服装をしている。するとリーナは、ようやく自分の趣味に合う場所にやってきた者ならではの鷹揚な態度で、嬉しそうに迷いなく飲み物を注文した。それからジュリアのほうに向きなおり、朗らかに言った。「ここの人たちの服装、ご覧になった？　女子修道院みたいですよね。面白いと思いませんこと？」

ジュリアはといえば、当惑し、愛想笑いを浮かべているようにマルチェッロの目には映った。ネオンの人工的な光が揺らめく、茸の笠を逆さまにしたようなセメントの天井の下の、テーブルとテーブルのあいだの小さな丸い空間で、多くのカップルがひしめき合っていて、そのうちの何組かは女どうしだ。これまた男装の女たちから成る楽団が、張り出し回廊へとつながる階段の下に陣取っている。いくらかぼんやりした様子のクアードリ教授が口を開いた。「私はこの場所がどうも好きになれません。ここの女性たちは、好奇心というよりも、憐れみをそそるように思えましてね」夫の指摘はリーナの耳には届かないらしく、貪欲な光で目をぎらつかせている。抗いがたい欲望に終に根負けしたのか、神経質な笑みを浮かべてジュリアを誘った。「一緒に踊りませんか？　そうしたら、私たちもあの女性たちの仲間だと思われます。　楽しいですよ。あの女性(ひと)たちと同類のふりをするのです。一緒に来てちょうだいな」リーナは笑いながら、矢も楯もたまらないというように立ちあがり、ジュリアの肩に手をおいて立つようにうながした。ジュリアは決めかねて、まずリーナの顔を見やり、次いで夫の顔を見た。マルチェッロは素っ気なく言った。「どうして僕の顔を見るんだい？　なにも悪いことはないじゃないか」ここでもまた、リーナの望みどおりに振る舞わねばならないのだとわかっていた。ジュリアは小さな溜め息をつき、しぶしぶ立ちあがった。そのあいだにも、すっかり有頂天になっていたリーナは繰り返した。「ご主人だって、なにも悪いことはないっておっしゃってますわ。さあ、いらして」ジュリアは歩み寄りながらも、不服そうに言った。「正直なところ、あの人たちの仲間だなんて思われたくありませんけれど」そのくせリーナの先に立ち、ダンスを踊るためのフロアまで来ると、リーナのほうに向きなおり、両腕を伸ばして抱かれるのを待った。マルチェッロが見ていると、リーナが歩み寄り、男のような威厳と自信でジュリアの腰に腕をまわし、ステップを踏みながら、他のカップルが踊っているあいだへと導いていった。彼はそのまましばらく、心の痛みをともなう曰(いわ)く言いがたい驚きとともに、抱き合って踊る二人の女を見ていた。ジュリアはリーナよりも背が低く、頬を寄せ合って踊っているのだが、ステップを踏むごとに、リーナの腕がジュリアの腰をますます強く抱きしめるように見えた。彼にしてみればそれは、信じがたく悲しい光景だった。別の世界で、別の人生だったならば、自分に向けられ、自分を救ってくれ、自分が堪能できるはずの愛だったのにと考えずにはいられなかったのだ。そのとき、マルチェッロの腕に手がおかれた。振り返ると、赤らみ歪んだクアードリの顔が自分のほうに向けられていた。「クレリチ君」と、クアードリは昂った声で言った。「私が気づいてないなどと思わないように」

マルチェッロはクアードリを見返し、ゆっくりと言った。「すみませんが、なんのことかわかりません」

「クレリチ君」クアードリは即座に答えた。「あなたは、私が何者かご存じだ。ですが、私もあなたが何者か知っています」クアードリはマルチェッロを凝視しながら、その背広の襟を両手でつかんだ。動揺し、恐怖に凍りついたマルチェッロは、クアードリの顔を見つめた。その目に憎悪の色はなく、あるのは感傷的で涙もろく、くるおしい感激だったが、そこには綿密に計算された謀りごとがこめられているように思われた。クアードリは続けた。「私はあなたが何者か知っていますし、こんなことを言えば、無邪気な夢想家か、さもなければ愚かな人間だという印象を与えかねないことはわかっています。ですが、それでも構いません。クレリチ君、私はそれでもなお、あなたと腹を割って話したいのです。まずは礼を言わせてください」

マルチェッロは口をつぐんだままクアードリを見つめた。相変わらず背広の襟をつかまれたままで、いまにも投げ飛ばされそうなほどに襟首のあたりで背広が引っ張られるのを感じていた。「あなたにはありがとうと言いたいのです」クアードリは感激に震える声で続けた。「私が気づいていないと思わないでください。あなたが自分の義務を果たすつもりでいるなら、私から手紙を預かり、上官に届けたでしょう。手紙を解読し、受け取り人となっている人物を逮捕させるために。ですがクレリチ君、あなたはそうはしませんでした。そうすることを拒んだのです。公正さのためか、にわかに心を改めたからか、不意に疑念が湧いたからか、誠実であるが故か……私にはわかりません。わかるのはただ、あなたはそうしなかったという事実だけであり、私はそれに対してもう一度礼を言わせてもらいます。ありがとう」

マルチェッロが答えようとしたところ、ようやく背広の襟を離したクアードリに片手で口をふさがれた。「いいえ、手紙を預かることを拒否したのは、私に疑念を抱かせないためだとか、新婚旅行中の花婿という課せられた役割を忠実に果たすためだなどとは言わなくて結構です。それが真実でないことを私は知っていますから。実際あなたは、贖罪に向かって最初の一歩を踏み出したのです。その一歩を踏み出させる手助けをする機会を私に与えてくれたことに感謝しています。クレリチ君、どうかそのまま進んでください。そうすればあなたは本当に生まれ変わり、新しい人生を歩むことができるでしょう」クアードリは椅子に身を預け、いかにも喉の渇きを癒したいというように、一気にグラスを干した。「さあ、ご婦人方のお戻りです」そう言いながら立ちあがった。マルチェッロもつられて立ちあがった。

リーナはなにやら機嫌を損ねているらしかった。腰を下ろすなり、腹立たしげにコンパクトを開けて、ぱたぱたとせわしなく鼻と頬に白粉を叩いた。片やジュリアは、我関せずといった表情で悠然と夫の隣に座り、リーナに対する嫌悪感を改めて伝えるかのように、テーブルの下で愛情たっぷりに夫の手を握った。そこへ片眼鏡の女支配人が近づいてきた。蒼白くなめらかな頬に皺を寄せ、蜜のごとき笑みを浮かべると、とりすました声ですべて順調かと尋ねた。

リーナは、なにもかもこれ以上ないくらい順調だと冷ややかに答えた。支配人はジュリアのほうに身を屈めて言った。「お客様は当店にいらっしゃるのは初めてですね。お花を一輪さしあげてもよろしいかしら?」

「まあ、ありがとう」ジュリアは驚いて言った。

「クリスティーヌ」支配人が呼ぶと、やはり男物のジャケットを着た娘がやってきた。よくダンスホールで見かけるような可愛らしい花売り娘とは趣がまったく異なり、化粧っけのない蒼白くやつれた顔に、大きな鼻と厚ぼったい唇という東洋風の面立ち、額は広く骨ばっていて、短く大雑把に刈りあげた髪は、病気かなにかでまばらになったようにも見えた。支配人は、娘の差し出した梔子(くちなし)の花がいっぱいに入った籠のなかから一輪を選ぶと、「当店からの贈り物です」と言ってジュリアの胸に挿した。

「ありがとう」ジュリアは礼を言った。

「御礼にはおよびませんわ。奥様はスペインの方ですね。そうじゃありませんこと?」

「イタリア人よ」リーナが横から口を挿んだ。

「まあ、イタリアの方でしたか。確かにそうですわね。漆黒の瞳をしてらっしゃる……」支配人は、物悲しげで痩せっぽちのクリスティーヌを伴って行ってしまい、最後のほうの言葉は客のざわめきのなかに消えた。

楽団がふたたび演奏を始めた。リーナがマルチェッロのほうを向き、憤慨したように言った。「どうして誘ってくださらないの? 私、踊りたいのに」マルチェッロは無言で立ちあがると、リーナについてダンスフロアまで進み出た。

二人は一緒に踊りだした。マルチェッロは、リーナが一定の距離から体を近づけようとしないので、いましがたジュリアにぴったりと体を寄せていた彼女の独占的な愛情を思い出し、悲しくならずにはいられなかった。しばらく無言のまま踊っていたものの、リーナが唐突に、愛の共犯関係という芝居を憤怒と敵意で脚色したかのような、怒りに駆られた口ぶりで詰(なじ)った。「夫に気づかれる危険を冒してまで車のなかでキスをするくらいなら、奥さんを説き伏せて、ヴェルサイユへ一緒に行くことにしてくれたらよかったのに」

マルチェッロは、飽くまで虚構の恋愛関係であるにもかかわらず、真剣に憤ってみせるリーナの自然な振る舞いと、夫への裏切りも平気でしてのける女ならではの、皮肉で下卑た馴れ馴れしい言葉遣いに啞然として、しばらくなにも言えなかった。リーナはその沈黙を自己流に解釈し、畳みかけた。「どうして黙っているの？　それがあなたの愛情ってわけ？　あなたの奥さんのような馬鹿な女に言うことも聞かせられないなんて」

「妻は馬鹿ではない」彼女の奇妙な怒りを前に、腹を立てるというよりも好奇心をそそられたマルチェッロは、優しい口調で言った。

その返事によって拓(ひら)かれた道に、彼女はすかさず飛びついた。「馬鹿じゃないですって?」意表を衝かれたのか、苛立ちも露わに声をうわずらせている。「でもあなた、誰にだってわかるでしょう。確かに美人ではあるけれど、完全な馬鹿よ。動物並みね。それくらいなぜわからないの?」

「ありのままの彼女が好きなんだ」マルチェッロは図らずもそう口にしていた。

「まるで鵞鳥よ。とんだお馬鹿さんだわ。コート・ダジュールだなんて……。脳みその欠片もない、田舎の小娘ってところね。コート・ダジュールだなんて、聞いて呆れるわ。だったら、どうしてモンテカルロやドーヴィルじゃないわけ? いっそのことエッフェル塔はいかが?」リーナは憤りで我を忘れているようだったが、ジュリアと踊っているあいだになにか好ましくない口論があった証拠だとマルチェッロは思った。そこで、相変わらず優しい口調で言った。「妻のことは気にしないで、明日の朝、ホテルに来てほしい。ジュリアは君も一緒に来ることを承知するはずだ。三人でヴェルサイユに行こうじゃないか」

リーナは期待のこもった眼差しで彼を見たが、すぐに憤怒のほうが勝り、言い返した。「いい考えとは思えないわ。奥さんは、私に来てほしくないってはっきり言ったのよ。私には招かれざるところにのこのこ出掛けていく悪趣味はないの」

マルチェッロは気持ちのままを口にした。「それでも、僕は君に来てほしいんだ」

「けれど、あなたの奥さんは望んでいない」

「なぜ妻のことなどそんなに気にするんだい？　僕たち二人が愛し合っているだけで十分じゃないのか？」

リーナは、ふくらんだ柔らかい胸を彼の胸に押しあてるようにして頭を後ろに反らすと、不安げな、疑い深い眼差しでマルチェッロのことを見た。「あら、そうだったの？　あなたは、まるでずっと以前から恋人どうしだったかのように私たちの愛について語るけれど、本当に私を愛しているの？」

マルチェッロは、〈なぜ僕を愛してくれない？　僕は君のことを心から愛するだろうに〉と言いたかった。ところが、口から出かかった言葉は、越えようのない隔たりのせいで消えてしまう木霊（こだま）のように、唇の上で果ててしまうのだった。パロディーかと思えるほど熱心にリーナが虚構の世界をつくりあげ、自分のことを本当に愛しているのかと演技で詰問してくるいまこの瞬間ほど、彼女を深く愛したことはないようにマルチェッロには思われた。仕舞いに彼は悲しそうに言った。「僕が君と愛し合えたらいいのにと願っていることを、君はわかっているのだろう？」

「私もそう願ってるわ」リーナは上の空で口にしたものの、それがジュリアを想っての言葉であることは明らかだった。それから、ふと現実の世界に目覚めたかのように、唐突な怒りに駆られて言い添えた。「とにかく、車のなかとか、そういった場所で二度と私にキスをしないで。私は、その手の身勝手な愛情表現には昔から我慢がならないの。相手に対する敬意と礼儀の欠如としか思えない」

「だが君は……」マルチェッロは歯嚙みして言い返した。「明日、ヴェルサイユに来るかどうかまだ答えていない」

リーナは逡巡しているらしく、心ここにあらずといった様子で尋ねた。「私が行っても、奥さんは本当に怒らないかしら。さっきレストランでしたみたいに、私を侮辱するようなことを言うんじゃなくて？」

「そんなことはしないよ。まあ多少驚くだろうが、それだけだ。君が来る前に、僕が言い含めておくから心配は無用だ」

「本当にそうしてくれる？」

「ああ」

「奥さんは、どうやら私がたまらなく嫌いみたいなのよね」リーナは、そんなことはないと否定してもらうのを期待してか、問いかけるように言った。

「君の思い違いだよ。妻は君に大いに好感を持っている」彼女のあからさまな期待に歩み寄り、マルチェッロが答えた。

「本当かしら？」

「ああ、本当だとも。今日もそう言っていた」

「どんなふうに言ってたの？」

「いや、特にどうというほどのことじゃないが……。君が美しいとか、賢そうな女性だとか、要するに、ありのままを口にしていたよ」

「だったら行くことにする」リーナは唐突に決意した。「夫が出発したら、すぐにうかがうわ。九時頃になると思う。そうすれば十時の列車に乗れるでしょ。あなたたちのホテルまで迎えにいくわね」

マルチェッロは、その唐突な決心と安堵の表情に、自分の感情がまたしても傷つけられるのを感じた。そして突然、偽りでも曖昧でもいいからとにかく愛が欲しいという思いに身を焦がして言った。「君が来ることにしてくれて、とても嬉しいよ」

「そうなの？」

「そうとも。僕を愛していなかったら、来やしないだろう？」

「他に動機があるのかもしれなくてよ」彼女の返事には刺があった。

「どんな？」

「女っていうのは意地が悪いものなの。単に奥さんに嫌がらせをしたいだけかもしれない」

つまりリーナは、ひたすらジュリアのことだけを考えているのだ。マルチェッロはなにも答えずにダンスのステップを踏みながら、ホールの出入り口へとリーナを導いた。そこから二度ほどターンをすると、二人は店のドアのすぐ手前の、クロークの前に出た。「私をどこへ連れていくつもり?」

「少し表に出ないか?」マルチェッロは、カウンターの向こうで立っているクローク係に聞かれないように、抑えた声で誘った。

「どうして?」

「外なら誰もいない。キスをしてほしいんだ。心からのね。僕のことを本当に愛していると示すために」

「そんなのお断りよ」リーナは怒りだした。

「どうしてだい? 通りには誰もいないし、薄暗い」

「人目のある場所での身勝手な愛情表現は大嫌いって言ったばかりでしょ」

「お願いだ」

彼女は有無を言わさぬ大声で「離して」と言うと、彼の手をふりほどき、たちまちホールのほうへ走り去った。マルチェッロは、まるでその弾みで投げ飛ばされたかのようにドアをくぐり、表の通りに出た。

リーナに言ったとおり、通りは薄暗く、誰もいなかった。ときおり通りかかる車のヘッドライトぐらいしか明かりのない歩道を歩いている者は誰もいなかった。通りの向こう側の、公園を囲む塀沿いには、車が何台か並んで駐(と)まっていた。マルチェッロはポケットからハンカチを取り出し、塀の上から伸びる葉の生い茂った木々を眺めつつ、額の汗を拭った。頭に強烈なパンチを思い切り喰らったあとのように、目がくらんだ。なりふり構わず女性に哀願したのは生まれて初めての経験で、そんな自分が恥ずかしかった。と同時に、もはやいっさいの希望が潰(つい)え、リーナの心が変わって自分を愛してくれることはおろか、理解してくれることすらないのだと思い知った。ちょうどそのとき背後からエンジン音が聞こえ、一台の車が彼の脇をかすめるようにして停まった。車内にはライトが灯り、いかにもお抱え運転手といった風情のオルランド諜報員が運転席に座っているのをマルチェッロは見てとった。その隣には、面長で細い、猛禽類のような顔立ちの同僚がいた。「クレリチさん……」とオルランドが小声で言った。「クレリチさん、我々はそろそろお暇します。明朝、彼は自家用車で出発し、我々はそれを尾行する。ですが、おそらくサヴォワに到着するまで待ちはしないでしょう」

「なぜだ?」マルチェッロはほとんど無意識に歩み寄った。

「サヴォワまでは遠く、かなりの道のりがあります。その前によりよい条件で遂行できるのなら、サヴォワまで行く必要もないでしょう。それではクレリチさん、失礼します。またイタリアでお会いしましょう」オルランドは敬礼をし、同僚は会釈した。車は滑るように走り去り、道の外れまで行くと、角を曲がって見えなくなった。

マルチェッロは歩道に引き返し、店の敷居を跨いでホールに戻った。そのあいだにふたたび音楽が始まっていて、テーブルにはクアードリの姿しかなかった。見ると、フロアでひしめき合う客たちに紛れて、リーナとジュリアがまた一緒に踊っていた。マルチェッロは席に座り、よく冷えたレモネードがなみなみと注がれたままのグラスを手に取り、氷の塊を見つめながら、時間をかけて飲み干した。そのとき、藪から棒にクアードリが尋ねた。「クレリチ君、あなたがすべきことはなにかわかりますか?」

「わかりません」マルチェッロは、テーブルにグラスを戻しながら答えた。

クアードリは戸惑った様子もなく、説明した。「相手があなたでなければパリにとどまるよう勧めたかもしれません。ここならば誰だろうとすべきことが見つかります。本当ですとも。我々もあなたのような若者をなにより必要としています。ですがあなたの場合、いまいる地位にとどまってこそ我々の役に立つかもしれません。いまのポストにいて……」

「あなた方に情報を提供する」マルチェッロは、クアードリの目を見据えて結論を先回りした。

「そのとおりです」

その言葉を聞いてマルチェッロは、先ほど背広の襟をつかんでいたときにクアードリが見せた、感極まって涙ぐみ、真の愛情に満ちた瞳を思い出さずにはいられなかった。そして、あの感激は冷酷な政治的計算の魔手を覆い隠す感傷的なビロードだったのだと思い至った。考えてみれば、おなじ種類の感激――質こそ異なり、人類愛というよりも愛国心からではあったが――を、上司たちの瞳に見てとったこともあった。とはいえ、そうした弁解じみた感情になんの意味があるというのか。いずれの場合にも、いや、いかなる場合にも、一人の人間としての彼はなにひとつ考慮されることなく、特定の目的を達成するための数多(あまた)ある駒のひとつとして、いともたやすく利用されるだけなのだから。マルチェッロはほとんど官僚的な無関心でもって、クアードリはこの依頼によって、自身の死刑判決に承認のサインをしたも同然だと思った。そこで視線をあげて言った。「先生は、まるで僕が先生とおなじ思想の持ち主であるか、あるいは間もなくおなじ思想に転向するかのように話しておられます。もしそうだとしたら、僕は自ら協力を申し出るでしょう。ですが現状では、僕は先生とおなじ思想を持ってもいなければ、そうなりたいとも思っていませんので、先生が僕に求めているのは、他でもない裏切り行為です」

「裏切り行為なんてとんでもありません」クアードリは言下に否定した。「我々からしてみれば、裏切り者など存在しません。自らの過ちに気づき、それを悔い改める者たちがいるだけです。あなたはそうした人間の一人だと私はずっと信じてきたし、いまでもそう信じています」

「それは誤解です」

「ならば聞かなかったことにしてください。私はなにも言わなかった」おそらく失望を隠すためだろう、クアードリは間をおかずに、「お嬢さん」とウエイトレスを呼び、勘定を支払った。その後二人は黙りこくり、クアードリは晴れやかな傍観者といった態度でホールを見渡し、一方のマルチェッロはホールに背を向けて座り、足元に視線を向けていた。やがてマルチェッロの肩に手がおかれ、ジュリアのおっとりとして柔和な声がした。「そろそろ帰らない？　あたし、もうくたくた」

マルチェッロは即座に立ちあがり、「眠いという点では、我々全員の意見が一致するようですね」と言った。リーナの顔に動転した表情が浮かび、たいそう蒼白く見えたものの、表情はその晩の疲れが、顔色は青いネオンの光が原因だとマルチェッロは考えることにした。そうして四人は店を後にし、通りの外れに駐めてあった車のところまで歩いた。ジュリアが耳もとで「来たときとおなじように座りましょ」とささやいたが、マルチェッロは聞こえなかったふりをして、迷わずクアードリの隣に座った。車が走っているあいだ、四人の誰一人として口を開かなかった。途中でひと言だけ、マルチェッロがなにげなく「サヴォワまではどれくらいかかるのですか？」と尋ね、それに対して、クアードリが振り向きもせずに、「スピードの出る車ですし、一人ですし、走る以外にすることもありませんから、夜にはアヌシーに着くでしょう。一晩泊まり、翌日は早朝に出発します」と答えた以外には。

ホテルの前に着くと、四人とも車から降りて別れの挨拶をした。クアードリは、まずマルチェッロと、次いでジュリアと握手を交わし、そそくさと車に乗り込んだ。リーナはしばらく立ち止まってジュリアになにか言っていたが、ほどなくジュリアは挨拶を済ませてホテルに入っていった。束の間、マルチェッロとリーナが歩道で二人きりになった。彼はどぎまぎして言った。「では、また明日」リーナも、「また明日」とおなじ言葉を繰り返し、社交的な笑みを浮かべて会釈をした。そうしてリーナは踵(きびす)を返し、マルチェッロはロビーにいるジュリアを追った。

X

マルチェッロは目を覚まして天井を見遣るなり、しっかりと閉まっていない鎧戸の隙間から洩れるぼんやりとした薄明かりのなかで思った。この時間、クアードリはもうフランスの街道を走っていて、そのすぐ後ろから、オルランドと部下が追っているだろう。そして、パリ旅行は終わりを告げたのだと理解した。旅は終わったのだ。改めてそう自分に言い聞かせた。まだ始まったばかりだというのに。なぜ終わりを告げたのかというと、クアードリの死がすでに確実になったため、リーノの死によってもたらされた孤独感と異常性という重荷をあらゆる方法で払いのけようとしていた彼の人生の一時期が幕を下ろしたからだ。マルチェッロは、犯罪という代償を払って、より厳密に言うならば、特定の意義を与えて正当化できなければ犯罪にとどまってしまう代償を払って、幕引きに成功したのだ。彼個人としては、正当化できる理由には事欠かなかった。善き夫、善き父親、善き市民……いっさいの後戻りを決定的に阻止するクアードリの死のお蔭で、これまで彼の人生に欠けていたそうした絶対性を、徐々に、だが着実に獲得していくことになるのだろう。そして、彼の暗澹たる悲劇の第一原因であったリーノの死は、クアードリの死によってけりがつき、帳消しになるはずだった。かつて無垢の人間を生贄として贖罪のために捧げることによって、それに先立つ大罪の背徳性にけりをつけ、帳消しにしていたように。だが、それはマルチェッロだけの問題ではない。彼の人生の正当化とクアードリ殺しは、彼一人で成し得るものではなかった。〈こうなったからには……〉マルチェッロは明晰な頭で考えた。〈他の連中にもそれぞれの義務を果たしてもらわねば。さもないと、死人を腕に抱えたまま僕一人がとり残され、最終的に無に無を重ねただけということになりかねない〉他の連中というのは、この殺しによって彼が仕えようとしている体制であり、その体制を支持した社会であり、その社会によって導かれることを受け容れた国家そのものだ。〈僕は自分の義務を果たしただけだ。このような行動をとったのは、命令されたからだ〉と言うだけでは、マルチェッロの気が済まなかった。オルランド諜報員ならばそう正当化するだけで済むだろうが、マルチェッロにとっては十分ではなかった。彼は、その体制、その社会、その国家の完全なる成功を欲していた。しかも外的な成功だけではなく、内的で必然的な成功を。それが実現されて初めて、通常ならば凡庸な犯罪と見做される行為が、必然的な方向への前向きな一歩になるはずなのだ。換言するならば、マルチェッロには如何ともしがたい力によって、根底からの価値の転換が生じる必要があった。すなわち、不正義は正義に、裏切りは英雄行為に、死は生にならなければならないのだ。そこまで考えると、飾らない自嘲めいた言葉で己のおかれた境遇を表現せずにはいられなくなり、マルチェッロは冷ややかに思った。〈要するに、もしファシズムが失敗し、ローマにはびこる悪党や不適格者や愚者どもがこぞってイタリアという国を破滅に導くならば、僕は惨めな人殺しでしかなくなるということさ〉だが、すぐに頭のなかで訂正した。〈たとえそうだとしても、物事がこのような状況にある以上、他にどうしようもなかったんだ〉

マルチェッロの隣でまだ眠っていたジュリアが寝返りを打ち、わざとらしいゆっくりとした動きで、最初は腕を、次に脚をじわじわと彼に絡ませ、頭を胸にのせてきた。マルチェッロはされるに任せながらも、片腕を伸ばしてサイドテーブルの上から小さな夜光の目覚まし時計を取り、時刻を確認した。九時十五分だった。昨夜オルランドがほのめかしたように事が運んだとしたら、いま頃、フランスの街道のどこかで、クアードリの自家用車が溝に打ち捨てられ、運転席には死体があるのだろうと考えずにはいられなかった。ジュリアが小さな声で尋ねた。「いま何時？」

「九時十五分だ」

「まあ、ずいぶん遅いのね。少なくとも九時間は眠ったわ」ジュリアはそのままの姿勢で言った。

「二人とも疲れてたんだろう」

「ヴェルサイユには行かないことにしたの？」

「行くに決まってるだろう。そろそろ着替えないと」マルチェッロは溜め息を洩らした。「もう少ししたら、クアードリ夫人が迎えにくる」

「あの人、来なければいいのに……。独占欲が強くて、一時もそっとしておいてくれないんだもの」

マルチェッロは黙っていた。やや間をおいて、ジュリアがまた口を開いた。「明日以降はどんな予定なの？」

マルチェッロは自分を抑えることができず、思わず「帰ることになった」と口にした。その声はあまりに物憂げで、悲痛にすら感じられた。

今度ばかりはジュリアもぱっと顔をあげ、胸をいくらか反らしたものの、マルチェッロから離れようとはせずに、驚きに警戒心の混じった声で訊いた。「帰ることになった？　こんなに早く？　まだ着いたばかりなのに、もう帰らないといけないの？」

「昨日は言い出せなかったんだ。夕べの一時（ひととき）を台無しにしたくなくてね」彼は嘘をついた。「じつは昨日の午後、至急ローマに戻るようにという電報があった」

「残念だわ。本当に残念。やっとパリを楽しめるようになってきたところなのに……。まだなにも見てないのよ」ジュリアは素直に、早くも諦めた口調で言った。

「帰るのは嫌かい？」マルチェッロはジュリアの髪を撫でながら、優しく訊いた。

「そういうわけじゃないけど、少なくともあと何日かはいたかったわ。せめてパリがどんなところかイメージがつかめるまではね」

「また来ればいいさ」

しばらく沈黙が流れた。ジュリアが腕を烈しく動かし、全身を彼の体に押しつけてきた。「だったら、代わりにあたしたちの将来の計画を教えてちょうだい。これからどんな生活を送ることになるの？」

「なぜそんなことを知りたがる？」

「だって……」ジュリアは彼にしがみついて言った。「将来の話をするのが好きなんだもの。薄暗い……ベッドのなかでね」

「そうだなあ」マルチェッロは無表情な声で静かに話しだした。「ローマに戻ったら家を探そう」

「どれくらいの大きさ？」

「バスルームにキッチン、そして部屋は四つか五つくらいかな。家が見つかったら、調度品をすべて買いそろえるんだ」

「あたしは一階のアパートメントがいいわ。お庭があって……大きくはなくていいの。木やお花があれば、陽気のいい季節にはお庭で過ごせるでしょ」ジュリアの声は夢見心地だった。

「すごく簡単なことだ」マルチェッロは確約した。「二人で新居を構えよう。インテリアをそろえるくらいの資金はあると思う。むろん高級家具というわけにはいかないがね」

「あなたには素敵な書斎がいるわね」彼女が言った。

「書斎なんかいらないよ。僕は役所で働くんだ。それより広々としたリビングがいい」

「いいわね、広々としたリビング。あなたの言うとおりだわ。客間と食堂を一緒にしたようなお部屋……。それに素敵な寝室もあるんでしょ？」

「もちろんだとも」

「でも、マットレス台がスプリングのベッドは嫌よ。なんだか惨めったらしいんですもの。二人分のスペースがゆったりとれるキングサイズのベッドのある、れっきとした寝室がいいわ。それと……お洒落なキッチンもあるかしら？」

「お洒落なキッチンだって、あるに決まってるさ」

「コンロが二つあるのがいいの。ガスのと電気のとね。それに、フリッジデールの冷蔵庫も欲しいわ。もしお金が足りなかったら、月賦で買うことにしましょう」

「そうだね、月賦で買おう」

「もっと話してちょうだい。その家であたしたち、なにをするの？」

「幸せに暮らすのさ」

「あたし、なにがなんでも幸せにならなくちゃいけないの」ジュリアはますます丸めた体を彼に押し付けてきた。「なにがなんでもね。あなたにわかるかしら……。あたし、生まれたときから幸せになることを求めてたみたい」

「だったら、幸せになろう」マルチェッロは、挑むようにきっぱりと言った。

「子供はできる？」

「もちろんだ」

「あたし、たくさん子供が欲しい」ジュリアは哀歌でも口ずさむかのような声音で言った。「少なくとも最初の四年ぐらいは、毎年一人ずつ欲しいの。そうすれば家族ができるでしょ。あたし、なるべく早く家族が欲しいのよ。待ってではいけない気がするの。じゃないと時機を逸してしまうもの。家族さえ持てれば、あとは全部どうにかなるものだと思わない？」

「そうだね。あとは全部どうにかなる」

しばらく間をおいてジュリアが尋ねた。「あたし、もう妊娠したかしら」

「それは僕にはわからないな」

「もし妊娠してたら、あたしたちの子供は列車のなかで誕生したってことね」ジュリアは笑った。

「君はそれを望んでいるのかい？」

「ええ、きっと赤ちゃんにとっては縁起がいいわ。偉大な旅行家になったりして……。一人目は男の子がいいな。それで二人目は女の子。ものすごく可愛い子が生まれるに決まってるわ。あなたは美男子だし、あたしも別に不細工ってわけじゃないもの。あたしたち二人から生まれてくる子たちは、間違いなくものすごくかわいいはずよ」

マルチェッロが黙っていると、ジュリアはさらに続けた。「どうして黙ってるの？

あたしとのあいだに子供が欲しくない？」

「欲しいに決まってるじゃないか」とマルチェッロは答えた。そのとき彼は不意に、自分の目から涙が二粒あふれて頰を流れ落ちるのを感じ、我ながら驚いた。続いてさらに二粒、ひりひりと熱い涙がこぼれた。それはまるではるか遠い昔に泣いたときの涙が目のなかにとどまり、焼けつくような痛みを溜めていたかのようだった。涙があふれ出たのは、いましがたジュリアと交わしていた幸せについての会話のせいに他ならないというところまではわかったものの、その理由までは突きとめられなかった。もしかすると、その幸せを手に入れるために前もってあまりに大きな代償を払っていたからかもしれないし、あるいは、少なくともジュリアが描いたような単純で愛情あふれる形での幸せは、自分には決して望めないとわかっていたからかもしれない。マルチェッロは泣きたい気持ちを必死で押しとどめ、ジュリアに気づかれないように手の甲で目もとを拭った。そのあいだにもジュリアはますます強くマルチェッロのことを抱きしめ、物欲しげに自分の体を彼の体にぴったりとくっつけると、彼のぼんやりとして怠惰な手を導き、自分の体を愛撫させ、抱かせようとした。次いで彼の顔のほうに首を伸ばしてきて、頰にも唇にも額にも顎にも、熱烈な、それでいて子供のような貪欲さで嵐のようにキスを浴びせた。挙げ句の果てに、なかば呻くような声でささやいた。「どうしてあなたはちっとも応えてくれないの？　あたしを抱いて」マルチェッロはその哀願するような声に、彼女の幸せではなく自分の幸せを第一に考えていることに対する非難めいたものを感じとった。そこで妻の体を抱き寄せ、甘やかに巧みにそのなかに入っていった。彼の体の下になったジュリアは、頭を枕にのせて目を閉じ、腰をリズミカルに上下に動かしはじめた。ゆったりとして、どことなく内向きなその動きは、潮の満ち引きとともに寄せては引いていく海の波を連想させた。するとそのとき、ドアを強くノックする音がした。「速達です」

「いったいなにかしら」ジュリアは薄目を開けて、喘ぐようにつぶやいた。「動かないで。そんなのどうでもいいじゃない」マルチェッロが顔を向けると、ドア付近の薄明かりのなか、下の隙間から差し入れられた手紙が床の上に見えた。その瞬間、ジュリアは仰向けにのけぞり、頭を後方に反らして深い息を吐くと、マルチェッロの腕に爪を立てながら、その体の下で硬直した。しばらくすると枕の上の頭を、最初は右に、次いで左に向けてつぶやいた。「あたしを殺して」

マルチェッロの脳裏に突然、なんの脈略もなく、リーノの「僕を野良犬のように殺してくれ」という叫び声がよみがえった。そして、恐ろしい不安が心に押し寄せるのを感じた。ジュリアの腕がベッドに落ちるのを長いこと待ってから、マルチェッロは灯りを点けて立ちあがり、手紙を拾いに行くと、妻の隣に戻ってふたたび横になった。ジュリアは体を丸めて目をつぶり、彼に背を向けている。マルチェッロは手紙を見てから、ベッドの縁の、まだ半開きになって喘いでいるジュリアの口もとに置いた。封筒には「マダム・ジュリア・クレリチ」と書かれていた。明らかに女性の文字だ。

「クアードリ夫人からの手紙だ」と、マルチェッロは言った。

ジュリアは目をつぶったままでつぶやいた。「ちょうだい」

長い沈黙があった。ジュリアの口のあたりに置かれた手紙は、ライトで明るく照らされている。ぐったりと動かないジュリアは、眠っているようにも見えた。ほどなく彼女は溜め息とともに目を開け、片手で手紙の角をつまむと、歯で封筒を引きちぎり、中から便箋を取り出して読んだ。

マルチェッロは彼女の口もとに笑みが浮かぶのを見た。次いで、こうつぶやくのが聞こえた。「恋路では逃げるが勝ちって言うわよね。昨夜あたしがあの人を冷たくあしらったものだから、考えを変えて、今朝、ご主人と出発したというお知らせよ。あとから来てほしいって言ってるけど……。どうぞよい旅を」

「出発しただって?」マルチェッロが訊き返した。

「ええ。今朝の七時にご主人と一緒に、サヴォワに向けて。なぜ出発することにしたと思う？　昨夜、彼女とあたしが二度目に踊ったの、憶えてる？　あのとき、あたしのほうから踊ってって頼んだの。そしたら彼女、ようやくあたしのことを思いどおりにできるって期待して、喜んだわ。でもあたし、はっきり言ってやったの。あたしのことは諦めてちょうだい、もしそれ以上しつこくするなら、もう二度と会わないわよって。あたしは夫のことだけを一途に愛しているのだから、あたしに付きまとわないでほしい、恥を知ったらどうなの、とも言った。とにかく、あたしがあんまり思いつくままいろいろ言ったものだから、いまにも泣き出しそうな顔をしてた。それで今朝、出発することにしたのよ。これもあの人の計算なのね。出発すれば、あたしが追いかけていくと思ってるのよ。でも、きっとずいぶん待つことになるでしょうね」

「そうだな、ずいぶん待つことになるだろう」マルチェッロが鸚鵡返しに言った。

「どちらにしても、あの人が出発して清々したわ」ジュリアが言葉を継いだ。「だって本当にしつこくて、わずらわしかったんだもの。あとから行くなんてあり得ない。あの人には二度と会いたくないわ」

「二度と会うことはないだろう」マルチェッロは言った。

XI

本庁でマルチェッロが仕事をしている部屋は、裏庭に面していた。机と二本の書架があるだけの、小さくていびつな形をした部屋だ。行き止まりの廊下のいちばん奥に位置していて、控え室からも遠いため、出入りの際、マルチェッロは建物の裏手にある、人通りの少ない路地に通じている職員用の階段を利用していた。パリから戻って一週間ほどしたある朝、マルチェッロは机に向かっていた。厳しい暑さにもかかわらず、同僚たちの多くがふだんしているように上着を脱ぐことも、ネクタイを緩めることもしなかった。オフィスにいるときも、外での服装を崩さないというのが彼のこだわりともいえる習慣だったのだ。きちんとスーツを着て、高くてきつい襟に首をうずめた恰好で、仕事にかかる前に、イタリアの各紙だけでなく外国の新聞にも目を通した。すでに七日も経過しているというのに、その朝も、彼が真っ先に視線を走らせたのはクアードリ殺害のニュースだった。記事の扱いも見出しもかなり小さくなっていた。明らかに捜査が進展していない証拠だ。フランスの左翼系の二紙は、奇妙だと思われる点や、意味のありそうな点について解釈を加えつつ、改めて殺害の経緯を説明していた。クアードリは深い森の奥で、刃物で刺された。一方、妻のほうは、道路の端で拳銃の弾を三発撃たれ、息絶えた状態で夫の隣までひきずられた。夫妻が乗っていた車も森の奥まで運ばれ、茂みの陰に隠されていた。遺体も車も道から遠く離れた木立のあいだに周到に隠されていたため、事件が明るみに出るのが二日遅れた。左翼系の新聞は、夫妻はイタリアから送り込まれた刺客によって暗殺されたにちがいないと論じていた。一方、右翼系の新聞のなかには、スペイン内戦への対応をめぐって意見が対立し、反ファシズムの同志によって暗殺されたのだとするイタリア各紙の公式な見解を、疑問を挿みつつ引用しているものもあった。マルチェッロは新聞を放り出し、今度はフランスのグラフ誌を手に取った。そのとたん、二ページ目に掲載されていた写真に衝撃を受けた。件の殺害に関する特集記事の一部で、「ジェヴォーダンの森の悲劇」という文字が躍っている。遺体の発見時か、あるいはその直後に撮った写真にちがいない。すっと伸びる木々の幹やいくつにも分かれた枝などの見える森とその下生えのなかで、二本の幹の中間あたりの、明るい木洩れ日が射す地表に二人の遺体が写っているのだが、高い草に隠れているうえに、森の木々の影と光が複雑に入り混じっているため、一見しただけではわからない。クアードリは仰向けに横たわり、肩と頭部しか見えなかった。頭部といっても、顎の部分と、刃物の傷と思われる赤黒い線が横に入った喉のあたりしか写っていなかった。一方、夫の上にいくぶん斜めに投げ出された恰好のリーナは、全身が写っていた。マルチェッロは心を落ち着け、火のついた煙草を灰皿の上に置くと、ルーペを使って写真を注意深く調べた。黒っぽくてピントがぼやけているうえに、太陽の光と下生えの影とが斑点になっているために不鮮明ではあるものの、そこには確かにリーナの、華奢であると同時に豊満な、純真であると同時に官能的な、美しいと同時に奇抜な体が見てとれた。繊細なうなじと、ほっそりとした首を支える幅の広い肩、細くくびれたウエストの上のふくよかな胸、どっしりとした腰、長く優雅な脚……。体の一部と乱れてひろがった服とで夫を覆い隠しているリーナは、横向きになり、草むらに顔をうずめ、夫の頰に口を押し当てて、なにか耳打ちでもしているかのように見えた。マルチェッロは長いことルーペ越しに写真を見つめ、陰影の一つひとつ、線の一本いっぽんを微に入り細を穿ち吟味した。スナップ写真という機械的な静止を超越し、死という決定的な静止へと到達した、その二度と動きだすことのない画像からは、羨望にも値する平穏な気配が漂っているように感じられた。それは、身の毛がよだつ電光石火のごとき断末魔のあとに訪れた、深い静寂に満ちた写真なのだとマルチェッロは思った。その一瞬前は、混乱、暴力、恐怖、憎悪、そして一縷の望みと絶望がすべてだったが、その一瞬後は、なにもかもが終わり、静まり返った。二人の遺体が丸二日も森のなかに放置されていたことを思い、太陽が、何時間ものあいだ二人を温め、にぎやかな羽音を立てる虫たちの生命をその体の上に引き寄せておいて、やがて夏の甘い夜の暗い静寂のなかに置き去りにし、ゆっくりと去っていくところを想像した。夜露が彼らの頰に涙をこぼし、そよ風が高い梢のあいだや下生えの茂みから彼らに話しかけていたのだろう。翌朝、日の出とともに前日とおなじ光と影が戻ってきて、まるで集会でもしているかのように、微動だにせずに横たわる二つの体のうえでたわむれる。朝の涼気と澄んだ輝きに心を弾ませた一羽の小鳥が枝にとまり、さえずりはじめる。リーナの顔のまわりを一匹の蜜蜂が飛びまわり、クアードリののけぞった額のそばでは一輪の花が開く。どこまでも静かで不動の二人の代わりに、森のなかを蛇行する小川の水がひっきりなしに喋り、すばしこい栗鼠や、ぴょんぴょん跳ねる野兎といった森の住人たちが、そのまわりで動きまわる。そのあいだにも、二人の体の下では、押さえつけられた地面が、硬直した体を草と苔のふかふかのベッドで少しずつ動かしながら、無言の要求を受け容れ、懐のなかに二人を迎え入れる準備をしている……。

不意にドアをノックする音がして、はっと我に返ったマルチェッロは、グラフ誌を投げ出すと、うわずった声で、入るように言った。ゆっくりとドアが開いたものの、一瞬、誰の姿も見えなかった。ややあってドアの隙間から、実直で、穏やかで、幅の広いオルランド諜報員の顔が、用心深くのぞいた。

「クレリチさん、少しよろしいでしょうか」オルランドが尋ねた。

「入りたまえ、オルランド」マルチェッロが事務的な声色で言った。「もっとこっちに。私になにか話でも？」

オルランドは室内に入り、ドアを閉めると、マルチェッロの顔を凝視したまま歩み寄ってきた。そのとき初めてマルチェッロは、血気盛んに紅潮したその顔のすべてが善良であることに気づいた。ただし、目だけが例外だった。禿げあがった額の下の、落ち窪んだ小さな目は、特異な輝きを放っていた。〈妙だな〉とマルチェッロはオルランドを見ながら思った。〈これまでどうして気づかなかったのだろう〉マルチェッロが座るようにうながすと、オルランドは相変わらず輝きを放つ目を向けたまま、無言で従った。「煙草は？」オルランドのほうに煙草入れを押しやりながら、マルチェッロは勧めた。

「ありがとうございます」諜報員は煙草を一本取って、礼を述べた。その後しばらくの沈黙があったが、やがてオルランドが口から煙を吐き、火のついた煙草の先をちらりと見やって言った。「クアードリ事件のもっとも奇妙な点はなにか、ご存じで？」

「いいや。なんだね？」

「必要なかったということです」

「どういうことだ？」

「要するにですね、私は任務を終えて帰る途中、国境を越えてすぐのS町で、ガブリオのところへ報告に行ったのです。開口一番、彼がなんと言ったと思います？ 取り消し命令は受けたかね、です。取り消し命令とは？ と私は訊き返しました。すると彼は、命令の取り消しだ、任務を中止するようにという命令が届かなかったか、と言うのです。なぜ中止になったのですか、とさらに訊き返したところ、ローマで突然、現時点ではフランスと再接近することが重要だということになり、いま任務を遂行すると交渉が暗礁に乗りあげかねないと判断された、という返事でした。そこで私は申しました。パリを出発するまで、取り消しの命令などいっさい受けませんでした、命令を送るのが遅すぎたのではありませんか、いずれにしても、明日の新聞をご覧になればわかるように、任務は遂行されました、と。私の返事を聞いたガブリオは、怒鳴りだしました。お前たちはケダモノだ、私を破滅に追いやった、これほど国際情勢がデリケートな昨今、そんなことをしたらフランスとイタリアの関係が台無しになりかねない、お前たちは犯罪者だ、ローマになんと報告すればいいのかね？　そこで私は冷静に応えました。ありのままを伝えるしかありませんね、命令の取り消しが出されるのが遅すぎた、と。クレリチさん、おわかりいただけますか？　散々骨を折り、二名の死者を出した挙げ句、不要な任務だった、むしろ逆効果だと言われたのです」

マルチェッロは押し黙ったままだった。オルランド諜報員はもう一度煙草を吹かすと、仰々しい言葉を口にせずにはいられない無教養な者にありがちの、おめでたい自己満足の口ぶりで、「これも運命ですな」とのたまった。

ふたたび沈黙があり、やがてオルランドが話しだした。「ですが、もう二度とこのような任務は引き受けません。次は仮病を使うことにします。ガブリオには、お前たちはケダモノだと怒鳴られましたが、そんなことは絶対にありません。我々はれっきとした人間であり、ケダモノではない」

マルチェッロは吸いさしの煙草を消して、別の一本に火を点けた。諜報員は話を続けた。「言っても詮ないことですが、気分を害するようなこともありました。ひとつ挙げるとすると、チッリンチョーネが……」

「チッリンチョーネというのは誰のことだね?」

「私と一緒に行動した部下の一人です。襲撃の直後、あの混乱のなか、たまたま振り返ったところ、なにをしていたと思います? ナイフを舐めていたのです。思わず怒鳴りつけました。なにしてるんだ? 気でもおかしくなったのか? すると奴は、『異形の者の血は幸運をもたらす』と言ったのです。信じられますか? 野蛮人ですよ。あやうく一発ぶっぱなすところでした」

マルチェッロは目を伏せ、机の上の書類を機械的に整理しはじめた。オルランド課報員は祈るように頭を振ると、話を続けた。「ですが、なにより無念だったのは夫人です。彼女は無関係で、死ぬはずではなかった。それなのに夫をかばおうとして前に立ちはだかり、身代わりになって銃弾を二発も浴びたのです。夫のほうは森に逃げ込み、それをあの野蛮人のチッリンチョーネが追いかけた。彼女はまだ息があったのですが、私がとどめの一発を撃たねばなりませんでした。そんじょそこらの男より、よほど勇敢な女性でした」

面会はこれまでだと言外に伝えるように、マルチェッロはオルランドを見あげた。オルランドは意を汲み、腰をあげた。だがすぐには立ち去らなかった。机に両手をつくと、その輝きを放つ目でマルチェッロの顔をしげしげと眺めていたかと思うと、先ほど「これも運命ですな」と言ったのとおなじ仰々しい口ぶりで、こう言ったのだ。「なにもかも家族のため、そして祖国のためであります」

そのときマルチェッロは不意に、その並外れた輝きを放つ目をどこで見たことがあったのか思い出した。その目は、いまだに心の病で病院に閉じ込められているマルチェッロの父親の目とおなじ表情を湛えていたのだ。マルチェッロは冷ややかに言った。「祖国はおそらくそこまでは求めてはいなかったんじゃないのかね」

オルランドはマルチェッロのほうに体を乗り出し気味にして、声を荒らげた。「だったらなぜ、我々にあんなことをさせたんです？」

マルチェッロは躊躇したものの、すぐにぶっきらぼうに言った。「オルランド、君は自分の義務を果たした。それで十分ではないのかね？」するとオルランドは、自尊心を傷つけられたとも納得したともとれる、慇懃な会釈をした。しばらくの沈黙を挿み、マルチェッロ自身もなぜかはわからないが——もしかすると自分の胸の内にあるのとよく似たオルランドの苦悩を払いのけてやろうとしてかもしれない——、優しく尋ねた。「オルランド、君には子供がいるかね？」

「おりますとも、クレリチさん。五人おります」オルランドはポケットのなかからほころびのある大きな財布を取り出すと、一枚の写真を抜き取ってマルチェッロに差し出した。マルチェッロはそれを受け取り、眺めた。十三歳から六歳まで、背の順に横に並んだ子供たちが五人──女の子が三人、男の子が二人──写っている。女の子は白のワンピース、男の子はセーラー服と、みんな盛装だった。五人とも穏やかで賢そうな丸顔で、父親によく似ているな、とマルチェッロは思った。「母親と一緒に、故郷(くに)にいます」マルチェッロが返した写真をしまいながら、オルランドは言った。

「いちばん上の娘は、もう洋裁師のところで働いています」

「みんな可愛らしくて、君によく似ている」マルチェッロは言った。

「ありがとうございます。では私はこれで」諜報員は、そこにやってきたジュリアを通すためにいったん隅に寄り、そのまま出ていった。ジュリアはつかつかとマルチェッロに歩み寄って言った。「前の道を通りかかったものだから、あなたに会いたくなったの。調子はいかが?」

「すこぶる元気だよ」マルチェッロは答えた。

ジュリアは机の前に立ち、ためらいがちに、疑い深げに、心配そうに夫の顔をしばらく見つめていたが、ようやく口を開いた。「あなた、働きすぎだと思わない?」

「そんなことないさ」マルチェッロは開いている窓の外をなにげなく見やった。「なぜだい?」

「疲れた顔をしてるわ」ジュリアは机をまわりこむと、肘掛け椅子にもたれ、机の上に散らばった新聞を見ながら、しばらくじっとしていた。それからまた尋ねた。「新しい情報はなにもないの？」

「なについて？」

「クアードリ事件に関する新聞の記事よ」

「ああ、特になにも」

しばらくの沈黙のあと、ジュリアは言った。「あたしは、殺したのは彼の党の人たちに違いないっていう確信をますます強くしているのだけれど、あなたはどう思う？」

それは、パリ発のニュースが報じられた朝に、プロパガンダ省からイタリアの各紙に提供された、殺人事件に対する公式見解だった。ジュリアは自分自身を納得させたくて、いわば良心のようなものからそう言っているのだとマルチェッロは見てとった。そこで素っ気なく答えた。「わからない。そうかもしれないな」

「あたしはそうにちがいないと思う」ジュリアは断言した。その後しばらく言いあぐねていたが、心のままを打ち明けた。「ときどき、あの晩、あのナイトクラブで、あたしがクアードリ夫人をあんなふうに冷たくあしらっていなかったら、彼女はパリにとどまり、死ぬことなんてなかったのにって、後ろめたい気持ちになるの。だけど、どうすればよかったの？　一時（いっとき）もあたしから離れずに付きまとっていたあの人がいけないんだわ」

マルチェッロは、クアードリ殺害において自分がなんらかの役割を担っていたのではないかと妻に怪しまれているかもしれないと自問したものの、少し考えたのち、その可能性を否定した。いかに愛情があったとしても、そうと気づいたら隠してはおけまいと思ったからだ。ジュリアが口にしているのは本心だ。まったく悪気はなかったにしろ、リーナの死に対して間接的な原因をつくったのは自分だと、良心の呵責（かしゃく）を感じていたのだ。マルチェッロはそんなことはないと妻を安心させてやりたかったが、先ほどオルランドが仰々しい口ぶりで言っていた言葉以外、ほかになにも浮かばなかった。「自分を責めることはないよ」妻の腰に腕をまわして抱き寄せた。「これも運命だったんだ」

ジュリアは夫の頭をそっと撫でながら言った。「あたしは運命なんて信じない。あたしがあなたを愛しているせいなのよ。もしあなたを愛していなかったら、きっとあの人をあんなに邪険に扱うことはなかった。あの人はご主人と一緒に出発することもなく、死なずに済んだ。いったいどこに運命の入り込む余地があるっていうの？」

マルチェッロは、己の人生におけるすべての出来事の第一原因であるリーノのことを思い出し、考え込まずにはいられなかった。「運命というのは、まさにそうしたすべてのことを言うんだよ。愛やそのほかのこともひっくるめてね。君は、実際にとった行動以外の行動はとれなかったし、彼女も、ご主人と一緒に出発する以外なかったんだ」

「それじゃあ、あたしたちにはなにもできないってこと？」机の上に散らばった新聞に目をやりながら、ジュリアが虚ろな声で言った。

マルチェッロは一瞬ためらったものの、ひどく苦々しい思いで答えた。「そうだな、僕たちにはなにもできないってことを自覚するのがせいぜいかもしれない」

「自覚してなんの役に立つの？」

「僕たち自身が次におなじようなことに直面するときか、あるいは僕たちのあとに続く人たちのために役立つだろう」

ジュリアは溜め息を洩らしてマルチェッロから離れると、ドアのほうへ向かった。

「今日は遅刻しないようにね。ママが素晴らしいご馳走を準備してるの。それと、午後に用事を入れないでちょうだい。アパートメントを見に行かなくちゃいけないんだから」ジュリアはじゃあねと手を振って出ていった。

一人になったマルチェッロは、鋏を手に取って、フランスのグラフ誌から写真を丁寧に切り抜くと、他の書類の入った引き出しにしまい、鍵をかけた。ちょうどその瞬間、灼熱の空から中庭へと正午のサイレンのけたたましい叫びが響きわたり、続いて、遠近(おちこち)の教会の鐘が鳴りだした。

エピローグ

I

夕刻になり、朝からずっとベッドに寝そべって、煙草を吹かしつつ考えごとをしていたマルチェッロは、ようやく起き出して窓辺に行った。夏の夕暮れの青緑色を帯びた光のなか、彼の家をぐるりと囲むように黒々とした家々が建ち並んでいた。どの家にも、緑の小さな花壇や刈り込んだ銀梅花の生垣をあしらった打ちっぱなしのコンクリートの中庭があった。オレンジ色の灯りがともる窓もあり、使用人の部屋では、ストライプの仕事着姿の給仕や、白いエプロン姿の調理婦が、ラッカーの塗られた戸棚や炎のあがらない電気コンロのあいだで家事に勤しんでいるのが見えた。マルチェッロは視線を上に動かし、家々のバルコニーの向こうで、日が沈む直前の紫がかった靄が夕空に消えていくのを見ると、ふたたび視線を落とした。すると、一台の車が中庭に入ってきて停まり、運転手と白い大きな犬が降りてくるのが見えた。犬は喜び勇んで吠えながら、花壇のあいだを駆けずりまわっている。そこはここ数年で建てられた住宅街で、なにもかもが新しくて、裕福だった。そんな中庭や窓辺を見ていると、四年も前から戦争が続いていて、その日、二十年前から政権を握っていた体制が崩壊したなどとは誰も考えないだろう。ただし、自分や、自分とおなじ境遇にいる者たちは例外だ、とマルチェッロは思った。束の間、煌々と輝く神の杖のイメージが目の前に現われた。その杖が、晴れ渡った空の下で長閑（のどか）にひろがる大都会の上に浮かび、あちらやこちらの家庭を打ちのめしては、恐怖や絶望や悲嘆に陥れるのだが、多くの隣人は無傷のままだった。マルチェッロの家族は、わかっていたとおり、そして戦争が始まった当初から予測していたとおり、杖に打たれる側の家庭だった。ほかの家庭となんら変わらない、おなじ愛情や親密さのある、ごく普通の家庭。それは彼が何年ものあいだ、たいそう執拗に求め続けていた正常さなのだが、その正常さとは単に外的なものにすぎず、中身は完全に異常な材質でできていたことがいまになって露呈したのだった。ヨーロッパで戦争が勃発した日、マルチェッロは妻にこう言ったことを思い出した。「もしも僕が理路整然とした人間だったら、今日、自殺するべきだな」そして、その言葉が妻の内に引き起こした恐怖をも思い出していた。彼女の反応は、戦況が好ましくない状況に向かうだろうという予測にとどまらず、その言葉の裏に隠されたことを察しているようだった。マルチェッロは改めて、自分の真の姿や、クアードリの死において自分の果たした役割をジュリアは知っているのだろうかと自問した。そして改めて、彼女が知っているわけがないという結論に達した。とはいえ、その逆ではあるまいかと思わせるような素振りも見受けられないではなかった。

もはや彼は、自分がいわば負け馬に賭けてしまったのだと、嫌というほどわかっていた。それにしても、なぜそれに賭けたのか、そしてなぜその馬は勝つことができなかったのかについては、釈然としないものがあり、厳然とした事実として認めることしかできない。それでも、すべては起こるべくして起こったのだと確信したかった。すなわち、自分は別の馬に賭けることはできなかったし、別の結果を得ることもできなかったのだ。マルチェッロは、感じてもいない良心の呵責からの解放よりも、その確信を強く求めていた。事実、彼にとってただひとつ後悔があるとしたら、それは、絶対的かつ運命的な必要性もないのに一連の行為を遂行するという過ちを犯したことだけだった。要するに、まったく異なることもできたはずなのに、故意にしろ無意識にしろ、その可能性を無視したことだった。だが、そうではないという確信が得られたなら、いつものように無気力で意気消沈してはいたものの、自分の心が穏やかでいられるように思えた。言い換えるならば、自分の運命を見極め、それをあるがままに、他人にとっても自分自身にとっても有益なものとして——たとえ否定的な形でしかなかったとしても、ともかく有益なものとして——受け容れたという確信が必要なのだ。しかし確信が持てないなか、たとえ過ちを犯した可能性が排除できなかったとしても、自分は誰よりも多くを賭けたという思いが彼の心を慰めた。彼とおなじ境遇におかれていた誰よりも多くを、マルチェッロは賭けたのだった。そうした自負から生じる慰めは、いまの彼に残された唯一のものだった。他の人ならば、明日にでも思想や政党、人生、ひいては性格までをも変えることができるだろう。だが彼にはできなかった。単に他人の目があるからだけでなく、自分自身に対して不可能なのだ。これまでの行為を、彼は純粋に己の動機によって、他人との結びつきの外でおこなってきた。したがって、それを変えるのは、たとえ認められたとしても、己の存在を無にすることを意味する。破滅の形は他にいろいろあるといえど、それだけはなんとしてでも避けたかった。

そのときマルチェッロは思い至った。過ちがあったのだとしたら、最初で最大の過ちは、己の異常さから脱け出したいと望んだことではあるまいか。どんなものだろうと構わないから、他人との交流を可能としてくれる正常さを追い求めたことにあるのだ。その過ちは強烈な衝動から生じたものであり、不幸なことに、その衝動が行き着いた正常さというのは空洞の器でしかなく、中身は異常で根拠のないものばかりだった。最初の衝突によってこの器は粉々に砕け、正当化された人間的な衝動は、彼を殺し屋にならしめたが、犠牲となったのは彼自身だったのだ。とどのつまり、彼の過ちはクアードリを殺したことではなく、己の人生の根源にある悪徳を、不適切な手段によって抹殺しようとしたことだった。それにしても――彼はなおも自問を続けた――物事が別の方向に進むことなど果たしてあり得たのだろうか。

いや、あり得なかっただろう。それが自らの問いへの彼なりの答えだった。リーノは無垢な自分を誘惑せずにはいられず、そんなリーノから身を護るために、自分は彼を殺さねばならなかった。そして、それによって生じた、自分は異常だという感覚から自らを解き放つために、これまでしてきたような方法で正常さを追い求めずにはいられなかった。その正常さを手に入れるためには、自らを解き放とうとした異常さの重みに相当する代償を払う必要があった。その代償が、クアードリの死だったのだ。要するに、自由意志で受け容れたにもかかわらず、すべてが運命だったというわけだ。すべてが正当であると同時に不当だったのと同様に。

こうした一連のことをマルチェッロは、考えるというよりも、どんなに抗い拒絶しようともつきまとう烈しい苦悩に苛まれながら、感じていた。己の人生の惨状を前にしても、痛ましくはあるが自分には関わりのない光景を前にしたときのように、泰然自若としていたかった。だが、いかに明晰に一連の出来事を分析しようとしても、その苦悩によって、自分とそれらの出来事とのあいだには恐怖の関係があるのではないかという疑念が頭をもたげるのだった。とはいえ、目下の状況において明晰さと恐怖を区別するのは困難だったし、おそらく最善の選択は、いつものように動じず、堂々とした態度でいることだった。失うものなど所詮なにもないではないか、と彼は思った。皮肉でもなんでもなく、あたかも自らのささやかな野心の総決算であるかのように。もっとも、国家公務員という平々凡々たる職や、二十五年のローンを組んだこの家、おなじく二年のローンで購入した自家用車、そのほか、ジュリアに与えて然るべきだと思っていた快適な暮らしに必要な陳腐な事々を勘定に入れるのなら話は別だが、さもなければ失うものなどいっさいなかった。たとえいまこの瞬間に逮捕されたとしても、彼がその役職を通して手にした物質的な恩恵があまりにちっぽけであるために、敵ですら唖然とするのではあるまいか……。

　マルチェッロは窓辺から離れ、部屋のほうを振り返った。それはジュリアの希望どおりキングサイズのベッドがある夫婦の寝室で、黒っぽく艶光りのするマホガニー材に取っ手や飾りはブロンズ製という、帝政様式(アンピール)を模した調度品が並んでいた。この部屋の家具もローンで購入したもので、一年前に支払いを終えたばかりだということを彼は思い出した。〈僕らの人生なんてそっくりローンで成り立っているのだな……〉椅子に掛けてあった上着の袖に手を通しながら、自嘲気味に考えた。〈だが、ここ数年に組んだローンは大きすぎて、とうてい支払えそうにない〉乱れたベッドサイドのカーペットを足で整えると、寝室を出た。

廊下を抜け、奥のドアのところまで行った。かすかに開いた隙間から灯りが少し洩れている。そこは娘の部屋だったが、入るなり、目の前にひろがるいつもと変わらぬ見慣れた情景がまるで信じがたいものであるかのように、彼はその場で立ち尽くした。小ぢんまりとしたその部屋には、いかにも女の子が寝起きするといった色調の、可愛らしい内装が施されていた。ピンクに塗られた家具に、空色のカーテン、フラワーバスケットの模様の壁紙。おなじくピンク色の絨毯の上には、大小さまざまな人形やそのほかの玩具（おもちゃ）が散らばっていた。妻はベッドの枕元に腰掛け、娘のルチッラもベッドの上で座っていた。娘となにか話をしていた妻は、彼が部屋に入ってくるなり振り向き、しばらく見つめていたものの、なにも言わなかった。マルチェッロはラッカーの塗られた椅子を引き寄せ、ベッドの傍らに座った。娘は言った。「パパ、来てくれたのね」

「お待たせ、ルチッラ」マルチェッロは娘を見つめながら答えた。ダークブラウンの髪の、線の細い子で、丸顔に大きな目、どことなく悲しげな表情をしていた。洗練された目鼻立ちは、たいそう優美なために気取っているように見えた。そのとき彼はなぜかしら、娘があまりに優美すぎると思った。なにより娘は自分の優美さを自覚しているように感じられ、それが無邪気な媚びの萌芽であることを否定できないように思えた。そして、娘がよく似ている母親のことが想起され、不快感を覚えた。たとえば父親や母親に話しかけるとき、そのビロードのような大きな目を向けるのだが、六歳の子にしては違和感のある目つきや、会話の際の驚くほど自信たっぷりな口ぶりに、媚びた印象を受けるのだった。レースやギャザーをふんだんにあしらった青いパジャマを着てベッドに座ったルチッラは、両手を組んで夜のお祈りを唱えていたが、父親が入ってきたので中断したのだった。「さあ、ルチッラ、ぼんやりしてないで、ママと一緒にお祈りしましょう」ジュリアが優しく促した。

「ぼんやりなんかしてないもん」ルチッラはいかにも勝気そうな表情でふてくされ、天井に目を向けた。「パパが入ってきたから、ママが先にお祈りをやめたんでしょ。だからあたしもやめたの」

「そうだったわね」と、ジュリアが冷静に言った。「けれど、お祈りの文句はもう憶えているのだから、一人でだって続けられたはずよ。もう少し大きくなったら、ママがそばで唱えてなくても一人でお祈りしなくちゃいけないんだから」

「ママは、いつもそうやって余計な話ばっかり。あたし、もう疲れちゃった」ルチッラは軽く肩をすぼめて言ったものの、手は組んだままだった。「そんなことを言っているあいだに、お祈りができちゃうでしょ」

「さあ、ルチッラ」ジュリアは思わず苦笑を浮かべながら、ふたたび促した。「最初からお祈りをしなおしましょう。アヴェ、マリア、恵みに満ちた方」

娘が間延びした口調で繰り返した。「アヴェ、マリア、恵みに満ちた方」

「主はあなたとともにおられます。あなたは女のうちで祝福され」

「主はあなたとともにおられます。あなたは女のうちで祝福され」

「ご胎内の御子イエスも祝福されています」

「ご胎内の御子イエスも祝福されています」

「少し休憩してもいい？」そこまで唱えたところで、娘が言った。

「どうしたの？　もう疲れちゃった？」と、ジュリア。

「だって、もう一時間もずっと手をこうしてるんだもん」組んでいた手を離し、父親を見あげて訴えた。「パパがお部屋に入ってきたとき、もうお祈りの半分まで唱え終わってたんだ」手で腕をさすり、なかば拗ねるような、なかば媚びるような態度で疲れていることを強調した。それからふたたび肘を曲げて両手を組むと、言った。

「続けましょ」

「神の母聖マリア……」慌てることなくジュリアが続きを唱えた。

「私たち罪人のために、お祈りください」ルチッラも繰り返す。

「私たち罪人のために、お祈りください」

「いまも、死を迎えるときも」

「いまも、死を迎えるときも」

「アーメン」

「アーメン」

「だけど、パパはぜんぜんお祈りしないの？」娘が声色を変えずに訊いた。

「眠る前に、いつも一緒にお祈りしてるわよ」咄嗟にジュリアが答えたものの、娘は疑っているらしく、マルチェッロのことを問い質すような目で見つめた。マルチェッロは慌てずにうなずいた。「ママの言うとおりだ。毎晩、ベッドに入る前にお祈りしてるさ」

「さあ、もう横になって眠りなさい」ジュリアは立ちあがり、娘を仰向けに寝かせようとした。ところが娘がまったく眠る気がなかったため、苦労しながらもなんとか横にならせると、アッパーシーツを顎まで掛けた。上掛けはそのアッパーシーツ一枚だったが、娘は「暑い」と言って、シーツのなかで足をじたばたさせた。「暑くてたまらない」

「明日にはお祖母(ばあ)ちゃんの家に行くから、涼しくなるわよ」ジュリアが答えた。

「お祖母ちゃんはどこにいるの?」

「山のほうだから、涼しいの」

「山ってどこ?」

「何度も話したでしょ。タリアコッツォ。涼しいところなのよ。夏の終わりまでそこで過ごしましょうね」

「そこには飛行機は飛んでこない?」

「飛行機はもう飛んでこないわ」

「なんで?」

「戦争が終わったから」

「どうして戦争が終わったの?」

「どうしても」ジュリアは頭ごなしに言ったが、怒っているふうではなかった。「質問ばかりしてないで、いいかげん眠りなさい。明日は朝早く出発しなくちゃいけないんだから。お薬をとってくるわね」夫一人を部屋に残して、ジュリアは出ていった。

「パパ」娘は、待ってましたとばかりに起きあがって言った。「下の階の人たちのおうちに猫がいるの知ってるでしょ?」

「ああ」マルチェッロは椅子から立ちあがり、ベッドの縁に腰掛けた。

「仔猫が四匹生まれたの」

「それで?」

「あのうちの子たちの家庭教師が、欲しければ一匹あげるわよって言ってた。もらってもいい? そうしたらタリアコッツォに連れていけるでしょ」

「仔猫はいつ生まれたんだい?」マルチェッロが尋ねた。

「一昨日」

「それじゃあ、ちょっと難しいな」マルチェッロは娘の頭を撫でた。「赤ちゃん猫は、お乳を飲んでるあいだはお母さん猫と一緒にいなくちゃいけないんだ。タリアコッツォから戻ってから飼うことにしたらいい」

「タリアコッツォから戻ってこなかったら?」

「戻るに決まってるじゃないか。夏の終わりには戻ってくる」娘の柔らかなダークブラウンの髪を指にからませながら、マルチェッロは言った。

「痛いよ、パパ。やめて」かすかに引っ張られただけで、マルチッラはすぐに文句を言った。

マルチェッロは髪の毛を離して、微笑んだ。「なんで痛いなんて言うんだい？　本当は痛くないくせに」

「そんなことないもん。痛かったもん」娘は声を張りあげた。それから、いかにも女らしい仕草で両手をこめかみに当てた。「きっと頭がものすごく痛くなる」

「だったら、耳を引っ張ってみよう」マルチェッロはふざけて言った。優しく髪の毛をどかして、ピンク色をした丸くて小さな耳をつまむと、鐘を鳴らすようにして、ほんの少しだけ引っ張った。「いたた……」娘は顔全体を赤く染めて痛そうなふりをし、黄色い声をあげた。「いたたた……パパ、痛いよ」

「ほら、また嘘をついた。嘘をついてはいけないよ」マルチェッロは耳を離して、たしなめた。

「今度は本当に痛かったんだから。誓ってもいい」娘は分別臭く言った。

「夜のあいだ一緒に眠るお人形を取ってあげようか？」マルチェッロは、玩具が散らばっている絨毯のほうを見遣(みや)った。

ルチッラは見下すように人形を一瞥(いちべつ)すると、偉そうに言った。「パパがそうしたいのなら」

「パパがそうしたいのなら、ってどういう意味だ?」マルチェッロは苦笑いをした。

「まるでパパを喜ばせるためみたいじゃないか。お人形と寝るのは好きじゃないの?」

「好きだよ。取って」絨毯のほうを見ながらしばらく迷った挙げ句、「ピンク色のお洋服のお人形さんを取って」と言った。

　マルチェッロは立ちあがり、人形たちを見比べた。「どれもピンクの服を着てるぞ」

「ピンクにもいろいろあるの」娘は生意気な口調で、じれったそうに言った。「あたしの欲しいお人形さんのピンクは、バルコニーに咲いているバラのお花のピンクとおなじピンクよ」

「じゃあ、これかな?」マルチェッロは、絨毯の上からいちばん大きくてきれいな人形を手に取って尋ねた。

「やっぱりね、パパったら全然わかってないんだから」娘は手厳しく言った。そして、いきなりベッドから飛び下りたかと思うと、素足で絨毯の隅まで走っていき、少しも可愛いとはいえない、顔がつぶれて黒ずんだ布製の人形を拾いあげると、急いでまたベッドに戻った。「欲しかったのはこれ」今度は、アッパーシーツの下で仰向けになっておとなしくなり、紅潮した穏やかな頰を、人形の薄汚れた顔に愛おしそうにこすりつけていた。そこへジュリアが薬の瓶とティースプーンを持って戻ってきた。

「さあ、お薬を飲みましょうね」ベッドに歩み寄りながら言った。娘は素直に言うことを聞き、上半身を起こして顔を上に向けると、餌を待つ雛のように口を開けた。ジュリアは娘の口にスプーンを入れてすっと傾け、水薬を注いだ。娘は、「すっごくまずい」とつぶやきながら、元どおり仰向けに横になった。

「じゃあ、おやすみね」ジュリアは屈み込んで娘の頰にキスをした。

「おやすみ、ママ。おやすみ、パパ」娘は甲高い声で言った。マルチェッロも娘の頰にキスをし、妻のあとに続いて部屋を出た。ジュリアが明かりを消し、ドアを閉める。

廊下に出るなり、ジュリアは夫のほうに半分だけ顔を向けて言った。「支度はだいたいできたわ」そのときマルチェッロは、妻の咎めるような暗い表情を見て、泣いたあとらしく目が腫れぼったいことに初めて気づいた。娘の顔を見たことによってマルチェッロは気力を取り戻したはずだったが、妻のそんな目を見ると、心を落ち着けて毅然としていたいと願う反面、自分にはとうてい無理なのではないかという懸念がふたたび頭をもたげた。ジュリアは先に立って食堂へ入っていった。丸いテーブルと食器棚がひとつあるだけの、こぢんまりとした部屋だった。テーブルには食事の支度が整えられていて、真ん中には灯りがともり、開け放たれた窓からは、通常ならばサッカーの試合の実況中継に用いられるような、勢い込み、勝ち誇った口調で、ファシスト政権の崩壊を伝えるラジオの声が聞こえてきた。家政婦が入ってきて、スープを注いでから、また出ていった。二人は型どおりの所作で、ゆっくりと飲みはじめた。そのとき、いきなりラジオが熱狂的になったように思われた。アナウンサーが昂奮気味の言葉遣いと熱っぽい声音で、大勢の人々がローマの街路を埋め尽くし、国王を讃えていると述べている。「ひどい話ね」スプーンを置いて窓の外を見ながら、ジュリアがつぶやいた。

「なぜひどいんだ？」

「昨日まではムッソリーニに拍手をし、ほんの数日前には爆撃からお救いくださいと法皇様を讃えていたくせに、今日になったら、ムッソリーニを打ち倒した国王に声援を送るだなんて……」

マルチェッロはなにも言わなかった。世の中の出来事に対するジュリアの意見や反応は、頭のなかで先んじられるほどに熟知していた。すなわち、一連の出来事を引き起こした根源的な理由を知りたいという気持ちなど持ち合わせず、もっぱら個人的かつ感情的な動機によって動いている、ごく単純な人間の意見や反応だった。ラジオが弾丸のようにまくしたてるあいだ、二人は黙りこくってスープを飲み終えた。家政婦が第二の皿(セコンド・ピアット)を運んできてしばらくすると、ラジオの声がぷつりと途切れ、沈黙が訪れた。沈黙とともに、風ひとつない夏の夜のむせ返るような暑さの感覚が戻ってきた。二人は互いに顔を見合わせていたが、ジュリアが沈黙を破った。「それで、これからどうするつもり?」

マルチェッロは手短に答えた。「僕とおなじ境遇におかれた者たちの誰もがすることをするまでさ。イタリアには信じていた者たちが大勢いるからね」

ジュリアは次の言葉を口にする前にしばらく躊躇していたが、ゆっくりと言いなおした。「いいえ、そうじゃなくて、クアードリ事件のことはどうするつもりなのかって訊きたかったの」

ということは、ジュリアは知っていたのか。ひょっとすると、そもそもずっと知っていたのかもしれない。マルチェッロは彼女の言葉に心臓が止まりかけた。もしも十年前、誰かに「リーノの事件のことはどうするつもり?」と尋ねられたら、まったくおなじように心臓が止まりかけたに違いない。当時の彼に、もしも予知能力があったならば、「クアードリを殺すよ」と答えていただろう。だが、いまは? マルチェッロは皿の脇にフォークを置き、声を震わせずに話すことができると思えるまで待ってから、答えた。「なんのことを言ってるのか、よくわからない」

ジュリアはいまにも泣き出しそうに顔を歪め、目を伏せた。それから、悲嘆に満ちた声でぽつりぽつりと話しはじめた。「パリでね、リーナに言われたの。あなたは政治警察の一員だって。たぶん、あたしをあなたから引き離したかったからだと思うんだけれど……」

「それで君はなんと答えたんだい？」

「あたしには関係ないって言ってやったわ。あたしはあなたの妻で、あなたがなにをしようと愛してることに変わりないってね。もしあなたが本当に政治警察の一員だとしても、そうすべきだと考えてのことに決まってるって言ったの」

マルチェッロは、それほどまでに鈍くて頑なな妻の忠実さに、不本意ながらも感動し、言葉を失った。ジュリアはためらいがちに続けた。「だけど、そのあとでクアードリとリーナが殺されたものだから、あなたも関係してるんじゃないかって、ものすごく恐ろしくなったの。以来、そのことばかり考えてたけれど、あなたには黙ってた。だって、あなたはあたしにお仕事のこと一度も話してくれたことがないから、なおさらのこと、この話題は切り出せないって思ったのよ」

「それで、いま君はどう思ってるんだい？」しばらくの沈黙を挿んで、マルチェッロは尋ねた。

「あたしが？」ジュリアは視線をあげ、夫の顔をじっと見据えた。妻の目がうるんでいるのを見てとったマルチェッロは、その涙がすでに答えなのだと悟った。けれども、ジュリアは無理に言葉を継いだ。「あなた、パリにいるとき、ご自分でおっしゃったでしょ。クアードリ教授に会うのはキャリアのためにとても重要なことなんだって。だから、もしかすると本当かもしれないって思ってる」

マルチェッロは反射的に答えた。「ああ、本当だ」

そしてそう言った瞬間、ジュリアは最後まで否定の言葉が返ってくることを期待していたのだと思い知った。現に、彼の返事を聞くなり、まるで合図でもあったかのように、ジュリアはテーブルに突っ伏し、腕に顔をうずめてむせび泣きを始めた。マルチェッロは席を立ってドアのところへ行き、鍵をかけた。それから妻の傍らに歩み寄り、立ったままの姿勢で妻の頭に片手をのせた。「もし君が望むのなら、明日から別居しよう。君とルチッラをタリアコッツォに送り届けたら、僕はそのまま姿を消し、君にはもう会わないようにする。君はそうしたいかい？」

ジュリアはぴたりと泣きやんだ。まるで自分の耳が信じられないとでもいうふうだなとマルチェッロは思った。続いて、顔を覆っていた腕の窪みから、悲痛な驚きに満ちた声が聞こえてきた。「なにを言ってるの？　別居ですって？　そうじゃないの。あたしはあなたのことが心配でたまらないの。これからいったいどんな目に遭わされるの？」

つまりジュリアは、自分のことをおぞましいと思っているわけでも、クアードリとリーナの死に対して良心の呵責を感じているわけでもなく、純粋に自分のことを、自分の命や将来を心配してくれているのだとマルチェッロは理解した。それほどまでに深い愛で増幅された妻の鈍さは、彼に奇妙な感覚をもたらした。あたかも暗闇で階段をのぼっている際、もう一段あると思って足を持ちあげたところ、そこは踊り場で段差がなかったときのような感覚だった。実のところ、彼が予期し、また望んでもいたのは、恐怖と厳しい断罪だったのだが、妻が見せたのは、いつもと変わらぬ盲目的で揺るぎない愛だけだった。彼は少しばかり苛ついた。「なにもしやしないさ。なんの証拠もないし、それに僕はただ命令に従っただけだからね」ありきたりの台詞(せりふ)に対する嫌悪感と綯(な)いまぜになった羞恥心のようなものを覚え、マルチェッロは一瞬ためらったものの、無理やり最後まで言い切った。「僕は自分の義務を果たしただけだ。兵士のようにね」

かつてオルランド諜報員の心さえ静めることのできなかったこの使い古されたフレーズに、ジュリアはすぐさま飛びついた。「そうよね、私もそう思ってたの」顔をあげてマルチェッロの手をつかむと、熱烈なキスを浴びせながら言った。「ずっと自分にそう言い聞かせてきたのよ。あなたは結局のところ一人の兵士にすぎないんだって。兵士たちだって、命令に従って人を殺す。どんなことをさせられても兵士には罪がないものね。だけど、あなたを捕まえに来たりはしないの？　あなたに命令を下していた人たちは、逃げ出すに決まってるわ。そして、なんの責任もなく、任務を遂行しただけのあなたが巻き込まれることになるんじゃないかしら」彼の手の甲にキスをしていたジュリアは、その手をひっくり返し、今度は掌に、おなじように熱烈にキスをしはじめた。

「心配するな」マルチェッロは彼女の頭を撫でながら言った。「いまのところ連中には僕を捜している暇なんてない」

「でも、人間って本当に性質が悪いから……。あなたをよく思わない人が一人でもいれば、告発されるわ。いつだってそういうものでしょ。命令を下す側にいて、たんまりとお金を稼いだ大物は逃げおおせるけれど、あなたみたいに自分の職務を全うしただけで、びた一文の貯金もない小物が痛い目に遭わされるのよ。ああ、マルチェッロ、あたし怖くてたまらない」

「怖がる必要はない。すべて丸く収まるさ」

「いいえ、丸くなんて収まるわけがない。そんな気がするの。それに、あたしもう疲れちゃった」ジュリアはそう言いながら、今度はマルチェッロの手に顔を押し当てたが、もうキスはしなかった。「ルチッラが生まれたあと、あたしはあなたのお仕事を知っていたけれど、こんなふうに思ってたの。あたしはいま、結婚して、子供も生まれ、愛する夫がいて、家もあり、家庭を持っている。あたしは幸せよ。とっても幸せ。あたし、自分が幸せだなんて感じたの生まれて初めてだったから、嘘みたいって思ってた。信じられなかったぐらいよ。だから、いつかすべてに終わりが訪れ、幸せが続かないんじゃないかって不安で不安でたまらなかったの。そしたら本当に続かなかった。あたしたちは逃げなくちゃならない。あなたは職を失うだろうし、なにをされるかもわからない。あの子だって、かわいそうに、いっそ孤児のほうがよかったってことになりかねないわ。すべて一からやりなおさなくちゃだけど、もしかするとやりなおすこともできず、あたしたち家族は破滅するかもしれない……」ジュリアは、またしても腕のなかに顔を埋めて泣きだした。

マルチェッロはふと、先ほど脳裏をよぎったイメージを思い出した。神の杖が情け容赦なく家族全員を——罪を犯した彼だけでなく、なんの罪もない妻や娘までも——打ちのめしている。そして背すじを震わせ、思案に暮れた。ドアをノックする音がした。彼は家政婦に、食事は済んだから用はないと告げた。それからジュリアのほうに身を屈め、優しく言った。「お願いだから泣くのはやめて、心を落ち着けてくれないか。僕たち家族は破滅したりしないよ。アメリカか、アルゼンチンにでも移り住もう。そこで新しい生活を築くんだ。向こうでも家を見つけて、僕とルチッラと君の三人で暮らす。信じてほしい。すべてが丸く収まるから」

ジュリアは涙に濡れた顔をようやく上げて彼のほうを見ると、唐突に湧きあがった期待をこめて言った。「アルゼンチンに行くの？　いつ？」

「状況が許すようになったらすぐにだ。戦争が完全に終結したら、直ちに出発しよう」

「それまでは？」

「それまではローマを離れて、タリアコッツォで暮らせばいい。あそこなら誰も捜しには来るまい。大丈夫、すべて丸く収まるさ」

ジュリアはその言葉を聞いて、なによりその言葉を発したマルチェッロの揺るぎない口調を聞いて、元気を取り戻したらしく、立ちあがって洟(はな)をかんだ。「ごめんなさい。あたしって本当に馬鹿よね。あなたのことを支えなきゃいけないのに、頭の悪い女みたいに泣くことしかできないなんて」そして食事の後片づけを始めた。テーブルの上の食器を運び、食器棚の上にまとめている。マルチェッロは窓辺に行き、窓台に身を乗り出して外を眺めた。向かいの家のすりガラス越しに、一階、二階、三階……と、階段の灯りが空まで鈍い光を放っている。コンクリートの中庭の奥では、影がしだいに濃く、炭のような黒になっていった。夜は暑く静まり返り、耳を澄ましてみても、庭のポンプがうなる音以外はなにも聞こえない。暗い中庭で、誰かが花壇の草花に水をやっているらしかった。マルチェッロは振り向きざまに言った。「中心街をひとまわりしてこようか」

「なぜ？　なにをしに行くの？　きっと人が大勢いるわよ」

「自分の目で見届けるためさ。独裁政権の崩壊する様をね」マルチェッロは敢えて軽い口調で言った。

「ルチッラだっているのよ。一人でおいていくわけにはいかないでしょ。飛行機が飛んできたらどうするの？」

「心配するな。今晩はもう飛んでこない」

「なんで中心街なんて行きたがるの？」ジュリアはいきなり文句を言いだした。「あなたがなにを考えてるのかちっともわからない。わざと自分を苦しめたいわけ？　そんなことをしてなにが楽しいの？」

「君は家にいればいい。僕一人で行ってくる」

「嫌よ。だったらあたしも行く」ジュリアは咄嗟に言った。「あなたの身になにか起こるのだとしたら、あたしもその場にいたい。ルチッラのことは家政婦に頼みましょう」

「なんの心配もいらないさ。今晩は戦闘機も飛びはしない」

「着替えてくる」ジュリアはそう言うと、部屋から出ていった。

一人部屋に残されたマルチェッロは、ふたたび窓辺に立った。向かいの家の階段を下りていく人影がある。男だ。すりガラスの向こう側を、男の影が一階ずつ順に下りていくのが見える。なんの心配ごともなさそうに下りていくその男は、ほっそりした影から察するに若者のようだった。ひょっとすると口笛でも吹いているのかもしれないな。マルチェッロはそんなことを想像しながら、羨望を覚えた。そのとき、ふたたびラジオから声がした。先ほどとおなじ声が、演説の結論を述べるかのように「戦争は続いています」と言うのを、マルチェッロは聞いた。それは、少し前にすでに聞いていた、新政府からのメッセージだった。マルチェッロはポケットからシガレットケースを取り出し、煙草に火を点けた。

Ⅱ

郊外の通りには人っ子一人おらず、暗く静まり返っていて、まるで全身の血液が突然一か所に固まって壊死した、巨体の末端部のようだった。ところが、車が中心街に近づくにつれ、手を振り、体を揺すりながら叫んでいる人々の集団がしだいに増えていくのを、マルチェッロとジュリアは見た。ある交差点でマルチェッロはスピードを緩めて停止し、旗やプラカードを振っている若い男女を大勢乗せたトラックの列を通した。旗で飾り立てられたトラックはフェンダーやステップにまで人が鈴なりだったが、歩道でひしめき合う群衆の盛大な拍手喝采で迎えられた。なかには、マルチェッロの車の窓をのぞき込むなり、ジュリアに向かって「自由万歳！」と叫んだかと思うと、すぐにまた、周囲を黒く埋め尽くす群衆に呑まれて姿を消す者もいた。ジュリアは言った。「家に帰ったほうがいいんじゃない？」

「なぜだい?」マルチェッロはフロントガラス越しに道路の状況を見極めながら訊き返した。「みんな心から喜んでる。人に危害を加えようなんて思ってやしないよ。車をどこかに駐めて、僕たちも歩こう。なにが起こっているのか見るためにね」

「車を盗まれたりしない?」

「なに馬鹿なことを言ってるんだ」

ふだんどおりの注意深くて冷静なハンドルさばきで、マルチェッロは人でごった返す中心地の通りを辛抱強く車で通り抜けた。灯火管制が敷かれているため、薄明かりがまばらにあるだけだが、それでも群衆の動きははっきりと見てとれた。一か所に集まる、ぶつかり合う、ひろがる、走り出すなど、いくつもの異なる動きが見られるものの、いずれにも独裁政権が崩壊したことに対する心からの喜びがあふれていた。見知らぬ人どうし道の真ん中で抱き合う者もいれば、長いこと黙りこくって用心深くじっとしていたと思ったら、旗を掲げたトラックが通るなり帽子を脱いで快哉を叫ぶ者もいた。激励と歓喜の言葉を繰り返しながら、集団から集団へと伝令のように走りまわる者や、不意に激しい憎悪に駆られたのか、これまで庁舎として用いられていた暗く閉ざされた建物に向かって威嚇の握り拳を突きあげる者もいた。マルチェッロは、夫と腕を組んで歩く女たちが大勢いることに気がついた。なかには子供連れもいる。

崩壊した体制によって強要されていた集会では、長いあいだ見られなかった光景だった。党の秘密の結束かなにかで結ばれたような毅然とした男たちが隊列を組み、拍手喝采に包まれてしばらく練り歩いていたが、やがて群衆のなかに消えていった。即興で演説をぶつ者を取り囲み、ほめそやしている者たちもあれば、寄り集まって声を張りあげ、無政府主義の賛歌を歌っている者たちもいる。マルチェッロは群衆に敬意を払いつつ、辛抱強く慎重に車を運転し、のろのろと進んでいった。「みんな本当に嬉しそうね」ジュリアは不意に恐怖も関心ごとも忘れたのか、連帯の気持ちさえ感じられる柔和な口ぶりで言った。

「彼らの立場だったら、僕も喜んだと思うよ」

二人は、どこもかしこも人でごった返しているコルソ通りを、やはりのろのろと走る数台の車のあとについてしばらく進んだ。やがてマルチェッロは一本の小路のところでハンドルを回したが、デモの隊列が通り過ぎるのを待って、ようやく進入した。小路の脇の、人気(ひとけ)のない狭い通りに手際よく車を入れると、エンジンを切り、妻のほうを向いて言った。「さあ、降りよう」

ジュリアはなにも言わずに車から降りた。マルチェッロは慎重にドアを閉めると、妻を伴い、いま来た道のほうへ歩きだした。ようやく完全に落ち着きを取り戻し、冷静に自らを律することができると感じていた。その日は朝からそれを望んでいたのだった。同時に、自らを監視もしていた。ふたたび人でごった返す通りに戻り、群衆の、激しく混沌とした、心の底から湧きあがる攻撃的なまでの歓喜が目の前で炸裂するのを見たら、その歓喜が、胸の内になにかしら穏やかとは言いがたい感情を芽生えさせるのではあるまいかと自問し、不安にならずにはいられなかった。いいや、そんなことはない。しばし慎重に考察したのち、彼は思った。自分は後悔も屈辱も恐怖も感じていない。冷静沈着で、無感情で、ほとんど生気すら感じられず、他人の喜びを、そこに加わるのでも脅しや侮辱と捉えるのでもなく、平然と眺める心構えが本当にできていた。

二人は目的地も定めずに、人混みのあいだを、こちらの集団からあちらの集団へ、こちらの歩道からあちらの歩道へとうろついた。ジュリアもう怖がってはおらず、マルチェッロと同様、落ち着いて自らを律していた。ただし、その理由は異なり、他人と感情を共有できるという、彼女ならではの人の好さゆえだと思われた。群衆の数は、減るどころか徐々に増えていくようだった。比類なき歓喜にあふれた群衆だ、とマルチェッロは思った。にわかには信じがたく、呆気にとられ、いまだに罰せられずにすむのか半信半疑で、そのために表現がぎこちない、そんな類の歓喜だった。苦労して人混みを掻き分けながら、三色旗や赤旗を振る男女の労働者をいっぱいに乗せたトラックが数台、またしても通っていった。次いで、ドイツ製の小型のオープンカーが一台通り過ぎる。座席では二人の将校がゆったりとくつろぎ、機関銃を握りしめた戦闘服姿の兵士が一人、ドアの縁に腰掛けていた。歩道からは嘲るような口笛と叫び声が湧き起こる。武器も持たず、着崩した軍服で抱き合う大勢の兵士もいることに、マルチェッロは気づいた。いかにも農民らしい安穏とした顔が希望に酔いしれて輝いている。そうした兵士の二人がまるで恋人同士のように互いに腰に手をまわし、ボタンを外した軍服に銃剣をぶらさげて歩く姿を見て、マルチェッロは初めて怒りに似た感情を覚えた。彼らは制服を着た者たちであり、マルチェッロにとって制服とは、それを身に着ける者がいかなる感情を持っていようと、常に品格と威厳を意味するものだという思いを抑えようがなかったのだ。ジュリアは、まるで彼のそんな考えはお見通しだとでもいうように、だらしなくじゃれ合う二人の兵士を指差して言った。

「戦争は続いているって言ってなかったかしら？」

「そう言ってたな」マルチェッロは答えたものの、なんとか彼らの気持ちを理解しようと涙ぐましい努力をした挙げ句、それを打ち消した。「だが、そんなのは嘘だ。それに、憐れな兵士たちにだって浮かれる理由がある。彼らにしてみれば、戦争は本当に終わったんだから」

パリに出発する日の前夜にマルチェッロが指令を受けるため出向いた本庁の門には、大勢の人だかりがあり、大声でわめき、拳を振りまわして抗議していた。門扉に張りついた人たちは、なんとしてでも開けさせようと手でどんどんと叩いている。何人もの人が、反感と侮蔑のこもった独特の口調で、先ほど引きずり降ろされたばかりの大臣の名を繰り返し叫ぶのが聞こえた。マルチェッロは、デモをしている人々がなにを望んでいるのか理解できずに、長いこと群衆を観察していた。ようやく門扉がわずかに開き、その隙間から、袖章をつけた制服姿の門番が、懇願するような蒼ざめた顔をのぞかせた。門番が近くにいる人たちになにか告げると、そのうちの数人が門のなかに入り、すぐにまた扉が閉まった。群衆はそれからもしばらくわめいていたが、ほどなく散っていった。とはいえ完全に人がいなくなったわけではなく、執拗な者たちが幾人か、閉ざされた門扉を叩いてはわめき続けていた。

マルチェッロは庁舎に背を向け、隣接する広場に移動した。「道を空けろ、道を空けろ」という怒声がして群衆が後退り(あとずさ)し、マルチェッロも同様に後ろに下がった。のぞいて見ると、三、四人の若者が独裁者の大きな胸像をロープで引きずってくるところだった。胸像はブロンズの色をしていたが、実際には石膏に彩色しただけのものであることが、石畳にぶつかってできた傷が白くなっていることから見てとれた。大きな鼈甲のフレームの眼鏡に顔が埋もれた黒っぽい服の小柄な男が、胸像を見やったあと、マルチェッロに向かって笑いながら、しかつめらしく言った。「ブロンズ像のように見えていたが、じつは安物の粘土だったのですね」マルチェッロはそれにはなにも答えず、しばらく首だけ伸ばして、重そうに転がりながら目の前を通りすぎる胸像をじっと眺めていた。それは各省庁や役所に何百体と置かれた胸像のうちの一体で、しゃくれた下顎に、丸く窪んだ目、丸くてつるつるの頭というように、特徴を大雑把に捉えたものだった。きわめて傲慢な生身の人間の口を模して造られたその偽のブロンズの口が、かつてあれほど熱狂的な歓呼の声をあげていたおなじ群衆の侮蔑の怒声と口笛のなか、土埃にまみれて引きずられていくのだなと、マルチェッロは思わずにはいられなかった。ジュリアは、またしても彼の思考を読んだかのように、こうつぶやいた。「以前は、控え室にあんな胸像がひとつ置いてあるだけで、誰もが声を潜めたというのにね」

マルチェッロはぶっきらぼうに言った。「いまや、生身のあいつを捕まえようものなら、あの胸像のような目に遭わせるだろうね」

「殺すというの？」

「できるなら、むろんそうするだろう」

二人は、まるでなかなか引こうとしない強情な洪水のように暗がりで騒然と渦を巻いている群衆のあいだを、さらに進んでいった。一本の通りの角で、何人かの集団が建物の端に長い梯子を立てかけているのが見えた。一人が梯子に登り、政権の名称が刻まれた石のプレートに金属のハンマーを振り下ろしている。マルチェッロに向かって、「あちこちにあるファスケス[13]を剝がすだけで、何年もかかる」と、笑いながら言った者がいた。

「まったくです」マルチェッロは相槌を打った。

二人は広場を抜け、引きも切らず押し寄せる人混みを掻きわけつつ、アーケード街に着いた。暗くした電灯からかすかな明かりが洩れるだけの暗がりのなか、アーケード街の二本の通りが交わる地点にちょっとした人だかりができていて、なにかをとり囲んでいたが、よく見えない。マルチェッロがそばまで行ってのぞいたところ、一人の若者が、パントマイムでベリーダンサー[14]の所作や体のひねりをコミカルに表現していた。独裁者のクロモリトグラフの肖像に裂け目を作り、首飾りのように背中にぶらさげていて、さらし台につながれた者が首に拷問具をぶらさげたままで踊る姿を連想させた。広場のほうに戻りかけると、黒く短い顎鬚を生やして目をぎらつかせた若い将校が、すっかり上気してダークブラウンの髪を風になびかせている娘と腕を組んで歩きながら、マルチェッロのほうに身を乗り出し、昂奮したと同時に高飛車な物言いで叫んだ。「自由万歳もいいが、なによりもまず、国王万歳だ」

ジュリアが夫の顔色をうかがっていると、マルチェッロは瞬きひとつせずに、「国王万歳！」と言った。その場を離れてから、マルチェッロはつぶやいた。「この事態を君主制に有利な方向へ持っていこうとしている王党派が大勢いるんだよ。次はクイリナーレ広場まで行ってみよう」

二人は苦労しつつも小路のほうに引き返し、そこから車を駐めてある狭い通りに戻った。マルチェッロがエンジンをかけていると、ジュリアが言った。「だけど、本当に行かなきゃいけないの？　あたし、この騒ぎになんだか参っちゃったわ」

「どのみち、他になにもすることはないだろう」

マルチェッロは素早く横道に入っていき、クイリナーレ広場まで車を走らせた。広場は完全に人で埋め尽くされているわけではなかった。ふだん王族がお出ましになる

13　斧のまわりに木の束を結びつけたファシスト党のシンボル。
14　石版印刷を改良・発展させたカラー印刷技法。大量のカラー印刷を可能にした。

バルコニーの下には確かに人がひしめいていたが、広場の隅のほうへ行くにつれてまばらになり、誰もいない空間も結構あった。その辺りにも明かりはわずかしかなく、黄色く侘しげな電球が垂れ下がった大きな鉄製の街路灯が、黒い塊となった群衆をぼんやりと照らしているだけだった。拍手喝采も歓呼の声もあまり聞こえず、この広場の群衆は、他の場所にも増して、自分たちがなにを望んでいるのかよくわかっていないようだった。ひょっとすると熱狂よりも好奇心のほうが勝っていたのかもしれない。かつては独裁者の姿をひと目見、その演説を聞くために、まるで見世物小屋に集まるように人々が集ったものだが、いまや、その独裁者を倒した者の姿をひと目見、演説を聞きたがっているのだ。車が広場の外周をゆっくりと走るあいだ、ジュリアが小声で尋ねた。「国王はバルコニーにお出ましになるかしら」

返事をする前に、マルチェッロは首を傾げ、フロントガラス越しにバルコニーを見あげた。赤みを帯びた二本のトーチでほのかに照らされ、その真ん中に鎧戸の閉ざされた窓が見えた。「いや、そうは思わないな。お出ましになる理由もないだろう」

「じゃあ、ここにいる人たちはなにを待ってるの？」

「特になにも。広場に繰り出して大声で叫ぶのは、習性のようなものだ」

マルチェッロは、路上にたむろして動かない人たちをフェンダーで軽くかき分けるようにして、のろのろ運転で広場のまわりをぐるりとまわった。すると、ジュリアが思いがけないことを言いだした。「あのね、あたし、ちょっとがっかりしてるの」

「どうして？」

「群衆がとんでもない騒ぎを起こすんじゃないかと思ってたのよ。どこかの家に放火するとか、人を殺すとか……。出掛けるって聞いたとき、あなたの身になにかあったらって心配で、だから一緒に来たの。でも、なにも起こらないのね。拍手喝采しながら万歳や打倒を叫び、歌を歌い、行進するだけ」

マルチェッロは、「最悪の事態はこれからだよ」と言わずにはいられなかった。

「どういう意味？」彼女は急に慄（おのの）いた声になった。「あたしたちにとって？それとも他の人たちにとって？」

「僕たちにとっても、他の人たちにとってもだ」

すぐに、ジュリアが不安そうにぎゅっと腕をつかんできたので、彼はそんな言葉を口にしたことを悔やんだ。

「あなたは、すべてが丸く収まるって言ったけど、そんなの嘘だってずっとわかってた。あなたもそれを認めるのね」

「そんなに怖がることはない。深い意味もなく言っただけだ」

するとジュリアは押し黙り、両手でマルチェッロの腕にしがみつくと、ぴったりと体を寄せた。マルチェッロとしては煩わしかったが、払いのけるのも気が引けたので、そのまま運転を続け、ふたたびコルソ通りの方向へと裏道を進んだ。いったんコルソ通りに出ると、比較的人通りの少ない横道を抜けてポポロ広場まで行った。そこから、ピンチョの丘の坂道を、ボルゲーゼ宮殿のほうへとのぼっていく。二人は大理石の胸像が点在する薄暗いピンチョの丘を通り抜け、高架橋をまわって、ヴェネト通りを目指した。ピンチャーナ門の入り口に着いたところで、ジュリアがふと悲しそうにつぶやいた。「家に帰りたくない」

「なぜだい？」マルチェッロはスピードを緩めながら尋ねた。

「自分でもなぜかわからないけど……」ジュリアは前方の一点をじっと見つめていた。「家に帰るって考えただけで、胸が苦しくなるの。出発したらあの家には永遠に戻れないような気がして……。でも、なにも恐ろしいことじゃないわ」それから、口早に言い足した。「ただ、あの家はもう引き払わなくちゃいけないってこと」

「それで、君はどこへ行きたい？」

「あなたの行きたいところ」

「ボルゲーゼ宮殿を散策する？」

「ええ、それもいいわね」

長く薄暗い並木道に沿って車を走らせていくと、その奥に白く霞むボルゲーゼ美術館の建物が見えてきた。広場に着いたので、マルチェッロは車を駐めてエンジンを切った。「少し歩こうか？」

「あなたがそうしたいのなら」

二人は車を降り、腕を組んで、美術館の裏手にある庭園のほうへ歩きだした。庭園には人の気配がなかった。政変により、愛をささやき合うカップルまでいなくなったのだろう。暗がりのなか、うっそうと生い茂る木々を背景に、英雄的なポーズや悲壮なポーズの大理石の像が白く浮かんで見えた。二人は噴水まで歩いていき、しばらく無言のまま立ち止まり、黒く淀んだ水を見つめていた。ジュリアは夫の手を握り、小さな抱擁とでもいうように、彼の指のあいだに自分の指をぎゅっとからませていた。やがて二人はまた歩きだし、オークの木立のあいだのひどく暗い道に入っていった。数歩行ったところで、ジュリアがいきなり立ち止まったかと思うと、振り返り、マルチェッロの首に腕を巻きつけて唇にキスをした。二人はそうして道の真ん中で立ったまま、長いあいだ抱き合ってキスをしていた。ようやく体を離すと、ジュリアは夫の手をとり、林のほうへ導きながらささやいた。「こっちに来て。ここで愛を交わしましょう。地べたで」

「そんな無茶を言うなよ」マルチェッロは思わず声を大きくした。「ここで?」

「そう、ここでよ」ジュリアはひるまずに言った。「なぜ無茶なの? 来て。そうすればあたし、きっと安心できる」

「安心って、なにに?」

「みんな戦争や政治、戦闘機のことしか頭にないでしょ。でも、本当は人ってこんなにも幸せでいられるものなのよ。ねえ、いいじゃない。あたしは群衆が集まっている広場の真ん中でだってできるわ」ジュリアは急に怒りがこみあげてきたように続けた。「少なくともあたしは、みんなとは違うことを考えられるって見せつけてやるの。来てよ」

どうやらジュリアは気持ちが昂(たかぶ)っているらしく、木々が立ち並ぶ濃い闇のなかを、先に立ってずんずん歩きはじめた。「ほら、素敵なベッドルームだと思わない?」彼女のささやき声が聞こえた。「あたしたち、もうすぐ家を失うけれど、このベッドルームは誰にも奪えやしないわ。いつだって好きなときに眠れるし、愛し合うこともできる」その瞬間、マルチェッロの目の前から、まるで土のなかにでも入ってしまったかのように、ジュリアの姿が忽然と消えた。マルチェッロが慌てて捜すと、暗闇のなか、一本の木の根もとで、腕枕をして地べたに寝そべっている彼女の姿が見えた。空いた腕を彼のほうへ伸ばし、隣に横たわるようにと無言で手招きしている。誘われるままに彼が寝そべると、ジュリアはすぐさま両脚と両腕をぎゅっと絡ませ、顔じゅうに熱烈なキスをした。あたかも、彼のなかに入り込むことのできるもうひとつの口を、額や頬に探し求めているかのように。だが、すぐにその腕から力が抜けたので、マルチェッロが見ると、ジュリアは覆いかぶさっていた上半身を起こし、暗闇を見据えていた。「誰か来るみたい」

マルチェッロも体を起こして座り、目を凝らした。まだ遠く離れてはいるものの、木々のあいだを揺れながら近づいてくる懐中電灯の光が見えた。その少し手前の地面がぼんやりと丸く照らされている。地面に積もった落ち葉が見知らぬ者の足音を消し、物音ひとつしない。懐中電灯が二人のいるほうへと近づいてくる。ジュリアは急に冷静になると、起きあがり、膝を抱えてしゃがんだ。二人は木に背をもたせて並んで座り、近づいてくる光を見つめていた。「きっと警備員ね」ジュリアがささやいた。

いまや懐中電灯は彼らのいる場所のすぐ近くに光を落としていたが、次の瞬間上に向けられ、二人はまともに光を浴びた。まぶしさに目がくらみ、男の姿を見返したものの影しかわからず、握られた手から白い光が放たれていた。警備員はもう自分たちの顔をしっかり見たのだから、懐中電灯を下げるべきだとマルチェッロは思った。ところが下げられる気配はなく、驚き、考え込んでいるらしい沈黙のなか、懐中電灯はその視線を引き延ばすように光を放ち続けた。マルチェッロは苛ついた。「いったいなんの用だというのです？」

「用なんてないさ、マルチェッロ」すぐに甘ったるい声が返ってきた。それと同時に懐中電灯は下に向けられ、ふたたび揺れながら二人から遠ざかっていった。「いったい誰なの？　あなたのことを知ってるみたいだったわね」ジュリアがつぶやいた。マルチェッロはひどく狼狽し、息をすることも体を動かすこともできずにいた。ややあって妻に言った。「悪いが、少しここで待っててくれ。すぐに戻る」跳ねるように立ちあがると、見知らぬ男の後を追った。

木立の外れにある、白い大理石像の一体が据えられた台座のあたりで、マルチェッロは男に追いついた。足音を聞いて男が振り返った瞬間、そう遠くないところにライトがあったため、あれから何年もの歳月が過ぎたというのに、五分刈りの頭にひげのない修道僧のようなその顔から、すぐにマルチェッロは確信した。当時は運転手の制服に身を包んでいたが、いまは襟もとまでボタンをかけた黒い制服、ゆったりとしたズボンに、黒い革のゲートルを巻いていた。小脇に帽子を抱え、懐中電灯を握りしめている。男は笑みを浮かべて言った。「死にさえしなければ再会するものだ」

冗談めかしたその言葉は、おそらく意図したものではないのだろうが、状況をあまりによく言い当てているとマルチェッロは思った。走ってきたのと動揺とで息を荒くして言った。「あんたを殺したものだとばかり思っていた……」

「マルチェッロ、僕は、助かったことが君にも伝わっていることを祈ってたよ」リーノは穏やかに答えた。「僕が死んだと報じた新聞もあったが、取り違えがあったんだ。病院で死んだのは別の人で、僕の隣のベッドの入院患者だった。それで君は、僕が死んだものと思い込んでいたんだね。つまり、まさに、死にさえしなければ再会する、というわけだ」

いまや、リーノに再会したことよりも、自分たちのあいだに、陰湿ではあるものの、打ち解けた、いかにも親しげな会話が成立していることにマルチェッロは恐怖を覚え、沈痛な面持ちで言った。「あんたが死んだと思っていたせいで、僕はいろいろな目に遭ったんだ。それなのに生きてるなんて……」

「マルチェッロ、僕もあの一件のせいでいろいろな目に遭った」リーノは同情するようにマルチェッロを見つめた。「あれは警告にちがいないと思って、結婚したんだ。ところが妻に死なれて……」絞り出すように続けた。「また元の木阿弥(もくあみ)さ。いまでは夜間警備員の仕事をしている。このあたりの公園には、君みたいな美少年がたくさんいるからね」リーノはこうした言葉を、穏やかで甘くはあるが、微塵（みじん）の媚びもない厚かましさで口にした。マルチェッロはそのとき初めて、彼の頭がほとんど銀髪になり、顔もいくらか肥（ふと）ったことに気づいた。「で、君は結婚したんだね。さっきの女性は奥さんだろう？」

不意にマルチェッロは、そんな声を潜めての惨めったらしい会話に耐えられなくなり、男の肩をつかんで揺さぶった。「あんたは何事もなかったかのように話しているが、僕の人生を台無しにしたんだぞ。わかっているのか？」

リーノはマルチェッロの手を振りほどこうともせずに答えた。「マルチェッロ、なぜそんなことを言うんだ？　君は結婚したんだろう。きっと子供もいるにちがいない。暮らしだって裕福そうじゃないか。なにをそんなに嘆くことがある？　もしもあのとき本当に僕を殺していたら、それこそまずいことになってたんじゃないのか？」

「だが、僕は……」マルチェッロは怒鳴らずにはいられなかった。「僕は、あんたに会う前は純真だったんだ。それなのに、あんたと会ったせいでそれを失い、二度と取り戻せなかった」

リーノは唖然としてマルチェッロを見返した。「そうは言うが、マルチェッロ、人は誰しも子供の時分は純真だった。僕だってそうさ。そして、形こそ異なれ、誰もがいつしかその純真さを失う。それが普通というものだろう」リーノは、マルチェッロの少し緩みかかっていた手からようやくの思いで逃れると、共犯者めいた口調で言い添えた。「ほら、奥さんが来たぞ。そろそろお暇したほうがよさそうだ」

「マルチェッロ」暗闇のなかでジュリアの声がした。

マルチェッロが振り向くと、ジュリアがためらいがちに近づいてきた。一方、リーノは帽子を被り、身振りでじゃあと告げると、急ぎ足で美術館の方向に歩き去った。

「あの人、いったい誰なの？」ジュリアが尋ねた。

「同級生だ」マルチェッロが答えた。「いまは夜間警備員をしているらしい」

「家に帰りましょう」ジュリアは夫の腕をつかんだ。

「もう散歩はしないのか？」

「ええ。家に帰りたい」

二人は車のところまで戻ると、そそくさと乗り込み、家に着くまでひと言も喋らなかった。マルチェッロは運転しながら、いましがた聞かされたリーノの言葉について考えていたが、それは図らずも深い意味を含んでいた。「形こそ異なれ、誰もがいつしかその純真さを失う。それが普通というものだろう」その言葉のなかに、人生に対するマルチェッロの見解が凝縮されているように思えた。これまで自分は重罪を犯したと思い込み、その罪から己を解放するためにすべてをしてきたのだ。それにもかかわらず、たとえリーノに会うことも、発砲することもなく、リーノを殺したと思い込むこともなかったとしても、つまり、たとえなにも起こらなかったとしても、どのみちいつかは純真さを失い、結局、それを取り戻したいと願うあまり、これまでしてきたのと同様のことをしたにちがいないと、リーノの言葉によって初めて思い知らされたのだ。正常さというのは、まさにこの、原罪によって脅かされた己の人生を正当化しようという虚しく苦悩に満ちた欲望に他ならず、リーノと出会ったその日から彼が追い求めてきた儚い幻影ではないのだ。そのとき、「明日の朝は、何時に出発するの?」と尋ねるジュリアの声がしたので、マルチェッロは、己の過ちに対する、筋違いな、いまとなっては無用ないくつもの証言を退けるかのように、一連の思索を振り払った。

「できるだけ早い時間に」

Ⅲ

明け方近くに目を覚ましたマルチェッロは、妻が窓辺の片隅にたたずみ、ガラス越しに曙の灰色の光を眺めているのを見た。あるいは見たような気がしただけかもしれない。一糸まとわぬ姿で、片方の手でカーテンを寄せ、もう一方の手で胸を覆っていたが、恥じらいのためか不安のためかはよくわからなかった。乱れた髪の長い一房が頬をなぞるように垂れさがり、前方に向けられた、蒼白(あおじろ)いばかりで色味のない顔には、悲しみに暮れ、思いつめた表情が浮かんでいた。夜のうちに、その肉体までもが逞(たくま)しくて貪欲な生命力を失ったかのようだった。出産によって少なからず平らになり、張りの失われた乳房にも、横から見るとそれまで気づかなかった疲労感の漂うたるみがあるし、丸みを帯びているというよりもふくれた下腹部は、不恰好で無防備な重苦しさを感じさせる。奥に秘めたものを隠そうとぴったりと閉じ、震えているかのような両腿（りょうもも）からも、それがうかがえた。これから始まろうとしている日の、無感情で不躾な視線を思わせる冷たい光が、彼女の裸体をわびしく照らし出していた。マルチェッロはそんな妻の姿を見つめながら、まだ明けやらぬ薄明かりのなかで立ちつくし、誰もいない中庭を眺めているあいだ、彼女の脳裏をなにがよぎっているのだろうと考えずにはいられなかった。そして、いま妻が考えていることを自分はわけなく推測できると思い、烈しい憐憫（れんびん）の情を覚えた。

「ほらね」と、彼女は考えているにちがいない。「あたしったら、人生のなかばにして我が家から追い出されるんだわ。年端もいかない娘と、破滅し、もはや将来になんの希望も持てなくなった夫と一緒にね。夫の運命がどうなるかは不確かで、もしかすると命の危険にさらされているのかもしれない。こんなにも努力し、情熱を注ぎ、待ち望んできた結果が、これだなんて」

まさしくエデンの園から追放されたエバだとマルチェッロは思った。そして、この慎ましいものであふれた家がエデンなのだ。箪笥にしまわれた衣類、キッチンの調理用具、女友達を迎える居間、銀メッキの食器、ペルシア風の絨毯、ジュリアが母親から譲り受けた磁器類、冷蔵庫、玄関口に飾られた花瓶、月賦で手に入れた帝政様式（アンピール）風のこの夫婦の寝室、そして、ベッドのなかで妻を見つめている彼も。一日に二回、家族と共に食卓を囲み、彼女と娘と彼の将来の計画を立てる喜びもまた、間違いなくエデンの園だった。とどのつまりエデンとは魂の平穏であり、自分自身と世界との調和であり、穏やかで満ち足りた心の落ち着きなのだ。そんなエデンから、怒りくるった残忍な天使が燃えあがる剣を振りかざし、身を護る術を持たない全裸のジュリアを押し出し、敵意に満ちた外の世界へと永遠に追放しようとしているのだ。身じろぎもせず、物憂げに外を眺め続ける妻の姿を、マルチェッロはいましばらく観察していた。そのうちに、眠気のせいでふたたび瞼が重くなるなか、彼女が窓辺から離れ、忍び足で洋服掛けのところへ行き、ガウンを取って羽織ると、物音も立てずに部屋から出ていくのが見えた。きっと、眠っている娘のベッドのそばに腰掛けて、またしても鬱々とした思いに耽るのだろう。さもなくば旅の支度を終わらせにいったのかもしれない。マルチェッロは一瞬、妻を追いかけて慰めようかと思ったものの、たまらない眠気に打ち克てず、ほどなく寝ついてしまった。

その日、夏の朝の澄んだ光のなかをタリアコッツォに向かって車を走らせているとき、マルチェッロはその悲しげな早朝の光景を思い出し、あれは夢だったのか、それとも実際に見たことだったのかと自問していた。隣に座る妻は、娘のルチッラのスペースを確保するために、彼にぴったりと体を押しつけている。ルチッラはといえば、座席に膝立ちになり、窓から顔を出してドライブを楽しんでいた。ジュリアは背すじを伸ばし、白いブラウスの上から、ボタンをかけずに上着を羽織っている。まっすぐ前に向けた顔に、旅行用の帽子が影を落としていた。彼女の膝の上になにか細長い形の物があるのにマルチェッロは気づいた。茶色の紙に包まれ、紐で結ばれている。

「その包みの中身はなんだい?」意外に思ってマルチェッロが尋ねた。

「笑われるかもしれないけれど、玄関口に飾っていたクリスタルの花瓶を家に置いてくる気になれなかったの。とてもきれいな花瓶だし、あなたからのプレゼントだから、気に入ってたんだもの。憶えてる? この子が生まれてすぐの頃だったわね。自分でも未練がましいって思うけど、使えるでしょ。タリアコッツォでお花を飾るわ」

ということは、やはり夢を見たのではなく、本当だったのだなと彼は思った。今朝窓辺にたたずんでいたのは、まさしく生身のジュリアであり、夢に現われた人物ではなかったのだ。「君が持っていきたいと思ったのなら、それで構わないさ。だが、予定通りまたあの家に戻ると約束するよ。夏が終わったらすぐにね。不安に思う必要はまったくない」

「あたしは不安になんて思ってない」

「なにもかも丸く収まるさ」マルチェッロは、車が上り坂に差し掛かったためにギアをチェンジしながら、またしてもそう言った。「そして君は、ここ数年と同様の幸せを味わえる。いや、もっと幸せになれるんだ」

ジュリアは黙っていたが、納得がいかないようだった。マルチェッロは運転を続けながら、横目で妻のことを観察した。片手で膝の上の花瓶を押さえ、もう一方の腕で、窓から顔を出している娘の腰を支えている。そうした仕草で、自分の愛情も自分の所有物も、もはやすべてがこの車のなかにあるのだと言わんばかりだった。隣に座る夫、反対側にいる娘、そして膝の上には家庭での暮らしの象徴であるクリスタルの花瓶。出発するとき、妻が最後に家を正面から一瞥して、「いったい誰が私たちのアパートメントに居座るのかしら」と言ったのをマルチェッロは思い出した。そして、自分には妻を説得することはできないのだと思い知った。というのも、彼女にはじっくり考えて納得するということはなく、ただ本能から生じる恐怖の予感があるばかりだったからだ。それでも彼は平然と尋ねた。「君がいま、なにを考えているのか教えてくれないか?」

「なにも。まったくなにも考えずに、ただ景色を眺めているの」

「いまじゃなく、もっと全般的になにを考えているのか訊いてるんだ」

「もっと全般的に? あたしたちにとっては物事が悪いほうに向かってるんじゃない

かって思っているけど……でも、誰のせいでもないでしょ」

「きっと僕のせいだ」

「なぜあなたのせいなの？　決して誰のせいでもないわ。誰もが間違ってると同時に正しいの。物事が悪いほうに向かっているのは、うまく行っていないから。ただそれだけのことよ」それ以上話したくないとほのめかすように、ジュリアはその言葉を断固たる口調で言った。マルチェッロは口をつぐみ、それからしばらく二人は黙りこくっていた。

まだ朝の早い時間だったが、すでに暑くなりそうな気配だった。早くも車の前方の、まぶしい光を浴びた埃っぽい生垣のあいだから陽炎（かげろう）が立ちのぼり、ぎらぎらとした真夏の陽射しをアスファルトが照り返していた。揺らめく景色のなか、枯れた切り株でぼつぼつとした黄色い丘のあいだを道は抜けていく。木々も生えておらず荒涼とした谷間には、まれに茶色と灰色の農家がぽつんと建っているだけだった。ときおり馬に曳かれた荷車や地元のナンバーの古い車とすれ違うこともあったが、概して往来は少なく、軍用車両は別の道を通っている。なにもかもが穏やかで、普通で、取り立てて気に留めるようなこともない、とマルチェッロは運転しながら考えた。戦争と革命の最中（さなか）にある国だとはとうてい思えない。たまに柵にもたれていたり、あるいは畑の真ん中で鋤を持っていたりする農夫たちを見かけたが、その顔からは、日々の生活における普通の、決まりきったものに対する、揺らぐことのない平穏な関心というありきたりの感情しかうかがえなかった。いずれも、収穫や、日照や雨、農作物の価格のことを考えているか、もしくはなにも考えていない人たちばかりだった。ジュリアは何年ものあいだ、あの農夫たちと同様だったのだ、とマルチェッロはなおも思いをめぐらした。そしていま、その平穏から引き剝がされることに胸を痛めている。考えているうちにマルチェッロはしだいに腹が立ってきた。彼女にはかわいそうだが、男にとって生きるということは、寛大な自然から与えられた気怠い平穏に身を任せることを意味するのではなく、つねに闘いと昂奮のなかに身をおき、どんなときでもミニマムな問題をより広範な問題の枠組みのなかで解決していくことを意味していた。そうした問題をすべてひっくるめたものが人生なのだ。そんなふうに考えているうちに、マルチェッロは自信を回復した。車は比較的なだらかで荒涼とした景色を抜け、丘が連なるあたりの、高くそびえる赤い岩のあいだに差しかかった。車を運転しているうちに、カーブと上り坂だらけの困難な道に屈することなく立ち向かい、楽々と乗り越えていくエンジンと自分の体が一体化したような錯覚を抱いたせいだろう、マルチェッロは、大胆不敵で冒険好きな楽観主義が、一陣の風のごとく、彼の心のなかの荒れた空模様をようやく吹き飛ばしてくれたのを感じた。それはここ何年ものあいだ味わったことのなかった感覚だった。自分の人生のひとつの時代が完全に終わり、地中に埋められたものと捉え、新たな地平で、異なる方法で、一から築きなおすべきなのだと彼は考えた。リーノとの再会には大きな意義があった。実際には犯していない罪に対する良心の呵責（かしゃく）から彼を解放してくれたというのもある。だがそれよりも、純真さの喪失というのは避けがたく、ごく普通のことなのだという、図らずも口にしたひと言で、リーノは、マルチェッロが二十年ものあいだ意固地に歩み続けた道は誤っていて、そこから決定的に脱け出さなければならないことに気づかせてくれたのだ。これからは自己を正当化する必要も、無理に他人に溶け込む必要もないのだと彼は考えた。そして、自分が紛れもなく犯した罪――クアードリの一件――によって、またしても浄化や正常さを虚しく追い求めるという責め苦に苛まれるのはごめんだと固く心に決めていた。過ぎたことは過ぎたことであり、クアードリは死んだ。ならば、墓石よりもさらに重い、完全なる忘却という決定的な墓碑でその死を覆うことにしよう。おそらく周囲の景色がそれまでのうだるように暑い荒涼とした土地から変化したためだろう。地中を流れる豊かな水によって道端には草や花や羊歯（しだ）があふれ、さらに上の凝灰岩の丘の頂には、森の緑が鬱蒼（うっそう）と茂るのを見ていると、己の影を追い求め、迫害され断罪されたと思い込むような、そんな不毛な苦悩とは金輪際かかわらずにいられるような気がした。その代わり、いま通っているような、山賊か野生動物しか通らない近寄りがたい岩場を、自由に、そして大胆に探っていくだろう。これまで彼は、不適切な結びつきへと、そしてそれよりもさらに不適切な任務へと、愚かにも自らの意思で、頑迷に自分を追い詰めてきた。だがそれは、すべて存在すらしない正常さという幻のためだった。そうした結びつきがばらばらになり、任務が消滅したいま、彼は自由の身に戻り、その自由を行使できるはずだった。そのとき、ひときわ絵画のような景色が目の前にひらけた。道の片側は伐採林が丘を覆い、反対側の斜面は豊かな葉を茂らせたオークの巨木が点在する草原になっている。斜面はそのままなだらかになり、灌木が密生し、泡立ちながら流れる沢が輝く窪地へと続いていた。窪地の向こうには岩壁がそそり立ち、飛瀑がきらめいている。マルチェッロはいきなり車を停めた。「きれいな場所だね。少しここで休憩していこう」

窓の外を見ていたルチッラが振り返って尋ねた。「もう着いたの？」

「いいえ、まだ着いたわけじゃないけど、ここで少しお休みするの」ジュリアが娘を抱きあげ、車から降ろしながら答えた。

車から降りると、せっかく休憩するのだからルチッラに用を足させてくると妻が言ったので、マルチェッロは車のそばにとどまった。ジュリアは娘の手を引いて少し離れた場所へと歩いていく。娘のほうに体を屈めるでもなくゆっくりと歩き、娘は丈の短い白のワンピースを着て、肩に垂らした髪のてっぺんに大きなリボンを結び、おそらくなにか尋ねているのだろう、ときおり母親の顔を見あげながら、いつものように快活にお喋りをしていた。マルチェッロは、いましがた不意に気持ちが昂って思い描いた新しい自由な未来において、娘はどんな位置を占めるのだろうと考えた。そして、少なくとも、それまで自分の人生を導いてきたのとはまったく異なる動機に基づいた人生へと娘を向かわせることができるはずだと、深い愛情をこめて独り思った。娘の人生におけるすべてが、陽気で、気まぐれで、愛らしく、軽やかで、透明で、さわやかな、冒険に満ちたものであってほしい。すべてが、うだるような暑さともスモッグとも無縁の、瞬く間に過ぎ去り、空気を澄まし、色彩を鮮やかにしてくれる、浄化作用のある夕立しか知らない風景に似たものでなければならない。昨日まで彼の運命を形成していた血みどろの形式主義は、なにひとつ残してはならない。そうだとも、と彼はさらに考えた。この子は完全なる自由のなかで生きるべきなのだ。

　そんなことを考えながら、マルチェッロは道端から離れ、反対側に影を落としていた林へと近づいていった。背の高い木々には葉が生い茂り、その下では野茨（のいばら）などの野生の灌木が絡まり、さらに灌木の下の葉陰には草や花が生えていて、紫色に近い青のカンパニュラが一輪ひっそりと咲いているのが見えた。カンパニュラは素朴で、花びらには白い筋が入っていた。摘みとって鼻先に近づけてみると、草の苦い香りがした。林の下の植物が絡み合う陰で、不毛な凝灰岩に付着したわずかばかりの土から芽を出したその花は、自分よりも背が高くて頑丈な植物の邪魔もしなかったし、自らの運命を見極めたうえで受け容れようとか拒絶しようなどとも考えなかった、と彼は思った。完全なる無自覚と自由のうちに、種が偶然落ちた場所で芽を出し、マルチェッロの手によって摘まれる日まで成長し続けたのだ。鬱蒼とした林の下の、苔の縁に生えるそんな孤高の花のようにあることは、じつに慎ましくて自然な運命だ、と彼は思った。それに対し、偽りの正常さに適応できないまま意図的に慎ましさを選ぶのは、自尊心や自己愛の裏返しに他ならなかった。

妻の「そろそろ行きましょう」という声でマルチェッロは我に返り、運転席に戻った。車はスピードを上げながら蛇行した道を進んでいく。オークの木が点在する斜面をまわり、鬱蒼と繁る藪を過ぎ、丘の切通しを越え、広大な平野が見渡せる場所に出た。七月の熱風で、青い山々に囲まれた遠くの地平線がかすんでいる。軽く靄のかかった黄金色（こがねいろ）の光のなか、平原の真ん中に切り立った孤高の山がそびえ、さながらアクロポリスのように、城壁と塔の下に群がる数軒の家々からなる集落を頂いている。山のまわりを螺旋状に上っていく道路沿いに、宙に浮かぶように建つ家々の灰色の壁がくっきりと見える。正方形の城の四角(よすみ)に、円筒形のずんぐりとした塔が配されている。集落はバラ色に染まり、空を焦がす太陽が、家々の窓ガラスをまばゆく輝かせていた。山裾の先は、道が平原の外れまで白い直線となって延びていた。道を挟んだ山の向かい側には、樹木が一本も生えていない黄緑色の広大な草原がひろがっているが、そこは飛行場だった。集落の昔ながらの家々とは対照的に、飛行場はすべてが現代的で新しかった。三棟の細長い格納庫は緑と紺と茶色の迷彩色に塗られ、アンテナの先端では紅白の吹き流しがはためき、無数の銀色の飛行機が飛行場の外周に沿ってばらばらに駐まっていた。

車が急な坂道のカーブを次々に曲がりながら、スピードをあげて平原へと下っていくあいだ、マルチェッロはその景色を長いこと眺めていた。古い城塞とひどく現代的な飛行場とのコントラストに意義があるように思われたが、急に注意力が散漫になり、果たしてどのような意義なのか正確には見極められなかった。同時に、以前にその景色を見たことがあるような、どこか親しみのある特別な感情を抱いているのに気づいた。その道を通るのは初めてだというのに。

坂を下りきると、車は果てしなく続くかと思われる直線道路に入った。マルチェッロがアクセルを踏んだので、速度計の針が時速八十キロ、次いで九十キロと徐々にあがっていった。いまや道路は、木も生えていなければ家もない、刈り入れの済んだぎらぎらとした黄色の畑が両側にひたすらひろがる場所を抜けていく。きっとこの辺りの住民はみんなあの集落に住んでいて、朝、畑仕事をするために下りてきて、夕方になるとまた集落に戻っていくんだな、とマルチェッロは思った。

そんなとりとめもないことを考えていたマルチェッロは、妻の声でふと我に返った。「見て」妻は飛行場のほうを指差して言った。「なにかあったのかしら?」

見ると、何人もの人たちが腕を振りまわしながら、だだっ広い飛行場をあちらへこちらへと駆けずりまわっている。同時に、目もくらみそうな夏の陽射しのなかで、三棟の格納庫のうちの一棟の屋根から、赤く烈しい炎が、ほとんど煙も立てず、不気味に燃えあがった。続いて二棟目の屋根からも別の炎が燃えあがり、さらに三棟目からも新たな炎があがった。三つの炎はたちまちひとつになり、猛烈な勢いであちこちに燃えひろがっていく。そのあいだにも黒煙の雲が地面まで下りてきて格納庫を包み込み、周囲にひろがっていった。生き物の気配は消え、飛行場には人っ子一人いなくなった。

マルチェッロは落ち着いて言った。「空襲らしい」

「危ないの?」

「いや、もう通りすぎたようだ」

マルチェッロがさらにアクセルを踏み、速度計の針は百キロ、百二十キロと振れた。車はいまや、集落や螺旋状の道路や家々の壁や城が一望できる場所にいた。その瞬間、マルチェッロは背後で、急激に高度を下げはじめた飛行機のすさまじい爆音を聞いた。爆音に交じって、銃弾を雨あられと浴びせる機関銃の音が聞こえ、彼は爆撃機がすぐ後ろに迫っていて、間もなく自分たちの真上に到達するだろうことを悟った。エンジンの大音響は車が走っている道路に並行していて、道路と同様に曲がることなく一直線だった。次の瞬間、ギイーンという轟音が彼の頭上に達し、束の間、耳をつんざかんばかりとなったが、たちまち遠ざかっていった。マルチェッロは肩に拳で殴られたような強い衝撃を受け、やがて息が止まりそうなほど苦しくなった。死にもの狂いで全身の力を振りしぼり、運転していた車をどうにか道端に停めた。「降りるぞ」とドアに手をかけて開けながら、かすかな声で言った。

ドアが勢いよく開き、マルチェッロは外に転がり出た。草の上に両手と顔をついて体をひきずり、車内に残っていた両脚を出すと、そのまま溝の脇の地べたに横たわった。だが誰の声もせず、ドアが開け放たれているにもかかわらず、車から顔を出す者もなかった。そのとき、遠くで旋回する飛行機の爆音が響きわたった。マルチェッロはなおも心のなかでつぶやいていた。〈神よ、どうか二人が撃たれませんように。二人は無実です〉それから観念して、草に口を埋めたまま、爆撃機が戻ってくるのを待った。ドアが開け放たれた車は静まり返っている。マルチェッロは、もはや誰も降りてくることはないのだと悟り、鋭い痛みに胸が締めつけられた。終に爆撃機が彼の頭上に達したかと思うと、燃えあがる空の向こうに遠ざかり、あとには静寂と夜の闇だけが残された。

解説

土肥 秀行
（イタリア文学者）

1．一周まわって知るモラヴィア

アルベルト・モラヴィア（一九〇七―九〇）が亡くなってから今日までの三〇年ほどの間、「かつてさかんに読まれたのにその名が聞かれなくなって久しい」、「残っているのはデビュー作『無関心な人びと』くらい」などと言われ続けてきた。それは日本もイタリアも変わらない。存命中に文壇の中心にいた存在が、没後読まれなくなることはよくあるが、その典型であろう。

あまり名前が出なくなったとばかりに無視し続けるのは怠慢の誹り（そし）を免れない。二〇世紀イタリアひいてはヨーロッパの忘れてはならない作家のひとりであることは間違いないのだから（かつてのモラヴィアの中心性については、堤康徳氏によるモラヴィア『薔薇とハナムグリ』光文社古典新訳文庫版の解説を参照されたい）。そこで、本解説では一周まわって知るモラヴィアについて書いていきたい。

この三〇年を振り返ると、日本では、新たな世紀の文学観の提起をめざして一九九九年に始まった「世界の文学」シリーズ（朝日新聞出版）の七七号イタリア編の表紙にモラヴィアが取り上げられ、二〇〇七年配本開始の作家・池澤夏樹の個人編集による「世界文学全集」に、モラヴィアの『軽蔑』が（『無関心な人びと』ではなく）、旧訳版のままだが、選ばれるというようなこともあった。できれば、同全集でよく試みられていたように、新訳であるとよかったのだが、ゴダール監督の映画公開時に出たものが再録された。

そしてなにより、光文社古典新訳文庫に、本作と同じく関口英子による訳で『薔薇とハナムグリ　シュルレアリスム・風刺短篇集』が入ったことが最大のイベントであった。モラヴィアは短篇の名手として知られる。文学史家ジャンフランコ・コンティーニが、『統一イタリアの文学』において、市井の人々にスポットをあてた『ローマ物語』（戦後まもなくから発表された六〇を越える小品群）をモラヴィアの代表作として挙げているとおりである。しかし日本で新たに編まれた短篇集は、リアリズムではない、シュールで風刺の効いた寓話が並ぶ。その意外性から、かつての読者も気をひかれたであろう。もはや数少ないながら未訳のままであった作品が取り上げられたことも魅力であった。

もちろん、この短篇集による、モラヴィアの新たな読者の開拓も大いにありうる。

たとえば次のような視点からはどうであろう。

いま読み返してみると、さすが独裁末期から戦後に書かれただけあって、当時の国家体制へのあてこすりが多い。そのなかでも、短篇「疫病」（原題のイタリア語は「エピデミア」）は、単に執筆された時代を伝えるだけでなく、現在の状況を照らす作品でもあることにも気付く。モラヴィアにしてみれば、病いと社会をかけあわせるのは、脊椎カリエス（これも感染症のひとつ）のため学業中断の上サナトリウム暮らしとなった青年期、続いて、ファシズム独裁と重なった作家としての形成期、こうした二つの決定的な契機を受けてのことである。感染症の歴史が繰り返されることをもはやよく知ったわれわれには、モラヴィアの暗示がリアリティをもってせまってくる。この短篇の疫病に罹る（かか）と、頭部から悪臭が放たれるようになり、当初は羞恥心に苛（さいな）まれるものの、そのうち匂いが不快から甘美へと変わる。嗅覚の変化により、「悪臭」で陶酔感に浸るまでとなる。そうすると、感染者と未感染者の嗅覚に差が生じる。これはわれわれも経験したことであり、モラヴィアはグロテスクな諧謔（かいぎゃく）を意図したのであろうが、まったく笑えない。対応策をめぐっては、すべての人の嗅覚を取り去る提案をする医師たちや、不介入を旨とする医師たち、その他のグループが各々の主張の応酬を続ける。感染症自体は死をひきおこしはしないが、致命的ともいえる社会の分断と個の理性喪失を生ぜしめる。全一五篇のなかでもっとも長く綴られる現代の伝染病譚を、われわれの時代を知るために、いまこそ読むべきであろう。また、モラヴィアをあまり知らないという人でも入っていきやすい話である。

2. モラヴィアの「一語シリーズ」

短篇集と同じシリーズの光文社古典新訳文庫にて、この度、かつて『孤独な青年』の題で知られた本書が、『同調者』として訳し直された。

それはこのような話だ。プロローグでは、主人公マルチェッロ・クレリチは一三歳、不意の猫殺しから、拳銃への憧れと殺人への衝動を強く意識しはじめる。それまでローマのブルジョワ家庭で世間から隔離されて育ったため、学校にはじめて通うようになるが、他と競うような男性的なふるまいではないため級友からの苛めに遭う。そこで助け舟を出した近所の運転手リーノの誘いにのり、彼の部屋で、待望の拳銃を手に入れることになる。少年へのいたずらが目的であったリーノにむけて、自らの異常性にとり憑かれたマルチェッロは発砲する。続く第一部は、それから一七年後の一九三七年に設定されている。ファシストのマルチェッロは、諜報活動に従事する者として、わが身のまともなことに安堵している。それは自らのパリでのハネムーンにかこつけて、政治亡命中のクアードリ教授をスパイする計画を大臣に上申するほどである。実際、マルチェッロは、自分（の階級）に見合った女性ジュリアと結婚することになっていた。第一部の後半で、俗悪だが天真爛漫な婚約者とその母ジナーミ夫人との結婚の打ち合わせ、教会での結婚前告解におけるリーノ殺人の告白、実家に棲み続ける母と精神科病院に収容されている父への結婚報告、これらすべてを気のないうちにやりすごしてしまう。第二部の舞台の中心はパリである。マルチェッロは、新婚旅行の合間に工作員と接触しながら、いまや暗殺が目的となった計画に従い、大学の恩師クアードリ教授のもとを訪ねる。教授の妻リーナは、ジュリアに好意を抱き、ブティック街でのショッピングに誘う。一方、マルチェッロはリーナに感じた激しい想いを伝える。四人でレストランとダンスホールをはしごするあいだ、マルチェッロは教授の予定を工作員に伝える。教授はマルチェッロの素性をうすうす知りつつ転向を勧める。マルチェッロは、サヴォワの別荘にむかう教授にリーナがついていかないように画策するも失敗する。移動の途中の森で二人が殺されたことを、マルチェッロは帰国後、ローマの本庁で知る。エピローグは、さらに六年後の一九四三年七月に設定されている。ムッソリーニの失脚をうけてこの先の不安にかられながら、歓喜そして混乱が支配するローマの街を妻ジュリアと彷徨う。ボルゲーゼ公園で、偶然、夜間警備員をしているリーノにでくわす。彼は死んでいなかったことが判明する。翌日、家族を車に乗せ市外脱出を図る。マルチェッロは、森と草原の緑に解放感を覚えるも、近くの飛行場を襲った爆撃機からの銃撃を受け、家族とともに絶命する。

本作は、モラヴィアが残した一八の長篇のうちの第八作目にあたり、一九五一年に刊行されている。その頃のモラヴィアは、自由に執筆のできる戦後をむかえて、作家としてもっとも脂がのっていたといわれる。早熟の天才と衝撃をもってむかえられた二二歳でのデビューから二〇年が経ち、本人は「くたびれた四〇代」とはいうものの、ほぼ毎年、力のこもった作品を世に問うていた。戦後第一弾の『ローマの女』や『不服従』(邦題『誘惑』)、戦中に書かれたが出版されずにいた『夫婦の愛』を挿み、本作を発表する。三年後の次作『軽蔑』は、ゴダールによる映画化で知られる。

モラヴィアにおいては、自信作と良作はタイトルが一語からなる。いわゆる「一語シリーズ」には、自分がデビュー作によって一〇年先んじていたのに御株を奪われた、と常に恨み節をうったえる実存主義者サルトルの代表作『嘔吐』が、きっと意識されていたはずである。目の敵にしていたカミュ『異邦人』も念頭にあったろう。モラヴィア作品のタイトルに使われる一語とは、観念的であったり暗示的であったり、内容に照らしてそうとも言えるし、そうとも言えない、曖昧なものだ。この系譜を辿(たど)っていくとはじまりはカフカにある。

イタリア文学では複数回訳される作品が少ないなか（世界的な古典であるダンテ『神曲』やボッカッチョ『デカメロン』は別格）、モラヴィアは「売れる作家」であったためか（モラヴィアの主要作を担当した翻訳者はモラヴィア御殿を建てたと言われている）、かなり例外的に、いくつもの作品が複数回訳されている。デビュー作『無関心な人びと』にいたっては、四名のイタリア文学者（河島英昭、大久保昭男、千種堅、米川良夫）の競作である。イタリア語がマイナーであったために生じた、英訳や仏訳からの重訳状態を解消するために原語訳が再提起されるケースでもない（河盛好蔵がおそらく仏語版から訳した『倦怠』は、二〇〇〇年に新たな映画が日本公開された際の文庫化が原語訳に改めるチャンスであったが、そうはならなかった）。独占翻訳権が定められていなかったためでもあろう。セールスのため、それから文学史的重要性もあって、幾人もの異なる人が訳している。であるが、異論がなかったのか、みな『無関心な人びと』との訳題を援用している（一方、大久保訳『軽蔑』に対し、ルネサンス文学に強くこだわりのある池田廉は、〝モラーヴィア〟『侮蔑』とした）。『無関心な人びと』は、原題と内容に対し適切な訳ではあるが、もとの響きと同様に、端的に一語で済ませられていたらベターであったろう。試みに、自らの選択により主体性を負わず、人生から降りてしまうという意味での『無気力者』、『部外者』を提案してみる。

本作『同調者』はというと、今回で三度目の訳である。まずは、モラヴィアの日本語での声をなしていた大久保昭男によって、『孤独な青年』のタイトルで一九六六年に訳された。日本でのモラヴィア・ブームを、一九六〇年代半ばから一九七〇年代全体にかけて牽引したハヤカワ・ノヴェルズの一冊としてである。そして四年後に同訳が角川文庫に移籍する（映画版がベルリン映画祭でプレミア公開されたあとのタイミング）。角川文庫もモラヴィアを日本の読者に広めるのに大きな役割を果たしている。a.Moravia のロゴをカバーに何連にも並べ外観を統一するなど、戦略性があった。二度目の訳は千種堅により、モラヴィアの新訳化を一九八〇年代半ばに進めたハヤカワ文庫を舞台になされている。モラヴィア・ブームの再来をねらってのことであった。千種堅は、もうひとりのモラヴィア番であり、現在までのところ日本人で唯一のモラヴィア本の著者である（中公新書『モラヴィア　二十世紀イタリアの愛と反逆』）。ただし、イタリア語で書かれたものも含めるならば、柴田瑞枝がモラヴィアの女性像を分析した論考も存在する。

なぜ三度も訳されることになったかというと、第一に映画『暗殺の森』（製作は一九七〇年、日本公開は一九七二年）の原作であるからであろう。とはいっても日本ではタイトルが原因で、原作と映画がなかなか結びつかない。今回の新訳では題名が変更されているが、相変わらず映画からは遠い。

実は、本作を大久保に次いで訳した千種は、映画版のタイトルに合わせたかったという。原作の内容をふまえているからである（しかし森での暗殺シーンは、小説ではマルチェッロによって想像されるだけだが）。一方、『孤独な青年』の「青年」は、小説の本編では三〇代である主人公のイメージには合わないと考えていた。最終的には、編集部の意見で、既に定着している従来のタイトル（同じ出版社から出ていた初訳にて採用）は変更されなかった。

〝イル・コンフォルミスタ〟、これが小説と映画に共通する原題であるが、なんとも日本語に訳しづらい言葉である（だから大久保は意訳したという）。訳しづらさでは、一語シリーズ随一かもしれない（定冠詞「イル」は語としてカウントしない）。〝コン〟＝共通した、〝フォルマ〟＝かたち、に〝イズモ〟＝主義がついて出来上がる〝コンフォルミズモ〟から派生する語である。かたちをともにするとは、すなわち迎合や順応である。今回採用された「同調者」は意に適う。さらに言えば、大勢順応とよく言われるように、合わせる対象はマジョリティ、権力を握っている側である。昨今のパンデミック下では、日本では同調傾向が強いので国がロックダウンを宣言せずとも人々は外出を控える、その傾向がない国ではロックダウンが上から強制される、と分析されていた。イタリアのファシズムについても、同調傾向がはたらき、実は体制は高圧的でなく、むしろソフトであり、人民が自ずから積極的にファシズムに与していったとの歴史解釈がこのところある。

これまではむしろタイトルを訳すことを避け、プロローグで語られる主人公の成り立ちをみて小説は『孤独な青年』、クライマックスの暗殺の舞台から映画は『暗殺の森』と名付けられた。原タイトルは、要は右へ倣え（なら）を旨とすることであり、イタリアではクアルンクイズモ「日和見主義」（なんでもよしとする立場）と並び最悪の称号だ。「あなたはコンフォルミスタだね」と言われて、むきになって怒らないイタリア人はいないだろう。自分の考えがない、よって自分がないと否定されているわけだから。むしろ日本人によくある傾向と、外からも内からも指摘されるものなのだが、これをなんと呼ぼう。右へ倣え、長いものには巻かれろ……ではくずれすぎているので、〝コンフォルミスタ〟＝同調者がちょうどいい。

そもそも作品名は、一九二〇年代末までのムッソリーニ独裁体制の確立を受けて、すべてをファシズムのもとへと言われた時代の合言葉である「合意」（コンセンソ）

からの連想である。一九三〇年代前半の「合意」の時代のイタリアは、ファシズム政権樹立一〇周年（一九三二年）を記念する「統領ムッソリーニ」と彫られた巨大オベリスク（なんとまだローマ市の北に立っている！）、一九三四年の実質的なムッソリーニ信任選挙の際にローマのファシスト党本部に掲げられた「賛成」を意味するSÌが幾重にも並ぶ看板、といった象徴に彩られる。この看板のSÌを数えてみると一二四あった。数で埋め尽くすことが絶対につながるのである。

ただしファシズム用語〝コンセンソ〟をそのまま使うと、時代に縛られてしまうリスクがある。読みはじめてすぐわかる通り、これはファシズムについての小説ではない。最後まで読んでも、ファシズムとはなにか、は書かれていない。その意味では、モラヴィアが体制内で書き続けられたコツ、つまり体制を直接描かないという癖は抜けていないのかもしれない。直接の言及を避けるアレゴリーは、時代を生き抜く手段であり、またモラヴィアらしいアプローチともなった。

このアプローチはどのような反響につながるか。一九五一年の出版時は、受けがよくなかった。というのも戦後のイタリアで趨勢を極めた共産党系の評論家たちの、気に入るようなものでは到底なかったからである。たとえば、共産党が発行していた文化月刊誌「リナッシタ」（再興）に載ったマリオ・アリカータ評には、「真の意味でのリアリズムの視点に欠ける」、「なぜ現実を〝ブツ切り〟に見るのか、なぜ全体をそのまま見ないのか」との強い非難が読める。一方、左派でも詩人のフランコ・フォルティーニだけは擁護に立つ。モラヴィアも寄稿していた「コムニタ」(共同体)誌上の書評では、「モラヴィアが描くファシズムは権力の姿そのもの」、「同調傾向(コンフォルミズモ)は現代の病」であり、「いつの時代にもある病」である、と普遍的価値を読み取っている。さらに、主人公は単なるファシズム体制の構成員というだけでなく、定冠詞付きのイル・コンフォルミスタと指摘する。つまり、同調者の典型というわけである。

共産党系文化人を苛立たせたのは、ファシズムが悪とはっきり描かれていない点に尽きる。また抵抗者の立場から描かれていないのも問題であった。一方でフォルティーニが評価したのは、特定の文脈によらずに本質を突いている点である。結局のところ、モラヴィアはというと、ファシズムへの「合意」とは距離をとりつつも、個人による権力との関わり方を、「同調傾向(コンフォルミズモ)」の名のもとに示していた。

ゆえにモラヴィアなりのスタンスがあってのタイトル選択であった。その距離感ゆえ、この作品の背景となった現実のエピソード(ロッセッリ事件=パリに政治亡命中であった反体制派ロッセッリ兄弟が一九三七年に暗殺される。この兄弟はモラヴィアのいとこだった）をとりあげるのに、犠牲となったユダヤの共産主義者の側から描くのではなく、加害者を成長過程から造形するという、反転した手法をとったのであろう。

3. 書き出しの名手モラヴィア

「カルラが入ってきた」Entrò Carla は、『無関心な人びと』冒頭の句として有名である。二語四音節というだけの、これ以上ないほどの短さでせまる書き出しを、イタリアで知らない人はいない。モラヴィアは書き出しの名手であるとの見方が共有されているのだ。本作の場合は、短くはないが、ひっかかり（伏線）を含む一文ではじめられる。この一文は、全体のはじまりであると同時に、プロローグの第一章のはじまりでもある。全体の二割弱を占めるプロローグは、主人公の人間形成を示すためにあり、はっきりとした目的をもつ。よって、暗示的なだけでなく機能的な、次のフレーズによってはじめられる。

Nel tempo della sua fanciullezza, Marcello era affascinato dagli oggetti come una gazza.

文頭の「少年時代に」Nel tempo della sua fanciullezza がやけに重く、ものものしい。文の中間では、主人公の名前と動詞「魅了されていた」affascinato が、ポジティブに響く。文末近くでは、受動態の意味上の主語「もの」oggetti（物質、対象の意も加味される語）の冷たさが目立つ。文は、「鵲のように」come una gazza というネガティブなメタファーで結句する。「カルラが入ってきた」に比べ、ちぐはぐで歪な印象である。

これが今回の訳では「子供の頃のマルチェッロは、ごうつくばりの鵲のように物に魅せられていた」となっている。「ごうつくばりの」が親切である。ヨーロッパでは、ロッシーニの有名なオペラのタイトル通り、鵲といえば泥棒、と容易に連想できるが、日本ではそうはいかないからである。こうした補足説明が関口訳の特徴である。

ちなみに大久保訳は「子供時代のマルチェッロは、まるでかささぎのように物の欲にとりつかれていた」、千種訳は「幼いころマルチェーロが物欲に駆られるところはまるでかささぎのようだった」となっていた。力点が、前者では「物の欲」にとり憑かれていること、後者では鵲の比喩にある。

この三種の訳を読んでから、翻って原文に戻ると、歪な印象の理由は、直喩にあることにあらためて気付く。戦後は、リアリズムの時代、レトリックではないと言われた時代である。実際、モラヴィアにおいても直喩はおどろくほど少ない。それはやはり、ファシズム期からの習性であるが、もっと大きなアレゴリー（喩え話）で語っているからであろう。

鵲の比喩は、動物を用いていたため、可能であったのかもしれない。というのは動物や生き物に関する寓話が、モラヴィアには頻出するからである。関口訳の短篇集の表題作にはハナムグリが採用されていたことを思い出してほしい。それだけでなく、ワニ、蛸、幻獣クルウーウルルル（モグラと人間の女性の子、短篇「夢に生きる島」に登場）の話まである。文庫の帯文「モラヴィアって、こんなに面白かったんだ!!」に重ねられた感嘆符は、これらの想像性豊かな動物譚ゆえにある。

ではその鵲のようなマルチェッロの性向とは何か。「物に魅せられていた」というのは普通の言い方ではない。千種訳のように「物欲」と呼びうるとは考えにくく、むしろものへの偏向である（大久保訳「物の欲」は曖昧）。そのあとに詳解されるように、もの、それも生き物を死に至らしめうる武器への妄執である。それが彼の異常さを生み、コンプレックスとなる。「孤独な青年」は、やがて、ファシズムという力の体制のなかに「普通」を求めていく。それはファシズムでなくても、権力を体現するようなものであればなんでも構わなかった。マルチェッロは、イデオロギーを解さなかったからである。

突き詰めると「もの」とは拳銃であった。拳銃に惹かれていた頃、一三歳になってようやく通うことになった学校でフェミニンであると苛めに遭う。両性的なマルチェッロは、少年愛ゆえに聖職者から還俗させられた運転手リーノとの禁断の戯れに、拳銃のプレゼントと引き換えに臨む。そしてリーノの部屋で、「僕を野良犬のように殺してくれ」と叫ぶ彼に対しトリガーを引く。この瞬間、「殺人者」としてマルチェッロの異常性は決定付けられる。

いささか安易な比較だが、第一作で「無関心な人」である主人公のミケーレが撃ったピストルの空砲と、この第八作でマルチェッロがようやく放てた弾丸との異同をみてみたい。共に、受動的である人物がなす唯一の行為であるのだが、なにかを為したことにはならない空砲と、相手を殺傷せしめた弾丸に、実は大きな違いはない。確かに、ミケーレは、一家を乗っ取ろうとするレオを亡き者としようとするも失敗する。一方、マルチェッロは、「殺人者」であるがゆえに得られた「普通」の生活が、ファシスト政権崩壊と共に失われようとしているとき、殺したと思い込んでいた相手が実は生き延びていたことを偶然発見する（エピローグ）。結局、ここぞという場においても、行為は達成されず、むしろ挫折を呼び込むことになってしまう。人生＝物語は、行為によっても展開しない。この行為の逆説性が、力と行動を旨としたファシズムに対する、モラヴィアの最大のアンチテーゼであった。「物に魅せられていた」の書き出しは、ファシズムをもってしてもなにも起こらない世の退廃に対しての、挑戦的ともいえる皮肉な一歩なのである。

4．ムッソリーニによるモラヴィア

この小説について、当然ムッソリーニが語ることはなかった。終戦時にパルチザンによって処刑された統領（ドゥーチェ）は、語る口を持たなかったからだ。ただ、体制によって六版以降の重版が禁じられた『無関心な人びと』については、当時こうメモしていた。「卑猥なほどブルジョワ的であると同時に反ブルジョワ的」、と。また、モラヴィアについては検閲側にレポートが残っており、作家の生誕百年の折にすべてが詳（つまび）らかとなった（レンツォ・パリスによる評伝）。「病弱であったためペシミスト」、「体制礼賛ではない」、「ファシストでもなければ反ファシストでもない」とのコメントが並ぶ。どれも的を射ているようだ。「反ファシストでもない」モラヴィアもいた、という点に注目しよう。モラヴィアと当局とには、敵対とは異なる関係があったからである。

モラヴィアからムッソリーニや検閲を担当する大衆文化省のチャーノ大臣（ムッソリーニの娘婿）に宛てた陳情書簡が複数残っており、そこには生活のためにジャーナリスト活動を続けさせてほしい、第二作『潰えた野心』を出版させてほしい旨が綴られている。その都度、作家兼ジャーナリストとしての活動に道が拓かれる運びとなっている。陳情の際には、統領（ドゥーチェ）の政治的手腕を称えることも忘れない。極めつけは、ユダヤ人の社会活動を制限する人種法が導入されると、ユダヤ系の苗字ピンケルレが明かしてしまうように父はユダヤの血をひくが、家ではカトリックの躾（しつけ）をうけ、ユダヤ人として暮らしてこなかったので追放（パージ）しないよう求める。これも受け入れられている。戦中も、せいぜい仮名使用を課されるくらいで、文筆活動は続けられた。

モラヴィア本人は、当時を振り返り、『無関心な人びと』が反体制として弾圧されるとは思ってもみず、相変わらず政治と無関係なままでいた、とコメントしている（ダーチャ・マライーニ、アラン・エルカンによるインタビュー）。政治と無関係でいられる特殊な世界が、社会にも文学にも残されていたのだ。それはまさしく彼が告発していたブルジョワ社会である。自分が反ファシストになるとしたら、体制が文学活動を妨げてくるからで、自分からアンチであろうとはしない。また、いとこのロッセッリ兄弟の暗殺を小説で取り上げたが、あくまで、彼らのために書くのではなく、彼らについて書くのであって、そうするために対極に位置する工作員側の立場をとると説明する。視点を反転させるのは、視点の固有性を否定し、交換可能とするからである（決して同じというわけではなく）。作中のクアードリ教授は、政治亡命者として殉死の運命を受け入れざるをえない立場にあるとしても、殺される運命に対しては、抗うでもなく従順となってしまっていなかったか。マルチェッロ同様の受け身と従順さがないとは言えないのである。さらなる人物間の重ね合わせや平行関係は、性的倒錯あるいは不倫を通して描かれていく。クアードリ教授の妻リーナは、マルチェッロの新妻ジュリアに性的に惹かれ、マルチェッロはリーナに熱情を抱く（主人公が少年期に性的虐待を受けた相手リーノの女性版の名であることに注意）。リーナも、少年期のマルチェッロ同様、バイセクシャル傾向を示す。それぞれが誰かの代理であって、立場の交換によってストーリーが紡がれる。

モラヴィアもまたマルチェッロではなかったか、そのような疑いすら生まれる。作者にしてみればマルチェッロの物語は、「想像力に富んだ創造」ということになるが、ロッセッリ事件をベースとしていて歴史的であるのはもちろん、自伝的要素が盛り込まれているのも確かである。特にプロローグ、ブルジョワ家庭で育つマルチェッロに、自伝的要素は投影される。やがて精神科病院に送られて退場する父も、父性の不在というモラヴィアの実人生と慣例モチーフに従っている。三人称で展開される語りでは、モラヴィアの実人生から細部が構成され、加えて登場人物当人しか知り得ない心的感情が多く盛り込まれる。外側からの観察に留まらない、内省的な三人称と言われるゆえんである（一方、『無関心な人びと』における三人称による語りは、ジョヴァンニ・ランツァの分析では、並列におかれた人物のいずれからも等距離をとる劇場型とされる）。

ファシスト政権崩壊後、現実のロッセッリ事件の取り調べにおいて、暗殺を実行したフランス私兵部隊を指揮したイタリア軍スパイのひとり、サント・エマヌエーレは、「自分は上層部の命令に従っただけ、単なる役人に過ぎない」と証言している（最終的に罪に問われず）。後のアイヒマン裁判でも繰り返されたフレーズである。モラヴィアはサント・エマヌエーレの言葉を、小説のエピローグでうまく引用する。マルチェッロは、「ただ命令に従っただけ」、「自分の義務を果たしただけだ。兵士のようにね」と、妻を宥める。たとえ責任回避のための便法として片づけられるにしても、「正常」を求めてマルチェッロが「兵士」に収まろうとしたのは確かだった。マルチェッロはそこでも自信がもてないが、彼の行動がモラルやイデオロギーと無縁である以上、右の言葉は真正な響きをもつ。

5　幻の章

この小説には、最終的に削られた「幻の章」がある。いまではペーパーバック版の附録として簡単に読めてしまう、小説と同名の短篇である。トニーノ・トルニトーレ監修の、ボンピアーニ社一九八一年版に収録されるまで、文芸誌「コムニタ」（一九五一年一、二月号）に一度掲載されたきりであった。それは、「近日発売の小説から削除された章」とのことわりを掲げつつ、宣伝も兼ねて公表された（デビュー作『無関心な人びと』の場合も、除外されたエピソード「五つの夢」が、小説発表の前年の一九二八年に雑誌「インテルプラネタリオ」〝惑星間〟に掲載された）。「幻の章」は、プロローグの最終第四章として書かれたものであり、単体として読めはしない。マルチェッロの学校生活やリーノの殺害が前提とされており、先立つ三章を読まなければ中身は理解できないからだ。

削除された理由とは。作者は「構成上のバランスゆえ」と短くことわっているが、プロローグと第一部のよりよき接続のためであったろう。現行のように、決定的なリーノ殺害の直後、意識の分裂が起こっているかのような浮遊状態のまま、一七年後へと一気にタイムスリップする展開は悪くない。実は生きていたリーノと偶然再会するエピローグに遠くつながるためにも、プロローグは中断されたまま終わるのがよい。

「幻の章」はこう展開する。リーノ殺害の明くる日、第三章で苛めっ子のトゥルキに約束していたように、マルチェッロは拳銃をもって学校にむかう。ただし、あれほど必死になって手に入れたリーノの拳銃は殺害後、彼の部屋に置いてきてしまったので、父親の部屋から新たに盗んだ一挺である（のちの父との偶然の邂逅の布石）。しかし登校途中で大きな人の流れに阻まれ、学校を目の前にしながら大通りを横断できない。黒いシャツを着て、出身地のプレートを掲げ、おのおのが武装している、あたかも狩りの集団のようだ（一九二二年一〇月二八日のイタリア各地から集まったファシストによる「ローマ進軍」）。第三章にて用務員からの連絡で、前日の授業が突然終了したのはこのためだったのだ。通りのむこうに目当てのトゥルキがいる。「きょうは学校はない」と叫んでくる。隊列から押し戻されてしまうマルチェッロの代わりに、トゥルキが通りを横断してきて、マルチェッロから拳銃を取り上げ、再びファシストの流れのなかに消えていく。呆気にとられたマルチェッロは家に帰る気にもなれず、人の流れとともに街中にむかう。突然痛みを覚えてなにかと思ったら蜂に刺されていた。そのとき意識の覚醒が起こる。すると父の姿をとらえる。ファシストの集団に合流していた父はマルチェッロを呼び寄せ、共に行進し、一次大戦時に流行った軍歌を合唱する。横から急にあらわれた馬車が危うく父を轢きそうになる。段々しまりのなくなってくるファシストたちに苛々を募らせていた父は、馭者を引きずり下ろし、持っていた棍棒で打ち据える。そんな父をおいてローマの目抜き通りコルソ街へと進むマルチェッロの姿でこの話は終わる。

「幻の章」は、一五歳のモラヴィアがポポロ広場（コルソ街に繋がる）で実際にローマ進軍を目にした経験をもとに構成されている。確かに、地方出身者の集まり、「狩りの集団」のように感じたという。削除された章において、モラヴィア少年同様マルチェッロは、イニシエーションを受けつつも、終始戸惑いと違和感を覚える。

トルニトーレの解説では、年代設定が問題視される。プロローグでは一三歳だったマルチェッロは、一七年後の設定の第一部では三〇歳となり、暗殺に関わる。事件は一九三七年に起こっていた。ということは逆算すると、プロローグの設定は一九二〇年となり、ローマ進軍よりも二年早くなってしまう。マルチェッロが著者と同年であり、クアードリ教授の暗殺は実際のロッセッリ事件と同じ年代である設定は、なによりモラヴィアにとって重要であろうから、二年のずれを是正するには、年齢ではなく、時間の経過分をいじる必要がある。つまり第一部を一七年後ではなく、一五年後にする、ということだ。しかしそれではローマ進軍を経験するのは一五歳のときとなり、イニシエーションとトラウマを受けるには少々年齢が行き過ぎてしまう。無論、章が削られてしまえば、こうしたずれが生じない。そして、ファシズムへの直接的言及を避ける作品において、あまりにファシズム的な「ローマ進軍」が目の前で起きていては一貫性が失われる。

引き続きトルニトーレの解説には、ここで父親を大きくフィーチャーするのは拙い(まず)とある。プロローグでの父の狂気の徴候（穴のあけられた家族写真）のあと、第一部の終わりに飛んで、精神科病院での再会とした方が、この小説らしく余計な説明がなくてよいのは確かであろう。狂気をもたらしたファシストとしての過去は言わずもがななのだから。

6．映画『暗殺の森』

最後に映画版についてふれておこう。監督のベルナルド・ベルトルッチが二〇一八年に七七歳で亡くなり、代表作として言及される機会の増えた、一九七〇年の第五作『暗殺の森』である。製作から二年後に日本公開されたとき、まだ監督名の表記は、ベルトリッチであった（その後正されるも、ベルトルッチ／リッチの並存が続く）。原題が日本語にしにくいのは既に述べたが、映画版の解決策は、クライマックスのシーンからきている。さらに、当時タイトルに「暗殺」を入れることが流行っていたからとも説明される（といっても本作の少し後に、ジョセフ・ロージー監督『暗殺者のメロディ』が公開されているくらいなのだが）。タイトル選択が不幸なものになったのは、同じ監督による *Strategia del ragno*（蜘蛛の術策）が本作の七年後に日本公開されたときに『暗殺のオペラ』との邦題が付いてしまい、二作が混同されやすくなったことによる。確かに『暗殺のオペラ』と『暗殺の森』は間髪を容れずに作られており、撮影監督ヴィットリオ・ストラーロの映像美、ファシズムと暗殺のモチーフなど共通部分はある。しかし「暗殺の〜」で並べてしまうのはあまりに安易であり、なんとも残念である。

ベルトルッチにとって、『暗殺のオペラ』は元々イタリア国営放送ＲＡＩのためのテレビドラマであったが、『暗殺の森』は初の海外資本による作品となった（次作『ラストタンゴ・イン・パリ』は世界中で話題となる）。ベルトルッチより一歳年長の撮影監督ストラーロにとっても、『暗殺の森』は出世作となった。ＥＵＲ（ムッソリーニの肝煎で建設されたニュータウン）のファシズム建築群の重厚かつシャープでスタイリッシュな造形、ネオン管の妖しい光に照らされた一九三〇年代パリの享楽を、彼のカメラは豊かに映し出す。映像再現技術が上がる度にレストアされ、あらためて大スクリーンで観たいと思わせる作品になっている。

『暗殺のオペラ』編集中のベルトルッチに米パラマウント社からの新作オファーが届き、急遽提案した企画が、件のモラヴィア小説の映画化であった。しかしその時点で実はベルトルッチは小説未読であったという。実際に小説を読んだガールフレンドから聞いた話をもとにして企画を語っていただけであった。逆に言えば、その時点で出版から一八年経っていた小説はその程度の認知度でしかなかった。ベルトルッチの父親アッティリオは詩人であり、モラヴィアやその友人パゾリーニとはローマで文人同士の付き合いがあった。ベルナルドも、詩人として、処女詩集『神秘を探して』でイタリアで権威あるヴィアレッジョ賞を受賞するほどの腕であった。ゆえに彼はモラヴィアの作品に親しんでいたはずだが、それでもロッセッリ事件をもとにした小説は手にとっていなかった。おそらく彼のガールフレンドは、『暗殺のオペラ』(これも原作もの、ボルヘス『伝奇集』所収「裏切り者と英雄のテーマ」の変奏)との関連で、あまり知られていないこんなモラヴィアの小説もある、と紹介したのではないか。

その原作との関わりの薄さが、彼なりの自由な読みを可能にしたのであろう。ベルトルッチは、「原作と異なり、ファシズムとエロスの物語とした」と対談集『はじめての映画』で語っているように、小説を読み替えたのは確信犯であった。モラヴィアも「小説と映画は異なる」と冷ややかに反応していた。その上で、「ベルナルドとは時たま顔を合わせるくらいの関係でしかない」、「中国やファシズムといった過去を再構成する能力に長けている」と評価する。ちなみにゴダールの映画版『軽蔑』についても多くを語らない（マライーニ、エルカンによるインタビュー）。

小説と映画はどのように違うのか。映画版では、リーノ殺しのトラウマは、マルチェッロがファシストとなる要因のひとつでしかない。むしろ純粋な「同調者」として、熱に浮かされたように、ファシストとしての行動に出ていく。また特筆すべきは小説では、マルチェッロは教授暗殺の実行役を任されていなかった。よって現場に不在であり、殺しのシーンも描かれなかった。ところが映画では、その場にいる。そして教授の妻アンナ（リーノ殺しを重くみないため、彼の裏返しとして設定された小説での名リーナから変更）が撃たれて助けを求めてくるのにも心を動かされない。アンナの最期のシーンは、この作品のなかでもっとも冴えた映画的表現となっている。二人は触れられるほどの距離にいながら、ガラスに隔てられて、決して越えられない生と死の世界に分けられている。その後の展開も、小説とは異なり、エピローグでマルチェッロが死ぬことはない。ベルトルッチによれば、マルチェッロを罰しようとするモラヴィアとは考えを異にする、という。マルチェッロのファシズムへの加担は自己の改革のためにあるので、六〇年代末の抵抗世代の若者たち同様、糾弾されるべきではないというのだ。この作品以降、一般の映画表現において全体主義はイデオロギー色を拭い、退廃的なまでの洗練（ファシズム建築の美しさも語られるようになる）とエロス（あくまでも権力による管理が敷かれる性）を帯びて描かれる傾向が認められる。ベルトルッチの作品は、リリアーナ・カヴァーニ『愛の嵐』（一九七四年）からB級収容所ポルノまで、幅広く影響力を振るった。

7．誰もが向き合うべき作家モラヴィア

モラヴィアを、誰もが向き合うべきマストの作家に引き上げようとしているのが、筆者の友人のアンジェロ・ファヴァロである。彼が全身全霊を尽くして研究に臨むモラヴィアは、なによりモラルの作家である。だから誰も彼を避けて通ることはできない。筆者も寄稿した、ファヴァロ監修の論文集『モラヴィアとパゾリーニと順応主義』のタイトルが示すとおり、モラヴィアとピエル・パオロ・パゾリーニという、ローマの二人の作家は、社会参加を旨とし、正常にせよ異常にせよモラルを作品の中心に据えている。モラヴィアの場合は、自己批判＝ブルジョワ告発に発し、モラルと社会参加を語り、さらには人類に警鐘を鳴らしながら、六〇年を越えるキャリアを築き上げた。それが二〇世紀とまるごと重なるというファヴァロの見立てに、本作を通してモラヴィアに向き合ってみた今、同意せずにはいられない。

アルベルト・モラヴィア年譜

一九〇七年
一一月二八日、ローマに生まれる。本名はアルベルト・ピンケルレ。父はユダヤ系でヴェネツィア出身の建築家。

一九一六年　九歳
脊椎カリエスを患い、学校に通えなくなる。

一九二二年　一五歳
翌年まで続く自宅療養中、ムッソリーニ政権樹立、独裁への道がはじまる。

一九二四年　一七歳
カリエスの治療のため、イタリア北東部コルティーナ・ダンペッツォの療養所に入るこの時期、数多くの本を読む。

一九二五年　一八歳
療養所を退所。ブレッサノーネで回復期を過ごす。この頃から散文などを書くようになり、初の小説『無関心な人びと』の執筆にも着手する。

一九二七年　二〇歳
雑誌「ノヴェチェント」〔M・ボンテンペッリ主幹〕に、初の短篇「疲れた娼婦」をフランス語で発表。

一九二九年　二二歳

『無関心な人びと』が、父親からの五〇〇〇リラの援助により印刷費が負担され、ミラノで出版される。ブルジョワ批判が問題とされ、ファシスト政権の文化担当官より、再版は五版計五〇〇〇部で止められる。

一九三〇年 二三歳
短篇「病人の冬」を発表。日刊紙「スタンパ」の特派員としてロンドンやパリに滞在するようになる。ファシスト政権とのあいだの軋轢が顕著になっていく。

一九三五年 二八歳
長篇第二作『潰えた野心』が大手モンダドーリ社から出るも、批評界は検閲を担当する大衆文化省より黙殺を命じられる。

同年末、暮らしにくくなったイタリアを離れ、渡米。翌年にかけてメキシコにも訪れる。

一九三七年 三〇歳
中国までの船旅に出る。
反ファシズム運動に加わっていた従兄弟のロッセッリ兄弟が、フランスで暗殺される。

一九四〇年 三三歳
『怠け者の夢』というタイトルで、シュルレアリスム・風刺短篇二七編が刊行される。

一九四一年 三四歳
エルサ・モランテと結婚。メキシコでの体験をもとに、風刺的な長篇小説

『仮装舞踏会』を刊行するも、第二版は政権によって差し押さえられる。以降、新聞・雑誌に本名で記事を発表することが禁じられる。

一九四三年　三六歳

『アゴスティーノ』（邦訳『めざめ』）刊行。

九月、休戦協定が発表された後、ファシスト側の指名手配名簿に自らの名があることを知り、ローマを脱出、妻のエルサ・モランテとともに八ヶ月間、チョチャリーア地方の村の小屋で隠れて暮らす。

一九四四年　三七歳

六月、連合軍によりローマ解放。「イル・モンド」「コッリエーレ・デッラ・セーラ」「エウロペーオ」など、様々な新聞・雑誌に精力的に記事を書くようになる。

『疫病』というタイトルで、シュルレアリスム・風刺短篇のうち一五編が刊行される。

一九四七年　四〇歳

長篇小説『ローマの女』刊行。『無関心な人びと』以来の成功を収め、世界的な地位を確立する。早くも翌年には第六作『不服従』（邦訳『誘惑』）を発表。

一九五一年　四四歳

『同調者』が刊行される。

唯一の映画監督体験、五分の短篇「太陽のせい」。

『ローマの女』が翻訳刊行され、日本初お目見え。

一九五二年　四五歳
モラヴィアのすべての著作が、ローマ教皇庁の禁書目録に入れられる（一九六六年に廃止）。
この年に刊行した『短篇集』でストレーガ賞を受賞。

一九五三年　四六歳
この頃、日刊紙「コッリエーレ・デッラ・セーラ」に多くの記事を発表。アルベルト・カロッチとともに、評論誌「ヌオーヴィ・アルゴメンティ」を創刊。

一九五四年　四七歳
長篇小説『軽蔑』刊行。

短篇集『ローマ物語』を刊行、マルツォット賞を受賞。

一九五六年　四九歳
『疫病――シュルレアリスム・風刺短篇集』が刊行される。
ソヴィエト連邦を訪問、そのときの記録を『ソヴィエトでの一ヶ月』（一九五八年刊）にまとめる。

一九五七年　五〇歳
週刊誌「エスプレッソ」で、映画評のコラムを担当する（一九七五年に、『映画論』としてまとめられる）。長篇小説『二人の女』刊行。
国際ペン大会のために初来日。

一九五九年　五二歳
短篇集『新ローマ物語』刊行。国際ペ

ンクラブ会長に就任。

一九六〇年　五三歳
長篇小説『倦怠』を刊行、翌年、ビアレッジョ賞を受賞する。『二人の女』が、ヴィットーリオ・デ・シーカ監督により映画化（邦題『ふたりの女』）。

一九六一年　五四歳
エルサ・モランテ、親友ピエル・パオロ・パゾリーニとともにインドを訪問。旅の記録を『インド考』としてまとめ、パゾリーニ『インドの匂い』と競作。

一九六二年　五五歳
妻エルサ・モランテと別れ、ダーチャ・マライーニと暮らしはじめる。

一九六三年　五六歳
『軽蔑』が、ジャン゠リュック・ゴダール監督で映画化される。

一九六五年　五八歳
長篇小説『関心』刊行。

一九六六年　五九歳
戯曲『世界はあるがまま』が《現代演劇フェスティバル》で上演される。この時期から演劇活動に力を入れる。

一九六七年　六〇歳
短篇集『物は物』（邦訳『ぼくの世界』）刊行。
幼少期を日本で過ごしたダーチャ・マライーニとともに二度目の来日。続いて訪れた中国、香港、韓国については、『わたしの中国観』にまとめる。

一九六八年　六一歳

戯曲『神クルト』にて、オイディプス王とユダヤ人強制収容所をかけあわせる。翌年ラクイラにて初上演。

一九六九年　六二歳
戯曲『人生は戯れ』が、ダーチャ・マライーニの演出により上演される。同年末、ボリビア政府軍に捕らえられたフランスの哲学者レジス・ドブレの解放を求めるために、ボリビアに向かう。

一九七〇年　六三歳
かつての長篇が相次いで映画化。ベルナルド・ベルトルッチは『同調者』を取り上げ（邦題『暗殺の森』）、ダーチャ・マライーニは『夫婦の愛』で監督デビュー。

一九七一年　六四歳
長篇小説『わたしとあいつ』刊行。友人の伝記作家エンツォ・シチリアーノによるインタビューをもとにした評伝『モラヴィア』が出る。

一九七二年　六五歳
何度かのアフリカ旅行ののち、紀行文『きみは何族か？』を刊行。毎年の訪問は一八年間続いた。

一九七五年　六八歳
親友のパゾリーニが、惨殺死体で発見される。

一九七六年　六九歳
日刊紙「コッリエーレ・デッラ・セーラ」の特派員としてアフリカに滞在。

一九七八年　七一歳
短篇集『女性諸君！』刊行。

女性テロリストを主人公とした七年がかりの長篇小説『深層生活』が刊行される。

一九七九年　七二歳

ヴェネツィア映画祭の選考委員を務める（〜八一年）。

一九八〇年　七三歳

一九四三年から七八年にかけて発表した評論をまとめ、『いやいやながらの参加』として刊行。

一九八一年　七四歳

アフリカに関する記事をまとめ、『サハラからの手紙』として刊行。

一九八二年　七五歳

長篇小説『一九三四年』刊行、翌年、モンデッロ賞を受賞。

動物を主人公とした寓話集『先史時代の物語』（邦訳『眠くて死にそうな勇敢な消防士』）を刊行。

国際交流基金の招きで三度目の来日を果たす。前回の来日同様、ダーチャ・マライーニとともに彼女の乳母・森岡まさ子と面会。被爆の後遺症で夫を亡くした話を聞く。

一九八三年　七六歳

短篇集『黒マントの女』刊行。

一九八四年　七七歳

核兵器廃絶を掲げ、欧州議会議員にイタリア共産党の比例代表として選出されるも、五年間無会派で臨む。

一九八五年　七八歳

長篇小説『視る男』刊行。

最初の妻、エルサ・モランテ死去。

一九八六年　七九歳

スペイン人のカルメン・ジェラと結婚。ダーチャ・マライーニによるインタビューをもとにした評伝『アルベルト坊や』が出る。

一九八七年　八〇歳

紀行文『アフリカ散歩』刊行。

一九八八年　八一歳

長篇小説『ローマへの旅』刊行。

一九九〇年

短篇集『金曜日の別荘』刊行。

九月二六日、自宅の浴室で急死。享年八二。同日、アラン・エルカンによるインタビュー集『モラヴィア自伝』が刊行される。

一九九一年

遺作『豹女』が刊行される。

二〇〇〇年

全集の刊行がはじまる。予定される全一九巻のうち、二〇二〇年までに五巻が刊行済。

二〇一〇年

その死まで三〇年近く住んだローマの新興地ヴィットリア地区のマンションが、モラヴィア邸博物館としてオープン。自筆原稿などを収める資料館としても機能。講演会などのイベント、解説付き見学会が定期的に催されている。

訳者あとがき

アルベルト・モラヴィアは、じつに様々な冠辞とともに語られる作家である。「イタリア文学界の巨星」「イタリアの賢者」「二十世紀最大の小説家」「二十世紀のヴォルテール」「実存主義文学の先駆」「世界の趨勢を予見した作家」「人間性探求家（モラリスト）」「生涯を通じて性の禁忌（タブー）に挑戦し続けた作家」……。実際、一九二九年、二十一歳のときに『無関心な人びと』で小説家としての鮮烈なデビューを果たし、名だたる評論家をうならせて以来、未完となった長篇小説『豹女』を遺して八十二歳で亡くなるまで、六十年以上の長きにわたって驚異的ともいえる分量と密度の長・短篇小説、評論、戯曲、紀行文、シナリオ、インタビュー集などを世に問い、作家として、言論人として、精力的に活動し続けた稀有な存在だった。

彼の主要な作品は、日本でも、とりわけ一九六〇年代半ばから八〇年代にかけて競うように訳され、多くの読者を魅了した。邦訳作品は単行本だけでも四十タイトルを超えており、おなじく二十世紀のイタリアを代表する作家イタロ・カルヴィーノをはるかに凌ぐうえに、複数の邦訳が存在するものも少なくない。

また、モラヴィアの小説は戯曲的かつ映像的でもあるために、その多くが映画化されている。ヴィットリオ・デ・シーカ監督、ソフィア・ローレン主演の『ふたりの女』、ジャン゠リュック・ゴダール監督、ブリジット・バルドー主演の『軽蔑』をはじめ、三十作品近い映画が彼の小説から生まれている。

本書『同調者』(原題 Il conformista)は、そんなモラヴィアが、デビューから二十年あまりの一九五一年、作家としての円熟期に著した小説だ。一九七〇年にはイタリア映画の巨匠ベルナルド・ベルトルッチによって映画化され、日本では七二年に『暗殺の森』という邦題で公開された。これは日本で初めて公開されたベルトルッチ監督の作品であり、その映像美に多くの人が魅せられ、ジュリア役のステファニア・サンドレッリやリーナ(映画ではアンナ)役のドミニク・サンダといった名女優の人気沸騰のきっかけともなった。

初版は、モラヴィアの手による次のような文章とともにボンピアーニ社から刊行されている。「いかなる時代においても、ひとつの社会や共同体の一員となり、その神話なりイデオロギーなりを共有し、援助を受けるということは、思想や行動の自由の放棄、場合によっては犯罪的行為への加担といった、極めて高い代償をつねに伴うものだ。この小説は、現代の順応主義者（＝同調者）が、存在しない社会の一員になろうとしたがためにどのような代償をはらったかを描こうとしたものである」

戦後のイタリアの文壇は、ファシズムの台頭を許した歴史的責任に自ら向き合うため、イタロ・カルヴィーノの『くもの巣の小道』（一九四七年）やチェーザレ・パヴェーゼの『月と篝火』（一九五〇年）など、実際にパルチザンとして戦った経験を持つ作家たちの手によるリアリズム文学が主流だったが、モラヴィアは、自らを実存主義の作家と定義することを好み、リアリズムとは距離をおいてきた。本書も、イタリアにファシズムの影が忍び寄る一九二〇年から、ムッソリーニ政権が崩壊する一九四三年までの二十年あまりを背景としながらも、ファシズムを直接描いたものではなく、しかも政権に加担した人物の視点から描かれているという点において異色であり、土肥秀行氏の解説にも詳しく触れられているとおり、刊行当初、とりわけ左派の知識人からは冷ややかに受けとめられた。

プロローグでは、十三歳の無垢な少年マルチェッロが、級友からの虐めや、見ず知らずの男から性的ないたずらを受けそうになるといった個人的な出来事をきっかけに、自分は皆とは違うのではあるまいか、どこか異常なのかもしれないという強迫観念に囚われる。

自分自身の内側に、救いがたく異常な性向を見出したかのように。それは間違いなく恥ずべきものであり、万が一隠しとおせなければ、自分だけでなく他人の目まで気にしなくてはならず、その結果、同年代の子供たちの社会から永遠に隔絶されるのだと彼は直感した。

やがてマルチェッロは、「普通の」暮らしを営む「正常な」人間でありたいという一念から、人生のすべての選択をおこなうようになっていく。心の底では体制に対する漠然とした違和感を覚えながらも、周囲に同調することによって自分は「異常」ではないのだと自らを納得させるために、就職し、結婚もし、体制に自ら進んで協力し、挙げ句の果てには「特定の意義を与えて正当化できなければ犯罪にとどまってしまう」行為に加担するのだ。

いまや彼は、他の大勢の人たちと変わらない一人の男だった。マルチェッロは一軒の店先にあった鏡の前で立ち止まり、自己愛など微塵も挟まず、距離をおいて客観的に観察しながら、己の姿を長いこと見つめていた。灰色の背広に身を包み、地味なネクタイ、背が高く均整のとれた体軀、日に焼けた丸顔、丁寧に梳かしつけられた髪、そして黒縁の眼鏡……まさしく、どこにでもいるような一人の男だった。

モラヴィアはマルチェッロという一人の「順応主義者＝同調者」の屈折した思考を追い、彼の葛藤や逡巡を緻密に描写することによって、ファシズムが台頭した時代における中産階級の空気感を描きだす。ファシズムとは「現代の順応主義の数多ある側面のひとつにすぎず、それは言い換えるならば、理性的、個人的、自立的な立場を放棄し、大いなる集団的神話のなかに庇護を求める現代の傾向のことである」とモラヴィア自身が述べているように、ファシズムに限らず、「長いものには巻かれよ」とばかりに自ら考えることをやめ、空気に流され、周囲に同調し続けた末に行き着くところを、この小説で提示しようとしたのではないだろうか。

彼は一本のケーブルだった。人間の姿をしたケーブルに他ならず、恐ろしいエネルギーが絶えず体内を流れ続け、それを拒むことも受け容れることも、自分の意思ではできない。〔中略〕そうしたケーブルの一本にすぎず、ときに体内でうなり声をあげる流れにも不快感を覚えないどころか、活力が一層みなぎることもある一方で、たとえばいまこの瞬間のように、その流れがあまりに強烈なために、ぴんと張られて振動するケーブルでいることに耐えきれず、解体され、自動車修理工場の空き地の奥にある廃材の山に放置されたまま錆びていくケーブルだったらどんなにいいかと思うこともあるのだ。

モラヴィアは本書について、ジャーナリストのフーリオ・コロンボによるインタビューで次のように語っている。「私にとっての政治的体験は、実存の体験です。たとえば私の書いた『同調者』という小説は、ファシズムを実存的な挫折という観点から見たものだといえるでしょう。私が描いたのは内面的な生なのです」ファシズムというイデオロギーに染まっていない人間であっても、個人的なつまずきをきっかけに全体主義に呑み込まれ、気づくと体制の思いどおりに動かされている。そこにこそ、主人公マルチェッロの抱える底知れぬ恐ろしさがある。この小説は、モラヴィアという、体制順応とはもっとも遠いところにいた作家によって書かれた、典型的な「順応主義者＝同調者」の物語といえるだろう。

鋭い洞察力と冷徹な観察眼で世界と人間を見つめ、時代を映し出す鏡のような作品を発表してきたモラヴィアは、いかなる著作においても、「自分が生きた情況を理解しようとする」姿勢を徹底して貫いてきた。ファシズムが台頭していく時代における中産階級の頽廃を描いたデビュー作の『無関心な人びと』（一九二九年）に始まり、フェミニズムが盛んとなった一九七〇年代には、語り手がすべて女性である短篇集、『パラダイス』（一九七〇年）、『女性諸君！』（一九七六年）を発表、一九八五年の『視る男』では、核の恐怖について語っている。また、モラヴィアの死の当日に刷りあがったアラン・エルカンによるロングインタビュー『モラヴィア自伝』（一九九〇年）では、環境破壊を憂い、終末へと向かっている動きを逆転できなければ、「私たちは、世界において未曽有の出来事、つまり、あらゆる想像を超えるカタストロフィを見ざるを得なくなるだろう。いうまでもなく、核戦争とおなじように、そのような新たな事態は避けなければならない。そして、それを避けるためには、自覚するよりもほかに方法はないのだ」と、限界を超えて地球を搾取し続ける人類に向けた警句を遺している。モラヴィアの発言が今日においてもしばしば引き合いに出されることが

★続刊

アンクル・トムの小屋（上・下）　ハリエット・ビーチャー・ストウ／土屋京子・訳

シェルビー家に所有され比較的平穏に暮らしていた奴隷たち。しかし主人の経済的困窮のために売られていき……。白人の都合に人生を翻弄される奴隷たちの悲劇を通して、アメリカ合衆国の黒人差別と奴隷制度の非人道性を告発した歴史的書物。

転落　カミュ／前山 悠・訳

アムステルダムのいかがわしいバーで、馴れ馴れしく話しかけてくるフランス人の男。元は順風満帆な人生を送る弁護士だったらしいが、いまではみすぼらしい格好で酒場に入り浸っている。五日にわたって一人称で語られる彼の半生とは？

好色一代男　井原西鶴／中嶋 隆・訳

江戸時代を代表する俳諧師西鶴による大ベストセラー読み物、「浮世草子」。上方で生まれた世之介。七歳にして恋を知り、島原、新町、吉原に長崎、宮島の廓へと、数々の恋愛（男も女も）を重ね、色道を極めようとする五十四年間を描いた一代記。

光文社古典新訳文庫　好評既刊

薔薇とハナムグリ　シュルレアリスム・風刺短篇集
モラヴィア／関口 英子 訳

官能的な寓話「薔薇とハナムグリ」ほか、現実にはありえない世界をリアルに、悪意を孕む筆致で描くモラヴィアの傑作短篇15作。「読まねば恥辱」級の面白さ。本邦初訳多数。

猫とともに去りぬ
ロダーリ／関口 英子 訳

猫の半分が元・人間だってこと、ご存知でしたか？　ピアノを武器にするカウボーイなど、人類愛、反差別、自由の概念を織り込んだ、知的ファンタジー十六編を収録。

羊飼いの指輪　ファンタジーの練習帳
ロダーリ／関口 英子 訳

それぞれの物語には結末が三つあります。あなたはどれを選ぶ？　表題作ほか「魔法の小太鼓」「哀れな幽霊たち」「星へ向かうタクシー」ほか読者参加型の愉快な短篇全二十！

神を見た犬
ブッツァーティ／関口 英子 訳

突然出現した謎の犬におびえる人々を描く表題作。老いた山賊の首領が手下に見放されて「護送大隊襲撃」。幻想と恐怖が横溢する、イタリアの奇想作家ブッツァーティの代表作二十二編。

天使の蝶
プリーモ・レーヴィ／関口 英子 訳

アウシュビッツ体験を核に問題作を書き続け、ついに自死に至った作家の「本当に描きたかったもうひとつの世界」。化学、マシン、人間の神秘を綴った幻想短編集。（解説・堤 康徳）

いま、息をしている言葉で、もういちど古典を

　長い年月をかけて世界中で読み継がれてきたのが古典です。奥の深い味わいある作品ばかりがそろっており、この「古典の森」に分け入ることは人生のもっとも大きな喜びであることに異論のある人はいないはずです。しかしながら、こんなに豊饒で魅力に満ちた古典を、なぜわたしたちはこれほどまで疎んじてきたのでしょうか。

　ひとつには古臭い教養主義からの逃走だったのかもしれません。真面目に文学や思想を論じることは、ある種の権威化であるという思いから、その呪縛から逃れるために、教養そのものを否定しすぎてしまったのではないでしょうか。

　いま、時代は大きな転換期を迎えています。まれに見るスピードで歴史が動いていくのを多くの人々が実感していると思います。

　こんな時わたしたちを支え、導いてくれるものが古典なのです。「いま、息をしている言葉で」――光文社の古典新訳文庫は、さまよえる現代人の心の奥底まで届くような言葉で、古典を現代に蘇らせることを意図して創刊されました。気取らず、自由に、心の赴くままに、気軽に手に取って楽しめる古典作品を、新訳という光のもとに読者に届けていくこと。それがこの文庫の使命だとわたしたちは考えています。

このシリーズについてのご意見、ご感想、ご要望をハガキ、手紙、メール等で翻訳編集部までお寄せください。今後の企画の参考にさせていただきます。
メール　info@kotensinyaku.jp

同調者

著者　モラヴィア
訳者　関口英子

2023年1月20日　初版第1刷発行

発行者　三宅貴久
印刷　萩原印刷
製本　ナショナル製本

発行所　株式会社光文社
〒112-8011東京都文京区音羽1-16-6
電話　03（5395）8162（編集部）
03（5395）8116（書籍販売部）
03（5395）8125（業務部）
www.kobunsha.com

落丁本・乱丁本は業務部へご連絡くだされば、お取り替えいたします。
ISBN978-4-334-75473-0 Printed in Japan

本文中、アルビノの登場人物について「亡霊のよう」、背中に障害を持つ人物を「異形の者」とするなど、身体的特徴について不快・不適切な表現が用いられています。また、世情に強い関心を示す精神疾患患者の言動を、「おかしな善き市民」と揶揄するような発言もなされています。同性愛者をはじめとする性的マイノリティに言及する場面では、これを異質なものとする描写や、「オンナ男とオトコ女という曖昧な存在」と表現するなど、性自認や性的指向への無理解や誤解に基づいた記述もみられます。

これらは本作が成立した一九五〇年代のイタリアの社会状況と当時の人権意識に基づくものですが、こうした時代背景とその中で成立した物語を深く理解するため、編集部ではこれらの表現についても、原文に忠実に翻訳することを心がけました。それが今日も続く人権侵害や差別問題を考える手がかりとなり、ひいては作品の歴史的・文学的価値を尊重することにつながると考えたものです。差別の助長を意図するものではないということをご理解ください。

編集部

が投げかけた問いに耳を傾けたい。

二〇二二年　初秋

関口英子

とした。
また、大久保昭男、千種堅両氏の膨大な量の訳業も参考にさせていただいた。長篇一冊を訳すのにこれほどの時間を要した訳者としては、モラヴィアの作品を毎年のように訳されていた先達の力量と熱意に頭が下がる思いだ。

奇しくもムッソリーニのローマ進軍から百年にあたる二〇二二年、イタリアでは旧ファシスト党の流れをくむ右派政党「イタリアの同胞（ＦＤＩ）」が支持率をじわじわと増やし、先の総選挙で第一党に躍り出た。同党の党首で極右出身であるジョルジャ・メローニを首相とする連立右派政権の誕生に、ＥＵ諸国からの警戒感が高まっている。これまで想像すらしなかったような出来事が世界の各地で相次ぎ、皮相なナショナリズムや排外的風潮が高まっているいま、改めて本書を読むと、そこに含有されている様々なテーマがひどく今日的なものであることに驚かされる。全体主義はどんな顔をして忍び寄ってくるかわからない。とりわけ、イタリアよりもはるかに同調圧力が強く、空気を読むことや大勢に順応することをよしとする傾向のある日本の社会に生きている私たちだからこそ、ふと気づいたら引き返せないところまで来ていたという事態に陥らないためにも、このあたりでいったん立ち止まり、賢者モラヴィアれたファシズムの時代を舞台として、個人と体制との関わりを内面的に描いた本書『同調者』が最適ではないかと考えた。短篇と長篇を合わせて読んだとき、改めてモラヴィアという作家の凄みが感じられると同時に、両作品の背景にあるファシズムというものの姿が立体的に浮かびあがるのではないだろうかと思ってのことだ。

とはいえ、まるで脳内を解剖するかのように登場人物の思考回路を分析し、修飾語を重ねながら、執拗なまでに緻密に描写するモラヴィア節の確信犯的な過剰さに、訳者は一度ならず音をあげ、訳稿が完成するまでに当初の予定よりも大幅に時間がかかってしまった。ひとえに訳者の力不足によるものだが、そのために光文社翻訳編集部の方々には多大なるご迷惑をおかけした。それにもかかわらず忍耐強く待ってくださった皆さんに、この場を借りて心から御礼を申しあげる。

なかでも、企画の段階から種々の行き届いた助言をくださったフリー編集者の川端博さんと、編集部の中町俊伸さん、辻宜克さんには、一方ならぬお世話になった。そのほか、御多忙のなか、専門的な見地からの解説を寄せてくださった東京大学准教授の土肥秀行さん、訳文を丁寧に吟味してくださった校閲の方をはじめ、この本が完成するまでにご尽力くださったすべての方々に感謝する。

なお、翻訳にあたっては、トニーノ・トルニトーレ監修のボンピアーニ社版を底本あるのは、そうした慧眼ゆえである。

前述したとおり、日本でも一時期競い合うように訳されていたモラヴィアの作品だが、一九九四年、最晩年の作品『ローマへの旅』（米川良夫訳、文藝春秋）が刊行されたのを最後に、二十年以上新たな訳が出されていなかった。二〇〇九年、河出書房新社から刊行された池澤夏樹個人編集の世界文学全集に『軽蔑』（大久保昭男訳）がとりあげられたものの、既訳がそのまま所収された。そんな状況もあり、日本の読者にモラヴィアの魅力を再発見してもらおうと、二〇一五年、光文社古典新訳文庫から『薔薇とハナムグリ　シュルレアリスム・風刺短篇集』（拙訳）を上梓した。一九三五年から四五年、ファシズムの時代にあったイタリアにおいて、モラヴィアがペンネームで書いていた短篇を集めた『シュルレアリスム・風刺短篇集』（原題 Racconti surrealisti e satirici）から、未訳のままだった作品を中心に十五編を選んで一冊に編んだものだ。まずはきわめて現代的な側面を持つ、風刺のきいた短篇群に触れていただくことで、モラヴィアの面白さを味わってもらえたらという試みだった。

じつは同短篇集を訳していた当初から、次は饒舌な小説家モラヴィアの真骨頂ともいえる長篇を新訳でお届けしたいと考えていた。そして、それには、同短篇集が書か